KNAUR

Im Knaur Taschenbuch Verlag ist bereits folgendes Buch der Autorin erschienen:
Hirngespenster

Über die Autorin:
Seit ihrer Kindheit liebt Ivonne Keller das Spiel mit der Sprache. Aufgewachsen in einem hessischen Dorf, begeisterte sie sich bereits in der Schule für englischsprachige Literatur und lernte später während eines Auslandsstudiums im andalusischen Granada Spanisch. Die Faszination für Sprache, gekoppelt mit dem Interesse für alles Menschliche, führte sie neben ihrer früheren Tätigkeit als Personalerin zum Schreiben. Dabei interessiert es sie besonders, was mit Menschen passiert, die kurz davor sind, auszuflippen. Wenn das Leben so anstrengend wird, dass die Fassade bröckelt und man auf das schauen kann, was dahinter liegt. Meist sind Frauen ihre Hauptfiguren – so wie in ihrem ersten Roman »Hirngespenster«. Sie lebt mit ihrem Mann, drei Söhnen und einer bunten Katze in der Nähe von Frankfurt am Main.
Mehr Informationen zur Autorin unter www.ivonne-keller.de.

IVONNE KELLER

Lügentanz

ROMAN

KNAUR

Besuchen Sie uns im Internet:
www.knaur.de

Wenn Ihnen dieser Roman gefallen hat
und Sie auf der Suche sind nach ähnlichen Büchern,
schreiben Sie uns unter Angabe des Titels »Lügentanz«
an: frauen@droemer-knaur.de.

FSC
www.fsc.org
MIX
Papier aus verantwortungsvollen Quellen
FSC® C083411

Dieses Werk wurde vermittelt durch die Agentur
EDITIO DIALOG, Dr. Michael Wenzel.
Redaktion: Gisela Klemt, lüra: Klemt & Mues GbR
Umschlaggestaltung: ZERO Werbeagentur, München
Umschlagabbildung: FinePic®, München
Satz: Adobe InDesign im Verlag
Druck und Bindung: CPI books GmbH, Leck
ISBN 978-3-426-51573-0

2 4 6 5 3

Für Götz, meinen Vertrauten.

»And nothing ever happens. Nothing happens at all.
The needle returns to the start of the song
and we all sing along like before.
And we'll all be lonely tonight and lonely tomorrow.«

Del Amitri, 1989

10. Dezember 2000

Sie hätte den kleinen pulsierenden Punkt auf dem Bildschirm fast übersehen.

»Das ist das Herz«, sagte der Arzt, und David drückte Michaelas Hand noch fester.

»Es hat schon ein Herz?«, fragte sie.

»Selbstverständlich. Ohne Herz kein Leben.«

Dr. Friedländer reichte ihr die Hand. »Ich gratuliere, Frau Michalsen. Sie werden Mutter.«

Michaela lächelte, wie es sich gehörte, und blinzelte die Tränen aus den Augenwinkeln.

Sie musste dringend mit Bea reden.

Sie haben eine neue Nachricht
30. Juli 2014
Von: Bea Bern
An: Michaela Michalsen

Liebe Michi,
wenn ich von meinem Bett aus dem Dachfenster schaue, sehe ich einen blauen Himmel mit Schäfchenwolken. Wir haben früher als Kinder solche Wolken beobachtet, erinnerst du dich daran? Du sahst oft Wattebäusche oder überlaufende Badewannen, bis obenhin mit Schaum gefüllt. Ich eher Drachenköpfe oder Trolle. Wir lagen auf einer Picknickdecke und vergaßen für eine Weile die anderen. Das sind die schönsten Erinnerungen, Michi. Nur wir beide.
Ich hoffe, es geht dir gut, dort, wo du bist. Ich würde es dir von Herzen wünschen.
Bea

1

Es war der elfte Mai 2014, ein Sonntagmorgen, kurz nach halb zehn. Michaela Michalsen stand im Hausflur und lauschte dem Tuten aus dem Telefonhörer in ihrer Hand. Wie ein Besetztzeichen. Stirnrunzelnd legte sie das Telefon auf die Konsole zurück und sah auf ihr Smartphone direkt daneben. Was hatte sie noch mal tun wollen, bevor sie hier im Flur gelandet war und mit den Telefonen herumspielte? Und warum raste ihr Herz, als hätte sie einen Sprint hinter sich? *Ruhig, ganz ruhig, konzentrier dich, es fällt dir gleich wieder ein.*

Sie scannte mit ihrem Blick den Flur ab, als wolle sie mit einer Kamera ein Panoramabild anfertigen. Als Erstes fiel ihr auf, dass die Haustür nur angelehnt war. Sie drückte sie ins Schloss, dann blieb ihr Blick an einer Streichholzschachtel neben den Telefonen hängen. Ach ja. Sie hatte die Kerzen auf dem Frühstückstisch anzünden wollen. Sie griff nach dem Päckchen und ging ins Wohnzimmer zurück, wo der Esstisch stand, schob das Innenteil der Streichholzschachtel heraus und nahm ein Zündholz, hielt es vorn am Kopf, so dass es nicht brach, wenn sie es über die Seite ratschte. Doch es schien, als habe sie sowieso keine Kraft dazu. Beim ersten Versuch fiel ihr das Hölzchen aus der Hand.

»Mädchen, Mädchen«, murmelte sie. »Kaum bist du sechsunddreißig, wirst du vergesslich und tatterig.«

Endlich klappte es, und der angenehme Brandgeruch stieg ihr in die Nase. Sie zündete die Kerzen an und löschte mit einer raschen Handbewegung die Flamme am Holz. *Geht doch.* Zufrieden betrachtete sie ihr Werk: Sie hatte zur Feier des Tages eine Tischdecke aufgelegt und das gute weiße Porzellan genommen – die mit Pfingstrosen bedruckten Servietten neben den Tellern waren ein angenehmer Farbtupfer. Sie liebte die Stille am Morgen, wenn David und Karla noch schliefen und sie alles in ihrem eigenen Rhythmus erledigen konnte. David und sie frühstückten heute nur zu zweit, Karla war auf Klassenfahrt und hätte sich vermutlich eh nicht darum gerissen, das Tischdecken zu übernehmen – mit ihren zwölf Jahren hatte sie andere Dinge im Kopf. Auch wenn Michaela sich immer häufiger fragte, was genau das wohl war. David mochte mehr darüber wissen, die beiden verstanden sich blind.

Michaela ging zurück in den Flur.

»David?«, rief sie die Treppe hinauf. »Kommst du?«

Er hatte ihr vorhin im Bett kurz mit einem Kuss auf die Wange gratuliert und war anschließend noch einmal eingeschlafen. Nun hörte sie seine Schritte auf den Stufen ganz oben. »Schon unterwegs«, brummte er und trat einen Moment später in seinem kurzen Schlafanzug neben sie.

»Willst du dir nicht was anderes anziehen?«, fragte Michaela und betrachtete seinen zerknitterten Aufzug. Von seinen verwuschelten Haaren sprach sie lieber nicht, er sah damit ja sogar ganz süß aus.

David hob die Schultern und verzog das stoppelige Gesicht. »Ist doch Sonntag.« Er wirkte noch immer verschlafen. Und auch sie selbst fühlte sich, seitdem sie eben derart planlos im Flur herumgestanden hatte, irgendwie so, als sei sie gerade erst zu sich gekommen. »Ich hab doch Geburtstag. Hose und Shirt würden ja schon reichen.«

Mehrere Stufen auf einmal nehmend eilte er wieder nach oben, und Michaela ging zur Essecke und setzte sich auf ihren Platz am Tisch, von dem aus sie einen Blick durch die Terrassentür auf den üppigen Bambus werfen konnte, der seit vorletztem Sommer dort wuchs. Ein kniehoher Stein thronte davor, und Wasser plätscherte über seine glatte Oberfläche. Sie betrachtete die Szene, als säße sie im Museum vor einem Gemälde. Kopfschüttelnd schlug sie sich sachte auf die Wangen. »Hallo, aufwachen«, flüsterte sie, als sie hörte, wie David die Treppe herunterkam.

»Ist es recht so?«, fragte er zwinkernd, als er sich zu ihr setzte. Er trug das T-Shirt von gestern. Es hatte in Höhe des Bauchnabels einen stecknadelkopfgroßen Fleck von dem Fahrradöl, das er nach der Gartenarbeit auf die Kette seines Rennrads aufgebracht hatte. Anschließend hatte er seine Tour gemacht. David fuhr leidenschaftlich gern Rad. Michaela betrachtete den Fleck und dachte an den Schweiß in seinem Shirt. Besser, sie verdrängte den Gedanken daran, sonst würde sie ihn irgendwann auffordern, die Wäsche zu wechseln, und er würde sie fragen, ob sie wohl noch an andere Dinge denken könnte als an Reinlichkeit und Ordnung. Was sie ja selbst nervte.

»Was war denn eigentlich vor ein paar Minuten da draußen los?«, unterbrach David ihre Gedanken und legte sich eine Serviette auf den Schoß. »Das war ja ein Radau – ich bin davon wach geworden.«

»Welcher Radau?«

»Hallo? Hast du das nicht mitbekommen? Es hat sich angehört, als hätten die den Glascontainer geleert.«

Michaela rieb sich die Schläfen. »An einem Sonntagmorgen? Also, ich hab nichts gehört.« Bestimmt hatte er irgendetwas geträumt.

David hob die Schultern und griff nach einem Brötchen. »Und wer war das am Telefon? Lass mich raten: bestimmt Bea. Wollte mal wieder die Erste sein.«

Michaela verdrehte die Augen. Immer war er eifersüchtig auf ihre beste Freundin. Dabei hatte doch er ihr als Erstes gratuliert. Sie tätschelte seinen Arm. »Ich weiß zwar nicht, von welchem Telefonat du sprichst, aber nein, Bea hat nicht angerufen, und auch sonst keiner.« Bestimmt kam Beas Geburtstagsgruß noch. Meistens trällerte sie ihr in schrägen Tönen ein Geburtstagslied ins Ohr, manchmal schickte sie auch eine lustige eCard.

David schien irritiert. »Aber du hast doch telefoniert. Mit Karla?«

Wovon redete er eigentlich? Sie schüttelte den Kopf und schob ihm die Sektflasche zu. »Öffnest du die bitte mal? Ich würde gern mit dir anstoßen.« Hoffentlich machte der Alkohol sie nicht noch benommener. Den Rest würde sie am Nachmittag mit Katharina und Regina trinken, wenn die beiden rüberkamen. Vielleicht legte sie sich aber vorher noch mal hin. Manchmal half das, wenn sie sich fühlte, als hätte ihr jemand mit dem Hammer auf den Kopf gehauen.

David goss zuerst ihr ein, dann sich selbst. Sie betrachtete die prickelnden Luftperlen in ihrem Glas. Woran hatte sie noch mal gerade gedacht? Ach ja, an Regina und Katharina. Sie waren die einzigen Nachbarinnen, zu denen sie Kontakt hielt. Man konnte ja nicht jedes soziale Miteinander ablehnen, und die Kinder von Katharina und Regina, Merle und Jonathan, waren gute Freunde von Karla. Sie gingen in dieselbe Schule. Jonathan und Merle aßen allerdings mittags in der Mensa, weil Katharina und Regina arbeiteten: Regina an drei Vormittagen in einem Versicherungsbüro, Katharina war Immobilienmaklerin. Michaelas Aufgabe war es, pünktlich das Mittagessen für Karla auf den Tisch zu bringen, seitdem sie nach ihrer Geburt ihre Stelle als Erzieherin aufgegeben hatte.

David hob sein Glas. »Auf dich.«

Dann zog er unter seinem T-Shirt einen Umschlag hervor und reichte ihn ihr.

»Was ist das?«, fragte sie.

Es war ein Gutschein über zweihundert Euro, von ihrer Lieblingsboutique in Bad Homburg. Sie hatte es inzwischen aufgegeben, auf ein kreativeres Geschenk von David zu hoffen. Als Softwareentwickler hatte er es eben mehr mit Bits und Bites. Inzwischen war sie daran gewöhnt.

Michaela bedankte sich mit einem Kuss, dann sprachen sie über dies und das. Karla hatte sich von der Klassenfahrt noch gar nicht gemeldet. Kein tränenreicher Anruf wie früher, als sie klein war. Bei der Abschlussfahrt der vierten Klasse hatten sie ihre Tochter aus dem Taunus abholen müssen, wie immer ging es um Bauchweh, diesmal so stark, dass es der Lehrerin unheimlich wurde.

»Und als wir daheim waren, wollte sie sofort wieder hin.« David lachte und biss in sein Brötchen, das er sich dick mit Schinken belegt hatte. Michaela griff über den Tisch nach seiner Hand. Er war so gestresst in letzter Zeit, für zärtliche Gesten war gar kein Raum mehr. In der Firma war seit Monaten alles drunter und drüber gegangen, ständig war David in Köln gewesen. Aber jetzt war die Sache über die Bühne und der Kunde zufrieden.

»Liebst du mich noch?«, fragte sie zärtlich und lächelte David erwartungsvoll an. Er hatte den Mund voll und kaute an seinem Brötchen. Er kaute und kaute und starrte auf seinen Teller.

»Lass dir ruhig Zeit mit der Antwort«, flachste sie. Seine Hand lag schlaff in ihrer. Plötzlich sah er sie ganz eigenartig an.

»Nein«, sagte er schließlich und schluckte den letzten Brocken hinunter.

»Nein?« Fast hätte sie gelacht. »Was ›Nein‹?«

Sie träumte anscheinend doch. Deshalb fühlte sie sich also so seltsam.

Aber David wirkte erstaunlich real. »Nein. Ich … Michaela … es tut mir leid, aber … ich liebe dich nicht mehr.«

Es klingelte an der Tür. Sie starrte David an und schüttelte den Kopf. »Was?«, murmelte sie und schob ihren Stuhl zurück. »Warte mal.« Sie rannte durch den Flur zur Haustür.

»Happy Birthday!«, riefen Katharina und Regina und hielten ihr einen bunten Strauß aus Pfingstrosen und Flieder entgegen. Doch der Schreck stand ihr offensichtlich ins Gesicht geschrieben.

»Ist was?«, hauchte Katharina, und Regina hob eine Augenbraue. »Habt ihr Stress?«

»Quatsch.« Michaela schüttelte den Kopf und beeilte sich, den Strauß entgegenzunehmen. »Vielen Dank für die Blumen!« Sie deutete über ihre Schulter nach hinten zum Esszimmer. »Ich geh schnell wieder zu David. Wir waren gerade mitten im Gespräch.«

»Ja, ja, geh nur. Wir sehen uns dann heute Nachmittag. Wir wollten nur schnell den Strauß bringen, damit euer Frühstückstisch hübsch aussieht.«

»Danke«, sagte Michaela und schloss die Tür.

Wenige Sekunden später war sie wieder bei ihrem Mann. Die Blumen mussten warten, sie legte sie auf den Tisch an Karlas Platz. David saß unbeweglich da, neben seinem Teller lag das angebissene Brötchen. Er pickte mit dem Zeigefinger nach den herumliegenden Krümeln.

Als sie saß, griff sie mechanisch nach ihrer Serviette, legte sie sich auf den Schoß.

»Hör mal, David, was du da eben gesagt hast …«

Er sah sie an, sein Gesicht todernst. »Ich habe wirklich gehofft, dass du mich heute nicht nach Liebe fragst, Michaela. Ich hätte gern an einem anderen Tag mit dir gesprochen.«

Sprachlos starrte sie ihn an.

Er strich sich mit seiner Serviette über die Mundwinkel. »Ich empfinde keine Gefühle mehr für dich. Wir leben nur noch nebeneinanderher, das musst du zugeben. Ich hab die Arbeit, und du bist mit dir selbst beschäftigt.«

»Ich …«

»Du weißt mehr über Katharina und Regina als über Karla oder mich«, stellte er fest.

Michaela griff nach einem Brötchen und bohrte beide Daumen in die Mitte, begann, es auf ihrem Teller auseinanderzunehmen. »Ich weiß alles über dich, David. Wir kennen uns seit vierzehn Jahren. Es ist doch normal, dass die Gefühle irgendwann …«

Er sah sie herausfordernd an. »Findest du?«

»Aber natürlich. Trotzdem liebt man sich doch.«

»Ich meinte etwas anderes. Du hast gesagt, du wüsstest alles über mich.«

Natürlich wusste sie nicht alles. Besonders in letzter Zeit, genau genommen seit Anfang des Jahres, hatte er abwesend gewirkt. Sein Blick war oft ins Leere gegangen.

»Ich dachte, es sei der Stress in der Firma«, flüsterte sie. Konnte es wahr sein? Er liebte sie nicht mehr? Und ausgerechnet heute erfuhr sie das?

»Michaela, ich verlasse dich.« Sein Blick war entschlossen.

»Du spinnst doch«, murmelte sie und sammelte Brötchenfetzen von ihrem Schoß. »Das kann nicht dein Ernst sein. Ich meine …« Sie machte eine fahrige Handbewegung in Richtung der Wohnzimmereinrichtung und des an der Wand befestigten Flachbildschirms, den sie sich statt einer geplanten Londonreise zu Ostern angeschafft hatten. »Du willst das alles hier aufgeben?« Sie meinte natürlich nicht den Flachbildschirm im Speziellen. Sie meinte ihr Lebenskonzept. Sich selbst. Und Karla, sein Ein und Alles.

»Ich kann nicht mehr«, murmelte David. »Ich fühle mich hier wie ein Fremdkörper. Als käme ich gelegentlich zu Besuch – oder, noch schlimmer: wie ein Handwerker, der Aufträge ausführt und darüber hinaus nicht gebraucht wird. Ich habe dieses Spießertum hier so satt! Gestern musste ich wieder mal den Garten klarmachen, dabei bin ich da kaum noch drin.«

»Es liegt aber nicht an mir, dass du so wenig im Garten bist.«

»Nein, das liegt nicht an dir. Aber hier zu wohnen war deine Idee. Ich wäre gern in unserer Stadtwohnung geblieben. Mir ist es hier in diesem Kaff zuwider. Diese neugierigen Weiber. Diese Enge.«

Fast wäre sie laut geworden. *Er* sprach von Enge? Sie war es doch, die es rund um die Uhr hier aushielt!

»Man kann doch nicht mit einem Kind in der Stadt wohnen«, sagte sie matt. Der einzige Grund, warum sie sich für den Umzug in diese Siedlung eingesetzt hatte, war Karla gewesen. Michaela hatte so sehr gehofft, diese äußeren Umstände würden dazu führen, dass sich auch eine innere Nähe zu ihrer Tochter einstellte, dass die Beständigkeit des Vorstadtlebens inmitten anderer Familien ihr dabei helfen könnte, sich endlich in ihre Situation als Mutter einzufinden.

David atmete hörbar aus und legte beide Hände auf den Tisch. »Michaela. Ich will nicht mehr.«

Der Ausdruck in seinen braunen Augen war nicht der, in den sie sich vor vierzehn Jahren verliebt hatte. Sie blickten kalt und entschlossen. Er sagte Dinge, die er noch nie gesagt hatte, schaute sie auf eine Art und Weise an, wie er sie noch nie angesehen hatte.

»Michaela?«, hörte sie ihn fragen. Doch es klang so fern, als stehe er auf der anderen Seite eines riesigen Grabens.

Sie erhob sich und begann, den Tisch abzuräumen, obwohl sie noch gar nichts gegessen hatte. Nicht einmal an ihrem Sekt hatte sie genippt. Sie musste Karla anrufen. Ihre Stimme hören. Vielleicht konnte ihre Tochter früher von der Klassenfahrt nach Hause kommen. Wenn sie wieder alle drei beisammen waren, würde David sicher feststellen, dass er nichts als Unsinn faselte.

Michaela lief in die Küche und stellte das Geschirr auf der schwarzen Granitplatte ab, dann ging sie in den Flur und griff nach ihrem Handy, drückte auf die Taste mit Karlas Nummer. Doch gleich nach dem ersten Tuten legte sie wieder auf. Sie war wirklich blöd. Karla hatte ihr Handy doch gar nicht dabei! Es war per Mehrheitsbeschluss beim Elternabend verboten worden. Michaela legte das Gerät entmutigt auf dem Schränkchen ab. Sie war nicht Teil dieser Mehrheit gewesen und hätte sich auch fast darüber hinweggesetzt und Karla das Telefon für Notfälle trotzdem eingepackt. Es konnte immer Notfälle geben, das wusste sie selbst am besten. Mechanisch lief sie zurück in die Küche und räumte das Geschirr in die Spülmaschine, bis sie schließlich das Klappen der Haustür hörte und durchs Küchenfenster sah, wie David sich aufs Rad schwang.

2

Als am Nachmittag Katharina und Regina bei ihr am Tisch saßen, schienen sich deren Münder gar nicht mehr schließen zu können.

»Er will dich *verlassen?*« Regina fand als Erste die Sprache wieder. »Hat er eine andere?«

»Davon hat er nichts gesagt.«

Ihre Nachbarin schüttelte den Kopf. »Ich kann mir das einfach nicht vorstellen. Ich meine, normalerweise gehen die Frauen. Weil die Kerle sich einen Teufel um die Familie scheren. Weil sie alles allein machen müssen – bis zum Aufbau von Billy-Regalen. *David* geht? Ich meine … er hängt doch wie verrückt an Karla.«

»Wo ist er denn jetzt?«, wollte Katharina wissen.

»Er ist mit dem Rad los.«

»Er hat dir gesagt, dass er dich verlassen will, und dann setzt er sich aufs Rad?«

»Ja.«

»Das klingt aber …«, setzte Katharina an, doch Regina unterbrach sie: »Habt ihr denn keine Einzelheiten besprochen, wie diese Trennung ablaufen soll?«

Michaela hob die Schultern. »Ich hab den Tisch abgeräumt, und dann war er weg.«

»Typisch«, erwiderte Regina, »das wäre Brian auch zuzutrauen. Was willst du denn jetzt machen?«

»Karla hat noch nicht angerufen«, erwiderte Michaela, ohne Reginas Frage zu beantworten. »Ich hätte eigentlich längst mit ihrem Anruf gerechnet.« Genauso wie mit Beas. Sie musste unbedingt die Stimme ihrer Freundin hören.

»Sag Karla bloß nichts am Telefon. Das teilt ihr zwei eurer Tochter am besten gemeinsam mit«, riet Katharina, griff nach ihrer Gabel und stocherte im Kuchen herum. »Vielleicht kommt David ja auch wieder zur Besinnung. Soll ich mal mit ihm reden?«

Michaelas Augen füllten sich mit Tränen. Sie brauchte keine Nachbarschaftshilfe. Sie brauchte Bea. Bea wusste, was in solchen Situationen zu tun war. Sie kannten sich aus Zeiten, in denen Michaelas ganzes Leben gekippt war. Ohne Bea wäre sie durchgedreht.

Wie damals, im Heim, als ihr Kästchen mit allen Erinnerungen verschwunden gewesen war. Zehn Jahre alt war sie gewesen. Schutzlos und verletzlich wie ein Baum ohne Rinde. Bea hatte ihr sachte das Haar hinters Ohr gestrichen und geflüstert: »Sei nicht traurig, Michi. Du weißt doch, wie gemein sie sind. Bestehlen uns und lachen uns aus. Lass sie nur lachen. Wir beide sind stärker.«

»Aber mein Kästchen«, hatte Michaela geschluchzt und sich in der Ecke ihres gemeinsamen Zimmers noch kleiner gemacht. So klein, dass sie sich wie ein Igeljunges fühlte. Der Schmerz über den Verlust der letzten Erinnerungsstücke an ihre Eltern bohrte sich immer tiefer in ihr Herz und nahm ihr die Luft. Sie wollte ihr Kästchen! Sie hatte es erst am Abend zuvor an seinen Platz unter das Bett geschoben, nachdem sie sich die Fotos von Mami und Papi angesehen hatte. Und jetzt war es weg. Weg wie ihr liebstes Stofftier. Weg wie ihr Schmusekissen. Sie hasste die anderen! Sie waren so gemein!

»Wir malen einfach Bilder von deinen Eltern«, hatte Bea damals versprochen. »Du wirst sehen. Alles wird gut.«

»Du musst nicht mit David reden«, widersprach Michaela jetzt Katharinas Vorschlag. »Ich muss erst mal telefonieren.«

Sie ließ die beiden Nachbarinnen im Esszimmer zurück und ging in den Flur. Auf ihrem Handy waren mehrere Anrufe von einer ihr unbekannten Nummer eingegangen, aber keiner von Bea oder Karla. Warum hatte sie es denn nicht klingeln gehört? Sie betrachtete das kleine Symbol mit dem durchgestrichenen Glöckchen im Display. Normalerweise stellte sie ihr Handy morgens sofort an, aber heute schien ja sowieso nichts normal. Seufzend änderte sie die Einstellung und wählte die Nummer ihrer Freundin, doch diese nahm nicht ab.

Ich brauche dich, Bea, bitte melde dich mal, simste sie.

In der Regel antwortete Bea prompt – möglicherweise lag ihr Schweigen daran, dass am Morgen im Museum Leopold, wo sie arbeitete, eine neue Ausstellung eröffnet worden war. Ein riesiger Event mit großer Medienaufmerksamkeit. Bea hatte bei dieser Sache den Hut auf und nebenbei führte sie noch Besucher durch die Ausstellung. Sie liebte Kunst aller Art und genoss es, ihr Fachwissen an den Mann zu bringen. Für sie war ihre Arbeit ein Traumjob – ein Familienleben, so, wie Michaela es führte, war hingegen nie Beas Lebensplan gewesen. Sie liebte die Unabhängigkeit, und bevor eine Beziehung zu eng werden konnte, löste sie sie lieber wieder.

Als Katharina und Regina gegangen waren, wischte Michaela so lange Staub, bis sie hörte, dass David sein Rad an die Hauswand lehnte. Sie legte das Tuch beiseite und setzte sich kerzengerade aufs Sofa, saß da wie eine verknöcherte Frau in einem Wartezimmer, es gelang ihr einfach nicht, sich locker zu machen. Nachdem sie ein paar Minuten so gesessen hatte und er noch immer nicht ins Haus kam, erhob sie sich, lief ans

Küchenfenster und sah hinaus. Er stand dort mit Katharina und Regina. Als hätten sie sich dazu verabredet, ihn abzufangen – und wahrscheinlich war es auch so. Normalerweise sah David in seiner Fahrradkleidung sehr drahtig aus – im Moment allerdings machte er keine gute Figur. Er stand mit nach vorn gerecktem Kopf und hängenden Armen vor den beiden, sein Unterkiefer klappte nach unten wie bei einem Trottel. Regina und Katharina schauten allerdings auch nicht viel intelligenter drein. Sie guckten ratlos zwischen ihm und dem Küchenfenster hin und her, dabei konnten die beiden Michaela unmöglich erkennen. Sie hatte es schon oft überprüft – wenn im Haus kein Licht war, ließ sich nicht hineinsehen. Wahrscheinlich war er überrascht, dass sie ihre Nachbarinnen eingeweiht hatte.

Katharina klopfte David eben aufmunternd auf die Schulter und machte mit dem Kinn eine Bewegung in Richtung Haus. Michaela ging zurück ins Wohnzimmer und legte sich auf die Couch. Wenn nur die Sonne scheinen würde! Dann ginge sie nach draußen auf die Terrasse und würde sich wärmen lassen.

Als sie die Augen aufschlug, stand David mit einer Tasse dampfendem Tee vor ihr. Um seine Hüfte war ein Handtuch gebunden, seine Haare waren feucht, und er roch nach Duschgel.

»Was ist los?«, wollte er wissen und stellte die Tasse Tee auf dem Couchtisch ab. »Hast du eine Migräneattacke?«

Michaela richtete sich auf und stützte sich mit den Ellbogen ab. »Nein, ich bin eingeschlafen.« Was tat er denn so besorgt? Jemand, der sich trennen wollte, brachte doch keinen Tee.

»Katharina und Regina haben mir was Seltsames erzählt«, sagte er und setzte sich auf die Kante des Sofas, so dass er mit seinem Po ihre Hüfte berührte. Mit einer Hand strich er ihr die Haare aus der Stirn.

Sie brachte seine Worte vom Vormittag nicht mit diesen fürsorglichen Gesten in Einklang. Noch weniger aber das, was er da sagte. Mit Schwung hob sie die Beine hinter seinem Rücken vorbei und stellte die Füße auf den Boden. »Was Seltsames?«

»Ja. Dass ich dich angeblich verlassen will.«

Sie legte den Kopf schräg und betrachtete ihn still. Was sollte das denn jetzt? »Angeblich? Stimmt es denn nicht?«

»Natürlich nicht. Warum sollte ich?«

Sie hatte das doch nicht nur geträumt! »Du hast gesagt, du liebst mich nicht mehr!«

Er machte ein belustigtes Gesicht. »Warum sollte ich denn so etwas sagen? Und auch noch an deinem Geburtstag. Da hast du irgendetwas …« Er brach den Satz ab.

Michaela schüttelte den Kopf. Er fühlte sich völlig dumpf an. »Falsch verstanden? Was denn genau?«

Behutsam legte er den Arm um ihre Schultern und griff nach der Tasse auf dem Couchtisch. »Trink mal einen Schluck. Du warst vorhin schon so merkwürdig.«

Am liebsten wollte sie ihn anschreien, dass *er* es doch war, der sich merkwürdig verhielt, doch sie wurde durch das Klingeln des Telefons davon abgehalten. Vielleicht war es Karla.

Während er aufstand und hinging, tropfte eine Träne auf ihren Handrücken. Er wollte sie verlassen und gab es jetzt nicht mehr zu.

Sie hörte im Flur seine Stimme, die, gleich nachdem er seinen Namen genannt hatte, einen fassungslosen Tonfall annahm. »Was? Ach du meine Güte. Wann? Heute Morgen schon? Mit meiner *Frau?*« Dann schwieg er. Bis er etwas flüsterte. Sie meinte, es war etwas wie: »Wir kommen sofort.«

Als er im Türrahmen auftauchte, hingen seine Arme herab, als würden sie nicht zu seinem Körper gehören. »Ich kann nicht glauben, dass du heute früh mit Frau Brandes telefoniert hast.«

Sie sah ihn verständnislos an. »Wer ist Frau Brandes?«, fragte sie vorsichtig.

»Wer Frau Brandes ist? Was ist denn mit dir los? Karlas Klassenlehrerin! Karla hatte einen Unfall!«

Michaela schlug entsetzt die Hände vor den Mund. O nein. Das durfte nicht …

David kam zu ihr gelaufen und sah auf seine Armbanduhr. »Wir müssen hin! Sie wurde angefahren. Meine Güte, wir könnten schon seit Stunden bei ihr sein!«

Mühsam rappelte sich Michaela hoch. Wenn doch nur ihr Kopf besser funktionieren würde! »Was ist denn passiert?«, fragte sie. Die plötzliche Panik in ihrer Brust nahm ihr beinahe den Atem. Ein Unfall? Sie würde kein Unglück, das ihr das Liebste nahm, mehr ertragen können.

David zog an ihrem Arm. »Sie waren zu einer Führung unterwegs, und Karla ist vom Bürgersteig gestolpert und unter ein Auto geraten. Sie wird noch untersucht, aber es scheint nichts gebrochen zu sein. Vielleicht eine Gehirnerschütterung. Sie wollen sie zur Beobachtung dabehalten.«

Die Spannung in ihrer Brust ließ augenblicklich nach. Nur zur Beobachtung also. »Deshalb konnte sie auch nicht anrufen.«

Er schüttelte den Kopf und rieb sich die Augen. »Wir fahren ins Krankenhaus, okay? Pack ein paar Sachen zusammen, wir müssen dort irgendwo übernachten.«

Er war schon aus der Wohnzimmertür, bevor sie noch irgendetwas sagen konnte. Doch ihr war ohnehin die Kehle wie zugeschnürt. Zwar war sie erleichtert darüber, dass Karla nahezu unversehrt zu sein schien. Aber wie hatte sie denn den

Anruf von Frau Brandes vergessen können? Ihre Gliedmaßen wollten ihr nicht gehorchen, sosehr sie ihnen auch befahl, endlich David zu folgen. Sie verstand gar nicht, was los war. Zuerst das schreckliche Gespräch mit David, das er plötzlich abstritt, jetzt ein vergessener Anruf.

Waren ihre Aussetzer wieder da? Bitte nicht. Sie hatte schon so lange keine mehr gehabt. Schon über zehn Jahre nicht. Kein Mensch hatte damals verstanden, was da vor sich ging. Auch nicht der Psychiater in der Klinik, obwohl er sich wirklich alle Mühe gegeben hatte.

»Frau Michalsen, was passiert mit Ihnen, wenn Sie innerlich so starr werden, wie Sie sagen? Was glauben Sie – warum ist das so?«, hatte er gefragt.

Michaela betrachtete die Deckenleuchte des Sprechzimmers in dieser topmodernen Klinik in Bad Nauheim, wo sie seit vier Wochen ihre Tage und Nächte verbrachte. Im Abdeckglas der Leuchte hatte sie Insektenkadaver entdeckt.

»Sagen Sie es mir«, entgegnete sie und ließ die Leuchte nicht aus den Augen. »Ich habe keine Ahnung.«

»Vielleicht geschieht das, weil Ihr Unterbewusstsein Sie vor etwas schützen will. Was meinen Sie?«

»Nun, davon gehe ich aus. Ich dachte, Sie wollen von mir wissen, wovor es mich schützen will.«

»Also, Frau Michalsen, Sie haben mir in den letzten Wochen sehr viel über die Zeit mit Ihrer Freundin Bea im Heim erzählt, von Ihrem Mann, auch von Ihrer Kindheit in Köln. Und darüber, dass Sie während Ihrer Schwangerschaft Schwierigkeiten hatten, Ihr Kind anzunehmen. Aber ein Thema umgehen Sie immer wieder, wenn die Sprache auch nur annähernd darauf kommt. Wissen Sie, welches ich meine?«

Die Insektenkadaver lagen in einem bestimmten Muster. Ganz viele kleine – Mücken vermutlich – in der Mitte, weiter außen Fliegen oder auch Wespen.

»Hm?« Michaela schlang die Arme um sich. Es war so kühl hier. So kühl, dass ihr die Zähne klapperten.

»Ich glaube, ich werde krank«, sagte sie.

Sie rubbelte ihre Arme gegen die Kälte in ihrem Innern. So weit sollte es nie wieder kommen.

»Jetzt steh endlich auf«, ermunterte sie sich selbst. Sie mussten doch zu Karla ins Krankenhaus. Endlich schaffte sie es, David nach oben zu folgen.

Zuerst machte sie das Bett. Sie brauchte Ordnung, um klar denken zu können. Dann versuchte sie, eine Tasche zu packen, aber es gelang ihr nicht. Hilflos stand sie mit einer Unterhose und einem Paar Socken in der Hand herum und wusste nicht, wonach sie als Nächstes greifen sollte. Sie spürte, dass David sie beobachtete. Er war längst geföhnt und in Hemd und Hose, griff zielstrebig nach den Dingen, die er für eine Übernachtung benötigte, während sie noch immer vor dem Schrank stand. Er fasste sie schließlich bei den Schultern und setzte sie aufs Bett, dann übernahm er das Packen, während sie die Hände in den Schoß legte.

»Willst du lieber hierbleiben?«, erkundigte er sich schließlich. »Ich kann auch allein fahren. Wäre vielleicht besser.«

Sie schüttelte den Kopf. Dann erhob sie sich und ging ins Bad, ließ sich kaltes Wasser über die Handgelenke laufen, bis es kribbelte. Sie kramte in ihrem Medizinschränkchen nach den Notfalltropfen. Vielleicht halfen die ja, um ihren Verstand in Gang zu bringen.

3

Als sie das Krankenhaus betraten, raubte der Geruch nach Desinfektionsmitteln Michaela den Atem. Eine Leuchtröhre in der Halle flackerte. David nahm ihre Hand und drückte sie. »Wir schaffen das schon.« Aufmunternd lächelte er ihr zu.

»Kann ich hier unten warten?« Sie deutete auf eine Sitzgruppe links vom Empfang, wo einige Leute saßen und in Zeitschriften blätterten. Erst wenn sie sicher war, dass es kein Blut zu sehen gab, wollte sie zu ihrer Tochter. Blut war einfach unerträglich.

David wusste das und nickte. »Ich hole dich gleich hier ab. Sei unbesorgt.« Routiniert fragte er die Empfangsdame, wo er hinmusste. Dann verschwand er leichten Schrittes im Gewirr der Flure.

Wenigstens hatte die Fragerei aus dem Auto ein Ende. Was mit ihr los sei? Ob sie sich wirklich nicht an den Anruf von Frau Brandes erinnerte? Und vor allem, warum nicht? Ob sie das in letzter Zeit wieder öfter gehabt habe?

»Noch mal stehe ich das nicht durch, Michaela«, hatte er gesagt.

»Ich auch nicht«, war ihre leise Antwort gewesen.

Dann hatte er sich für Frau Brandes eine Ausrede überlegt. Er wollte ihr sagen, dass die Putzfrau am Telefon gewesen sei und nicht seine Frau. Oder die Nachbarin. »Was meinst du, was ist glaubwürdiger?«, hatte er sie gefragt.

Sie war ganz ruhig geblieben. »Es ist deine Ausrede, nicht meine.« Dabei würde Frau Brandes doch ihre Stimme erkannt haben. Außerdem hatte sie sich sicher mit ihrem Namen gemeldet.

Die Minuten verstrichen, ohne dass David zurückkam. Er wollte sie doch abholen. Zögernd erhob sie sich von ihrem Stuhl.

Der Fahrstuhl brachte sie ins oberste Stockwerk des Gebäudes, wo die Cafeteria untergebracht war. Es roch nach Erbsensuppe und Plastiktabletts, zwei Männer in Arbeitskleidung, außer ihr die einzigen Gäste, tranken Kaffee. Michaela griff nach einem Tablett, legte es auf die Metallstäbe und schob es an den belegten Brötchen und den Kuchen vorbei. Bei den Getränken nahm sie eine Halbliterflasche Sprite aus dem Regal und zwei Schritte weiter ein Twix. Die Frau an der Kasse legte ihre Zeitschrift beiseite und tippte Michaelas Einkäufe ein. »Das war's?«

Michaela nickte, zahlte und setzte sich an einen der Fensterplätze wie vor fast dreizehn Jahren, kurz nach Karlas Geburt. Damals war sie auch ins oberste Stockwerk geflüchtet. Es war ein anderes Krankenhaus gewesen, aber der Geruch war derselbe. David hatte sie nach stundenlangem Suchen – wenn man ihm glauben wollte – schließlich dort entdeckt.

»Ich habe dich überall gesucht! Die Kleine hat Hunger. Du kannst doch nicht einfach in die Cafeteria verschwinden, ohne einer Menschenseele Bescheid zu sagen!«, hatte er gedonnert.

»Warum denn nicht? Ich muss mal für mich sein. Nur ein paar Minuten, dann bin ich wieder zurück«, war ihre leise Antwort gewesen.

»Aber du hast jetzt ein Kind, Michaela. Du bist die Einzige, die die Kleine jetzt wirklich braucht. Ich kann sie nicht stillen!«

»Ich komme gleich, nur noch eine Minute.«

Die Fluchten in die Cafeteria hatte sie in der Zeit im Krankenhaus öfter unternommen. Zu Hause war das dann nicht mehr möglich gewesen. Sie und Karla allein, und immerzu Schwärze in ihrem Kopf. Das Baby hatte ständig Hunger. Michaela hatte das Gefühl, als sauge es sie aus. Die kräftigen Wangen ihrer Tochter zogen sich zusammen, wenn sie die Brustwarze in ihren Mund nahm. Ein paar Bewegungen genügten, um die Milch einschießen zu lassen. Ein Gefühl, als blase ihr jemand kalte Luft in Hochgeschwindigkeit in die Brust, und kurz darauf sprudelte die Milch in die kleine Kehle wie eine Ölquelle und brachte Erleichterung. Sie war noch nie so müde gewesen. So zum Umfallen müde, als presse ihr jemand die Lider nach unten und hindere sie daran, die Augen offen zu halten. In solchen Momenten wäre es hilfreich gewesen, die Kleine einfach David in den Arm legen und ihn ihr eine Flasche geben lassen zu können. Nur einmal. Doch es ging nicht. Sie hatten es schon etliche Male probiert, hatten sogar eine Zuckerlösung auf den Sauger der Flasche gepinselt, um Karla zu verführen, vielleicht doch diese Fertigmilch zu trinken, die so viel besser schmeckte als ihre eigene. Michaela hatte sie selbst probiert. Muttermilch schmeckte fad. Doch Karla wollte immer nur sie. Als wolle sie testen, wo Michaelas Grenzen lagen. Und die waren mitunter schnell erreicht.

Wie es ihr gelang, das stundenlange Schreien ihrer Tochter auszublenden, war ihr selbst ein Rätsel. Karla konnte sich so in Rage schreien, dass man hätte glauben können, das Köpfchen würde explodieren. Dabei wusste das arme Wesen nicht, dass Michaela in Sachen Mutterschaft eine Niete war.

Wann immer sie ihre Tochter ansah und in ihrem Inneren nach diesen sagenumwobenen Muttergefühlen suchte, erfasste sie ein nie gekanntes Elend.

Wenn sie ihre schreiende Tochter dann endlich anlegte, verfiel diese augenblicklich in ein hektisches Stöhnen und Knurren, der Hunger ließ sie den Kopf aufgeregt hin und her werfen, immer wieder die Warze verfehlen, bis sie schließlich mit der Zunge nach ihr schnappte wie ein Frosch nach einer Fliege. Michaela hielt die Luft an und kniff sich mit dem Fingernagel in die Hand. Der erste Schmerz war schier unerträglich. Und manchmal geschah es, dass Karla sich verschluckte. Sie ließ die Warze los und hustete, während die Milch in drei langen, dünnen Strahlen in ihr kleines Gesicht schoss, in Augen und Nase, und Karla schrie noch mehr als zuvor. Michaela griff nach einem Tuch und versuchte, die Milch aufzufangen. »Trink doch!«, flüsterte sie dann und führte das Köpfchen zurück. Karla trank gierig weiter, und Michaelas Augen liefen über. Es war eine solche Traurigkeit in ihr, die sie nicht benennen konnte.

Auch Bea hatte sie nicht verstanden. Angeblich hatte sie doch so viel Glück mit allem. David ein toller Mann, Karla ein Traumkind.

Jemand tippte ihr auf die Schulter. Es war einer der beiden Arbeiter, die schon hier gewesen waren, als sie kam.

»Ihr Handy klingelt die ganze Zeit. Wollen Sie nicht mal rangehen?«

Sie starrte ihn entgeistert an und griff zu ihrem Telefon. »Ja?«

»Meine Güte, wo steckst du?«, rief David.

»In der Cafeteria.«

»Warum sagst du denn nicht Bescheid? Komm runter, wir gehen zu Karla. Sie möchte dich sehen.«

»Ist Frau Brandes auch da?«

»Nein. Sie musste zu den anderen zurück. Kommst du?«

Michaela sah auf die Flasche Sprite und das Twix auf dem Tablett. »Ja. Ich komme.«

»Alles Gute zum Geburtstag, Mama«, begrüßte Karla sie und streckte die Arme nach ihr aus, ganz so, als brauchte Michaela Trost und nicht sie selbst. Vielleicht hatte David ihr erzählt, dass sie sich schreckliche Vorwürfe machte, irgendwie *vergessen* zu haben, dass Frau Brandes angerufen hatte. Dabei hatte sie nichts vergessen, das hätte sie schwören können.

Sie ging zu Karla, legte die Flasche Sprite und das Twix auf ihrer Bettdecke ab und streichelte ihrer Tochter die Wange. »Tut dir was weh?«

Karla griff nach Davids Hand. »Im Moment nicht. Sie haben mir was gegen die Schmerzen gegeben.«

»Wie bist du denn auf die Straße geraten?« Michaela musterte Karlas Gesicht, dann betrachtete sie die Hände ihrer Tochter und fuhr mit der Fingerspitze über eine alte Brandnarbe, die eine weiße Zeichnung auf der Haut hinterlassen hatte. »Du hast gar keine Schrammen.«

»Gott sei Dank nicht«, sagte David und schien der Unterhaltung ein Ende setzen zu wollen. Vielleicht befürchtete er, Karla könne in allen Einzelheiten den Unfallhergang schildern und Michaela würde zusammenbrechen.

»Morgen früh bei der Visite wird entschieden, wie lange Karla noch bleiben muss. Vielleicht dürfen wir sie dann schon wieder mit nach Hause nehmen.« Er gab seiner Tochter einen Kuss auf die Stirn. »Bis dahin müssen wir abwarten.«

Zwei Stunden später fuhren sie in ein Hotel in der Nähe des Krankenhauses. Michaela spürte, dass das Zittern anfing. Dabei hatte es keine Toten gegeben. Noch nicht einmal ernsthaft Verletzte.

»Du hast dich wacker geschlagen«, lobte David, als er ihre Tasche aufs Hotelbett legte.

Sie umschlang ihren Körper und versuchte, ihren zitternden Kiefer unter Kontrolle zu halten. Er legte beide Arme um sie und zog sie neben sich aufs Bett. Früher hatte das manchmal geholfen, wenn Bea nicht zur Stelle sein konnte. Aber jetzt nicht. Es verschlimmerte das Zittern nur. Michaela wand sich aus seiner Umklammerung, und David runzelte die Stirn. »Was ist denn los?«

Sie konnte sich beim besten Willen nicht vorstellen, wie sie es heute Nacht neben ihm aushalten sollte. Es war alles so unwirklich. Dinge, an die sie sich nicht erinnern konnte, wie das Telefonat mit Frau Brandes, waren angeblich wirklich geschehen, und das, woran sie sich glasklar erinnerte, nämlich an das Gespräch mit David, sollte hingegen nie stattgefunden haben? Früher hätte sie ihm unbesehen geglaubt. Sie hätte sich entschuldigt und in ihrem Kopf nach Erklärungen gekramt.

»Ich möchte lieber ein Einzelzimmer«, sagte sie. Schon als sie an der Rezeption standen, hatte sie das sagen wollen.

»Ein Einzelzimmer?« Er tippte sich an die Stirn. »Ich habe Karla allein im Krankenhaus zurückgelassen, damit du nicht auf schlechte Gedanken kommst, und jetzt willst du ein Einzelzimmer?«

»Dann lass uns über heute Morgen reden. Nicht über diesen angeblichen Anruf von Frau Brandes, sondern über das, was du gesagt hast.«

»Michaela, du hast dich über Frau Brandes' Anruf aufgeregt und deshalb … Hoffen wir einfach, dass es eine Ausnahme war. Den Rest hast du dir eben zusammenphantasiert. So einfach ist das.«

Es klang durchaus plausibel. Mit dem Unterschied, dass sie zwar früher manchmal Dinge wie Karlas Schreien ausblenden konnte. Sie hatte sich aber niemals *eingebildet*, dass sie schrie, wenn das gar nicht der Fall war.

»David«, begann sie erneut, »wie stehst du wirklich dazu, dass wir nach Eschersbach gezogen sind? Dass wir in einem spießigen Reihenhaus wohnen, neben anderen Spießern?«

»Michaela, hör auf. Echt. Vergiss, was heute Morgen war.« Sein Blick hatte etwas Flehendes. Als wolle er aufhalten, was sie einmal fast ihre Ehe gekostet hatte, weil er am Ende seiner Kräfte gewesen war. Damals war sie seiner Bitte gefolgt, sich in eine Klinik einweisen zu lassen. Sie hatte ihm blind vertraut. Ihm, Bea und später Frau Lorek. Die Psychologin hatte sie betreut, nachdem sie aus der Psychiatrie entlassen wurde. Knapp sechs Wochen war sie dort gewesen und zwei Wochen vor Karlas erstem Geburtstag entlassen worden. David war noch immer in Sorge gewesen, sie könne nicht für die Kleine sorgen, weil sie womöglich bewegungsunfähig in der Küche saß und auf nichts wartete als auf den Tod. Kein Babygeschrei wahrnahm, ihre Tochter stundenlang in ihrem Bettchen ließ, bis jemand aus der Nachbarwohnung die Polizei informierte. Doch da brauchte er sich nicht zu sorgen. In der Klinik hatte Michaela einen akribischen Plan erstellt, was wann zu erledigen war. Ihre Tage waren minutiös durchgeplant. Es funktionierte bestens – bis auf die Tatsache, dass sie nach wie vor einfach keine Muttergefühle für ihre Tochter entwickeln konnte. Und das, obwohl sie doch eine Ausbildung zur Erzieherin gemacht hatte und kleine Kinder liebte.

Trotz ihres Plans hatte David auf eine Betreuung im Anschluss an den Klinikaufenthalt bestanden und in Frau Lorek jemanden gefunden, zu dem sie sofort Vertrauen gefasst hatte.

»Was glauben Sie, was Ihnen nach der Geburt Ihrer Tochter so schwer zugesetzt hat, Frau Michalsen?«, hatte Frau Lorek in einer der ersten Sitzungen gefragt.

Michaela hatte aus dem Fenster hinaus über die Dächer von Bad Homburg geblickt, wo Frau Loreks Praxis lag, und nach Worten gesucht. Alle nahmen an, sie habe diese ganzen Probleme erst seit Karlas Geburt. Aber das stimmte nicht. Schon als Kind war sie weggetreten, wenn die Emotionen sie übermannten. Aber da hatte es keiner richtig gemerkt, weil Bea immer für sie gesprochen hatte.

»Was mir am meisten zugesetzt hat?«, hatte sie Frau Loreks Frage wiederholt. »Dass Karla eine Mutter hat und ich nicht.«

David holte sie mit einer Berührung zurück ins Hotelzimmer. Er streifte ihr mit dem Daumen eine Träne von der Wange. Michaela wehrte seine Hand ab. »Wie gesagt, ich möchte ein Einzelzimmer«, sagte sie.

Seufzend stand er auf.

Sie haben eine neue Nachricht
1. August 2014
Von: Bea Bern
An: Michaela Michalsen

Liebe Michi,
wir gingen jeden Sonntag in die Kirche, weißt du noch? Vorn saß die dicke Bärbel, sie wollte immer in der ersten Reihe sitzen, damit der Pfarrer sie auch nur nicht übersah. Wir beide haben immer ganz hinten gesessen, auch wenn die Erzieher es nicht gern sahen. Aber es war ihnen lieber, als wenn wir mit unserem Getuschel die Predigt störten. Wir haben aus Kaugummipapier Eheringe gebastelt und getan, als würden wir heiraten. Eigentlich war ich für solche Spiele schon zu groß, aber es gab nichts Schöneres für mich, als dir dabei zuzuhören, wenn du von einer romantischen Zukunft träumtest. Du wolltest immer heiraten – ganz im Gegensatz zu mir. Stattdessen versprach ich dir, dass ich mal den Mann für dich aussuche. Mit solchen Träumereien hielten wir uns am Leben. Heute träume ich nur noch allein vor mich hin. Wenn du und ich wieder vereint sind, wird das der schönste Tag meines Lebens.
Ich umarme dich.
Bea

4

Lena von Hohenkamp stand mit ausgebreiteten Armen am offenen Fenster des Plattenbaus in der Frankfurter Allee in Berlin-Lichtenberg und sah nach unten auf die dichten Büsche, die zu einer einzigen grünen Masse zusammengewachsen zu sein schienen. Sie lächelte anerkennend: elfter Stock, nicht schlecht. Die Höhe reichte vermutlich aus. Vielleicht aber auch nur für ein paar gebrochene Knochen, das ganze Gestrüpp da unten federte sicher einiges ab. Sie schloss beide Fensterflügel und drehte sich mit einer ruckartigen Bewegung um hundertachtzig Grad, so dass die noch ungewohnten Dreadlocks auf ihrem Kopf leise raschelten und auf ihren Schultern kitzelten. Soweit ihr Filzrock dies zuließ, nahm sie drei große Schritte zur Zimmermitte und rannte dabei fast einen ihrer Mitbewerber in Jeans und Turnschuhen über den Haufen. Er füllte eifrig das Formular für die Hausverwaltung aus. Vermutlich war er Student wie die meisten hier. Es war Montagmorgen kurz nach halb elf, sie waren zu zehnt. Zehn Interessenten für eine Wohnung war kein schlechter Schnitt, in Kreuzberg wären sie mindestens dreißig gewesen. Vielleicht lag es aber auch daran, dass Montag war und nicht Samstag. Samstage waren auf dem Wohnungsmarkt die Hölle. Aber Kreuzberg konnte sie sich sowieso nicht leisten, nicht mal in der Reichenberger Straße, wo sie bis jetzt bei Tom gewohnt hatte. Dort musste sie unbedingt raus. Am besten heute noch, die Nacht hatte sie am Bahnhof verbracht.

Die Frau von der Wohnungsbaugesellschaft warf ihr einen fragenden Blick zu. Vielleicht erwartete sie, dass Lena auch die Formulare ausfüllte. Aber dafür gab es keinen Grund.

Lena ging auf sie zu. »Ist mir nicht hoch genug hier«, erklärte sie. »Gibt es noch was Höheres?«

»Wat Höheres?«

»Ja. Zwanzigster Stock wäre gut. Muss ja auch nicht in Lichtenberg sein.«

»Falls Sie wat zum Runterspringen suchen, kann ik Ihnen die Heimannstraße empfehlen. Klingeln Se einfach, sagen Se, Se hätten Post, dann nix wie hoch und runter vom Dach. Denn können wir uns allet weitere Gequatsche spar'n.«

»Ich fragte wegen der Aussicht«, widersprach Lena.

»Aussicht, jaja. Ik dachte, Sie bräuchten dringend 'ne Wohnung?«

»Ja, schon. Aber so dringend auch wieder nicht.«

Die Frau, deren Namen sie vergessen hatte, runzelte ärgerlich die Stirn und strich etwas auf ihrer Liste durch – vermutlich Lenas Namen. Lena lächelte in sich hinein. Sie wusste genau, was die Alte dachte: »Beggars can't be choosers« oder so was in der Art auf Deutsch – doch was sie dachte, war ihr ohnehin scheißegal. Wenn schon Plattenbau, dann wenigstens passend. Andererseits hatte sie nun wirklich nicht die große Auswahl bei ihrem Budget. Vielleicht sollte sie irgendwo arbeiten, wo sie ein sicheres Gehalt bekam, und dann was Besseres suchen. Aber das dauerte natürlich. Und ohne festen Arbeitsvertrag würde es sowieso schwierig werden mit einer Wohnung. Die Frage war, ob sie sich überhaupt irgendwo arrangieren konnte. Es ging ihr tierisch gegen den Strich, wenn man sie herumkommandierte. Manche Ladenbesitzer schienen das riechen zu können und boten ihr erst gar keine Stelle an. Doch ganz von ihrer Wohn- und

Arbeitssituation abgesehen, gab es ja immer noch das Problem Tom. Bestimmt lief sie ihm mal über den Weg, und das wollte sie auf keinen Fall. Gut, vielleicht nicht, wenn sie hier in Lichtenberg eine Wohnung fand. Aber sie konnte sich beim besten Willen nicht vorstellen, in Berlin zu leben und nicht mehr nach Kreuzberg zu gehen – sei es nur in die Markthalle oder ins Barcomi's. Ohne die Bagels dort ging's nicht, da störten Lena nicht mal die gepfefferten Preise und die hippen Mamis, die gern Englisch mit ihren Kindern redeten. Wenn Tom sie dort sah, würde er vermutlich versuchen, sie davon zu überzeugen, dass es ein Versehen gewesen war und ihm sein Verrat »nur so rausgerutscht« sei. Aber jetzt war es zu spät, alle wussten Bescheid. Die Sache würde sich wie ein Lauffeuer herumsprechen.

Lena trat wieder ans Fenster und sah hinunter. Am besten, sie ging ganz woanders hin. In eine andere Stadt. Wenn sie schon ihr Leben umkrempelte, dann wenigstens richtig. Mit allem Pipapo. Warum nicht? Sie konnte sofort los, es würde keine Stunde dauern, dann wäre alles gepackt. Ihre Besitztümer passten in einen Rucksack.

Nachdem sie sich von der Wohnungsbautante verabschiedet hatte, nahm sie die U-Bahn zum Alex und stieg um in die S5 zum Hauptbahnhof. Sie würde sich blind eine Zeitung kaufen, irgendein Blatt aus einer anderen Stadt. Sie würde die Sache dem Zufall überlassen. Auch wenn viele behaupteten, es gäbe keine Zufälle, so wusste sie mit absoluter Bestimmtheit, dass es sie gab. Angeblich war ja alles immer für irgendetwas gut. In ihrem Fall jedoch nie.

Tom würde sich wundern, und alle anderen auch. Sie musste nur achtgeben, dass sie kein ausländisches Blatt erwischte, Istanbul war wirklich zu weit.

Und München ging natürlich auch nicht.

Eine Viertelstunde später saß sie bei McDonald's und tunkte mit einer Hand ein Chicken McNugget in Currysoße, mit der anderen blätterte sie in der Frankfurter Allgemeinen Zeitung. Sie war unentschlossen. Und enttäuscht. Frankfurt war wirklich so *gar* nicht ihr Ding. Banker-Stadt. Spießig. Klein – jedenfalls im Vergleich zu Berlin. Was noch? Apfelwein. Grüne Soße. Was sollte sie dort? Sie kannte einige Typen, die 'ne Weile in Frankfurt gewesen waren und die Schnauze schon nach ein paar Wochen voll gehabt hatten. Während einem hier in Berlin jeder Tourist Geld gab, blieben in Frankfurt die Portmonees geschlossen. Andererseits fand sie dort vielleicht leichter Arbeit. Möglicherweise brauchten die bei einer der tausend Banken jemanden an der Kasse? Lena kicherte über ihren eigenen Witz und starrte dann wieder auf die Zeitung. Lustlos blätterte sie durch die Kleinanzeigen, umspielte dabei eine ihrer Dreadlocks mit dem Zeigefinger. Größtenteils wurden Putzhilfen gesucht. Oder jemand für die Restaurantküche. Ein Depp vom Dienst. Sie hatte aber weder Lust zu putzen noch zu spülen. Telefonverkauf vielleicht? Nee. Sie hasste telefonieren. Außerdem konnte sie nicht heucheln. Was auch der Grund dafür war, dass sie nicht kellnern konnte.

Begleitservice. Tja. Die wollten jemanden ab fünfundzwanzig. Eine Sechsundzwanzigjährige nahmen die bestimmt mit Kusshand. Der Verdienst war vermutlich nicht mal schlecht. Aber ... nein. Sie wollte was Ehrliches machen. Ehrlich und moralisch. Lena lächelte in sich hinein. Ein Neuanfang. Das wäre doch was. So viele Leute machten Neuanfänge. Aber in Frankfurt? Sie verstand gar nicht, weshalb sie ausgerechnet nach dieser Zeitung gegriffen hatte.

Sie wollte die Seite mit den Stellenanzeigen gerade schließen, als ein Wort ihre Aufmerksamkeit erregte. *Hund.*

5

Ich geh in mein Zimmer«, sagte Karla, als sie aus dem Krankenhaus zurückkehrten, und sprang leichtfüßig die Treppe nach oben. Der Klinikarzt hatte vermutet, dass nichts zurückbleiben würde außer einem Schreck und hoffentlich die Erfahrung, beim nächsten Mal besser nicht am Straßenrand herumzublödeln.

David fuhr sofort weiter ins Büro, und Michaela räumte die Taschen aus. Sie fühlte sich wie im Automodus, was an der schlaflosen Nacht im Hotel liegen mochte – trotz Einzelzimmer hatte sie kein Auge zugetan. Aber eigentlich lag es an etwas anderem. So wenig, wie man beim Blick in den Spiegel einen eitrigen Pickel auf der Nase ignorieren konnte, so wenig konnte sie die Gedanken an Davids Worte und ihren Blackout ausblenden.

Sie lief durchs Haus und staubte alles mit dem Lappen ab, was ihr unter die Finger kam. Als sie schließlich sogar Davids Zeitung, die er nach ihrer Rückkehr nur kurz aus dem Briefkasten gefischt hatte, auf dem Küchentisch ordentlich zusammenlegte, fiel ihr Blick auf ein Wort. *Weltreise*. Nachdenklich setzte sie sich.

Am Nachmittag kamen Katharina und Regina vorbei, heiß auf Neuigkeiten. Dass Karla einen Unfall gehabt hatte, erschreckte sie nur kurz. Viel interessanter waren wohl Michaelas neueste Überlegungen.

Reginas Hände lagen auf der Tischplatte, sie lehnte ihren Oberkörper nach vorn, während Katharina mit verschränkten

Armen auf dem Stuhl saß und Michaela mit ratlos gerunzelter Stirn betrachtete.

»Ich verstehe ehrlich gesagt nur Bahnhof«, sagte sie. »Warum genau willst du ausziehen? Erklär's mir noch mal.«

Normalerweise hätte Michaela die beiden niemals in ihre Pläne eingeweiht. Aber sie brauchte ihre Nachbarinnen als Hilfen für Karla. Manchmal arbeitete David ja doch etwas länger.

»Ich benötige einfach Klarheit«, erklärte sie. »Ihr versteht das nicht. Es ging mir nicht gut, als Karla geboren war. Ich hab gedacht, ich dreh durch. In meinem Kopf ratterte es wie in einer Flaschenabfüllanlage. Ich war permanent mit Denken beschäftigt. Wisst ihr, wie anstrengend das ist? Immerzu denken, denken, denken – sich zu vergewissern, auch an alles gedacht zu haben?« Gerade ging es ihr so ähnlich. Sie hatte das Gefühl, als entgleite ihr alles. »Heute Morgen wusste ich plötzlich nicht mal mehr, welcher Tag ist«, sagte sie matt.

Regina hob die Schultern. »Geht mir ständig so. Im Büro verlege ich dauernd was. Und Brian und Jonathan werfen mir ständig vor, ich würde einfach nicht richtig zuhören.«

Katharina nickte beipflichtend. »Mir ist es schon passiert, dass ich zwei Objekte miteinander verwechselt habe und dem Kunden im Keller eine Sauna zeigen wollte, wo es gar keine gab.«

Michaela schüttelte den Kopf. »Von solchen Dingen spreche ich nicht. Das, was ich meine, ist komplizierter. So wie eine Rechenaufgabe, für die ich die Formel vergessen habe. Es ist, als ob es eine ganz einfache Lösung für das gäbe, was ich durchmache. Etwas, das ich aber nicht erkenne. Und deshalb kann ich es nicht aushalten, wenn David nach Hause kommt und so tut, als sei nichts gewesen. Da war aber etwas! Und er nimmt kein bisschen ernst, was ich durchmache – oder er tut nur so.« Ratlos ließ sie die Schultern sinken. Sie wusste selbst, dass sie total konfus klang.

Zum Glück hatte das Zittern wieder aufgehört. Allerdings erst, seitdem sie diese Anzeige in der Zeitung gelesen hatte. Da suchte einer in Frankfurt jemanden, der während seiner Weltreise seine Wohnung und den Hund hütete.

»Aber du kennst dich doch überhaupt nicht mit Hunden aus«, bemerkte Regina und verdrehte die Augen.

»So schwer wird es nicht sein«, entgegnete Michaela.

Auch Bea klang skeptisch. Zunächst aber entschuldigte sie sich wortreich bei Michaela, dass sie es nicht geschafft hatte, sich an ihrem Geburtstag zu melden. Das war noch nie passiert, und sie war untröstlich. Bea war so von ihrer Eventwoche im Museum absorbiert, kniete sich völlig rein in den Job, der sie auch einen Großteil ihres Privatlebens kostete. So stöberte sie gern stundenlang und auch am Wochenende in Ausstellungskatalogen der Museen aller Welt und pflegte berufliche Kontakte mehr als private. Bis auf die Beziehung zu Michaela natürlich. Es gab keinen anderen Menschen auf der Welt, der so uneingeschränkt für sie da war wie Bea. So auch heute.

»Bleib, wo du bist, ich komme sofort«, sagte sie, nachdem Michaela ihr geschildert hatte, was zwischen David und ihr vorgefallen war. »Lass uns über alles reden, keine Kurzschlusshandlungen!«

Michaela wusste selbst nicht, woher diese plötzliche Entschlussfreudigkeit in ihr kam. Doch irgendwie hatte sie den Drang, auf der Stelle etwas an ihrer Situation zu verändern.

Deshalb hatte sie mit dem Wohnungsbesitzer schon für den nächsten Tag einen Termin vereinbart, zum ersten Kennenlernen von Mensch und Tier.

»Du musst nicht kommen, kümmere du dich um deine Veranstaltungen – dort braucht man dich mehr.«

»Wenn ich das alles höre, wird mir ganz anders. Ausziehen? Und was machst du mit Karla-Maus? Nimmst du sie mit?«

Michaela schloss die Augen. Natürlich war es nicht gut, ihre Tochter zurückzulassen. Aber sie musste allein sein, um klare Gedanken fassen zu können. Karla war immerhin schon zwölf und sowieso ein Papakind. Und wenn etwas passierte, war Michaela ja ruckzuck zu Hause. Bei einem stationären Aufenthalt wäre das nicht so einfach.

»Und wie läuft es bei dir?«, überging sie Beas Einwand. »Kommst du denn im Moment überhaupt noch zum Sport?«

»Ach, frag nicht! Ich müsste dringend mehr tun, aber abends fehlt mir echt der Drive. Dabei bin ich doch immer ewig wach. Ach, es ist Mist.«

»Und wie geht es deinem Freund, dem von der Dönerbude vorn an der Ecke? Denkt er immer noch, dass du Schwedin bist?«

Bea lachte auf. »Na klar denkt er das noch immer. Nimmt man mir doch auch ab, oder?«

Michaela grinste. »Allerdings. Wurde eure Vernissage denn gut angenommen?«

»Sie haben uns schier überrannt. In den nächsten Tagen wird es hoffentlich wieder etwas ruhiger. Aber sag mal … abgesehen von Karla: Was sagt David denn zu deinen Plänen? Bitte, Michi. Warte noch mal ein bisschen ab. Sicher kommt alles wieder ins Lot. Oder rede mit Frau Lorek, was hältst du davon? Bitte, Liebes.«

»Aber Bea, ich bin heilfroh, dass ich selbst auf eine Lösung gekommen bin und nicht nur rumsitze und abwarte!«

Bea schien einen Moment innezuhalten. Dann sagte sie: »Wie du meinst, Süße, dann tu, was du für die beste Lösung hältst. Wenn irgendwas ist … Ich bin immer für dich da, das weißt du.«

6

Weltreise geplant. Wer hütet meine Wohnung? Versorgt meinen Hund? Gießt die Blumen? Nichtraucher bevorzugt. Frankfurt, Nähe Stadtmitte.

Lena umrahmte die Anzeige mit einem roten Filzstift, den sie aus den Untiefen ihres Beutels gekramt hatte. Das mit den Pflanzen des Weltenbummlers konnte ein Problem werden, sie hatte noch nie welche besessen. Wie oft brauchten die Wasser? Gut, das konnte sie den Typen ja fragen. Der hatte doch sicherlich eine Liste mit all den Dingen, die erledigt werden mussten. Die meisten Leute hatten Listen. Sie natürlich nicht.

Lena riss die Anzeige aus der Zeitung und ließ den Rest auf dem Tisch liegen. Sie musste nach Hause. Telefonieren. Und packen.

In Toms Wohnung griff sie zum Telefon. Sie holte den zerknäulten Zettel aus ihrer Hosentasche und blickte zweifelnd darauf. Was, wenn der Job schon vergeben war? Wenn die Chemie nicht stimmte? Sicher vertraute so ein Typ nicht irgendwem seine Wohnung an. Sie warf einen Blick in den Spiegel an der Wand. Die neuen Dreadlocks reichten ihr bis knapp über die Schultern, sie hatte sie sich vor drei Wochen mit Hilfe einer Freundin zugelegt. Seither toupierte sie sie jeden Tag nach, damit sie in Form blieben.

Lena schielte skeptisch auf das Telefon in ihrer Hand und gab dann die Ziffern ein. Es klingelte nur ein einziges Mal.

»Florian Grunwald.«

Der Typ klang hochseriös. Wie einer, der genau wusste, was er wollte. Und das musste unbedingt sie sein.

»Hallo. Tag. Mein Name ist Lena von Hohenkamp. Ich habe Ihre Anzeige gelesen. Die mit der Wohnung. Ist die Stelle noch frei? Ich würde das total gern machen. Ich liebe Hunde.«

»Na, das hört sich doch gut an, schön, dass Sie sich melden. Sind Sie Studentin?«

»Ähm ... nein, das nicht direkt.«

»Ich suche im Wesentlichen jemanden, der hier einzieht und sich um meinen Hund kümmert. Die Wohnung soll nicht die ganze Zeit leer stehen.«

»Das ist kein Problem, ich hab wirklich Zeit und bin ungebunden.«

»Aha«, antwortete der Mann. Das klang nicht sehr überzeugt. Möglicherweise dachte er, sie sei frisch getrennt. Auch gut. Das Thema Hund musste sie noch wichtiger nehmen. Vielleicht überzeugte sie ihn damit. »Was ist es denn für ein Hund?«

»Ein Australian Shepherd.« Ihr sagte das nichts. Dieser Herr Grunwald schien zögerlich.

»Sie sind also keine Studentin? Was machen Sie denn, wenn ich fragen darf?«

Dass die Leute immer wissen wollten, was man *machte!* Sie konnte schlecht mit ihrem Realschulabschluss prahlen und zugeben, dass sie keinen Job hatte. Also wäre das mit der Studentin gar keine schlechte Idee gewesen. Andererseits hatte sie keine Ahnung vom Studieren. Sie brauchte etwas, was näher an der Wahrheit lag.

»Ich bin Streetworkerin. Ich betreue Jugendliche, die auf der Straße leben.« Es war irgendwie nicht mal gelogen.

»Das ist ja interessant. Wo genau?«

»Also ... ich wohne derzeit noch in Berlin. Aber ich werde demnächst in Frankfurt arbeiten. Ich kann gut mit Hunden umgehen. Mit Pflanzen natürlich auch.«

»Wie alt sind Sie?«

»Sechsundzwanzig.«

»Tja, ist jetzt ein bisschen schwierig. Normalerweise hätte ich Sie gern kurz getroffen und wir hätten geguckt, ob die Chemie –«

»Ich bin morgen sowieso in Frankfurt. Machen Sie sich keine Sorgen, das ist ganz unverbindlich.« Von wegen.

»Ich weiß noch nicht genau, wie lange ich weg sein werde, aber derzeit gehe ich von vier Monaten aus. Vielleicht wird ein halbes Jahr daraus, das hängt davon ab, wie lange ich mit meinem Budget hinkomme. Passt das für Sie?«

»Klar, klingt super.« Jedenfalls hatte er wohl ein größeres Budget, als sie sich zugestand.

Florian Grunwald sprach weiter: »Na ja, es geht schon bald los, die Tickets sind gebucht, und die Person, die meinen Hund nehmen wollte, ist abgesprungen. Könnten Sie gegen 17 Uhr 30 hier sein? Die Adresse ist Leipziger Straße 57.«

Sie tauschten Abschiedsfloskeln aus, dann legte sie auf. *Leipziger Straße*. Auf ihren Armen machte sich eine Gänsehaut breit. Sie hatte schon einmal in einer Leipziger Straße gewohnt. Das Haus gab es wahrscheinlich nicht mehr.

Doch für solche Gedanken war jetzt kein Raum. Wenn sie von jetzt auf gleich nach Frankfurt wollte, gab es noch einiges zu erledigen. Zuerst würde sie den großen Rucksack packen. Woran musste sie alles denken? Lena ging in die Küche, die sie und Tom aus verschiedenen abgelegten Küchenmöbeln zusammengestellt hatten, und zog die Schublade auf, in der all der Krimskrams lag, der woanders keinen Platz fand. Irgendwo hatte sie Zettel. Sie musste sich ein paar Sachen aufschreiben, bevor sie Hals über Kopf alles hinter sich ließ. Was brauchte sie für einen Neuanfang? Lena griff nach einem Blatt und einem stumpfen Bleistift und notierte. Zuallererst musste sie den Ordner mit ihren Papieren einpacken. Geburtsurkunde, Schulzeugnisse, die Unterlagen vom Notar, die von der Bank. Sie verwahrte alles in einem alten Leitzordner, bei dem der Verschluss nicht mehr richtig funktionierte und sie jedes Mal Angst hatte, alle Blätter würden mit einem einzigen Rutsch herausfallen. Normalerweise war sie nicht besonders ordentlich, aber bei ihrem Start in Berlin war ihr schnell klargeworden, dass die *Akten* stimmen mussten. Sie kannte einfach zu viele Leute, die sich ständig in Schwierigkeiten brachten, nur weil sie sich gegen Formalitäten wehrten. Tom war da anders. Er beschriftete sogar seine Aktenordner, einer hieß »Quittungen«, ein anderer »Studium und Job«. Das Kunstgeschichte-Studium hatte er allerdings nie abgeschlossen. Stattdessen arbeitete er bei einer Filmproduktion, sie machten Musikclips für Popbands.

Lena schüttelte sich kurz. Sie hatte jetzt keine Zeit, an Tom zu denken. Die Frage, wie sie denn eigentlich nach Frankfurt kam, war viel wichtiger. Mit dem Zug war es zu teuer, das konnte sie sich nicht leisten. Sie würde sich wohl ein Schild malen und trampen müssen. Erfahrungsgemäß nahm sie jemand mit, Frauen hatten es leichter. Sobald ein Typ dabei war, hielt keiner mehr an. Auf diese Weise war sie schon zu einem Zelturlaub nach Tschechien gekommen und nach Polen ans Meer.

Bestimmt fuhr heute noch einer in Richtung Frankfurt. Anschließend würde sie schon irgendwo schlafen können, zur Not in der Bahnhofsmission oder in einer anderen Einrichtung. Wichtiger war die Frage: Was, wenn sie diesem Florian Grunwald nicht in den Kram passte? Oder der Hund sie nicht mochte? Dann musste sie wieder zurück.

Lena tastete nach einer ihrer Dreadlocks, umwickelte ihren Finger damit. Sie musste eben alles dafür tun, dass nichts dergleichen passierte.

*

Als sie und Karla abends beim Essen saßen, bemerkte Michaela: »Es kann sein, dass ich demnächst zur Kur fahre.« Sie konnte ihrer Tochter unmöglich sagen, dass sie so dringend wegwollte, dass sie dafür sogar bereit wäre, in die Wohnung eines Wildfremden einzuziehen. Sie hatte Schwielen an den Händen, weil sie das Haus vom Keller bis zum Dach geschrubbt hatte, um nicht die Fassung zu verlieren. Die Angst davor, dass sich die Vergangenheit wiederholen könnte, saß ihr im Genick, und sie konnte nichts anderes denken, als dass sie rausmusste. Raus *hier*.

»Bist du krank?«

Michaela sah ein ängstliches Flackern in den Augen ihrer Tochter. »Nein, nicht krank. Aber ich brauche Erholung. Es geht mir nicht so gut.« Innerlich tippte sie sich an die Stirn und fügte »im Kopf« hinzu.

Karla fuhr mit der Gabel durch die Tomatensoße auf ihrem Teller und malte ein Zackenmuster. Dann schaute sie wieder auf. »Wie lange dauert so eine Kur?«

»Das weiß ich noch nicht genau. Kommt darauf an …« Alles zu seiner Zeit. Wenn sie Karla direkt sagte, dass es vier bis sechs Monate werden konnten … das war doch für sie ein kaum zu überschauender Zeitrahmen. Und im Grunde war es ja wirklich viel zu lange. Innerlich raufte sie sich die Haare. Wenn nur diese Zweifel nicht wären!

»Und wer kümmert sich um mich?«, fragte Karla.

»Papa ist doch da. Mittags kannst du in die Schulkantine gehen. Und nachmittags gehst du zu Regina oder Katharina, wenn irgendetwas ist.« Das ließ sich bestimmt regeln. Michaela begann, den Tisch abzuräumen, obwohl Karla noch aß.

»Bist du mir böse, weil ich nicht bis zum Ende der Klassenfahrt geblieben bin, Mama?«, fragte Karla.

Michaela hielt in ihrer Bewegung inne und sah ihre Tochter überrascht an. »Natürlich nicht«, sagte sie mit Nachdruck. »Das Ganze hat nichts mit dir zu tun. Ich würde es auch gar nicht machen, wenn ich nicht fest davon überzeugt wäre, dass du und Papa das gut miteinander schafft. Ihr seid doch ein tolles Team.«

»Darf ich dann abends so lange fernsehen, wie ich möchte?«, fragte ihre Tochter.

Michaela lachte auf. »Das musst du mit Papa besprechen, er ist dann der Boss.«

Was das betraf, musste sie loslassen. Sonst würde sie jeden Tag auf der Lauer liegen und schauen, ob alles lief.

Sie haben eine neue Nachricht
4. August 2014
Von: Bea Bern
An: Michaela Michalsen

Liebe Michi,
zurzeit denke ich viel über verpasste Gelegenheiten nach. Als du so wild entschlossen warst, zu dir selbst zu finden, hätte ich einschreiten sollen. Besonders, wenn man wie ich aus zerrütteten Verhältnissen kommt und in der besten Freundin eine neue Familie gefunden hat, sollte man die doch so fest halten, wie man nur kann. Doch leider war mir etwas dazwischengekommen, so dass ich das wirklich Wesentliche kurz aus den Augen verlor. Aus heutiger Sicht ist das unverzeihlich. Noch dazu war es das zweite Mal in meinem Leben, dass ich für einen kurzen Moment nicht achtgab. Ich kann dir nicht beschreiben, wie sehr mich das schmerzt.
Ach, Michi. Wenn du dir nur gleich Hilfe geholt hättest, als deine Aussetzer wieder anfingen. Hätte ich doch nur darauf bestanden, dass du zu Frau Lorek gehst, dann wäre alles ganz anders gekommen. Oder in die Klinik. Ich drehe wirklich fast durch bei dem Gedanken, alles könnte noch so wie früher sein.
Liest du meine Worte, Michi? Dringen sie zu dir vor? Wenn ich es nur wüsste.
Bea

7

Als Lena am nächsten Tag ihren Finger auf die Klingel von F. Grunwald legte, kam gerade eine Frau mit rötlich-strohigem Haar in glattgebügelter Jeans und hellem Blazer aus dem Haus.

»Wollen Sie rein?«, fragte die Frau, und Lena nickte. Dann überlegte sie es sich anders. »Ich klingele besser trotzdem noch mal.«

Die Frau ging ohne einen weiteren Kommentar davon. Der Summer ertönte. Lena trat ein. Das Treppenhaus wirkte steril, die Stufen weiß gefliest, keine ausgetretenen Holzstiegen wie ihre in Berlin. Ihre Schritte hallten von den Wänden wider. Blieb nur zu hoffen, dass man hier keinen Putzdienst hatte. In Berlin war es egal, wenn man den schleifen ließ, aber in diesem Haus wurde sicher darauf geachtet.

Als Lena im dritten Stock ankam, wartete ein dunkelblonder Mann an der Tür, dessen Haare sich an der Stirn zu lichten begannen und dessen Augen diese merkwürdige Farbe hatten, die weder blau noch grau noch grün war. Neben ihm stand schwanzwedelnd ein Hund. Das war also ein Australian Shepherd. Das Tier besaß zweifarbige Augen und ein weiß-braun-grau gemustertes Fell. Er sah Lena aufmerksam an und trippelte dann aufgeregt auf sie zu. So ein Hund kostete bestimmt einen Tausender. Leo hatte damals auch viel gekostet – ihre Mutter hatte über diesen hohen Preis für einen Labrador nur den Kopf schütteln können. Aber am Ende war er viel wertvoller gewesen. Der treueste Freund, den man sich denken konnte.

»Hi«, begrüßte Lena den Mann, »ich bin Lena von Hohenkamp.« Sie setzte das Lächeln dieser Italienerin aus der Giotto-Werbung auf. Spielerisch, selbstbewusst, mit einem Hauch Erotik.

Der Mann gab ihr die Hand. »Florian Grunwald. Schön, dass Sie da sind.« Er musterte ihre Dreadlocks, dann glitt sein Blick über ihren langen Rock und die Riemchensandalen vom Flohmarkt. Schließlich deutete er auf seinen vierbeinigen Freund. »Das ist Pim.«

»Pim?«

Er nickte. Lena beugte sich zu dem Tier hinunter, dabei hielt sie ihre Zöpfe zusammen und legte sie sich über die Schulter, so dass sie nicht auf Pim hinabprasselten. Sie hielt dem Tier die Hand hin, und zu ihrer Überraschung legte er seine Pfote hinein. Die Unterseite war rauh, seine Krallen schabten fast zärtlich über ihre Haut. Er stellte seine Ohren auf und schnupperte an ihrer Hand.

»Na, du bist ja ein höflicher Kerl«, säuselte Lena und verzog anerkennend die Mundwinkel. Sie spürte plötzlich einen Kloß im Hals – seit Leo hatte kein Hund ihr Herz erreichen können.

»Er mag Sie«, bemerkte sein Herrchen, »das ist schon mal gut.«

Lena folgte den beiden durch den mit hellem Laminat ausgelegten Flur in die Küche. Die weißen Schränke glänzten ohne eine einzige Schramme, die graue Arbeitsplatte schimmerte makellos. Auf dem von zwei Stühlen flankierten Tisch stand eine Vase mit Pfingstrosen. Hier zu wohnen wäre mal was ganz Neues. Ein gepflegtes Ambiente. Vermutlich gab es auch ein richtiges Bett und nicht nur eine Matratze.

»Möchten Sie etwas trinken?« Florian Grunwald öffnete einen der Schränke, nahm ein Glas heraus und stellte es zu zwei anderen auf den Tisch. Eines davon schob er zur Seite.

»Ich trinke Leitungswasser«, erklärte Lena, »nur keine Umstände.« In Berlin trank sie auch kaum was anderes. Allenfalls mal eine Dose Cola, wenn sie arg große Lust darauf hatte. Sie hatte noch nie einen Getränkekasten in den dritten Stock geschleppt.

Ihr Gastgeber füllte beide Gläser mit Wasser aus dem Hahn und bat sie, sich zu setzen. »Wann fangen Sie denn mit Ihrer Arbeit hier in Frankfurt an?«, wollte er wissen.

Lena hatte sich schon ein paar Antworten auf zu erwartende Fragen zurechtgelegt. Nachdem sie auf ihrer Fahrt nach Frankfurt ein paarmal die Fahrzeuge gewechselt und schließlich die Nacht in einer Übernachtungsstätte am Ostpark verbracht hatte, war sie am Morgen zum Arbeitsamt ganz in der Nähe aufgebrochen und hatte sich dort alle offenen Stellen angesehen – in der Hoffnung, es gäbe etwas in Richtung Streetworking, damit sie Herrn Grunwald einen konkreten Arbeitgeber nennen konnte. Leider waren nur Stellen für Erzieherinnen in städtischen Kitas ausgeschrieben, für die sie nun wirklich nicht in Frage kam. Dennoch log sie jetzt: »Sobald ich eine Wohnung habe.« Falls er weiterfragen sollte, wollte sie ihm einfach die Stadt Frankfurt als künftigen Arbeitgeber nennen.

Er nickte und nahm einen Schluck Wasser. »Soll ich Sie mal rumführen? Haben Sie Fragen?«

Sie deutete auf Pim. »Wie oft muss er raus? Kann ich ihn allein lassen? Während ich arbeite, meine ich.« Sie musste dringend authentisch wirken, alles andere machte ihn am Ende nur misstrauisch.

Er wiegte den Kopf hin und her. »Pim schafft es schon ein paar Stunden. Mehr als sieben sollten es aber nicht sein. Deshalb hatte ich ja eher auf einen Studenten gehofft.«

Lena hob die Schultern. Hätte sie bloß von Anfang an gesagt, dass sie Studentin sei, dann könnte er nicht so darauf herumreiten. Andererseits gingen auch Studenten mal aus dem Haus.

»Hören Sie« – sie bemühte sich um ein Lächeln – »ich kann bestimmt in meiner Mittagspause herkommen und mit ihm Gassi gehen. Das sollte doch kein Problem sein. Nehmen Sie ihn immer mit zur Arbeit?«

»Nein, aber ich bin Lehrer an einer Gesamtschule hier um die Ecke. In der Mittagspause komme ich heim.«

Irgendwie tat Lena der Hund leid. Er schien ein einsames Leben zu führen. In Felding war immer jemand zu Hause gewesen.

*

Michaela saß auf ihrer Terrasse in der Nachmittagssonne und betrachtete den Buddha, der zu ihrer Rechten die Sitzgruppe zu überwachen schien. Die künstliche Lotusblüte, die Bea ihm mit Heißkleber in den Schoß gedrückt hatte, war seit letztem Jahr von Pink zu Rosa verblasst. Es war so nett hier draußen. Außer dem Brummen eines Fahrzeugs, ein paar entfernten Stimmen und Vogelgezwitscher war heute nichts zu hören. Wenn sie an die Enge in der Wohnung dieses Herrn Grunwald dachte, bekam sie kurz wieder Magengrummeln. Eine Dreizimmerwohnung ohne Balkon war mit ihrer Oase hier natürlich nicht zu vergleichen, auch wenn Palmengarten und Grüneburgpark in der Nähe lagen. Das Interview, oder wie auch immer sie das Gespräch mit ihm nennen sollte, war gut verlaufen – vor allem schien ihm gefallen zu haben, dass sie rund um die Uhr für seinen Hund da sein konnte. Und genau das war der Grund, der ihr Magengrummeln noch verstärkte: So ein Hund war doch wie ein kleines Kind. Mit ebendieser Begründung schlug sie Karla deren Wunsch, ein Tier anzuschaffen, seit Jahren ab. Andererseits würde der Hund ihren Tagen Struktur geben, sie daran hindern, in dieses Tal zu sinken, in das sie nie wieder fallen wollte.

Auf der Fahrt zu Herrn Grunwald hatte sie sich den Kopf zerbrochen, welche Geschichte sie ihm auftischen sollte. Wenn sie ihm gesagt hätte, dass sie eine Auszeit von zu Hause brauchte, hätte er fürchten können, dass sie davon innerhalb weniger Tage kuriert war. Für ihn vermutlich ein wenig zu unsicher – die Launen einer gelangweilten Hausfrau und so weiter. Daher hatte sie ihm erklärt, dass sie in den letzten Zügen eines Fernstudiums der Erziehungswissenschaften steckte und für ihre Diplomarbeit genau ein halbes Jahr Zeit bis zur Abgabe hatte. Insofern brauchte sie jede Minute zum Schreiben und würde im Bedarfsfall zwar zu Hause für Mann und Tochter da sein – aber dorthin konnte sie den Hund ja auch einmal mitnehmen. Er hatte genickt und gesagt: »Für mich perfekt.«

Das Tier, Pim, hatte sich neben sie gesetzt und sie mit aufmerksamem Blick angehimmelt – auch das schien sein Herrchen positiv gestimmt zu haben. Er wollte sie spätestens morgen anrufen und ihr mitteilen, wie er sich entschieden hatte – es gab noch eine andere Interessentin. Wenn es sich um die junge Frau handelte, der sie an der Tür begegnet war, hatte sie sicher nicht allzu viel zu befürchten. Das Mädchen hatte ausgesehen wie eine, die heute hier und morgen dort übernachtete. Die es mit Zusagen nicht allzu genau nahm. Obwohl das natürlich ein Vorurteil sein konnte.

*

Als Lena vor Herrn Grunwalds Wohnung wieder auf die Straße trat, lief sie dieselbe Strecke zurück, die sie von der U-Bahn gekommen war. Sie streifte über den Wochenmarkt an der Station Bockenheimer Warte und leckte sich hungrig die Lippen. Sie hatte seit dem Frühstück nichts gegessen, und langsam wurde es Zeit, dass sie etwas in den Magen bekam. Sie schlenderte zwischen den Obst- und Wurstständen umher, roch Räucherfisch und frisches Brot und zählte das Geld in ihrer Tasche. Vier Euro siebzig – das musste für den Rest des Tages reichen. Die meisten Leute konnten sich nicht vorstellen, mit dreihundertsechzig Euro im Monat über die Runden zu kommen, Miete ausgenommen. Dabei fragte sie sich, wie man eigentlich mehr brauchen konnte als das. Die Leute hatten doch nur so hohe Kosten, weil sie den Hals nicht vollkriegten. Klamotten, Smartphone, Häuser, Autos, immer nur vom Besten. Zahlten für Instandhaltung, sparten für gute und für schlechte Zeiten. Sie, Lena, verzichtete auf diesen ganzen Scheiß und kam lieber mit ihrem Geld hin. Sie lugte wie gewohnt unter die Aufbauten der Stände – hin und wieder fand sich dort heruntergefallenes Obst, das noch völlig in Ordnung war. Nach solchen Funden belohnte sie sich manchmal mit dem Luxus eines Latte macchiato und tat für kurze Zeit so, als führe sie genauso ein Leben, wie sie es sonst verabscheute. Es gab doch nichts Spießigeres, als einen Latte macchiato in einem Café zu trinken.

Diesmal kam sie aber sowieso nicht dazu. Es lag nichts Brauchbares herum, und so entschied sie sich für ein Seelachsbrötchen, das sie in kleinen Bissen aß und mit einer Cola hinunterspülte. Heute Abend würde sie sich in der Übernachtungsstätte am Ostpark eine Tütensuppe kochen. Und morgen früh konnte sie Herrn Grunwald anrufen.

Lena wischte sich mit der Serviette den Mund ab und warf sie in einen Mülleimer am Straßenrand. Der Beutel, der über ihrer Schulter hing, prallte in vertrauter Weise gegen ihre Hüfte, als sie im Laufen einen Blick auf den Stadtplan warf, den sie bei der Touristeninformation erhalten hatte. Ihr Vorurteil, Frankfurt sei klein, bestätigte sich auf den ersten Blick – die City war nicht weit von hier, somit konnte sie sich das Risiko sparen, beim Schwarzfahren erwischt zu werden. Sie hatte schon zu Fuß ganz Berlin abgeklappert, da würde ihr das mit Frankfurt erst recht gelingen.

Laut Stadtplan lag in der Nähe der Alten Oper eine Straße namens Fressgass, dann folgte die Zeil, auf der sie eine Filiale der Commerzbank zu finden hoffte. Sie fühlte sich wie eine Touristin auf der Durchreise, und vielleicht war sie das sogar. Als sie in der Nacht wach gelegen hatte, war sie zu dem Entschluss gekommen, dass sie – sollte es mit der Wohnung des Weltreisenden nicht klappen – ins Ausland gehen würde. Nach Amsterdam vielleicht, oder nach Mailand. Rom.

An der Alten Oper entdeckte sie einen Eisstand. Sie hatte noch einen Euro zwanzig übrig. Es reichte gerade für eine Kugel.

8

Am Mittwochmorgen saß Michaela am Küchentisch, vor sich in dem roten Becher mit den weißen Punkten einen Milchkaffee mit viel Zucker – den trank sie immer, wenn alle aus dem Haus waren. Eine Maschine Wäsche lief schon, die Betten waren gemacht. Heute hatte sie außer dem Telefonat mit Herrn Grunwald nichts vor. Um zehn wollte er anrufen – bis dahin waren es noch fünf Minuten. Was sollte sie tun, wenn er ihr den Job anbot? Sie hatte die ganze Nacht vor lauter Zweifeln kein Auge zugetan. Natürlich hatte David sie schon am Montag gefragt, ob sie noch ganz richtig ticke, als sie ihm von der Anzeige und ihrem eventuellen Vorhaben erzählte. Und gestern Abend war er dann früher als sonst nach Hause gekommen und hatte nicht wie üblich den Abend mit seinem Laptop auf dem Sofa verbracht, um noch E-Mails oder Statusberichte an seine Kollegen zu schicken. Nein, er war auf direktem Wege zu Karla nach oben gegangen und hatte sie gefragt, ob sie nicht Lust hätte, vor dem Abendessen eine Partie Kniffel mit ihm zu spielen. Im letzten Sommerurlaub hatte Michaela ihn kaum zu einer einzigen Runde mit ihr und Karla überreden können, und jetzt kam er von selbst darauf. Nicht dass er sich zu wenig um Karla kümmerte – das war es nicht. Sie konnten stundenlang zusammen vorm Computer hocken und Sachen für die Schule recherchieren. Und was Schmusen betraf, war David schon immer Karlas erste Wahl gewesen.

Während er und Karla spielten – sie hatten Michaela nicht gefragt, ob sie mitmachen wollte –, hatte sie das Abendessen zubereitet. Das Klackern der Würfel auf dem Glastisch, das Gelächter von Karla und Davids gespielt ärgerliches Brummen hatten ihr das Gefühl gegeben, als täte jeder etwas Sinnvolles. Natürlich wusste sie, dass es von David Taktik war. Vermutlich hatte er ihr zeigen wollen, dass alles gut war. Umso überraschter war er, als sie ihm sagte, dass sie tatsächlich ausziehen würde, wenn sie die Zusage bekam. Er hatte ihr einen Vogel gezeigt und gesagt: »Beruhige dich mal wieder und mach aus einer Mücke keinen Elefanten.« Um dem Ganzen die Krone aufzusetzen, hatte er heute Morgen mit ihr und Karla gefrühstückt. Das war zuletzt an Karlas erstem Schultag passiert. Vor sechs Jahren also. Eigentlich ein verdammt guter Grund, richtig wütend auf ihn zu sein. Und auch deswegen, weil er gestern Abend, als er ins Bett kam, seine Hand zwischen ihre Oberschenkel geschoben hatte.

Michaela schrak zusammen, als das Telefon neben ihr auf dem Tisch klingelte.

»Michalsen?«

»Hallo. Florian Grunwald hier. Ich wollte fragen, ob Sie sich noch immer vorstellen können, den Job zu übernehmen.«

Michaela schluckte. Jetzt war es so weit. Sie versuchte sich an einem Lächeln in der Stimme. »Aber gern. Ich stehe zur Verfügung.« Das tat sie. Wenn David noch einmal seine Hand zwischen ihre Beine schob, würde sie schreien.

Grunwalds Stimme klang erleichtert. »Das freut mich. Mein Gefühl sagt mir … das passt.«

»Ich freue mich auch.«

Sie sprachen ab, wie es weitergehen sollte. Am nächsten Dienstag begann wahrscheinlich seine Reise. Die Route lag fest: Erste Station war London, von dort ging es nach Neuseeland, anschließend in die Südsee, dann an die Westküste der USA und über New York zurück.

Michaela durchfuhr eine Mischung aus Fernweh und Neid. Bis zu seiner Abreise sollte sie täglich vorbeikommen, damit der Hund sich an sie gewöhnte.

»Ich kann gleich kommen«, schlug sie vor. Sie würde für Karla eine von den vorgekochten Suppen aus dem Gefrierfach nehmen und zum Aufwärmen in die Mikrowelle stellen.

Es gab nicht nur einen Hund, der sich an Veränderungen gewöhnen musste.

*

Der Münzfernsprecher am Bahnhof war belegt, also drehte Lena noch eine Runde, die jedoch schnell beendet war. Im Vergleich zum Berliner Hauptbahnhof, der mehr einem Einkaufszentrum glich, war hier alles winzig und überschaubar. Als sie mit der Rolltreppe nach oben in den Sackbahnhof zurückkehrte, sah sie die ICEs und Regionalzüge schon von weitem auf ihre Gleise einbiegen, wie Würmer auf ihrem Weg ins Nest. An Gleis sechzehn startete eben ein Zug in Richtung Hamburg, am Gleis nebenan fuhr ein anderer mit Ziel München ein. Schon in Berlin hatte sie dieses Kommen und Gehen gemocht. Beim Anblick von Menschen mit Koffern hatte sie sich immer vorgestellt, wie es wäre, einfach mit einzusteigen. Aber dann war da Tom und mit ihm der Grund zu bleiben. Es gab einige, die sie gefragt hatten, was sie eigentlich bei ihm hielt. Aber wie hätte sie erklären können, dass es gerade diese gewisse Unbeteiligtheit von ihm war, die ihr Sicherheit gab? Sobald nämlich jemand sie ständig fragte, wohin sie ging und was sie vorhatte, wurde sie unruhig, und es zog sie fort. So ein Hund war natürlich etwas anderes, der brauchte sie, aber auf andere Art und Weise. Sie würde sich vorbildlich um ihn kümmern.

Lena lief wieder zum Münzfernsprecher. Seit acht Uhr war sie auf den Beinen, hatte ihren Rucksack noch einmal in der Übernachtungsstätte deponiert und war dann losgegangen in Richtung Innenstadt, um in den Cafés und Läden nach Schildern mit der Aufschrift »Aushilfe gesucht« Ausschau zu halten. Es war Frau Rasmussens Tipp gewesen, die die Einrichtung am Ostpark leitete. Lange konnte sie dort nicht mehr übernachten – sie hätte sich beim Sozialamt wegen einer Wohnung melden müssen. Die Übernachtungsstätten waren für Notfälle und nicht für Dauergäste gedacht. Bestimmt bekam sie die Zusage von Herrn Grunwald. Wenn sie hierblieb, konnte ein kleines Zubrot nicht schaden.

Bei einem Drogeriemarkt an der Hauptwache war sie fündig geworden: »Aushilfe für Kommissionierarbeiten gesucht«. Sie hatte schon mal irgendwann Regale aufgefüllt und Listen geführt, es war eine einfache Arbeit und mit sieben Euro fünfzig gut bezahlt. Drei Stunden am Vormittag waren zu schaffen, danach blieb Zeit für Pim. Sie sollte am nächsten Tag ihre Papiere bringen, dann konnte sie eine Stunde zur Probe arbeiten. Frau Landries, die Filialleiterin, hatte sie gesiezt. In Berlin duzte jeder jeden.

Als der Münzfernsprecher endlich frei war, wählte sie Florian Grunwalds Nummer, doch er meldete sich nicht. Achselzuckend legte Lena den Hörer zurück auf die Gabel und beschloss, zu ihm zu gehen. Irgendwann musste er ja nach Hause kommen.

*

»Wie lange haben Sie den Hund eigentlich schon?«, fragte Michaela.

»Er ist ein Trennungshund«, erklärte Florian Grunwald und hob bedauernd die Schultern. »Ich habe mit meiner

Freundin zusammengelebt, wissen Sie, sechs Jahre. Na ja, und irgendwann hatte sie die Idee mit dem Hund. Ich hatte nicht direkt was dagegen, einfacher als ein Kind, dachte ich. Aber kaum war er bei uns, bekam sie die Leitung einer Schule in Stuttgart angeboten. Sie brauchte eine Wohnung und fand keine, in der Hunde erlaubt waren. Wir führten eine Fernbeziehung, tja … ein halbes Jahr später verliebte sie sich in einen Kollegen, und auf einmal war ich alleinerziehend.«

Michaela behielt ihre Gedanken für sich, nämlich dass seine Ex eine seltsame Frau zu sein schien. Hund anschaffen, dann weggehen, dann sich trennen. Andererseits war sie auch nicht besser. Nur langsamer.

Als sie vor einer halben Stunde ihr Auto geparkt hatte, hätten die Zweifel in ihrem Kopf sie fast dazu gebracht, das Lenkrad herumzureißen und zurückzufahren. Wieso, bitte schön, sollte sie eigentlich klar im Kopf werden, nur weil sie in einer fremden Wohnung lebte? Bevor sie es sich anders überlegen konnte, hatte sie jedoch die Autotür geöffnet und war ausgestiegen. Nun saß sie hier bei Florian Grunwald und Pim, der eben die Ohren spitzte. Es klingelte. Pim sprang auf und lief zur Tür, bellte zweimal, bis Florian Grunwald neben ihm war. Michaela blieb im Wohnzimmer sitzen.

»Ich dachte, Sie wollten anrufen«, hörte sie seine überrascht klingende Stimme durch den Flur.

Eine junge weibliche Stimme antwortete: »Habe ich auch. Sie haben nicht abgenommen, und da dachte ich, ich komme vorbei.«

»Es tut mir sehr leid, aber ich habe mich für jemand anderen entschieden.«

»Wirklich?« Die Stimme klang ehrlich überrascht.

»Ja, es gab noch eine Bewerberin, die nicht so weit weg wohnt und Pim auch mal mit zu sich nehmen kann.«

»Ich würde noch weniger weit weg wohnen, nämlich genau hier bei Ihnen.«

»Ja, schon. Aber ich hatte irgendwie den Eindruck ...«

»Ja?«

»Pim, lass das ... dass Sie eventuell nur vorübergehend bleiben.«

»Ich ziehe von Berlin nach Frankfurt, ich sehe nicht, was daran vorübergehend sein soll.«

»Na ja, das mag sein. Pim! Jetzt ist aber Schluss.«

»Lassen Sie ihn nur. Es macht mir nichts aus.«

»Na gut ... Wo waren wir? Man muss sich eben entscheiden. Und vielleicht auch auf sein Bauchgefühl hören.«

»Ich hoffe, Ihr Bauchgefühl deckt sich mit dem von Pim.«

Herr Grunwald murmelte etwas, das Michaela nicht verstand, kurz darauf hörte sie das Türschloss.

*

Ich fasse es nicht, dachte Lena und stolperte aus der Tür des Mehrfamilienhauses. Sie war sich so sicher gewesen! Und es war so unfair! Ratlos ließ sie sich auf der gegenüberliegenden Straßenseite auf einem Blumenkübel nieder. Was sollte sie jetzt tun? Sie sah zurück auf das Haus von Florian Grunwald, ihr Blick schweifte nach oben zum dritten Stock. Sie hätte sich wirklich gut um den Hund gekümmert. So wie um Leo – auch wenn er kein bisschen Ähnlichkeit mit Pim besaß. Leos Fell war schwarz gewesen, genau wie seine Augen.

Als Lena von ihrem Platz auf dem Blumenkübel aufsah, trat Florian Grunwald aus der Tür, im Schlepptau eine rotblonde

Frau. War das nicht die, die ihr gestern die Tür aufgehalten hatte? Sie trug eine dieser Handtaschen überm Arm, in die nichts reinpasste außer einem Portmonee und einem Autoschlüssel. An der anderen Hand hielt die Frau verkrampft Pims Leine. Lena prophezeite ihr jetzt schon eine Nackenverspannung. Sie verzog den Mund. Zugegeben, sie selbst besaß keine einzige gebügelte Jeans und erst recht kein fleckenloses, weißes T-Shirt oder einen dunkelblauen Leinenblazer. Beides bestimmt mit teuren Markennamen.

Lena überlegte, ob sie den beiden folgen sollte, entschied sich dann aber dagegen. Sie war keine Stalkerin, eine Absage war eine Absage. Sie musste es als Chance für etwas Neues sehen. Dann nahm sie eben doch einen Zug ins Ausland. Sie würde sich ein Zelt kaufen und durch Italien reisen. Oder durch Frankreich. Lena wischte sich eine Träne von der Wange. Heulen würde sie nicht. Es lag auch gar nicht an der Absage an sich. Es war der Hund, mit dem sie gern zusammen gewesen wäre.

Als sie in der Übernachtungsstätte am Ostpark eintraf, kam ihr die Leiterin Frau Rasmussen mit unglücklichem Gesicht entgegen. »Lena … wir wurden bestohlen!« Die Arme war völlig außer Atem.

»Oh, wie gemein«, sagte Lena. »Was fehlt denn?«

»Unsere Kasse, zwei Jacken, tja … und … Ihr Rucksack!«

Lena sah Frau Rasmussen fassungslos an. »Mein Rucksack ist weg? Nee, oder?«

Frau Rasmussen nickte unglücklich. »Es tut mir so leid«, flüsterte sie. »Ich habe natürlich die Polizei verständigt, die waren auch schon hier … aber Sie müssen auf jeden Fall noch mal dort vorbei. Die Polizei muss aufnehmen, was in dem Rucksack war.«

Lena lief zwei Schritte rückwärts zu den Stühlen gegenüber Frau Rasmussens Schreibtisch und ließ sich daraufplumpsen. Ihr ganzes Leben war in diesem Rucksack gewesen. Alles.

»Ich wollte nach Mailand«, flüsterte sie.

Noch ehe Frau Rasmussen auf sie zugehen konnte, um sie in ihre fleischigen Arme zu schließen, sprang Lena auf und lief zum Ausgang. Sie brauchte frische Luft. Musste laufen. Am besten vor den nächsten Zug, es gab genügend zur Auswahl. Grimmig biss sie die Zähne zusammen: Sie konnte ja den nach Mailand nehmen! In diesem Moment platschte etwas auf ihre Schulter. Überrascht wandte Lena den Kopf und betrachtete das, was dort gelandet war. Schwarz-grün-weiße Schlieren. Lena sah nach oben. Im Baum saßen Tauben. Es war der beschissenste Tag ihres Lebens. Obwohl das natürlich nicht ganz stimmte. Es hatte noch weit beschissenere gegeben.

*

»Du und ein Hund, so richtig kann ich mir das ja nicht vorstellen«, bemerkte Regina später noch einmal, als Michaela bei ihr auf der Terrasse saß.

Insgeheim gab Michaela ihr natürlich recht. Der Hund an sich war aber das geringste Problem. Was sie viel mehr beschäftigte, war neben dem Stöckchenwerfen die Sache mit den Tütchen für Pims »Geschäft«. Sie hatte es üben dürfen – und mit allen Mitteln gegen den Impuls ankämpfen müssen, sich neben dem Hundehaufen zu übergeben. Sie ekelte sich so sehr vor Hundescheiße, dass sie kaum Worte dafür fand.

Regina betrachtete sie von oben bis unten. »Du bist ja wohl nicht in diesen Sachen mit ihm durch den Park gerannt? Ich meine … du hattest was Legereres an, oder?«

»Nein, ich hatte genau das an«, erklärte Michaela und griff nach ihrer Tasse Kaffee. »Aber so schlimm war es auch wieder nicht. Du tust ja, als sei ich in Stilettos im Mist gelandet. Das einzig wirklich Unpassende war mein enger Blazer. Das Stöckchenwerfen geriet ein bisschen steif.« Ihre Achseln waren vom Leinenstoff aufgescheuert – sie hatte nach ihrer Rückkehr Bepanthensalbe darauf aufgetragen. Nun hing ihre Jacke über dem Stuhl, damit Luft an ihre geschundenen Armhöhlen kam.

Regina lächelte nachsichtig. »Na ja, eins muss man sagen, du wirkst zumindest etwas entspannter als die letzten Tage.«

Es stimmte. Sie hatte tatsächlich während des Spaziergangs kein einziges Mal an David gedacht. An Karla schon, weil sie um dreizehn Uhr einen elektroschockartigen Schrecken bekommen hatte, dass sie doch etwas kochen musste. Doch dann war ihr die Auftau-Suppe eingefallen.

Michaela sah auf ihre Armbanduhr. »Ich muss gleich rüber, Karla kommt vom Tennis.«

»Vielleicht solltest du sie schon mal daran gewöhnen, dass keiner da ist.«

»Ich weiß. Aber noch bin ich ja hier. Und du kannst mir glauben, dass ich Zweifel bei dieser ganzen Sache habe. Am Ende kann es sein, dass ich alles abblase und statt wirrer Gedanken einen Hund besitze.«

»Du scheinst dich diesem Hund und seinem Herrchen schon mehr verpflichtet zu fühlen als deiner eigenen Familie. Du könntest auch einfach sagen, ich habe es mir anders überlegt, Herr …«

»… Grunwald. Regina, ich habe eine Zusage gegeben. Du weißt, ich bin ein sehr verbindlicher Mensch.«

»Du hast aber deinem Mann auch eine verbindliche Zusage gegeben, vor dreizehn Jahren oder so. Zählt das nicht?«

»Hat er was zu dir gesagt? Sich beschwert?«

Regina verzog ungeduldig das Gesicht. »Michaela, dein Mann ist seit vier Tagen nicht mehr Rad gefahren, das zeigt mir, dass er aus dem Gleichgewicht ist.« Dann sagte sie sanfter: »Wie besprochen, Karla kann jederzeit rüberkommen. Jonathan freut sich bestimmt, und ich mich auch.« Nach einer kurzen Pause fuhr sie fort: »Könnte nicht zur Not – ich meine, wenn alle Stricke reißen – auch Bea vorbeikommen? Hat sie Karla nicht schon mal gehütet?«

»Das ist doch ewig her. Abgesehen davon hat sie sehr viel um die Ohren, und David würde es vermutlich auch nicht recht sein – dann hätte er wieder Komplexe, dass Bea mehr für mich tut als er.«

»Ach ja, stimmt.« Regina nickte. »Hab ich ganz vergessen. Er ist ja *eifersüchtig* auf sie und deshalb auf Abstand.«

Michaela knuffte ihre Nachbarin in den Arm. »Du kannst es ruhig glauben. Ich habe dir schon damals erklärt, dass du dich verhört hast.«

»Ja«, stimmte Regina zu und verdrehte die Augen, »ich weiß. Es war der Fernseher. Porno im Nachmittagsprogramm.«

Michaela tippte sich an die Stirn und schüttelte lachend den Kopf. »Alles«, sagte sie, »aber nicht Bea und David.«

*

»Es tut mir leid, aber ohne Personalausweis oder Reisepass – meinetwegen auch Führerschein – kann ich Sie nicht einstellen. Auch nicht auf 400-Euro-Basis. Und Ihre Sozialversicherungsnummer brauche ich auch.«

Frau Landries, die Filialleiterin des Drogeriemarktes an der Hauptwache, sah Lena nach ihrer Probearbeitsstunde erwartungsvoll an. Offensichtlich war sie zufrieden mit ihr. Aber Lena hatte sich schon gedacht, dass es Schwierigkeiten geben würde. Es klang auch reichlich unglaubwürdig, dass sie ausgerechnet an dem Tag, an dem sie einen Job antreten sollte, all ihrer Papiere bestohlen worden war. Abgesehen davon, dass sie gestern Morgen wegen der Absage von Herrn Grunwald gedanklich schon auf dem Weg nach Italien gewesen war und nicht beim Arbeiten in einer Drogerie. Und die Papiere waren fast noch das geringste Problem. Sie besaß auch keine Anschrift in Frankfurt, und die brauchte sie dringend. Man kannte das doch: ohne Job keine Wohnung, ohne Wohnung kein Job.

Als sie aus der Drogerie trat und auf die Uhr der Kirche blickte, war es noch nicht mal Mittag. Zumindest mit der Krankenkasse konnte sie wegen der Sozialversicherungsnummer telefonieren. Lena presste die Zähne aufeinander. Sie hätte schon heute in Mailand sein können! Wenigstens trug sie ihr Bargeld und die Bankkarte bei sich – alles andere war in ihrem Rucksack gewesen: Personalausweis, Geburtsurkunde, Schulzeugnisse. Nicht zu vergessen ihr Waschzeug und ihre Klamotten. Sie trug jetzt eine gelbe Caprihose und ein weitgeschnittenes rotes Shirt aus dem Kleiderfundus der Übernachtungsstätte. Zu den Bullen war sie wegen des Diebstahls nicht gegangen, sie konnte darauf verzichten, mit denen zu tun zu haben – auch wenn diesmal nicht *sie* die Angeklagte war. Es war nichts Wertvolles unter ihren Sachen gewesen, und die Unterlagen musste sie so oder so wieder beschaffen. Die Frage war nur, wie sie das angehen sollte. Seufzend lief Lena weiter.

Sie haben eine neue Nachricht
6. August 2014
Von: Bea Bern
An: Michaela Michalsen

Liebe Michi,
heute hatte ich Eis mit heißen Himbeeren zum Nachtisch, das war früher dein Lieblingsdessert, erinnerst du dich? Ich hätte gern eine Portion für dich aufgehoben, aber dann fiel mir ein, dass sich deine Gedanken momentan vermutlich weniger ums Essen drehen. Genauso wenig wie um mich, richtig geraten? Dabei gäbe es doch so viel zu reden. Ich war noch nie so lange ohne dich, Michi. Denkst du denn wenigstens ab und zu an mich, deine Liebste? Es hilft mir, zu glauben, dass es so ist.
Bea

9

Michaela sprühte einen feinen Nebel Fensterreiniger auf die Terrassenscheibe und polierte mit vollem Körpereinsatz über die glatte Fläche. Dass David am Freitag früher als sonst nach Hause gekommen war und dann das ganze Wochenende nicht Rad fuhr, sondern stattdessen etwas mit Karla unternahm, hätte sie sich nie träumen lassen. Sie ahnte, was er vorhatte. Psychologische Kriegsführung. Sie mürbe machen, ihr ein schlechtes Gewissen eintrichtern, bis sie einknickte.

Michaela strich sich mit dem Ärmel über die Stirn und rieb dann noch einmal mit dem Küchenkrepp über die letzten feuchten Schlieren auf der Scheibe.

Natürlich tat David so, als akzeptiere er inzwischen ihren Plan, »in das Haus dieses Globetrotters« zu ziehen. Er stellte es geradezu so dar, als fahre sie in die Ferien und er gönne es ihr von Herzen. Gestern hatte er den Frühstückstisch gedeckt und die Sonntagsbrötchen geholt. Gut, das hatte er schon öfter getan, aber normalerweise nur an Feiertagen. Dass sie es üblicherweise tat, hatte natürlich auch damit zu tun, dass sie jeden Morgen um sechs aufwachte – ihr Nervensystem kannte kein Wochenende. Doch der Moment, als sie noch in den Federn gelegen und seinem geschäftigen Werkeln in Küche und Esszimmer gelauscht hatte, kam ihrem früheren Traum eines perfekten Ehelebens verdammt nahe. Ausgerechnet jetzt. Noch im Bett hatte sie eine SMS an Bea geschrieben: *Jetzt verwöhnt er nicht nur Karla, sondern auch mich.*

Die Antwort kam prompt: *Männer mit schlechtem Gewissen sind zu großen Taten fähig*, simste Bea. Sie schien Michaelas Auszugspläne inzwischen akzeptiert zu haben. Jedenfalls hatte sie nicht mehr versucht, sie zu einem Gang zu Frau Lorek oder gar in die Klinik zu überreden. Im Gegenteil.

»David wird es sicher auch mal guttun, zurückzustecken«, hatte sie gesagt. Doch irgendwie hatten Beas Worte bei Michaela ihre Wirkung verfehlt. Die Zweifel, ob das, was sie vorhatte, richtig war, wuchsen minütlich.

Und auch Karla gab sich alle Mühe, ihr zu gefallen. Nicht, dass sie das nicht immer täte – sie war ein sehr liebes Kind. Manchmal erschien es Michaela, als wollte Karla Michaelas Unfähigkeit, mütterliche Gefühle zu zeigen, damit kompensieren, dass sie besonders unkompliziert war. In einem allerdings glich sie allen anderen Kindern: Für die Schule begeisterte sie sich nicht gerade. Sie chattete lieber ununterbrochen mit ihren Freundinnen und vergaß darüber die Zeit und anstehende Klassenarbeiten. Doch am Samstagnachmittag hatte Karla sich freiwillig ins Wohnzimmer gesetzt und Vokabeln geübt, ohne dass Michaela sie auch nur ein einziges Mal daran erinnern musste. Abends gingen Karla und David spazieren, was sie seit Jahren nicht getan hatten – weder zu zweit noch zu dritt.

Sie selbst verließ Samstag und Sonntag um sechzehn Uhr das Haus und fuhr nach Bockenheim zum Gassi gehen.

Michaela trat einen Schritt von der Scheibe der Terrassentür zurück und überprüfte ihr Werk, wischte noch ein letztes Staubkörnchen fort. Dann schüttelte sie über sich selbst den Kopf. Wofür machte sie das eigentlich? Viel wichtiger war doch etwas anderes. Morgen wollte sie ausziehen, und sie hatte noch kein einziges Kleidungsstück eingepackt.

Um sechzehn Uhr wählte sie Herrn Grunwalds Nummer, legte aber wieder auf, als er sich meldete. Sie biss sich auf die Knöchel. Sie musste die Sache abblasen! Sicher, was an ihrem Geburtstag vorgefallen war, hatte sie extrem verunsichert, und sie hatte ihrem Kopf nicht mehr getraut. Aber wenn es nun eine einmalige Sache gewesen war? Hervorgerufen durch den Schock von Frau Brandes' Erwähnung des Unfalls? Mittlerweile glaubte sie selbst nicht mehr, dass David an ihrem Geburtstag so unschöne Dinge zu ihr gesagt hatte. Warum sollte er sich dann jetzt so verhalten, wie sie es sich immer gewünscht hatte?

*

Glück und Pech wechselten im Leben manchmal ab wie Ebbe und Flut. Am Donnerstag noch über die verschwundenen Unterlagen am Boden zerstört, hielt Lena das Ganze am Montag schon für einen Wink des Schicksals. Wegen des gestohlenen Rucksacks hatte Frau Rasmussen Mitleid mit ihr gehabt und sie länger als üblich in der Übernachtungsstätte bleiben lassen – Lena hatte dafür in der Küche und bei der Kleiderausgabe geholfen, unfähig, auch nur irgendeinen klaren Gedanken in Bezug auf ihre Zukunft zu fassen. Sie hatte gedacht, die beim Einwohnermeldeamt würden sie auf direktem Wege zurück nach Berlin schicken, damit sie sich dort um Ersatzpapiere kümmerte – aber sie hätte alles gekonnt, nur das nicht. Also hatte sie diesen Gang erst mal auf Montag verschoben in der Hoffnung, der Rucksack oder zumindest ihre Papiere würden wieder auftauchen. Taten sie aber nicht. Also war sie zum Einwohnermeldeamt gegangen – und nun befand sie sich in einer möblierten

Wohnung in einem Hochhaus am Sachsenhäuser Berg, sah auf die Skyline Frankfurts und konnte ihr Glück kaum fassen. Erstens war es leichter gewesen als gedacht, neue Papiere zu beantragen und für vorübergehenden Ersatz zu sorgen. Dank elektronischer Übermittlungen von Amt zu Amt waren Felding, Berlin und Frankfurt nur einen Mausklick voneinander entfernt. Sie hatte sich keinen Millimeter von ihrem Platz im Einwohnermeldeamt wegbewegen müssen, bis die blonde Mitarbeiterin mit dem Doppelkinn und dem freundlichen Lächeln alles organisiert hatte. Ein Passbildabgleich mit Berlin, und sie hatte ihren neuen Personalausweis ohne Geburtsurkunde beantragen können. Lediglich eine kleine Extragebühr hatte es gekostet. Sie hatte einfach gesagt, sie habe alles verloren. Zumindest besaß sie nun Papiere, die sie in der Drogerie vorzeigen konnte. Und um ihr Glück perfekt zu machen, war sie im Wartezimmer des Einwohnermeldeamts Pavel begegnet. Er kam aus Warschau, hatte in Mannheim Informatik studiert und fing zum ersten Juni einen Job bei einer Frankfurter Bank an. Seine möblierte Wohnung hatte er über die Mitwohnzentrale gefunden – dort wollte er so lange bleiben, bis die Probezeit vorüber war. Sein Arbeitgeber zahlte dafür.

»Beneidenswert«, hatte Lena auf ihrem Stuhl neben ihm im Wartebereich des Einwohnermeldeamts geseufzt.

»Suchst du auch eine Wohnung?«

»Mehr oder weniger. Eigentlich sollte ich hier in Frankfurt eine Wohnung mit Hund hüten, aber der Job wurde mir vor der Nase weggeschnappt. Anschließend hat mir jemand meinen Rucksack mit all meinen Papieren geklaut. Ohne Papiere kein Job, ohne Job keine Wohnung, ohne Wohnsitz keine Arbeit.«

»Du kannst bei mir wohnen«, hatte Pavel achselzuckend gesagt. »Es gibt eine Schlafcouch und ein Bett.«

Sie hatte sich kerzengerade hingesetzt. »Im Ernst?«

»Absolut kein Problem.«

Es gefiel ihr, wie er das R rollte. Seine Aussprache besaß nur einen minimalen Akzent seiner slawischen Muttersprache und passte zu den kurzen, aschblonden Haaren und den graublauen Augen, die sie zuversichtlich anlächelten.

»Mir würde ein Stein vom Herzen fallen, ehrlich.« Ihr Mund war offen stehengeblieben, so unglaublich fand sie das Ganze.

Er hatte auf sie gewartet, bis sie mit allem durch war, dann hatten sie den Bus zu seiner Wohnung genommen. Nun war sie hier. Ein Flugzeug flog dicht über das Haus hinweg, die Scheiben vibrierten.

»Möchtest du etwas trinken?«, erkundigte sich Pavel und trat zu ihr ans Fenster.

»Ein Glas Leitungswasser wäre toll.«

Als er zurückkam und es ihr reichte, stellte er sich ein bisschen zu nahe neben sie. Wie ein Kind, das nicht wusste, dass man Abstand hielt, damit man den Leuten nicht in die Hacken lief. Oder wie einer, der einen ziemlich gut kennt und diese Grenzen nicht wahren muss. Lena machte einen Schritt zur Seite, nippte am Wasser und sah ihn verlegen an. »Danke, dass du mich bei dir aufnimmst.«

»Hast du Hunger? Unten an der Straße ist ein Laden, da könnten wir Würstchen und Kartoffelsalat kaufen. Oder willst du noch weggehen? Gehst du gern in Diskos?«

»Diskos? Ich? Sehe ich so aus?« Sie trug heute eine braune Herrenanzugshose und ein gelbes T-Shirt aus der Kleiderkammer. Man konnte es hip nennen, aber ihr Stil war es nicht.

Die einzige Alternative wäre jedoch eine Jeans und ein helles T-Shirt gewesen, die sie in eine Art Klon der Tussi verwandelt hätte, die jetzt Pim und die Wohnung des Weltreisenden hütete.

Pavel musterte sie und schüttelte amüsiert den Kopf. »Nein, Disko kommt wohl nicht in Frage. Aber Hunger hast du?«

Lena lauschte auf ihren Magen. Sie hatte schon wieder den ganzen Tag nichts gegessen, das passierte manchmal. »Ein bisschen. Ich hole uns was, okay? Aber ab morgen mach ruhig das, was du immer so machst. Ich komme gut zurecht und verhalte mich ganz unauffällig.«

»Ich esse auch, wenn ich keinen Besuch habe, stell dir vor«, frotzelte er.

*

Um siebzehn Uhr stand Michaela im Arbeitszimmer im ersten Stock und bügelte. Sie wollte sich zerstreuen und eine Lösung für ihr Dilemma finden: Sie wollte Herrn Grunwald sagen, dass sie einen Rückzieher machen musste, und brachte es einfach nicht fertig. Schon dreimal hatte sie in der letzten Stunde das Telefon in Händen gehalten, seine Nummer gewählt – und im letzten Moment wieder aufgelegt. Warum nur war sie so verdammt pflichtbewusst? Selbst wenn sie krank war, stand sie morgens auf und schmierte Schulbrote, humpelte mit verstauchtem Fuß zu Mitgliederversammlungen des Schulvereins, nur weil sie Angst hatte, irgendwer könnte ihre Abwesenheit als Desinteresse werten.

Während sie das Bügeleisen über eines von Davids hellblauen Hemden gleiten ließ und mit der Spitze geübt die

Knöpfe umfuhr, ließ ein Geräusch sie aufhorchen. Die Haustür? Michaela sah auf die Uhr und runzelte die Stirn. Karla war es doch bestimmt nicht, sie war bei Jonathan einen Film gucken – und selbst wenn sie es gewesen wäre, hätte sie gerufen. Karla rief immer durchs Haus, wenn sie heimkam.

Michaela stellte das Bügeleisen ab, und da hörte sie erneut etwas. Schritte im Erdgeschoss. Jemand ging durch die Zimmer.

Das Blut schien durch Michaelas Kopf zu rauschen, als flute man einen Keller. Wer lief denn um Gottes willen dort unten herum?

Im nächsten Moment vernahm sie ein Klingeln. Es klang wie ... Davids Handy.

Davids Handy?

Vor Erleichterung ließ Michaela sich auf den Schreibtischstuhl neben dem Bügelbrett sinken. David war früher nach Hause gekommen. Ein neuer Schachzug von ihm nach dem Motto: »Wer ist der beste Ehemann von allen?«

Seine Stimme schallte leise nach oben, als er den Anruf entgegennahm. »Hallo?«

Dann flüsterte er: »Nein. Wieso sollte ich?«

Es lag an der Architektur des Hauses, dass Michaela jedes geflüsterte Wort verstand, als stehe David direkt neben ihr.

»Ich habe viel zu tun. Das ist alles«, sagte er nun.

Dann: »Nein, noch nicht«, und: »Ich habe keine Strategie. Ich tue einfach, was nötig ist.«

Michaela runzelte die Stirn. Was redete er denn da? Und mit wem?

»Besprechen kann man viel. Aber du hältst dich auch nicht an die Regeln, wenn ich richtig informiert bin. Kann das sein?« Die letzten Worte klangen sehr zornig.

Er ging offenbar in die Küche. Dann rief er: »Michaela?«

Sie erhob sich vom Stuhl und tappte auf wackligen Füßen zur Tür des Arbeitszimmers. »Ja?«, krächzte sie.

»Ich wusste nicht, dass du hier bist.«

»Ich habe dich auch nicht gehört«, log sie und bemühte sich um einen lässigen Tonfall. »Wann bist du denn reingekommen?«

Sie nahm ein paar Stufen nach unten, bis er in ihr Blickfeld kam. Sie standen beide da, blickten sich an und schwiegen. Er musste ihr ansehen, dass sie gelauscht hatte.

»Karla ist bei Jonathan«, erklärte sie schließlich, dann drehte sie sich um und kehrte zurück an ihr Bügelbrett.

Sie wusste nicht, wie viel Zeit vergangen war, bis sie einen Schlüssel im Schloss hörte und das vertraute »Mama?« ihrer Tochter durchs Haus schallte. Fünf gebügelte Hemden hingen an der Türklinke des Arbeitszimmers, auf dem Schreibtisch stapelten sich T-Shirts und Hosen.

Karla kam mehrere Stufen auf einmal nehmend nach oben. »Ist Papa noch nicht da? Er wollte doch heute früher kommen. Wir wollten vor dem Abendessen noch eine Runde Rad fahren. Er hat mir versprochen, dass er nicht zu schnell fährt.« Atemlos klemmte sie sich das Haar hinter die Ohren.

Michaela sortierte den Rest Wäsche in die zwei auf dem Boden bereitstehenden Wäschekörbe und drückte Karla einen davon in die Hand. »Räumst du das bitte in deinen Schrank? Danke, Schatz.«

Sie hatte noch gar nicht überlegt, wer in Zukunft bügeln sollte. David konnte vieles, bügeln gehörte nicht dazu.

»Warum bist du denn so komisch?«, fragte Karla.

»Bin ich komisch?«

»Ja. Du guckst wie ein blinder Maulwurf. Und meine Frage hast du mir auch nicht beantwortet.«

Treffender hätte Michaela es selbst nicht sagen können. Sie war blind. Mit wem hatte David telefoniert? Er hatte sie so schuldbewusst angesehen wie ein Kind an der Bonboniere.

»Was ist denn jetzt mit Papa?«

Michaela griff nach dem zweiten Wäschekorb, schob sich an Karla vorbei und brachte die Wäsche nach ganz oben ins Schlafzimmer.

»Er war hier. Wo er jetzt ist, weiß ich nicht«, sagte sie über ihre Schulter hinweg. »Probier's doch mal auf seinem Handy.«

Und wieder hörte sie ein Telefonat durchs Treppenhaus.

Sie wusste schon, was Karla sagen würde, bevor sie ins Schlafzimmer kam, wo Michaela krampfhaft versuchte, die Wäsche an die richtigen Stellen in den Schrank zu legen.

»Papa war gar nicht hier, Mama«, platzte Karla heraus. »Er hat mir gesagt, dass er den ganzen Tag Besprechungen hatte. Jetzt ist er unterwegs. Das mit dem Radfahren müssen wir auf morgen verschieben.«

Michaela stand da wie eingefroren.

»Mama?«

»Er war nicht hier, nein?« Ohne ein weiteres Wort ging sie an Karla vorbei die beiden Treppen hinunter und öffnete die Haustür. Sie trug nur Strümpfe, aber es war ihr egal. Sie ging die drei Stufen hinunter, lief an den Mülltonnen vorbei, wandte sich nach rechts, huschte die drei Stufen zu Reginas Haus nach oben und klingelte. Von drinnen hörte sie die Schritte ihrer Nachbarin. Als sie endlich die Tür öffnete, blieb Reginas Blick überrascht an ihr hängen. »Na? Ich hab Karla eben rüberge…«

»Ich habe nur eine Frage. Hast du David vorhin hier gesehen? Oder sein Auto? Hat er vor kurzem vorn bei den Garagen geparkt?«

»Keine Ahnung. Ich war gar nicht draußen. Ich habe geb…«

Michaela ließ sie stehen und lief die Eingangsstufen wieder hinunter. Überquerte das Rondell mit dem Blumenbeet in der Mitte, das sich vor ihren Einfamilienhäusern befand, und lief zu Katharinas Haus gegenüber, wo sie die drei Stufen zur Tür auf einmal nahm. Sie zog den Finger so lange nicht von der Klingel fort, bis Katharina mit einem »Hey, was soll das?« öffnete.

»Hast du David heute Nachmittag hier draußen gesehen? Sein Auto? *Ihn?*« Ihre Stimme klang schrill, sie hörte es selbst.

»Was?« Katharina betrachtete sie von oben bis unten, und ihr Blick verharrte auf Michaelas Socken. »Nein.«

»Bist du sicher? Denk nach!«

»Michaela, was ist denn passiert?«

»Beantworte mir bitte einfach nur meine Frage!«

»Nein. Ich habe ihn nicht gesehen, ich war die ganze Zeit drinnen.«

Michaela eilte zurück ins Haus. Sie spürte Katharinas Blicke im Rücken. Auch Regina stand noch immer mit hochgezogenen Augenbrauen in der Tür.

Als sie in Karlas Zimmer kam, lag ihre Tochter auf dem Bett und starrte an die Decke. Der Wäschekorb lag umgekippt vorm Fenster, die sorgsam zusammengelegten T-Shirts waren verstreut. Michaela hob den Korb auf und sortierte die Wäsche wieder ein. Als sie einen Blick aus dem Fenster warf, sah sie Katharina und Regina unten zusammenstehen.

»Karla«, flüsterte Michaela, als sie mit der Wäsche fertig war, und setzte sich zu ihr ans Bett. Ihre Tochter wischte sich mit den Handrücken Tränen aus den Augenwinkeln.

»Was hast du denn nur, Mama?«, flüsterte sie.

Michaela atmete tief durch. Wie sollte sie ihrem Kind erklären, dass sie ihrem eigenen Verstand nicht mehr traute? »Weißt du, ich dachte wirklich, Papa sei heute Nachmittag zu Hause gewesen.«

»Dann hast du dich eben getäuscht. Das kann doch mal passieren.«

»Stimmt.« Michaela nickte, obwohl sie es besser wusste. So etwas passierte nicht. Außer Fünfundachtzigjährigen vielleicht. Sie strich Karla das Haar aus der Stirn. Sie musste lieb zu ihr sein, eine verlässliche Mutter. Ihre eigenen Eltern waren auch nicht perfekt gewesen, das wusste sie, aber sie hatte sich als Kind geborgen gefühlt, trotz des angeblichen Lotterlebens der beiden. Keine Party hatten sie ausgelassen. Ein Lieblingsspruch ihrer Mutter lautete: »Putzen kann ich, wenn ich in Rente bin.« Sie hatten beide geraucht wie die Schlote. Vielleicht hatte sie im Mutterleib was abgekriegt, was sich jetzt rächte. Aber sie hatten ihr ihre Liebe gezeigt, bis zum letzten Tag. Warum nur fiel ihr selbst das so schwer?

»Mach dir keine Sorgen um mich, das wird schon wieder«, sagte sie mehr zu sich als zu Karla und strich ihr weiter über die Stirn.

»Ich möchte nicht, dass du in diese Kur gehst.« Ein tiefes Schluchzen kam aus Karlas Kehle, sie kniff die Augen zusammen, aber die Tränen rannen dennoch unter ihren Wimpern hervor.

Michaela schluckte. Am Morgen hätte sie Karla ohne weiteres versprechen können, nicht zu gehen. Sie hätte sie sogar mit einem Pflegehund überraschen können. Aber jetzt war alles anders. Wenn David nachher abstritt, zu Hause gewesen zu sein – und das würde er, so viel war sicher –, dann musste sie fort. Wer wusste denn, was sie als Nächstes anstellte? Sie hatte Leute mit waschechten Psychosen kennengelernt, die mit Personen sprachen, die nicht existierten. Die sich politische Debatten mit Franz Josef Strauß lieferten, bis ihnen der Geifer aus dem Mund spritzte. Bevor sie zu einer Gefahr für ihre Tochter wurde, hütete sie lieber in Bockenheim einen Hund.

Als David die Haustür öffnete, schwang Karla die Beine aus dem Bett und rannte die Treppe nach unten. Michaela ging langsamer hinterher, hörte die innige Begrüßung zwischen Vater und Tochter, das Schmatzen der Lippen aufeinander.

»Na, mein Schatz, hattest du einen schönen Tag?«, fragte David. »Tut mir leid, dass es nicht eher hingehauen hat, es war so viel los heute.«

»Du hättest Bescheid sagen können, dass es nicht klappt«, wandte Michaela ein, als sie die unterste Stufe erreichte. Sie musste sich Mühe geben, dass sie ihn nicht mit einem Röntgenblick ansah, als sei sie Profilerin bei CSI.

Er schlüpfte aus seiner Jacke und hängte sie an die Garderobe. »Ja, das hätte ich wohl, sorry.«

Kein Wort davon, dass sie sich hier vor kurzem schon einmal gegenübergestanden hatten.

»Hast du Ärger mit jemandem im Büro?«, fragte sie und sah ihn forschend an. Sie kam sich vor wie eine ihrer Mitpatientinnen vor zwölf Jahren, die davon überzeugt gewesen war, ihr Mann arbeite bei der Stasi, obwohl es die gar nicht mehr gab.

»In der Firma? Nein. Alles bestens. Es ist nur viel zu tun.«

»Mama, bitte …«, flehte Karla.

Michaela ging zurück nach oben. Karlas Antwort auf Davids Frage: »Was hat Mama denn?«, blendete sie aus.

Sie brauchte ein heißes Bad. Sie wollte mit dem Kopf untertauchen, bis sie es nicht mehr aushielt. Dann musste sie überlegen, was alles einzupacken war. Sie brauchte bestimmt drei Koffer. Vier Monate waren eine lange Zeit.

Sie war kaum aus der Wanne gestiegen und abgetrocknet, als es an die Badezimmertür klopfte.

»Karla, bist du das?«, rief sie.

»Nein, ich«, antwortete David.

Sie wollte ihm auf keinen Fall nackt gegenübertreten. Das Bad hatte ihr nicht die erhoffte Sicherheit oder Entspannung gebracht, sondern abermals den Motor in ihrem Kopf angeworfen. Den Aussetzer an ihrem Geburtstag – wenn es denn einer gewesen sein sollte – konnte man auf das angebliche Telefonat mit Frau Brandes zurückführen. Immerhin war von einem Unfall die Rede gewesen, und bei dem Wort »Unfall« konnte sie schon mal nervös werden. Aber was hätte heute Nachmittag einen Aussetzer gerechtfertigt? Oder wusste sie es einfach nur nicht mehr? An den Anruf der Lehrerin erinnerte sie sich ja auch nicht. Die Furcht vor dem, welche Folgen dieser erneute Alptraum haben könnte, kroch ihr die Beine hoch. Eines war sicher: Sie würde nicht mehr in diese Klinik zu den Verrückten gehen. Und genau deswegen auch nicht zu Frau Lorek. Die würde doch gleich den Überweisungsschein ausfüllen.

Michaela schlüpfte mit wackligen Gliedern in Unterhose und Unterhemd. Um ein Gespräch mit David kam sie wohl nicht herum. Er klopfte gerade erneut.

»Nichts, was du sagen wirst, kann mich umstimmen«, erklärte sie, als sie die Tür öffnete.

»Du schlotterst ja«, bemerkte er.

»Mir ist kalt.«

»Ich hatte in den letzten Tagen den Eindruck, es ginge dir besser.«

»Tat es auch. Aber seit heute nicht mehr.« Sie sah ihn forschend an.

Er atmete tief durch und nickte. »Ist okay. Wenn es dir hilft, in Gottes Namen, geh in diese Wohnung. Aber du musst jederzeit für Karla erreichbar sein, das versprich mir.«

Auch wenn sie es nicht für möglich gehalten hätte, das Zittern wurde noch stärker. Es nahm nun auch von ihrem Kiefer Besitz. Sie hatte Mühe weiterzusprechen.

»Wie stellst du dir das vor, David?«, presste sie hervor. »Karla würde mich bei jeder Kleinigkeit anrufen. Wenn ich in einer Klinik wäre, könnte sie mich auch nicht erreichen.«

Er trat nun zu ihr ins Bad und schloss die Tür hinter sich. »Das Ganze macht ihr Angst, Michaela. Du hast keine Vorstellung, was es in einem Kind auslöst, wenn die Mutter einfach weggeht.«

Sie sah ihn wie vom Donner gerührt an. »*Ich* habe keine Vorstellung?«, flüsterte sie. »Überlege mal, was du da sagst.«

*

Pavel konnte erstaunlich gut kochen – wenn man es denn so nennen mochte. Sie hatten im Supermarkt Frankfurter Würstchen, Cherrytomaten, Petersilie und Kartoffelsalat gekauft, und er wärmte die Würstchen, dekorierte die Teller mit den Tomaten.

»Ist ja wie im Restaurant hier«, flachste Lena.

Er griff zur Ketchup-Flasche und übergoss den Inhalt seines Tellers in kreisenden Bewegungen mit der roten Masse, bis das Ganze nach einem Blutbad aussah.

»Ketchup-Fan, was?«, fragte Lena belustigt, lehnte sich auf ihrem Stuhl zurück und sah sich um. Das Apartment war toll. Ein großer Raum mit Bett und Sofa, ein kleiner Flachbildschirm an der Wand, ein Tisch mit zwei Stühlen am Fenster. Die Küche war nur eine Kochnische, aber völlig ausreichend.

Während des Essens erzählte er von seiner Kindheit, von seinen Eltern und Großeltern in Polen, von seiner Schwester, die in Hamburg lebte. Lena fragte er nichts – manche Menschen waren damit zufrieden, wenn sie nur über sich selbst quatschten – und ihr war das recht. Sie hätte irgendetwas zusammenfabulieren müssen.

Als sie eine Stunde später auf dem Sofa lag, schaltete er von seinem Bett aus mit der Fernbedienung den Fernseher an. Lena beobachtete ihn aus den Augenwinkeln. Er hatte sein T-Shirt ausgezogen, dabei war es gar nicht besonders warm in der Wohnung. Sein Oberkörper wies kein Gramm Fett auf, kein Härchen. Auf Armen und Brust zeigten sich klar definierte Muskeln und feine Adern, wie bei einem Sportler. Das Kettchen mit dem Kreuzanhänger um seinen Hals war nicht ihr Fall. Er zappte durch die Kanäle, bis er bei einer Liebeskomödie hängenblieb. Sandra Bullock und ein männlicher Schauspieler umarmten sich gerade unter einer Straßenlaterne. Gleich kam der Kuss. Pavel zwinkerte Lena zu.

Sie gähnte und schloss die Augen. »Gute Nacht«, hauchte sie noch und merkte, wie sie noch in derselben Minute in den Schlaf glitt. Es war ein langer Tag gewesen.

10

Am nächsten Morgen hatte Michaela sich wieder gefasst.

»Mein Schatz«, sagte sie in der Küche zu Karla, als sie ihr die Brotdose für die Schule reichte, »ich fahre heute. Wenn etwas ist, rufst du Papa an.«

David lehnte mit verschränkten Armen an der Anrichte, seine Miene verriet keine Gefühlsregung. Doch Michaela wusste, dass er innerlich kochte. Er hatte auf dem Sofa geschlafen.

Karla warf David einen unsicheren Blick zu. »Papa hat gesagt, du bleibst bestimmt hier. Und jetzt gehst du doch? Wohin denn?«

»Das habe ich dir doch schon gesagt.«

»Merle hat gesagt, du gehst in ein Kloster.«

David schnaubte belustigt und schüttelte den Kopf.

Karla sah ihn und Michaela vorwurfsvoll an. »Wisst ihr was? Ich finde es so was von scheiße, dass ihr mir nicht sagt, was eigentlich los ist! Was ist denn mit dir, Mama? Trennt ihr euch?« Da waren sie wieder, die Tränen. Und mit diesen Tränen übermannte Michaela die Unfähigkeit, ihre Tochter in den Arm zu nehmen. Sie wusste nicht, woran das lag. Ob es nicht ging, weil sie sich schuldig fühlte – immerhin war sie der Grund für Karlas Unglück. Oder war es die Erinnerung an ihren eigenen Schmerz, die sie lähmte? Aus dem sie als Kind nur ausbrechen konnte, wenn sie sich innerlich kalt machte? »Ausschalten« hatte Frau Lorek das genannt. Es hatte ihr geholfen, bei Verstand zu bleiben. Vielleicht waren die Reserven jetzt aufgebraucht?

Michaela raffte allen Willen zusammen und nahm Karla in den Arm, sie wusste ja, wie es ging. Rauf, runter, rauf, den Rücken entlang, das beruhigte – Bea hatte das bei ihr auch immer so gemacht.

»Ich komme wieder«, versprach sie in Karlas Haar. »Papa und ich trennen uns nicht. Dass ich für mich sein muss, hat nichts mit ihm zu tun.« Dieser letzte Satz war natürlich gelogen. Es hatte alles mit David zu tun. Das mit dem Trennen wusste sie noch nicht, sie hatte sich das noch gar nicht gefragt. Zuallererst musste sie schauen, dass sie selbst nicht auseinanderbrach. Und keine Medikamente ohne ärztliche Anweisung, das hatte sie David versprechen müssen.

*

»Sie machen Ihre Sache gut, man merkt, dass Sie schon öfter kommissioniert haben«, lobte Frau Landries, die ständig durch die Gänge zu pilgern schien. Lena nickte ihr zu und sortierte weiter die Tuben und Tiegel ins Regal mit Babyartikeln, hakte auf ihrer Liste Positionen ab, notierte Restbestände. Sie trug einen weißen Kittel, hatte die Zöpfe hinten im Nacken zusammengebunden, und wenn jemand sie ansprach und fragte, wo dies oder jenes zu finden sei, ging sie mit demjenigen so lange durch den Laden, bis es gefunden war.

Frau Landries hatte ihr zu Schichtbeginn alles gezeigt. »Sie können davon ausgehen, dass Sie ständig angesprochen werden. Die Leute haben nicht viel Geduld, die meisten kommen während ihrer Mittagspause, das geht so um elf Uhr los. Sie wollen etwas Bestimmtes, und wenn sie es nicht sofort finden, werden sie nervös und rennen durch die Gänge. Ich erkenne die Mittagspausler auf zehn Meter gegen den Wind. Haben keine Zeit, sich einen Einkaufswagen zu nehmen, laden stattdessen ihre Arme so voll, dass man Angst hat, es gerät alles ins Rutschen. Stellen Sie sich also darauf ein, dass Ihnen mancher Kunde bereits wieder verlorengeht, während Sie ihn durch die Regale zur richtigen Stelle führen, weil der es sich anders überlegt und seine gesamte Beute vorn in Kassennähe in irgendein Fach geknallt hat. Alles schon vorgekommen.«

Lena konnte sich vorstellen, welche Typen sie meinte. Frauen in Businessröckchen auf hohen Schuhen, die nur fünf Minuten ihrer Pause dem Einkaufen opfern wollten, um fünfundzwanzig Minuten irgendwo einen gepflegten Latte macchiato zu trinken und »Leute zu gucken«. Lena war es gleich, ob sie sortierte oder Kunden zu Möbelpolitur und Klopapier führte, sie freute sich, dass sie Geld verdiente, und sie freute sich auf den Abend, auf das Nachhausekommen in die Wohnung mit dem wunderbaren Blick auf die Skyline. Allerdings war der Flugverkehr verdammt laut – das war sie von Berlin nicht gewohnt. Aber im Grunde konnte sie bei jeder Art von Nebengeräusch schlafen, auch Pavels leises Schnarchen hatte sie nicht gestört. Dass er von ihr kein Geld für die Wohnung haben wollte, weil sein Arbeitgeber sie finanzierte, war ebenfalls ein Grund zur Freude. So konnte sie fast alles, was sie verdiente, für ihre Reise nach Mailand zurücklegen. Sie hatten abgemacht, dass sie in Zukunft abends kochte, wenn er von der Arbeit kam – aber noch hatte er seinen Job ja nicht angetreten.

Sie legte gerade die letzte Tube Kinderpopocreme ins Regal, als ihr jemand auf die Schulter tippte. »Hallo, junge Frau.«

Sie wandte überrascht den Kopf und sah dem, an den sie eben gedacht hatte, in die Augen.

»Ach du meine Güte«, raunte sie. »Hast du mich erschreckt.«

»Ich wollte nur mal schauen, was du machst. Ich dachte, wir gehen in deiner Pause zusammen zur B-Ebene und essen was. Thai? Inder? Kentucky?«

»Ich weiß zwar nicht, was die B-Ebene ist, aber mir ist alles recht«, erklärte sie. »Pause hab ich nicht, sondern Feierabend. Ich arbeite doch nur bis eins.« Danach wollte sie ein bisschen bummeln. Herumlaufen. Doch Pavel hatte andere Pläne.

»Wenn du schon Schluss hast, verbringen wir den Nachmittag zusammen. Ich zeige dir die Stadt.«

»Du, ich bin auch gern mal allein unterwegs«, widersprach sie.

Falls er gekränkt war, so erkannte sie es nur an einem kurzen Flackern seiner Augen.

»Aha. Gut«, sagte er. »Also nur Mittagessen. Ich warte vorn an der Ecke zum Sportkaufhof auf dich, das kannst du nicht verfehlen.«

Sie sah ihm hinterher. Er war durchtrainiert, bewegte sich mit wippendem Gang. Ganz anders als Tom, den man nicht unbedingt als Athleten bezeichnen konnte. Trotzdem vermisste Lena ihn gerade ein bisschen. Ob der Grund dafür war, dass sie sich tatsächlich nach ihm sehnte, oder ob sie ihm gern gezeigt hätte, dass sie schon in Frankfurt Fuß gefasst hatte, wusste sie nicht genau. Es war jedenfalls nichts Körperliches. Er war einfach nur … ihre Familie gewesen. So etwas wie ein Bruder. Das mit dem Sex hatten sie ganz schnell wieder gelassen.

Pavel drehte sich noch einmal um und zwinkerte ihr zu, bevor er in den Flur zum Ausgang abbog. Es wäre sicher nicht schlecht, mit ihm etwas anzufangen. Doch sie stand mehr auf ältere Typen – Lars, den sie als Jugendliche gekannt hatte, war auch vier Jahre älter gewesen. Pavel schien jedenfalls ein netter Typ zu sein und arbeitete demnächst bei einer Bank. Lena lachte auf und tippte sich an die Stirn. Sie und ein Banker! Wenn sie das ihren Leuten in Berlin erzählte, würden die zusammenbrechen. Ein studierter Bankkaufmann passte nun mal hundertprozentig *nicht* zu ihrem Beuteschema.

Als sie später an der Hauptwache auf einer der Bänke saßen und Thai Chicken in sich hineinschaufelten, erklärte Pavel: »Wenn du länger bleibst, brauchen wir ein größeres Bett. Es gefällt mir nicht, dass du auf der Couch schläfst.«

Er lächelte entschuldigend. »Ich selbst kann nicht auf der Couch schlafen, weil ich das in Mannheim viel zu lange gemacht habe. Damals hab ich mir geschworen, dass ich das nie mehr mache, wenn ich einen Job habe. Deswegen ...« Er grinste Lena an, während sie noch versuchte, den Schock über seine Worte von einem gemeinsamen Bett zu verdauen.

»Ich schlafe super auf dem Sofa«, beschwichtigte sie. »Ich brauche kein Bett.« Anscheinend gehörte Pavel nicht zu denen, die sofort eine Panikattacke bekamen, weil eine Frau bei ihnen einzog. Nicht dass sie damit Erfahrung gehabt hätte – die Leute wollten immer etwas von *ihr*, und *sie* bekam Fluchtgedanken. Deshalb hatte es ja so gut mit Tom funktioniert, dessen Desinteresse manch andere sicher gequält hätte.

Pavel hob die Schultern. »Na gut, wie du willst.«

Sie sah, dass er sich ärgerte. Worüber genau, verstand sie nicht. Sie hatte ihm angeboten, dass sie sich an den Kosten für die Wohnung beteiligte. Nun würde sie stattdessen einkaufen und kochen. Welche Art Gegenleistung erwartete er? Ihre leisen Befürchtungen vom Abend zuvor, als er das Shirt ausgezogen und diesen Liebesfilm eingeschaltet hatte, keimten wieder in ihr auf, dabei hatte er sie die ganze Nacht in Ruhe gelassen. Sie sah ihn fragend an. »Ich finde es wirklich nett, dass du mich bei dir schlafen lässt, Pavel – aber für ein gemeinsames Bett ist es vielleicht noch zu früh, meinst du nicht?«

»Natürlich«, sagte er, »du hast recht. Ich wollte nur höflich sein, sonst nichts.«

Sie legte ihre Hand auf seinen Arm. »Das ist wirklich total lieb, Pavel.« Sie sah auf die Uhr, wollte los. »Was magst du zum Abendessen?«, fragte sie noch.

Wenn sie für zwei einkaufen sollte, kam sie möglicherweise mit zehn Euro am Tag nicht aus. Drei Euro fünfzig waren schon weg.

»Ich hatte lange kein Sushi«, sagte Pavel und lachte dann schallend über ihren Gesichtsausdruck.

*

Michaela sah den Rücklichtern des Taxis hinterher, das Florian Grunwald zum Flughafen brachte, und straffte die Schultern. Pim blickte sie erwartungsvoll an, ganz so, als wolle er fragen, wann sein Herrchen wieder zurückkam.

»Tasse Tee?«, fragte Michaela ironisch, doch dann entschied sie sich fürs Kofferauspacken. Es war so still in dieser Wohnung. Kein Geräusch von den Nachbarn drang herüber. Sosehr sie auch die Stille liebte, in diesem Moment brauchte sie eine vertraute Stimme.

Bea klang nicht nur überrascht, als Michaela ihr von ihrem Auszug erzählte, sondern auch ein wenig enttäuscht. »Ach, Michi, du bist wirklich gegangen? Irgendwie hatte ich so sehr gehofft, dass du es dir noch mal überlegst. Diese ganze Sache … also … das passt doch gar nicht zu dir. Ging es dir denn wirklich so schlecht? Ich hab dich ja schon ganz anders erlebt. Na, und David und Karla …«

»Du hast doch selbst gesagt, David könnte auch mal zurückstecken. Und ja, während der letzten Tage ging es mir besser. Seit gestern Nachmittag aber nicht mehr.«

»Warum?«

Michaela betrachtete ihre Fingernägel. Wenn sie Bea von diesem belauschten Telefonat erzählte, konnte es sein, dass sie bei David anrief. In ihrer Fürsorge waren Bea und David wie zwei besorgte Amseleltern. Früher, als sie David vertraute, konnte sie damit umgehen. Doch heute …

»Bea, ich kann es dir nicht sagen«, flüsterte sie.

Bea schwieg. Vermutlich war sie wirklich enttäuscht. Aber es war nun mal anders als vor zwölf Jahren. Damals hatte sie gewusst, dass sie Hilfe brauchte, hatte geahnt, dass die Traurigkeit ohne Hilfe nicht verging. Diesmal aber war es so, als ob sie etwas nicht *sähe*, das direkt vor ihren Augen lag. Dass sie irgendetwas nicht *verstand*. Dabei konnte auch Bea ihr nicht helfen.

»Bitte, Bea«, sagte Michaela. »Ich kann dir nicht beschreiben, was passiert ist. Tatsache ist: Zu Hause bekomme ich den Kopf nicht frei.«

Bea schien untröstlich. »Wäre ich doch nur gekommen! Hättest du mich doch nur angerufen, Süße, dann hätten wir in aller Ruhe –«

»Aber manchmal habe ich auch zum Anrufen keine Kraft, Bea.« Und nicht nur zum Anrufen. Auch zum Sein. Sie saß in dieser fremden Küche und fühlte sich wie auf einem anderen Planeten. Sie musste mit Pim raus, konnte sich aber einfach nicht aufraffen. Der Hund saß inzwischen an der Tür und winselte.

Nach einer Weile des Schweigens sagte Bea: »Okay, Michi, ich muss hier mal weitermachen. Die Arbeit erledigt sich nicht von allein. Bitte melde dich, wenn ich helfen kann.«

»Ist gut.«

Als Pims Winseln so laut wurde, dass Michaela es nicht mehr ignorieren konnte, erhob sie sich endlich von ihrem Platz am Tisch und griff nach seiner Leine.

Als sie von dem Spaziergang zurück war, dämmerte es bereits. Pim lief unruhig in der Wohnung umher, ging von Raum zu Raum und bellte, doch selbst als sie ihn rief und in der Küche mit einem Löffel an seiner Hundefutterdose klapperte, kam er nicht. Sie fand ihn vor Florian Grunwalds Bett. Den Kopf auf die Pfoten gelegt, zeigte er ihr eine unglücklich gerunzelte Stirn.

Michaela setzte sich in der Küche an den Tisch und fuhr mit dem Finger über die Oberfläche. *Nachdenken*, dachte sie. Du bist zur Selbstfindung hier, nicht zum Hundbetüddeln. Also gut. Sie knabberte an einem Hautfetzen ihres Zeigefingers.

Also – sie und David. Bei dem Streit über die Unterhaltung an ihrem Geburtstag stand ihre Aussage gegen seine. Sie hatte keine Möglichkeit, zu überprüfen, ob er log oder ob sie verrückt war. Nachdenklich starrte sie auf den Tisch und dachte wieder an den gestrigen Nachmittag. Da lag es etwas einfacher mit der Überprüfung. Sie konnte bei ihm im Büro anrufen und fragen, wann er gestern gegangen war. So einfach war das.

*

Als Lena mit den Einkäufen nach Hause kam, nahm Pavel die Tüte aus dem Supermarkt entgegen und sagte: »Du bist spät. Ich hatte dich schon wesentlich früher erwartet.«

Seine Haare waren an den Spitzen feucht – offenbar hatte er geduscht –, und er hatte sie an der Stirn mit Gel aufgestellt.

»Tja, ich hab mich verbummelt.« Lena trug ein bodenlanges 1968er Hippiekleid mit eingefasstem Dekolleté und eine lange Halskette aus Holzperlen. Das ganze Outfit stammte aus einem Secondhandladen in Bornheim – ein brandheißer Tipp einer ihrer neuen Kolleginnen. An ihrem Handgelenk baumelte ein Stoffbeutel mit zwei weiteren Kleidern und einer Häkeljacke mit großzügigem Lochmuster. Sie hatte sich bei ihrem Streifzug durch die Innenstadt überlegt, dass sie es wagen konnte, fünfzig Euro für ein neues Outfit zu investieren. Jetzt war sie wieder sie selbst.

Pavel räumte Lenas Einkäufe aus und bemerkte: »Dort, wo ich herkomme, ist man pünktlich. Oder man sagt Bescheid.«

Lena hängte die neuen Kleider in den schmalen Kleiderschrank an der Stirnseite des Raums gegenüber der Kitchenette.

»Pavel, ich habe weder ein Handy noch deine Telefonnummer. Außerdem hatten wir doch gar keine feste Zeit –«

»Morgen kaufe ich dir ein Handy«, unterbrach er sie. »Dann bist du erreichbar.«

Lena wollte gerade mit einem »Nein danke« antworten, als ihr Blick aufs Bett fiel. Das rote Plüschherz war gestern noch nicht dort gewesen.

Pavel folgte ihrem Blick, während er zwei Teller auf dem Tisch abstellte.

»Ich war heute Mittag unhöflich«, entschuldigte er sich. »Ich überlasse natürlich dir das Bett.«

Lena verging in genau diesem Moment nicht nur der Appetit, sondern ihr wurde auch klar, worauf die Sache hinauslief. Wenn nicht heute, dann morgen. Oder übermorgen. Die wenigsten Männer begriffen, dass ein bisschen Herzklopfen dazugehören sollte. Es war nicht so, dass Pavel ihr nicht gefiel. Aber da war nichts weiter als der Gedanke »hübscher Kerl«. Und sie konnte weiß Gott nicht mit jedem hübschen Kerl ins Bett gehen, auch nicht, wenn er ihr ein Dach über dem Kopf bot.

Glücklicherweise schaltete er den Fernseher ein, als sie aßen. Und während sie entsetzt einem Bericht über die Entführung von mehr als zweihundert Schülerinnen in Nigeria lauschten und Pavel alle Tomaten aufaß – einschließlich derer von ihrem Teller –, überlegte Lena, was sie tun konnte.

In der Werbepause ging Pavel ins Bad. Es lag außerhalb des Zimmers, grenzte an den winzigen Flur bei der Ausgangstür. Kaum war er um die Ecke verschwunden, sprang Lena vom Stuhl und zerrte in Windeseile die neuen Kleider aus dem Schrank, stopfte sie in den Beutel, schnappte sich die gehäkelte Jacke und schlüpfte in die Sandalen. Den Verlust der Zahnbürste und des Duschgels im Bad konnte sie verschmerzen.

Als Pavel die Toilettenspülung zog, war sie aus der Tür.

Sie lief zur Hauptstraße, rannte bergab in Richtung Alt-Sachsenhausen. Von hier aus würde sie fast eine Stunde bis zum Hauptbahnhof brauchen, es sei denn, sie nahm den Bus. Aber das gab ihr Budget nicht her.

Drei Straßenzüge von Pavels Wohnung entfernt kam sie keuchend an einer Straßenlaterne zum Stehen. Warum rannte sie eigentlich so? Er würde sie sicher nicht verfolgen. Außerdem konnte er sie spätestens morgen in der Drogerie aufstöbern, ihr wie heute auf die Schulter tippen und sie fragen, ob sie eigentlich noch ganz dicht war. Aber wie hätte sie ihm alles erklären sollen?

Lena richtete sich auf und versuchte, ihren Atem unter Kontrolle zu bekommen. Wo konnte sie um diese Uhrzeit hin? Es war einundzwanzig Uhr und ziemlich kühl, wie sie plötzlich feststellte. Sie griff in den Beutel mit ihren neuesten Errungenschaften, zerrte die Häkeljacke heraus und zog sie über. Etwas ohne Lochmuster wäre passender gewesen.

Sie ging weiter und dachte an die Übernachtungsstätte am Ostpark – aber da wollte sie nicht wieder hin. Sie hatte einen neuen Job, neue Klamotten und ein brandneues Leben, das sie nur für ungefähr fünf Minuten in eine Sackgasse hatte laufen lassen, aus der sie auf der Stelle wieder rückwärts ausgebogen war. Sie wollte nicht mehr stecken bleiben. Irgendwo zwischen gestern und heute hatte sie sich geschworen, dass sie diesen Neuanfang nicht einfach geschehen ließ, sondern ihn gestaltete. Gut, die Wohnung mit dem geilen Ausblick war es nicht – was also dann?

Und wie sie so lief und lief, die ganze Darmstädter Landstraße hinunter, vorbei an der Haltestelle Lokalbahnhof, durch Alt-Sachsenhausen, über die Mainbrücke, zur Konstablerwache, auf die Zeil, durch die Fressgass … da wurde ihr klar, dass sie sich das, was sie wirklich in Frankfurt gewollt hatte, einfach vor der Nase hatte wegschnappen lassen. Seit zehn Jahren lief sie immer nur davon. Reagierte. Es war an der Zeit, dass sie ihr Glück selbst in die Hand nahm. Vielleicht würde dieser Florian Grunwald sich doch noch umstimmen lassen, und sie konnte ihm beweisen, dass sie die Richtige war. Allein wegen des Hundes. Wenn der Hund sie sah, würde sein Herrchen vielleicht einknicken. Sicher, er hatte sie nachdrücklich weggeschickt. Aber die andere konnte nicht mit Tieren, das hatte sie auf den ersten Blick gesehen.

Als sie in Bockenheim klingelte, war es Viertel vor elf – es brannte noch Licht. Trotzdem nicht gerade die optimale Zeit, um Verhandlungen zu führen. Aber was wollte man machen.

11

Als es klingelte, lag Michaela in eine Wolldecke gehüllt auf dem Sofa. Sie hatte es nach einem ausgiebigen Spaziergang und einem Einkauf, der den Kühlschrank für die nächsten Tage füllte, nicht fertiggebracht, sich in Florian Grunwalds Bett zu legen. Es war etwas anderes, ob man in einem Hotelbett schlief oder ob man in einem Bett lag, das jemandem *gehörte*. Pims anklagender Blick war ohnehin nicht zu ertragen gewesen, und inzwischen wechselte er im Minutentakt – zumindest kam es ihr so vor – vom Schlafzimmer in die Küche, von der Küche ins Wohnzimmer, von dort vor die Wohnungstür. Jetzt bellte er. Stand vor der Tür und bellte und bellte. Michaela schwang die Beine unter der Wolldecke hervor und setzte sich auf. David, dachte sie, doch dann fiel ihr ein, dass er die Adresse gar nicht kannte. Niemand kannte sie. Es klingelte noch einmal. Pim sprang an der Haustür auf und ab und bellte und winselte sich die Seele aus dem Leib. Es war klar, wen *er* erwartete.

»Pim«, mahnte sie, »schscht! Du weckst ja das ganze Haus auf!«

Sie tappte zum Küchenfenster, räumte zwei Blumentöpfe beiseite und öffnete es. Pim sprang bellend an ihre Seite.

»Hallo?«, rief Michaela nach unten. Sie sah nur das Vordach über der Haustür, nicht einmal ein Schatten war darunter zu erkennen. Es musste sich um einen Irrtum handeln oder um jemanden, der nicht wusste, dass Florian Grunwald fort war.

»Hallo?«, rief sie noch einmal.

Das Mädchen, das nun unter dem Vordach hervortrat und nach oben blickte, trug ein langes Kleid und eine löchrige Jacke. Sie trug einen Beutel über der Schulter, die Haare ein dickes Bündel verfilzter Zöpfe. Eigentlich war sie kein Mädchen, sondern eine Frau. Oder etwas dazwischen. Michaela schätzte sie auf Anfang zwanzig. Sie kam ihr bekannt vor, aber sie wusste nicht, woher.

»Haben Sie Ihren Schlüssel vergessen?«, rief Michaela.

»Ich wollte zu Herrn Grunwald, ist er da?«

Michaela hatte keine Ahnung, wen Florian Grunwald alles wissen lassen wollte, dass er auf Weltreise war, daher schüttelte sie nur den Kopf. Pim bellte und sprang an ihr hoch, als hätte er auch gern aus dem Fenster geschaut.

»Er ist nicht da, und heute kommt er auch nicht mehr«, rief sie mit gedämpfter Stimme.

»Ist er schon abgereist?«

Also wusste sie Bescheid. »Ja, heute Morgen.«

Die junge Frau mit den verfilzten Haaren schien nachzudenken. »Könnten Sie mich kurz reinlassen? Ich würde Sie gern was fragen.«

»Es ist spät!«

»Bitte! Lassen Sie mich kurz nach oben? Nur eine Frage!«

Michaela schüttelte den Kopf. »Nein«, rief sie. »Sie können morgen wiederkommen und Ihre Frage stellen.«

Die junge Frau ließ den Kopf hängen. Michaela hörte nicht mehr, was sie sagte, als sie ging. Dabei konnte man es noch nicht einmal als Gehen bezeichnen. Sie presste den Beutel an ihre Brust und lief mit gesenktem Kopf weiter. Allerdings nicht schnell. Langsam und Schritt für Schritt, als fiele es ihr schwer. Oder als sei sie ein trauriges Kind. Michaela schloss das Fenster. Die Frau ging wie ein trauriges, erwachsenes Kind.

Plötzlich zog sich Michaelas Kehle zusammen.

»Erzähl mir was von deinen Eltern«, sagte Bea, während Michaela mit Buntstiften Zeichnungen von Mami und Papi anfertigte, die ihnen aber irgendwie nicht recht ähneln wollten. Wie ihre Kinderzimmertapete und ihre Stofftiere ausgesehen hatten, wusste sie besser.

»Hm«, sagte sie zu Bea. »Sie waren lieb.«

»Genauer!«

Michaela betrachtete nachdenklich ihre Zeichnungen. »Papis Vater kam aus Amerika. Er hatte Heimweh nach seinem Zuhause, als mein Papi ein Baby war. Und dann ist seine Mama gestorben, als er ungefähr so alt war wie du. Er war ganz früh ganz allein.«

»Was hat er gearbeitet?«

»Was mit Autos.« Zumindest als sie klein war. Irgendwann war er jeden Tag zu Hause gewesen, und Mama hatte ganz furchtbar schlechte Laune bekommen.

»Wie war deine Mama?«

»Sie hat immer lange Kleider getragen, unter denen ich mich verstecken konnte. Wenn wir spazieren gegangen sind, haben wir ›Ein Hut, ein Stock, ein Regenschirm‹ zusammen gespielt.«

Später hatte Mami mit dem Spielen aufgehört, und sie war stattdessen langsam und in Gedanken versunken neben ihr hergelaufen. Papi hatte in dieser Zeit ganz viel Bier getrunken.

»Wie waren denn deine Eltern?«, fragte sie Bea und malte den Hintergrund hinter Mamis Kopf gelb.

»Meine Eltern sind nicht lieb. Sie sind sehr böse. So böse wie die Eltern von Hänsel und Gretel. Sie haben mich weggeschickt.«

»Wirklich?« Michaela malte den Hintergrund hinter Papis Kopf feuerrot.

»Ja. Dabei war ich nur ein einziges Mal nicht lieb.«

Pims Winseln weckte Michaela. Sie war offenbar eingeschlafen. Sie hatte im Schlaf die Arme nach hinten über die Sofalehne gestreckt, nun waren sie taub, lagen wie zwei leblose Stoffwürste auf der Lehne und ließen sich nicht bewegen. An ein Aufsetzen war nicht zu denken.

»Pim, komm her!«, rief sie leise. Was er nur hatte? Florian Grunwald hatte gesagt, der Hund müsse auf keinen Fall nachts raus. Jetzt doch? Sie versuchte, die tauben Finger zu bewegen, doch es gelang ihr noch nicht, die Arme kribbelten schmerzhaft. Michaela stöhnte und zwang sich, sie zu sich heranzuziehen, spannte die Bauchmuskeln an und setzte sich auf.

»Pim?«

Schließlich hörte sie seine Hundemarke klimpern und die Pfoten auf den Holzdielen. Er stellte sich neben sie und stieß ein Geräusch aus, als stelle er eine Frage. Michaela erkannte im Dunkel des Zimmers nur die hellen Konturen seines Fells, doch sie ahnte, dass er traurig aussah. Wie seltsam, dass Florian Grunwald sie nicht davor gewarnt hatte, dass Hunde auch trauern konnten.

»Warte mal«, sagte sie und schaffte es endlich, aufzustehen. Mühsam schaltete sie die Stehlampe neben dem Sofa an und kniff die Augen wegen der Helligkeit zusammen, klopfte sich die Arme ab, um das taube Kribbeln zu lösen. Wie konnte sie dem armen Kerlchen helfen? Sie tappte ins Schlafzimmer und öffnete den Kleiderschrank. Was bei kleinen Kindern wirkte, half vielleicht auch bei Hunden. Florian Grunwald hatte ihr eine Hälfte des Schranks freigeräumt, auf der anderen stapelten sich seine Shirts, Pullover und Hosen, die Fächer waren gefüllt bis zum Rand. Sie betrachtete Pim skeptisch, der zu ihr aufsah. »Du willst sicher was Benutztes«, murmelte sie.

Pim lief ihr bei ihrem Gang durch die Wohnung hinterher. Und sie hatte Glück. Im Bad gab es einen Bastkorb, in dem die Bettwäsche lag.

»Hier, Kleiner«, säuselte sie und zog einen Kissenbezug aus dem Korb, »das hier riecht bestimmt nach Papa.«

Danach kroch sie im Wohnzimmer wieder unter die Wolldecke.

»Wie war denn das Verhältnis zu Ihrem Vater?«, fragte Frau Lorek.

»Sehr gut.«

»Was verstehen Sie darunter?«

Michaela überlegte. Papa war eben einfach da gewesen. Er hatte ihr Fahrrad aufgepumpt, wenn der Reifen platt war, hatte die Bettlatte geflickt, die einkrachte, nachdem sie zu heftig mit einer Freundin auf dem Bett herumgehopst war, und hatte ihr zu Weihnachten den ersehnten Scout-Ranzen besorgt, obwohl Mama ihn viel zu teuer fand.

»Na ja, wir hatten nie Streit«, beantwortete sie Frau Loreks Frage.

»Und Ihre Eltern? Haben die gestritten?«

»Nein. Nie.«

»Alle Eltern streiten mal, Frau Michalsen. Eine Ehe ohne Streit gibt es nicht.«

»Und wenn doch?«

»Möglicherweise ist es so ein Streit Ihrer Eltern, der uns zu dem führt, was Sie quält. Vielleicht gab es mal eine laute Auseinandersetzung. Kinder erschreckt so etwas. Deshalb ist es sehr wichtig, dass Sie zumindest versuchen, sich zu erinnern.«

»Ist ja schon gut. Ich versuche es ja schon.«

Sie waren auf einer Party. Mami und Papi nahmen sie immer mit, wenn es etwas zu feiern gab. Wenn es spät wurde, legten sie Michaela in das Bett der Gastgeber, und Papi trug sie später zum Auto. Heute aber wurde sie nicht geholt, es legte sich jemand zu ihr. Es war eindeutig Mami, die da etwas flüsterte. Und sie vernahm das Brummen eines Mannes, der nicht Papi war. Das Bett wippte und quietschte, als hüpfe jemand darauf herum. Michaela rutschte noch ein wenig näher zur Wand. Der Mann stöhnte, als habe er Schmerzen. Vermutlich aber nicht, denn Mami kicherte in einem ängstlichen Tonfall, bat ihn, leise zu sein. Doch die Stimme des Mannes wurde immer lauter. Michaela verhielt sich mucksmäuschenstill. Plötzlich ging die Tür auf, Licht fiel herein und blendete Michaela unter den geschlossenen Lidern. Jemand kam mit schnellen Schritten zum Bett gelaufen, und im selben Moment fing Mami an zu schreien. Das Schreien artete in ein hohes Fiepen aus wie bei einem …

… Hund. Michaela schreckte abermals hoch, schweißgebadet. Sie fühlte sich so klein und schutzlos wie früher, brannte darauf, Bea anzurufen und ihre tröstenden Worte zu hören. »Alles wird gut, ich bin bei dir« zu hören und langsam wieder zur Ruhe zu kommen. Doch es war mitten in der Nacht, nicht einmal Bea konnte sie jetzt noch wecken. Nicht wegen eines schlechten Traums.

12

Die Kälte war das Schlimmste. Lena hatte noch nicht oft in ihrem Leben draußen geschlafen – was mit zwei Umständen zusammenhing: Sie hatte mörderische Angst vor Spinnen und Käfern, und sie schlief am liebsten nackt. Gut, das Nacktschlafen konnte sie unterlassen, wenn es erforderlich war – weder am Ostpark noch bei Pavel wäre es angebracht gewesen, und erst recht nicht hier auf ihrem Lager in dieser Ladenpassage. Wenn man nachts draußen schlief, und noch dazu ohne Zelt und Schlafsack, kroch einem auch unter einer Überdachung die Kälte in jede Pore. Besonders in einem Mai wie diesem, in dem die Temperaturen nachts noch gegen den Gefrierpunkt sanken. Außerdem regnete es seit zwei Stunden. Sie hatte sich ein paar Pappkartons aus einem Papierhaufen in einer Ecke gefischt und sich eine Unterlage gebastelt. Zugedeckt war sie mit dem zweiten neuen Kleid und weiteren Pappkartons. Hätte sie bloß den Weg auf sich genommen und wäre zum Bahnhof gelaufen. Dort wäre es wenigstens warm gewesen. Aber sie war so kaputt gewesen – sie hatte echt den Kanal voll von der Rennerei. Jetzt fühlte es sich an, als läge sie in einem Kühlhaus auf dem Fußboden. Sie spürte jeden Knochen ihres Körpers, hatte sich zusammengerollt wie ein Embryo und versuchte, sich mit ihrem eigenen Atem zu wärmen, indem sie in den Hohlraum zwischen Brüsten und Bauch blies. Bis jetzt hatte sie bei alldem noch kein Auge zugetan, und es war schon kurz vor drei. Um neun Uhr musste sie in der Drogerie sein, wenn sie sich nicht vorher den Tod holte.

Und auch wenn sie es seit einer halben Stunde versuchte zu ignorieren: Sie musste wahnsinnig dringend aufs Klo. Lena biss die Zähne zusammen. Sie kannte einige, die in dieser Situation in die nächste Ecke gepinkelt hätten. Aber sie hatte das noch nie getan, und sie würde es auch nicht tun. Das hieße doch, die letzte Würde zu verlieren. Den Respekt vor sich selbst. Aber was sollte sie machen? Es würde ihr nichts anderes übrigbleiben, als sich doch auf den Weg zum Bahnhof oder zum Ostpark zu machen. Vielleicht hatte Frau Rasmussen ein Herz und nahm sie noch mal auf, trotz ihrer Vorschriften.

Als sie sich aufsetzte, rutschten die Kartons von ihr ab, und sie bemerkte, dass sie ihr doch ein wenig Schutz gewährt hatten. Der Regen prasselte auf das Dach der Passage und brachte Wind mit, der in den Durchgang wehte.

»Ich hole mir hier wirklich den Tod«, murmelte Lena, sammelte mit steifen Gliedern ihr Kleid auf und stopfte es in den Beutel, den sie sich wieder über die Schultern hängte. Sie schob die Kartons mit dem Fuß zu einem Haufen zusammen und stellte sich dann an den Ausgang der Passage, um hinaus auf die Straße zu schauen. Bis zur U-Bahn waren es etwa fünfhundert Meter.

Lena ging in die hinterste Ecke der Passage zurück, griff nach einem intakten Karton und stülpte ihn sich über den Kopf. Dann hob sie ihn so weit an, dass sie darunter hervorspähen konnte. So musste es gehen.

Die Person, die Michaela entgegenkam, trug einen Pappkarton auf dem Kopf, ihr langes Kleid schleifte auf dem nassen Bürgersteig, und die Sandalen patschten bei jedem Schritt. Die Scheinwerfer eines vorbeifahrenden Wagens reflektierten die Regentropfen in der Luft und beleuchteten gelb lackierte Fußnägel. Das Kleid und der Beutel, der der Frau gegen die Hüfte schlug, kamen Michaela bekannt vor. War das nicht die, die bei ihr geklingelt hatte?

Als sie auf einer Höhe waren, bellte Pim den Pappkarton an. Die Frau blieb stehen und hob ihre Kopfbedeckung an. Michaela bemerkte die tiefen Grübchen in den Wangen der Fremden, als sie den Karton trotz des Regens ablegte und Pim mit leisen, liebkosenden Worten begrüßte. »Hallo, mein Süßer, was machst du denn hier?«

»Sie sind doch die Bekannte von Herrn Grunwald, die gestern Abend geklingelt hat«, sagte Michaela und verstand nicht, warum sie hier um diese Zeit auf der Straße herumlief – noch dazu mit einem Karton auf dem Kopf. Es gab auch Schirme. Oder Regenjacken. Und überhaupt: Was tat sie hier?

»Nach meiner Zeitrechnung war es vorhin, ich habe seitdem noch nicht geschlafen«, antwortete das Mädchen und richtete sich wieder auf.

Michaela warf einen Blick auf den Pappkarton, dann wieder auf die junge Frau. »Irren Sie seitdem hier durch die Gegend?«

»Nein. Zwischendurch habe ich versucht, in einer Passage auf ein paar Kartons zu schlafen, aber es war so affenkalt, und meine Blase ist so zum Platzen voll, dass ich es nicht mehr ausgehalten habe.«

Michaela war sich nicht sicher, ob die Frau sie veräppelte. Anders konnte es eigentlich nicht sein. Wer schlief denn …

»Könnte ich vielleicht bei Ihnen auf die Toilette gehen?«, bat ihr Gegenüber. »Ganz im Ernst, ich mache mir gleich in die Hose.« Wie zum Beweis presste sie die Beine zusammen.

»Haben Sie keine Wohnung?«

»Nein. Das heißt, doch – in Berlin.«

Michaela verstand kein Wort. Insgeheim fragte sie sich, ob die Frau echt war. Real. Aus Fleisch und Blut. Frauen mit gelben Fußnägeln und Pappkartons als Kopfbedeckung kamen gleich nach Stimmen im Kopf. Pim jedoch schien sie auch zu sehen, er leckte ihr wie besessen die Finger.

In diesem Moment traf Michaela die Erkenntnis. »Sie sind die andere Bewerberin!«

Die junge Frau streichelte Pim weiter und nickte nur.

Michaela blinzelte. »Ähm. Natürlich können Sie bei mir … also bei Herrn Grunwald … auf die Toilette gehen. Das ist doch … kein Problem«, stotterte sie.

Die Grübchen vertieften sich wieder. »Echt?«

»Ach ja. Das geht schon.«

Lena war unendlich erleichtert. Nicht nur wegen ihrer Blase – auch, weil die Frau ein schlechtes Gewissen zu haben schien, vermutlich, da sie ihr den Job weggeschnappt hatte. Gleichzeitig spiegelte sich aber auch Misstrauen in ihrer Miene. Das hatten viele – wahrscheinlich lag es am Outfit. Die Frau war vielleicht zehn Jahre älter als sie selbst und stand da, als hätte sie einen Stock verschluckt. Sie trug wieder diese ordentlichen Jeans und eine dunkelblaue Windjacke, deren Reißverschluss bis zum Kinn hochgezogen war. Darin steckte ein hellgrünes Halstuch, das sich perfekt mit der rotblonden Mähne vertrug, die neben den Sommersprossen das einzig Aufregende an der Frau war. Lena hätte schwören können, dass sie ihr widerspenstig aussehendes Haar hasste, so wenig Aufmerksamkeit, wie sie ihm schenkte. Es gab Leute, die kämmten ihre Naturkrause und wunderten sich dann, wenn sie aussahen wie ein Pudel. Mit verschränkten Armen und leicht x-beinig wirkte sie, als erwarte sie jeden Moment eine

Pistole in Lenas Hand. Sie glotzte auf den Karton und dann auf ihren eigenen Schirm und schien zu überlegen, ob sie Lena einen Platz unter ihrem Regenschutz anbieten sollte. Aber sie tat es nicht. Stattdessen zog sie an Pims Leine und sagte zu Lena: »Wenn Sie noch eine Minute warten könnten, Pim muss da vorn an den Grünstreifen. Danach können wir los.«

»Ich habe einen gut trainierten Beckenboden«, erklärte Lena lächelnd. Dabei stach ihre Blase inzwischen so schrecklich, dass sie hätte schreien mögen.

Sie sah Frauchen und Pim hinterher. Was bewog so eine dazu, bei einem Fremden einzuziehen und dessen Hund zu hüten? So, wie sie Lena nach ihrer Wohnung gefragt hatte, war sie selbst offensichtlich nicht wohnsitzlos. Was tat sie also hier?

Als die Frau zurückkam, streckte Lena die Hand aus. »Ich bin übrigens Lena.«

»Michaela Michalsen«, antwortete die Frau und verzog den Mund immerhin zu einem schrägen Zahnweh-Lächeln.

Sie gingen einen Moment lang schweigend nebeneinanderher.

Vor der Haustür klappte Lenas Begleiterin den Schirm zusammen. »Dritter Stock«, erklärte sie, »das wissen Sie ja.«

Michaela wusste, worauf das Ganze hinauslief: Sie würde die junge Frau nicht wieder nach draußen in den Regen schicken. Sicher, sie hatte absolut nichts mit ihr zu tun – aber irgendetwas sagte ihr, dass diese Lena nicht nur die Wohnung, sondern auch den Hund noch nötiger gehabt hätte als sie selbst. Das Bett war frei, das Mädchen konnte eine Nacht darin liegen und am nächsten Morgen wieder nach Berlin in ihre

Wohnung zurückfahren. Florian Grunwald hatte sicher nichts dagegen, und selbst wenn, er musste ja nicht wissen, dass sie ihn hinterging. Die Möglichkeit, ihn zu fragen, hatte sie schließlich nicht. Dabei war sie sich nicht einmal sicher, ob sie dem Mädchen trauen konnte. War eine wie die auf Bargeld aus? Falls ja – reich würde sie bei Michaela nicht werden, sie hatte gerade mal zwanzig Euro im Portmonee.

»Am besten, Sie ziehen Ihre Schuhe aus. Das Bad ist gleich hier vorn«, sagte Michaela, während sie in den Flur traten und Pim sich schüttelte. Sie griff nach dem Handtuch, das eigens dafür im Flur herumlag, und begann, ihn in kreisenden Bewegungen trockenzurubbeln.

Das Mädchen streifte sich die Sandalen ab und huschte ins Bad. Michaela hörte, wie es in der Toilette plätscherte, während sie selbst Jacke und Turnschuhe auszog und in ihre Hausschuhe schlüpfte. Danach hörte sie das Wasser am Waschbecken laufen, es lief und lief. Vielleicht wärmte sich das Mädchen die Hände. Michaela sah auf ihre Uhr – es war drei. Zu Hause in Eschersbach klingelte in drei Stunden der Wecker. Es fühlte sich merkwürdig an, dass sie dort plötzlich für nichts mehr verantwortlich war. Würde David daran denken, Karla etwas zu trinken einzupacken? Es stand ja auf der Liste am Kühlschrank. Sie hatte akribisch alles notiert, angefangen bei den Einstellungen der Waschmaschine über die Anzahl der Schulbrote an welchen Tagen bis zum Sportunterricht und dem Blumengießen. Sie fragte sich nur, wann David putzen würde. Er wollte niemand Fremdes im Haus. Montags waren die Betten frisch zu beziehen, dienstags die Fenster unten, mittwochs die oben zu putzen. Dazu kam die Wäsche, je nach Bedarf, meistens lief eine Maschine am Tag, den Flur saugte sie täglich, den Rest alle zwei Ta…

»Ich wollte nur tschüss sagen«, schreckte eine Stimme sie aus ihren Gedanken. Michaela wandte sich um. »Was? Wieso?«

»Ich bin fertig im Bad. Ich habe mich nur noch kurz gewaschen«, erklärte das Mädchen.

»Sie gehören ins Bett. Sie sehen aus wie der Tod, gewaschen oder nicht. Schlafen Sie sich aus …« – Michaela öffnete die Tür zum Schlafzimmer – »… das Bett ist frei, ich habe es nicht benutzt. Es ist ein Wasserbett, soviel ich weiß. Ich hoffe, Ihnen wird nicht schwindlig.«

Pim wedelte mit dem Schwanz und legte sich wie ein Bettvorleger auf den Teppich im Schlafzimmer.

Das Mädchen sah Michaela unschlüssig an. »Das ist super nett. Ich bin wirklich hundemüde. Aber … Echt? Ganz im Ernst?«

»Natürlich. Wenn Sie mir vorhin schon gesagt hätten, dass Sie keine Bleibe haben, hätten Sie sich die paar Stunden im Freien sparen können. Ich bin kein Unmensch.«

Ihre Besucherin lächelte dankbar. »Würden Sie mich um acht Uhr wecken? Dann muss ich nämlich weg.«

Michaela nickte ihr zu. »Na klar, kein Problem.« Hauptsache, sie bekam auch noch ein paar Stunden Schlaf. Sie war zum Umfallen müde.

13

Als Michaela pünktlich um acht an die Schlafzimmertür klopfte, erhielt sie keine Antwort. Deshalb öffnete sie vorsichtig die Tür und lugte hinein. Pim öffnete ein Auge, als sie sich ins Zimmer schob.

»Hallo«, flüsterte sie in Richtung Bett. »Aufstehen!« Das Mädchen schlief so fest wie Karla, die rührte sich auch nie. »Hallo, Lena!«, rief sie noch einmal, lauter diesmal.

Lena schlug die Augen auf und hob den Kopf. Sie wusste sofort, wo sie war. In dem bequemsten Bett und in der flauschigsten Bettwäsche, in der sie je geschlafen hatte. Ihre nackte Haut lag wie in einem Kokon. Ihre Hand fuhr neben das Bett zu der Stelle, wo Pim lag. Am liebsten hätte sie ihn zu sich geholt, aber Pim war selbst in der Nacht nicht zu ihr gesprungen. Vermutlich hatte Herr Grunwald ihn gründlich erzogen – jeder andere Hund hätte sich nicht zweimal bitten lassen.

»Ist gut, bin schon unterwegs«, murmelte sie und schlug die Decke zur Seite.

Die Frau, die sich Michaela nannte, schlüpfte wieder aus der Tür.

»Pim«, rief sie, »komm, es gibt was zu futtern.«

Michaelas Herz raste, als sie mit Pim in der Küche ankam. Da lag dieses Mädchen splitternackt im Bett und schlug einfach die Decke zurück! Der überraschende Anblick des prallen Busens und des dunklen Dreiecks zwischen den Beinen würde sie vermutlich den ganzen Tag verfolgen. Michaela kratzte kopfschüttelnd eine halbe Dose Hundefutter in Pims Napf und beobachtete, wie er gierig alles in sich hineinschlang. Sie würde Florian Grunwald heute ein Bild von ihm schicken, bestimmt wollte er wissen, wie es seinem Hund ging. Michaela drückte auf den Einschaltknopf der Kaffeemaschine und lauschte dem Geblubber des Geräts. Eine Tasse Kaffee würde ihr guttun, vielleicht leistete ihr eine hoffentlich bekleidete Lena Gesellschaft, danach ein Spaziergang mit Pim und dann der Anruf bei Davids Sekretärin. Gestern war es nur eine fixe Idee gewesen, das zu tun – aber inzwischen hatte sie erkannt, dass es ihre einzige Möglichkeit war. Barbara musste wissen, wann David am Montag gegangen war, sie saß vorn am Empfang bei hIT!, der Firma, für die David arbeitete.

Michaela griff nach zwei rot-weiß gestreiften Tassen und stellte die erste unter die Maschine. Gerade als sie auf den Knopf drückte, tauchte Lena in der Küche auf. Sie trug dasselbe Kleid und dieselbe Häkeljacke wie am Vortag.

»Hi«, begrüßte das Mädchen sie und schnupperte. »Gibt's Kaffee?«

Michaela reichte ihr die erste Tasse und deutete auf die Anrichte. »Dort steht Zucker, im Kühlschrank ist Milch.«

»Danke, ich trinke ihn schwarz.«

»Wann geht Ihr Zug?« Michaela stellte die zweite Tasse unter den Ausguss der Maschine.

»Mein Zug?«

»Ja, Sie wollten doch zurück nach Berlin.«

»Ähm, nein.«

»Aber ich sollte Sie doch wecken.«

»Ja, schon. Ich muss zur Arbeit.«

Michaela sah sie mit offenem Mund an. »Sie haben eine Arbeit?«

»Ja, ich musste mir was suchen. Von irgendwas muss man doch leben.«

Michaela blinzelte. Sie kam nicht mehr mit. »Sie haben eine Arbeit, aber keine Wohnung?«

»So kann man es ausdrücken.«

»Aber warum gehen Sie denn nicht zurück nach Berlin und arbeiten dort, wenn Sie dort eine Wohnung haben?«

»Weil ich nicht mehr zurückwill. Ich wollte ja hierher, um von Berlin wegzukommen, verstehen Sie? Ein neues Leben anfangen. Als es hier mit Pim nicht geklappt hat, habe ich überlegt, nach Mailand zu gehen. Aber dann wurden mir alle meine Sachen gestohlen. Meine Papiere, Unterlagen, Kleider – alles. Ich wusste zuerst nicht, wie lange es mit den Ersatzpapieren dauert, und habe mir deshalb parallel eine Arbeit gesucht. Jetzt kann ich auch noch für die Reise sparen, bis die richtigen Papiere da sind.«

»Und wo haben Sie so schnell eine Arbeit gefunden?«

»Bei Hufnagel an der Hauptwache. Ich räume Regale ein.«

Michaela runzelte die Stirn. »Wollten die keine Adresse von Ihnen?«

»Das ist alles ein bisschen kompliziert. Ich hatte für einen Tag noch eine Bleibe hier – na ja, jetzt ist die auch wieder weg.«

Michaela konnte nur den Kopf schütteln. Es war nicht so, dass sie keine sprunghaften Leute kannte, im Gegenteil, Bea war in diesem Alter genauso gewesen. Nur nicht festlegen, heute hü, morgen hott. Aber dieser jungen Frau hier konnte sie kaum folgen.

»Was haben Sie denn jetzt vor?«

Das Mädchen seufzte. Michaela hatte den Eindruck, als verdrehe sie innerlich die Augen. Sie fragte aber auch wirklich wie eine vom Amt. Aber sie verstand einfach nicht …

»Ich bin nicht der Typ, der sich Sachen *vor*nimmt, da es meistens sowieso nicht klappt«, antwortete ihr Gegenüber. »Wie die Sache hier mit der Wohnung. Ich hatte wirklich vor, hier einzuziehen und diesen süßen Hund zu hüten. Es wäre die erste eigene Wohnung gewesen – in Berlin habe ich mit einem Freund zusammengelebt, na ja …« – sie winkte ab – »… nicht so, wie Sie denken, kein Sex und so. Auf jeden Fall hatte ich mir große Hoffnungen gemacht – aber als ich hier ankam, erzählte Herr Grunwald, es gäbe noch eine Kandidatin.« Sie lehnte sich gegen die Anrichte und nippte an ihrer Tasse.

Michaela drückte erneut auf die Taste der Maschine, gab einen Löffel Zucker und einen Schuss Milch in ihren Becher. »Was meinen Sie denn, wie lange das mit den Papieren dauert?«, fragte sie.

»Etwa drei Wochen.«

Das war eine lange Zeit. Zu lange. Sie war hier, um zu sich zu finden, und nicht, um dieses Mädchen zu retten. Und doch war da noch etwas anderes. Oft genug hatte sie sich eingeredet, sie brauchte keine Regina und keine Katharina, mit denen sie auf der Terrasse in der Sonne saß. Aber immerhin *gab* es zu Hause diese Möglichkeit. Im Gegensatz zu hier, wo sie einfach mutterseelenallein war. Außerdem passte Lena wirklich besser zu Pim und würde ihn vielleicht über seinen Verlust hinwegtrösten können.

Michaela gab sich einen Ruck. »Ich mache Ihnen einen Vorschlag. Bleiben Sie einfach hier, bis sich das mit Ihren Papieren geklärt hat.«

Lena tat verhalten. Nur nicht zu viel Euphorie zeigen, dabei freute sie sich wirklich. Bei dieser Michaela brauchte sie zumindest keine Sorge zu haben, dass sie nachts über sie herfiel.

»Tja, ich weiß nicht«, sagte sie und wiegte den Kopf hin und her.

»Mir wäre es lieb, wenn Herr Grunwald nichts davon erfährt, weil ich nicht weiß, ob es ihm recht ist«, überging die Frau ihr Zögern.

»Na gut, also ... das mit Herrn Grunwald ist natürlich kein Problem. Ich habe ja nicht mal seine Handynummer.«

Sie lächelten sich an.

»Könnten wir uns vielleicht duzen?«, fragte Lena. »Ich tue mir echt schwer mit diesem Gesieze.«

Ihr Gegenüber tat sich vermutlich gar nicht schwer, möglicherweise war es ihr nicht einmal recht. Dennoch reichte sie Lena die Hand. »Gern. Ich bin Michaela.«

Als Lena aus der Tür des Mehrfamilienhauses hüpfte, war sie gleichzeitig unendlich erleichtert und unendlich müde. Schon jetzt freute sie sich auf das kuschelige Bett, wenn sie am Mittag mit der Arbeit fertig war. Danach würde sie sich mit dieser Michaela unterhalten, von der sie gern mehr erfahren wollte. Zum Beispiel, warum eine wie sie nicht in einer Reihenhaussiedlung bei Mann und Kind saß – denn genau wie so jemand sah sie aus. Als ob sie gern auf einer Terrasse Erdbeertorte aß. Lena hatte früher auch manchmal mit Mama auf dem Balkon gesessen und Kakao getrunken, dazu hatte es Buttertorte gegeben. Es hätte vielleicht nett sein können, hätten sie dabei nicht in der Bibel gelesen, weil Mama Angst hatte, der Pfarrer könnte überprüfen, ob Klein Lena auch christlich erzogen wurde. Dabei hatte sie Lena nie erklären können, warum Hiob so schreckliche Sachen durchmachen musste oder warum Abraham seinen Sohn Isaak opfern sollte ... Doch Mama fand es gut und wichtig auf deren Weg zu Gott, es waren Prüfungen, hatte sie gesagt. Die Frage war nur, wie Mama damals reagiert hätte, wenn sie gewusst hätte, welche Art Prüfung der liebe Gott ihr in Form ihrer Tochter geschickt hatte.

Als Lena etwa zehn Meter von der Drogerie an der Hauptwache entfernt war, entdeckte sie Pavel, der im Eingang der automatischen Schiebetür auf dem Boden saß und ihr entgegenblickte. Es war klar gewesen, dass er irgendwann aufkreuzen würde, aber heute Morgen hatte sie noch nicht mit ihm gerechnet.

Mit verschränkten Armen blieb sie vor ihm stehen. »Hi.«

»Mir ist da gestern ein Mädchen abhandengekommen. Im einen Moment saß sie bei mir am Tisch, und im nächsten war sie weg«, versuchte er zu scherzen, doch sein Blick war bierernst.

»Ja, so sind die Mädchen. Sprunghaft wie nur was.«

Er stand auf und versenkte die Hände in den Taschen. »Erzählst du mir, was los war?«

»Ich hatte das Gefühl, dass unsere Hormonwerte nicht zusammenpassen.«

Er lachte spöttisch auf. »Dachtest du, dass ich dich vergewaltigen will, nur weil ich deine Tomaten gegessen habe?«

Lena warf einen Blick in den Laden. Ihre Chefin und zwei Mädels von der Kasse waren schon da. Sie sah Pavel an. »Ich kann nicht gut mit Nähe, das ist alles.«

Er stand auf und kam ihr ganz nahe, als hätte er ihre Worte nicht gehört. Der eben noch einigermaßen freundliche Gesichtsausdruck war verschwunden. »So was macht man nicht, verstehst du?« Er tippte sich auf die Brust und bleckte die Zähne. »Schon gar nicht mit mir.«

Lena trat einen Schritt zurück, ihr Herz klopfte. »Ich muss rein, sie fangen schon an.«

Auf einmal lächelte er wieder, der merkwürdige Moment schien vergangen. »Gibt es einen Abschiedskuss?« Sein Blick war fragend belustigt.

Sie verzog bedauernd die Mundwinkel. »Ich glaube nicht.«

Er ging kopfschüttelnd davon. Lena sah ihm hinterher, betrachtete die angespannten Schultern und die geballten Fäuste. Ein bisschen tat er ihr leid. Und vielleicht tat sie ihm unrecht. Aber sie wollte in ihrem Leben einfach keine Fehler mehr begehen, die darauf beruhten, dass sie nicht aufgepasst hatte.

*

Michaela saß am Tisch in Florian Grunwalds Küche und starrte das Handy in ihrer Hand bereits seit zehn Minuten an. Wie sollte sie die Frage formulieren, die David entlarven könnte? Denn die Sache war ja die: Barbara würde sich sicher wundern, warum Michaela nicht David selbst fragte, wann er vorgestern gegangen war. Vor allem würde sie sich sicher Gedanken machen, warum Michaela das überhaupt wissen wollte. Womöglich dachte Barbara sofort an eine Geliebte, und schnell wie der Wind machten Gerüchte die Runde. Michaela überlegte fieberhaft, aber es fiel ihr einfach nichts Unverfängliches ein. Überhaupt war ihr Kopf leer wie eine ausgekratzte Blechbüchse.

Später wanderte sie von der Küche ins Wohnzimmer und saß genauso ratlos auf dem Sofa. Sie konnte diesen Anruf nicht machen. David hatte Barbara bestimmt erzählt, dass seine Frau ausgezogen war. Er war ein kommunikativer Typ, vielleicht bekam er Mitleid oder Anerkennung dafür, wie er mit der Situation umging. Sicher wurde auch darüber diskutiert, wie eine Mutter es fertigbrachte, ihre Familie allein zu lassen.

Michaela lehnte den Kopf zurück und schloss die Augen. Es war wie mit dem Gespräch an ihrem Geburtstag. Je mehr Zeit verging, desto unsicherer wurde sie, ob sie sich Davids Telefonat im Flur nicht auch eingebildet hatte. Andererseits – einmal angenommen, sie hätte es sich nicht eingebildet. Dann konnte das nur bedeuten, dass David ihr etwas verheimlichte. Etwas, das so brisant war, dass er dafür in Kauf nahm, dass sie sich am Ende für verrückt hielt. War David zu so etwas fähig? Das vermochte sie sich einfach nicht vorzustellen. Sie hatte ihm doch immer blind vertrauen können.

Michaela sah auf die Uhr. Hier und jetzt kam sie ja doch zu keiner Lösung. Es war zehn nach zehn, sie musste für niemanden Mittagessen kochen, sie hatte nur einen Hund, der es liebte, rauszugehen. Gerade drehte er wieder seine Runde durch die Wohnung, schnupperte hier und dort – vielleicht suchte er heute nicht nur sein Herrchen, sondern auch das Mädchen mit den Dreadlocks. Wie man so etwas auf dem Kopf ertragen konnte, war ihr ein Rätsel.

Sie brauchte nur eine Dreiviertelstunde bis in die Innenstadt. Zuerst hatte sie gedacht, sie könne die Strecke nicht bewältigen. Immer geradeaus zu gehen war nicht ihr Fall, sie war Feldwege gewohnt. Doch dann hatte sie Straßennamen studiert, Schilder großer Kanzleien und die von Wirtschaftsprüfern, Restaurants und Banken, war an der Alten Oper vorbeigelaufen.

Als sie bei Hufnagel ankam, band sie Pim an einen Fahrradständer, auch wenn Florian Grunwald ihr eingebleut hatte, so etwas niemals zu tun. Sie sollte die Einkäufe ohne Pim erledigen, hatte er gesagt – die Gefahr des Diebstahls war zu groß. Aber sie wollte ja nur eine halbe Minute hinein. Nur Lena fragen, ob sie Lust hatte, in ihrer Mittagspause mit ihr um die Ecke eine Kleinigkeit zu essen.

Lena hockte vor einem Regal und packte Kisten mit Conditioner aus, den sie ins Regal sortierte. Neben ihr räumte eine andere Frau Schaumfestiger ein.

»Huch«, sagte sie erschrocken, als sie Michaela erblickte. »Was machst du denn hier?«

»Ich war gerade in der Gegend.«

»Wo ist Pim?«

»Draußen festgebunden.«

»Ah.«

Die Frau neben Lena hob eine Augenbraue.

»Wann hast du denn Mittagspause?«, erkundigte sich Michaela schnell. »Vielleicht hast du ja Lust auf einen Happen?«

Lena sah zu ihrer Kollegin und hob fragend die Schultern. »Kann ich eine Pause machen und den Rest nachher erledigen? Dann komme ich auch auf meine Stunden.«

»Mach nur«, antwortete die Frau, die Michaela ebenfalls auf Mitte zwanzig schätzte. Sie war perfekt geschminkt, als hätte ein Profi Hand angelegt.

Als Michaela wenig später mit zwei dampfenden Tellern Rindergulasch mit Nudeln aus einem Feinkostgeschäft kam und sie auf einem der Stehtische auf dem Bürgersteig abstellte, knurrte Lenas Magen.

»Was hat das gekostet?«, erkundigte sie sich und schnupperte über den Teller hinweg. Der Gulasch sah nicht nur aus wie bei Oma Inge, es roch auch so.

»Du bist eingeladen.«

Lena nahm die erste Gabel Nudeln mit Soße und sagte mit

Blick auf Pim: »Na, da habt ihr ja heute schon eine ordentliche Strecke hinter euch gebracht.«

Sie hatte Michaela im Verdacht, dass sie hatte schauen wollen, ob es auch stimmte, was Lena ihr erzählt hatte. Dass sie arbeitete und nicht irgendwo auf den Strich ging. Oder sie hatte irgendein anderes Problem. Jedenfalls starrte sie gerade auf ihren Teller, als hätte sie keinen Appetit. Lena kaute und wartete. Sie konnte es gut aushalten, wenn die Leute nichts redeten.

Michaela war mit ihren Gedanken woanders. Sie ärgerte sich maßlos darüber, dass sie das mit dem Anruf nicht hinbekommen hatte. Gut, sie hatte immer schon Schwierigkeiten mit anstrengenden Telefonaten gehabt – oft genug schon hatte sie Gespräche mit Lehrern oder anderen Eltern vor sich hergeschoben, wenn es schwierige Themen zu besprechen gab. Aber schließlich war sie zu Hause ausgezogen, um einen klaren Kopf zu bekommen, und da ging es doch nicht, dass sie den Tag mit Spaziergängen verplemperte und nicht endlich anfing, die Dinge zu sortieren!

Sie starrte auf ihr Essen und sah aus den Augenwinkeln Lena dabei zu, wie sie Nudeln mit Fleisch auf ihre Gabel häufte, pustete, kaute und schluckte. Sie schien vollkommen in ihr Essen vertieft, geradezu tiefenentspannt wirkte das Mädchen.

»Wie wäschst du dir eigentlich die Haare?«, fragte sie mit Blick auf Lenas Dreadlocks, um irgendwas zu sagen.

Das Mädchen schluckte ihr Essen hinunter. »Genau wie du«, erklärte es. »Ich mache sie nass, nehme eine Handvoll Shampoo, schäume auf, spüle aus, fertig.«

»Und die Zöpfe gehen nicht auf?«

»Theoretisch schon, ich habe sie noch nicht lange. Nach dem Waschen muss ich immer noch ein bisschen nacharbeiten. Deshalb wasche ich sie nicht täglich.«

»Wie oft denn?«

»Ein-, zweimal die Woche.«

Michaela rümpfte innerlich die Nase. Sie wusch ihre Haare alle zwei Tage, bei ihrer Naturkrause war es auch gar nicht anders möglich.

»Wer finanziert dich eigentlich?«, unterbrach ihr Gegenüber ihre Gedanken.

»Wie bitte?«

Lena machte eine Handbewegung über die Teller hinweg. »Wovon zahlst du das?«

»Von meinem Geld natürlich.«

»Gehst du arbeiten? Oder bekommst du Sozialhilfe?«

Michaela schüttelte irritiert den Kopf. »Ich nehme es vom Haushaltskonto. Ich bin verheiratet, mein Mann überweist monatlich Geld.«

Lena verzog die Mundwinkel. »Wow. Der ist aber großzügig.«

»Warum? Ich kümmere mich um den Haushalt und um unsere Tochter.«

Das Mädchen nickte wortlos. Vermutlich fragte es sich, warum eine Hausfrau und Mutter, statt sich um ihre Familie und ihr eigenes Heim zu kümmern, in Herrn Grunwalds Wohnung lebte.

»Mein Mann und ich haben gerade eine Krise«, klärte Michaela die unausgesprochene Frage auf. »Deshalb nehme ich eine Auszeit.«

»Ich verstehe.« Das Mädchen nickte und sah sie unbeteiligt an. Von Krisen wollte sie vermutlich nichts wissen.

»Kann ich dich mal was fragen?«, fragte Michaela dennoch.

»Kommt darauf an.« Lena ließ ein Stückchen Fleisch auf den Boden fallen, das Pim sofort aufleckte.

»Ich möchte wissen, ob mein Mann am Montagnachmittag um vier im Büro war, und weiß nicht, wie ich es anstellen soll, es herauszufinden.«

Lena pikste in eine Nudel. »Warum fragst du ihn nicht einfach?«

»Er behauptet, dass er dort war.«

»Aber du glaubst, dass er bei seiner Freundin war und 'ne Runde gepimpert hat?«

Michaela nahm ein Stück Fleisch in den Mund. »Nein, das glaube ich nicht«, widersprach sie kauend.

»Nicht?«

»Nein. Ich glaube, dass er zu Hause war, ich habe ihn nämlich gesehen. Er stand im Flur und hat telefoniert. Und auf einmal war er weg. Später hat er behauptet, den ganzen Nachmittag im Büro gewesen zu sein.«

»Warum lügt er? Was meinst du?«

Michaela starrte auf ihren Teller. Es war merkwürdig, mit jemandem zu sprechen, der ihre »Visionen« nicht im Geringsten anzweifelte. Für Lena war also klar, dass David log. Michaela suchte nach Worten. Immerhin konnte sie ihr nicht ihre ganze Lebensgeschichte erzählen.

Das Mädchen sah sie geduldig an, während sie Bissen für Bissen ihren Teller leerte.

»Ich bin mir nicht hundertprozentig sicher, dass er lügt«, sagte Michaela und seufzte. »Es könnte sein, dass ich mir das nur eingebildet habe. Und ich habe ihm bei seiner Behauptung auch nicht widersprochen, weil … weil er sowieso schon denkt, dass ich verrückt bin«, flüsterte sie und sah sich verstohlen nach den anderen Gästen um.

Lena schien sich nicht an eventuellen Zuhörern zu stören. »Es könnte sein, dass du es dir nur eingebildet hast?«, fragte sie. »So ein Blödsinn. Man bildet sich vielleicht ein, etwas zu hören. Aber doch nicht, jemanden *zu sehen.*«

»Tja, das denke ich auch«, stimmte Michaela zögernd zu. »Auf mich wirkst du jedenfalls völlig normal.«

»Tue ich das?«, fragte Michaela. Es interessierte sie wirklich. Die Menschen, die ihr am nächsten waren, schienen oft anderer Meinung zu sein.

Lena lachte. »Na klar! Was bezweckt er denn mit diesem Quatsch?«

»Ich habe mich das ja auch schon gefragt. Es könnte sein, dass das Telefonat nicht für meine Ohren bestimmt war. Vielleicht wäre es besser für ihn, wenn ich es mir nur eingebildet hätte.«

»Aha.«

»Es klang, als ob ihn jemand erpressen wollte. Aber ich kann mir so was einfach nicht vorstellen. Nicht bei David.«

»Wo arbeitet er denn?«

»Bei einer IT-Firma. Er ist Softwareentwickler.«

Lena schien über etwas nachzudenken. »Würdest du einen seiner Kollegen fragen wollen?«, fragte sie.

»Nein, ich dachte an seine Sekretärin.«

»Wäre natürlich saudoof, wenn du sie anrufst und fragst, ob dein lieber Ehemann im Büro war oder nicht. Nachher denkt sie noch, wie ich eben, dass er fremdgeht.«

Michaela nickte.

»Hm, tja, was würde ich tun?« Lena nahm von dem Salat, der neben Rindergulasch und Nudeln auf dem Teller lag. »Leckeres Dressing«, sagte sie und deutete mit der Gabel darauf.

»Hm.« Michaela nahm auch eine Gabel voll. Es kam ihr plötzlich so normal vor, mit Lena zu reden. Bea hätte ihr bestimmt geraten, sofort zu Frau Lorek zu gehen. Regina und

Katharina hätten sie vermutlich fassungslos angeglotzt und ihr dringend geraten, *nichts zu überstürzen*. Die junge Frau schien pragmatischer.

»Ich würde mir etwas anderes ausdenken«, warf sie gerade ein. »Indirekt fragen.«

»Wie denn?«, fragte Michaela und steckte sich die nächste Gabel Gulasch in den Mund.

»Ich würde zum Beispiel zu dieser Sekretärin sagen, du hättest mit deinem Mann zum Spaß gewettet, dass er sich nicht an alle Meetings eines Tages erinnern könnte. Und nun würdest du also anrufen, um das zu überprüfen.«

Michaela sah ihr Gegenüber skeptisch an und schluckte das Essen hinunter. »Das geht nicht. Darauf würde sie ihn ansprechen, sie haben ein freundschaftliches Verhältnis. Ehrlich gesagt, solcher Quatsch passt auch gar nicht zu mir.«

»Verstehe.« Das Mädchen kaute weiter und sah auf die Uhr. Michaela folgte ihrem Blick. Sie musste sicher bald los.

»Du könntest es ja auch mit der Wahrheit versuchen«, schlug Lena überraschend vor.

»Mit der Wahrheit?« Was würde Barbara wohl dazu sagen, dass die Frau ihres Kollegen Telefonate hörte, die es nicht gab, und im Flur Männer stehen sah, die nicht da waren?

»Na ja, nicht gleich mit allem. Sag ihr, du hättest eine Meinungsverschiedenheit mit deinem Mann, wann er vorgestern nach Hause kam, und sie solle dir bitte ganz ehrlich sagen, wann er aus dem Büro gegangen ist. Bitte sie halt, es ihm nicht zu erzählen. Du kannst ja eventuellen Gerüchten vorbeugen, indem du sagst, hier ginge es nur ums Rechthaben und nicht darum, dass du eine Affäre vermutest.«

»Also, nein. Das wäre ja allzu auffällig und wirkt … ausgedacht. So geht es nicht. Wenn ich das tue, bin ich sofort Tagesgespräch. Und angenommen, er war doch im Büro – dann fragt er mich doch, was dieser Anruf bei ihr sollte.«

Lena griff kopfschüttelnd nach ihrer Serviette. Sie wollte nicht glauben, dass diese Michaela diese Möglichkeit überhaupt in Betracht zog. Das war doch total gaga! Sie konnte sich die bessere Hälfte von Michaela lebhaft vorstellen. Das war bestimmt so ein Nerd mit Brille und Pullunder. Klein. Schultern nach vorn. Womöglich irgendein kranker Typ.

»Okay, pass auf, *ich* rufe da an«, erklärte sie und legte die Gabel ab.

»Wo?«

»Bei der Sekretärin natürlich. Hast du die Nummer da?«

»Aber was willst du denn sagen?«

»Lass das mal meine Sorge sein. Mir fällt immer irgendwas ein.«

Michaela schien unsicher, es dauerte einen Moment, ehe sie ihr Handy aus der Tasche zog, sich bis zur richtigen Nummer durchklickte und es zögernd hinüber zu Lena schob.

Lena wischte sich die Finger an ihrer Papierserviette ab, strich sich über die Lippen und griff nach dem Apparat. »Wann hast du deinen Mann am Montag im Flur gehört, sagst du?«

»Gegen fünf.«

»Wie heißt die Sekretärin?«

»Barbara Nales.«

»Sitzt sie mit deinem Mann im Zimmer?«

»Nein, sie sitzt vorn am Empfang.«

Lena nickte zufrieden. »Sehr gut. Wie sieht sie aus?«

»Brünett. Kurzes Haar. Sie trägt eine rote Brille.«

»Und wie heißt du noch mal mit Nachnamen?«

»Michalsen.«

Lena grinste. »Michaela Michalsen. Cool.« Sie drückte auf das grüne Telefonhörersymbol und lauschte.

»Guten Tag, Frau Nales«, sagte sie schließlich und lächelte Michaela aufmunternd zu, »hier spricht Magdalena von Hohenkamp. Ich hatte am Montag ein Gespräch mit Herrn Michalsen und habe anschließend bei Ihnen am Empfang meine Mappe abgelegt. Jetzt finde ich sie nicht mehr und wollte fragen, ob ich sie zufällig bei Ihnen vergessen habe.«

»Sie glauben nicht ...? Haben Sie braune kurze Haare und eine rote Brille?«

»Na, dann waren Sie es ganz sicher. Ich hatte die Mappe vorn bei Ihnen abgelegt, als ich mich von Herrn Michalsen verabschiedet habe.« Nach einer kurzen Pause, in der sie Michaela zuzwinkerte, sagte sie: »Rot mit weißen Sternchen, hinten drauf steht ›Hello Kitty‹. Kennen Sie doch.«

Michaela grinste ungläubig und legte den Kopf schräg. Bestimmt hätte sie gern gehört, was diese Frau Nales als Nächstes sagte.

»Sie haben keine Mappe gefunden? Und Sie hatten gar keine Besucher? Aber natürlich war ich da! Herr Michalsen hat noch zu mir gesagt: Vergessen Sie Ihre Mappe nicht«, erklärte Lena und lauschte wieder aufmerksam. Dann sagte sie: »Ja, vorgestern, Punkt sechzehn Uhr.«

Lena hielt den Hörer zu. »Sie guckt im Kalender nach«, flüsterte sie. Dann lauschte sie wieder einen Moment und sagte: »Er war nicht im Büro? Aber das kann nicht sein. Wir haben uns über die Möglichkeiten einer Zusammenarbeit im Bereich Abhörtechnik unterhalten.«

»Ach ... gar nicht Ihr Bereich? ... Nein. Das sagt mir jetzt überhaupt nichts. Aber bei Ihnen gibt es doch einen Herrn Michalsen?«

»Na, sehen Sie. Dann müssen Sie sich irren.« Ihre Stimme nahm einen grüblerischen Tonfall an. »Oder war es gestern? Hab ich mich denn so vertan?« Lena zeigte Michaela den erhobenen Daumen. Doch ihr nächstes Schweigen dauerte länger.

»Ach«, sagte sie schließlich nur. Sie war zu überrascht, um mehr zu sagen. Sie legte grußlos auf und sah Michaela unsicher an.

Diese hielt ihren Kopf in den Händen vergraben und lugte nun durch ihre Finger. »Ich ahne, was du erfahren hast. Er war also am Montagnachmittag nicht im Büro?«

Lena wusste nicht, was sie sagen sollte. Es stimmte, der Typ war zur fraglichen Zeit nicht im Büro gewesen. Er war es aber die ganze Woche nicht, denn er hatte Urlaub. Und davon schien Michaela nichts zu ahnen. Die Sache mit der Geliebten nahm doch noch Gestalt an. Obwohl sie ihn sich nun wirklich nicht allzu attraktiv vorstellte. Wie auch immer, das würde zumindest erklären, warum er behauptete, gar nicht zu Hause gewesen zu sein. Denn sonst hätte Michaela ja vielleicht darauf kommen können, dass er frei hatte, ohne dass sie davon wusste. Sie begegnete Michaelas treuherzigem Blick. Sollte sie die Überbringerin der schlechten Nachrichten sein? Nein danke.

»Wenn diese Frau Nales so zuverlässig ist, wie du glaubst, war er nicht arbeiten«, stimmte sie zu.

»Er hat also gelogen.«

»Sieht ganz danach aus.«

Michaela schüttelte den Kopf, dann lachte sie auf. »Du hast vielleicht eine Phantasie! Dieser Name! Magdalena von und zu sowieso. Und die Hello-Kitty-Mappe. Ich lach mich kaputt.«

Lena nickte, ihre Augen blitzten. »Ja, lustig, oder?«

Die Mappe besaß sie nicht mehr. Sie war mit allem anderen verbrannt, damals in Felding.

14

Auf dem Rückweg nach Bockenheim stieg Michaela in die U4 und achtete darauf, dass Pim mit einem Satz die Einstiegsstufe nahm. Sie setzte sich mit ihm auf einen Einzelplatz am Fenster und sah in die Station. Ein großer Mann in dunklem Anzug fand sich in einer Traube bunt gekleideter Kindergartenkinder wieder, er sah aus wie ein Schiffbrüchiger mitten im Meer. Er presste seine schwarze Aktentasche an sich und schien nicht zu wissen, wie er da wieder herauskommen sollte.

Michaela rieb sich die Schläfen. Sie selbst fühlte sich ganz ähnlich orientierungslos. Was war eigentlich aus ihr geworden? Eine Frau, die ihrem Ehemann hinterherspionierte, weil sie dachte, er wolle sie glauben lassen, sie verliere ihren Verstand … Sie kam sich vor wie die Hauptfigur einer Soap-Opera – eine von diesen theatralischen in einer Selbstfindungskrise. Oder eine mit Burnout. Dabei hatte doch damals zwischen ihr und David alles so vielversprechend begonnen.

Sie hatte nicht anders gekonnt, als diesen Hintern anzustarren. Der, zu dem der Hintern gehörte, lag in der Kindertagesstätte, in der Michaela angestellt war, unter dem Schreibtisch im Büro und steckte Kabel um. Bisher hatte sie sich noch nie für Hinterteile interessiert, zumindest nicht für die von Männern. Normalerweise wischte sie Kinderpopos ab, mindestens zehn am Tag. Ihr Interesse für Gesäße aller Art war eigentlich gedeckt.

Michaelas Chefin Elvira rang die Hände und beugte sich zu dem Mann unter ihrem Schreibtisch. »Meinen Sie, Sie können die Daten retten?«

Sie hörte seine gedämpfte Stimme. »Ich kann alles retten, machen Sie sich keine Sorgen. Hier hat nur jemand Kabel herausgezogen. Vielleicht eins Ihrer Kids.«

Michaela hielt zwei Jungen aus ihrer Gruppe an den Händen, die unbedingt zusehen wollten, was der Mann da machte. Eigentlich hatte sie ihnen nur einen kurzen Blick gewähren wollen, aber jetzt wollte sie sich gern selbst das Gesicht zu dem Hinterteil näher betrachten. Bea hatte ihn empfohlen – sie kannte den Typen übers Museum. Die Firma, für die er tätig war, war dort für die Technik verantwortlich. Der, den die Stadtverwaltung sonst bei solchen Problemen in den Kindergarten schickte, war krank.

Der Typ kam unter dem Schreibtisch hervor und richtete sich auf. Seine braunen Haare waren an der Stirn mit Gel aufgestellt. Er hatte breite Schultern wie ein Turner und eine feine Narbe, die durch eine Augenbraue verlief. Das verlieh seinem Gesicht etwas Verschmitztes. Michaela schätzte ihn auf Mitte zwanzig, wenig älter als sie selbst. Er sah sie an und zwinkerte, dann rappelte er sich auf und sagte zu Elvira: »Fahren Sie den Computer mal hoch.«

Elvira setzte sich an ihren PC und drückte den Knopf. Es dauerte einen Moment, bis sie ihr Passwort eingeben konnte. In dieser Zeit musterte der Techniker Michaela, bis er schließlich auf ihr rotblondes Haar deutete. »Tolle Haare.«

Es war das erste Kompliment, das sie für ihr Aussehen erhielt. Früher im Heim war sie Pumuckl genannt worden.

Als sie Feierabend hatte, wartete der Mann mit seinem Rad am Kindergarten auf sie.

Sobald sie in die Station einfuhren, fasste Michaela Pims Leine kürzer und sprang mit ihm aus der Bahn. Wenn David am Montagnachmittag nicht im Büro gewesen war, erhöhte das zumindest die Wahrscheinlichkeit, dass sie sich das Telefonat nicht eingebildet hatte. Aber eine Garantie war es nicht. Außerdem war unklar, welches Ziel er damit verfolgen könnte, das Gegenteil zu behaupten. War er wirklich in irgendwelche Machenschaften verwickelt? In etwas Illegales möglicherweise? Das passte doch gar nicht zu ihm. Wie sie es auch drehte und wendete, sie kam zu keinem Ergebnis. Und warum sollte sie sich eigentlich darüber den Kopf zerbrechen? Fakt war doch, dass David ihr momentan nicht guttat.

Als sie die Haustür aufschloss und den Flur betrat, blinkte der Anrufbeantworter. Ihr erster Gedanke galt Karla, aber die kannte ja gar nicht diese Nummer. Und auf ihrem Handy war kein einziger Anruf angekommen, das hatte sie noch in der U-Bahn gecheckt.

Sie streifte Schuhe und Jacke ab und band Pim von seiner Leine los. Dann drückte sie auf die Taste der Mailbox.

»Flo? Hier ist Jan«, tönte eine männliche Stimme. »Falls du noch im Lande bist, melde dich doch noch mal. Wie wär's mit dem Weingarten zum Abschied? In der Schule wusste auch keiner, ob du noch da bist. Vielleicht versuche ich's noch mal per E-Mail. Ciao.«

Michaela ging in die Küche. Pim drehte eine Runde durch die Wohnung, bis er ihr schließlich folgte und trank. E-Mail ist ein gutes Stichwort, dachte Michaela. Vielleicht hatte Florian Grunwald sich gemeldet.

Sie holte ihr Mobiltelefon aus der Handtasche und drückte auf den Button ihres E-Mail-Kontos. Sie hatte drei neue Nachrichten in ihrem Postfach: eine von Florian Grunwald mit dem Betreff »Erste Etappe«, eine von David mit der Überschrift »Statusmeldung« und eine von Bea ohne Titel – sie schrieb nie etwas in die Betreffzeile.

Michaela tippte auf die Oberfläche ihres Smartphones und öffnete die Nachricht von Florian Grunwald.

Hallo Frau Michalsen, nach kurzem Aufenthalt in London bin ich jetzt bei meiner ersten Station in Bangkok angekommen. Ziemliches Gewimmel hier, aber Hotel gefunden. Hundemüde lege ich mich jetzt schlafen. Wie geht es Pim?

Michaela machte ein Foto von Pim, der neben ihrem Stuhl lag, und schickte es mit den Worten:

Nach einem Tag der Trauer und des Suchens ist alles wieder gut. Eine gute Zeit für Sie!

Sie wechselte zurück zum Postfach und starrte auf Davids E-Mail. Sollte sie die Nachricht öffnen? Sie hatten vereinbart, dass er sich nur im Notfall meldete – aber der Betreff klang ganz und gar nicht danach. Sie hoffte, dass er nicht vorhatte, täglich diese Meldungen zu verschicken. Es würde sie nur ständig daran erinnern, dass es ein Leben außerhalb von Bockenheim gab.

Sie tippte stattdessen auf die E-Mail von Bea.

Hallo Süße, wie geht es dir? Tut mir leid, falls ich gestern nicht so verständnisvoll reagiert habe, weil du das mit deinem Auszug durchgezogen hast. Ich habe mir einfach Sorgen gemacht. Ruf mich an, wenn du mich brauchst. Bea

Michaela lächelte. Am Ende ließ Bea dann doch nicht locker, auch wenn Michaela mal eigene Wege gegangen war.

Du musst dir keine Sorgen machen, es geht mir gut,

antwortete sie.

Kaum bin ich hier, grübele ich schon viel weniger. Ich habe eine Mitbewohnerin, Lena. Eine junge Frau Mitte zwanzig. Sie trägt Dreadlocks wie Bob Marley und würde dir gefallen. Sie hütet mit mir den Hund, wir verstehen uns gut. Insofern kommen gerade gar nicht so trübe Gedanken auf, wie ich befürchtet habe. LG Michi

Sie hatte die E-Mail noch keine Minute abgeschickt und betrachtete noch immer grübelnd das Display wegen der E-Mail von David, als ihr Telefon klingelte.

Bea. Michaela schüttelte lächelnd den Kopf.

»Jetzt verstehe ich gar nichts mehr«, bemerkte ihre beste Freundin. »Ich denke, du bist da allein?«

Michaela erklärte ihr die Sachlage.

»Also ist diese Lena bald wieder weg?«

»Vermutlich. Zumal mein Vermieter ja nichts von ihr weiß. Aber sie hat mir leidgetan.«

»Sei bloß vorsichtig. Eines Morgens wachst du auf, und sie hat die Bude ausgeräumt.«

»Bea, das ist wirklich Quatsch. Sie ist total harmlos.«

»Sie hätte doch in Berlin bei Freunden unterkommen können, wenn sie nicht dahin zurückkann, wo sie gewohnt hat.«

»Bea, du hättest doch auch nicht unzählige Freunde gehabt, bei denen du hättest wohnen können. Du warst auch lange genug auf der Suche. Vielleicht will sie ja auch einfach nicht zurück.«

»Na gut, wie du meinst. Aber halte die Augen offen. Hast du was von David gehört?«

»Er hat mir eine E-Mail geschrieben, aber ich habe sie noch nicht gelesen. Ich habe auch keine Lust dazu, wenn ich ehrlich bin. Ich bin doch nicht von zu Hause fort, um jetzt ständig von ihm zu hören.«

»Aber ich darf mich wieder melden?«

»Wenn du nicht ständig nach David und Karla fragst, gern.«

Es war ein seltsamer Tonfall in Beas Stimme, als sie sagte: »Ich werde es versuchen.« Nach einem Moment fragte sie: »Kennt David eigentlich die Adresse dieser Wohnung?«

»Natürlich nicht.«

»Wenn das Mädchen dir eines Nachts die Schlinge um den Hals legt, weiß keiner, wo du überhaupt bist.«

»Leipziger Straße siebenundfünfzig. Grunwald steht an der Klingel. Beruhigt?«

»Geringfügig«, antwortete Bea.

»Und du?«, fragte Michaela. »Womit bist du im Moment so beschäftigt?«

»Ach«, antwortete Bea, »wir kämpfen wie immer ums Budget. Ich hätte gern diese Ausstellung aus Amerika bei uns, du weißt schon, die, von der ich dir letztens erzählt habe.«

»Ja.«

»Vermutlich platzt die Sache. Dabei hatten wir das Marketing schon im Boot.«

»Wie schade.«

»Bei diesen Etats macht es bald keinen Spaß mehr. Nullachtfünfzehn passt einfach nicht zu uns.«

»Würdest du dir was anderes suchen, wenn du zu frustriert bist?«

»Nein, ich glaube nicht. Du weißt doch, wenn ich an etwas glaube, gebe ich nicht kampflos auf.«

Michaela lächelte. Bea gegen den Rest der Welt. So war sie schon immer gewesen. Eine Rebellin für die gute Sache. Die Betreuer im Heim hatten es freilich manchmal anders gesehen, wenn Bea versuchte, ihren Kopf durchzusetzen. Einmal hatte sie zum Beispiel darauf gepocht, dass ein neuer Fernseher angeschafft werden solle, für die Filmabende am Wochenende. Die Röhre war auch wirklich klein gewesen, das Gerät alt, aber der Fernseher hatte tadellos funktioniert. Auf einmal tat er es nicht mehr, und es musste ein neuer her. Das zufriedene Lächeln auf Beas Lippen würde Michaela nie vergessen – dazu ihre kindliche Freude über das tolle neue Gerät. Und dass Bea gerade diese große Ausstellung im Leopold veranstaltete, war ebenfalls allein ihrem Biss zu verdanken.

Um halb sechs hatte Michaela die Wohnung gesaugt, alle Pflanzen gegossen und zwei Fenster geputzt, war ohne Pim einkaufen gewesen und später mit ihm eine Runde spazieren gegangen. Anschließend hatte sie verzweifelt versucht, im Badezimmer eine Glühbirne auszutauschen – die Deckenleuchte war defekt, und sie musste mit der Lampe über dem Spiegel auskommen. Leider war ihr dieses einfache Vorhaben misslungen – lediglich einen abgebrochenen Fingernagel hatte ihr der Versuch, den gläsernen Lampenschirm aus der Fassung zu lösen, eingebracht. Nun saß sie auf dem Sofa und schaute *Brisant* im Fernsehen. Ein Siebenundfünfzigjähriger hatte seinen neunzig Jahre alten Vater erschlagen – der Grund waren Erbstreitigkeiten. *Siehst du, Michaela*, sagte sie in Gedanken zu sich selbst, *es gibt Leute, die haben noch ganz andere Probleme als du*.

Als es klingelte, öffnete sie Lena die Tür, die mit einer Einkaufstüte in die Wohnung kam und ihre Schuhe wie am Tag zuvor mitten im Flur stehen ließ.

»Ich habe lange gebraucht, um meiner Tochter beizubringen, dass man Schuhe an die Seite stellen kann – könntest du es vielleicht auch tun?«, fragte Michaela lächelnd.

Lena schielte nach unten und schob ihre Schuhe mit dem Fuß beiseite. Dann ging sie in die Küche und stellte die Einkäufe auf der Anrichte ab.

»Was hast du denn alles gekauft?«, erkundigte sich Michaela, die Lena in die Küche gefolgt war und ihr dabei zusah, wie sie eine Dose Linsensuppe und ein Glas Würstchen aus der Tüte holte. Beides No-Name-Produkte.

»Ich dachte, ich koche uns beiden heute Abend was Leckeres«, erklärte Lena und fischte noch zwei Dosen Billig-Cola und eine Tüte Maispops aus dem Plastikbeutel.

Michaela schaute fassungslos auf die Produkte. »Also, so ein Zeug kommt mir nicht auf den Tisch. Nein, nein, wir essen etwas anderes. Ich habe auch eingekauft. Es gibt Vollkornbrot, sehr leckere hausgemachte Wurst und Bergkäse ...«

Lena sah sie an und schien etwas sagen zu wollen, schwieg aber. Dann machte sie auf dem Absatz kehrt und ging durch den Flur zum Schlafzimmer. Pim sprang auf und folgte ihr.

Die Tür fiel mit einem leisen Klick ins Schloss.

15

Michaela bereute zutiefst, Lena das Kochen abgeschlagen zu haben. Wie eine Chefin. Sie musste sich das dringend abgewöhnen. Genauso wie die Sache mit den Schuhen – ein Tick von ihr, dass alles immer in Reih und Glied zu stehen hatte. Hier konnte sie doch wirklich mal versuchen, das zu ändern. Sie wollte nicht, dass Lena nach Berlin zurückkehrte und sich an Michaela als Kontrollfreak erinnerte. Schließlich wusste sie, dass sie damit ein Problem hatte – sie hatte bei ihrer stationären Behandlung immerhin so viel über sich selbst erfahren, dass einem schlecht werden konnte. Sie wusste Bescheid über sich und ihre Marotten – was keinesfalls hieß, dass sie diese deshalb unterließ.

»Ich freue mich auf morgen, wenn du kochst«, wollte Michaela zu Lena sagen, wenn sie nachher zusammensaßen. Sie würden sich unterhalten. Vielleicht erzählte Lena etwas von Berlin, von ihrer Kindheit. Es sollte ja Leute geben, die schöne Erinnerungen hatten.

Lena starrte noch immer an die Decke. Wenn Michaela gleich noch an ihre Zimmertür klopfte und sie wie ein Kind zum Essen rief, war sie wieder weg. Ade, schönes Wasserbett. Adieu, Pim.

Jetzt beruhige dich, sie ist nicht deine Mutter und kann dir keine Vorschriften machen.

Lena schüttelte ärgerlich den Kopf. An Mama wollte sie eigentlich gerade gar nicht denken. Sie schob die Hände unter ihren Kopf und schloss die Augen. *Versuch mal, ein bisschen zu schlafen.*

»Natürlich gehst du mit zum Abendmahl.« Mama verschränkte die Arme vor der Brust. »Was glaubst du denn, was du sonst tust?« Das schulterlange, glänzende Haar klemmte hinter ihren Ohren und brachte so die kleinen Perlenohrringe zum Vorschein.

»Ich würde gern mit den anderen ins Kino gehen«, antwortete Lena. »Es läuft Spiderman.«

»Solchen Unsinn guckst du nicht. Heute schon gar nicht. Du kommst mit in die Messe wie jeden Sonnabend.«

»Aber alle gucken das, Mama. Ich möchte auch mit, ich bin sonst eine Außenseiterin!«

»Du brauchst diese Freunde nicht, Magdalena. Später siehst du sie nie wieder. Ihr werdet garantiert völlig unterschiedliche Laufbahnen einschlagen.«

Es war interessant, wie sicher Mama ihre zukünftige Laufbahn kannte, obwohl Lena regelmäßig in der Schule abkackte. Sie bekam das ganze Zeug einfach nicht in die Birne.

»Das Abendmahl interessiert mich nicht!«, schrie sie.

Ihre Mutter sah aus, als würde sie gleich platzen. Sie machte dasselbe verkniffene Gesicht wie immer, wenn Lena sich weigerte, Klavier zu üben. Mama würde versuchen, ihr eine zu scheuern, aber inzwischen war Lena schneller als sie. Sie duckte sich weg, und die Hand ihrer Mutter schwang durch die Luft wie bei einem Schattenboxer.

»Ich gehe nicht mit«, erklärte Lena noch einmal. Es konnte nämlich sein, dass Lars auch ins Kino kam. Zumindest hatte er ihr erzählt, dass er den Film gucken wollte.

»Du wirst schon sehen, was du davon hast«, sagte Mama und kehrte ihr den Rücken.

O ja, Lena würde sehen, was sie davon hatte. Aber sie kannte schon alle Psalmen auswendig. Die Reihenfolge der Propheten. Den Katechismus vor und zurück. Alles, was jetzt noch als Strafe kam, konnte sie nicht mehr schocken. Das Ganze diente ja sowieso nur dazu, die anderen im Kirchenvorstand zu beeindrucken. Was würde Mama zu denen sagen, wenn Lena nicht zum Abendmahl erschien? Die Wahrheit jedenfalls nicht. Das ärgerte Mama wahrscheinlich am allermeisten: dass sie lügen musste, obwohl sie im Kirchenvorstand war. Dabei brauchte sie sich gar nicht zu sorgen – sie war unter den Heuchlern in bester Gesellschaft. Keiner von denen hätte zugegeben, wenn einer aus der Familie ausscherte.

Lena legte sich auf die Patchwork-Tagesdecke auf ihrem Bett und betrachtete das Holzkreuz an der Wand. »Jesus liebt Kinder« lautete die Inschrift. Es mochte sein, dass Jesus Kinder liebte, aber sie war keines mehr. Sie würde das Kreuz abhängen. Durch ein Poster von Tokio Hotel ersetzen, sobald Nele ihr das Ding für fünf Euro über ihren Vater besorgt hatte. Er arbeitete bei Antenne Bayern.

Wenn das so weiterging, würde sie abhauen. Durch den Monsun. Irgendwohin in eine fremde Stadt und auf der Straße wohnen. Mit anderen, die auch keinen Bock auf diese ganze Fassade hatten. Mama war im Grunde mit nichts anderem beschäftigt, als zu vertuschen, dass Papa total selten zu Hause war und abends viel zu lange arbeitete. Lena rollte sich auf ihrer Decke zusammen. Sie würde heute ins Kino gehen und nicht zum Abendmahl. Ansonsten würde sie dem lieben Gott bald für gar nichts mehr danken.

Doch sie kam nicht dazu, sie schlief ein.

Als sie wieder wach wurde, klopfte ihre Mutter laut rufend an die Tür, und Leo bellte wie verrückt.

»Lena?!« Langsam bekam Michaela es mit der Angst zu tun. Seit einer Minute klopfte sie an Lenas Tür – zuerst zaghaft und leise rufend, nun schlug sie mit der Faust auf das Holz. Pim hinter der Tür bellte und bellte, aber von Lena gab es kein Lebenszeichen. Zumindest bis zu dieser Sekunde, denn eben wurde der Schlüssel herumgedreht, und Lena stand vor ihr. Sie war schon wieder nackt, ihre Zöpfe fielen ihr auf die Brüste, sie kniff die Augen gegen das helle Flurlicht zusammen.

»Mein Gott, was ist denn?«, fragte sie.

»Ich wollte nur fragen, ob du etwas essen möchtest«, flüsterte Michaela. »Ich habe Abendbrot gemacht und eine Flasche Wein geöff…«

»Ich dachte, du wärst meine Mutter.« Lena schüttelte den Kopf. »Ich habe mich zu Tode erschreckt.«

»Das tut mir leid. Ich habe –«

Lena schloss die Tür vor ihrer Nase. »Ich komm gleich.«

Klopfenden Herzens zog sie sich an. Sie war damals gegenüber Mama sehr nachtragend gewesen. Dabei hatten andere auch nicht ins Kino gedurft.

Als sie sich zu Michaela an den gedeckten Tisch in der Küche setzte, erklärte sie: »Ich muss mit dir reden.«

Eine Kerze brannte, als hätten sie ein Rendezvous. Lena schob sich den Stuhl zurecht und betrachtete die Weingläser. Normalerweise trank sie nicht. Das langstielige Glas in ihrer Hand fühlte sich trotzdem gut an. Als sei sie eine normale Frau, die einen Wein trank.

Michaela hob ihr Glas. »Komm, wir stoßen erst mal an.« Ihre Gläser klirrten aneinander. »Danke, dass du mir heute Mittag mit dem Anruf geholfen hast.«

Lena verdrehte lächelnd die Augen. »Das war doch kein Ding.« Sie nahm einen Schluck. Der ungewohnte Geschmack kitzelte ihren Gaumen, und sie schloss genießerisch die Augen. »Hm, der schmeckt aber.« Dann holte sie Luft und wiederholte: »Ich würde gern mit dir reden.«

»Was ist denn?«

»Ich werde mir Mühe geben mit dem Abstellen meiner Schuhe und meinen Sachen und so. Aber ich kann nicht versprechen, ob mir das immer gelingt.«

Michaela winkte ab. »Ich wollte dich nicht bevormunden.«

»Na ja, du bist das sicher von deiner Tochter gewohnt.«

Michaela lachte. »Das stimmt. Eine gute Erziehung ist alles.«

Lena stellte ihr Glas ab und griff nach einer Scheibe Brot. Es interessierte sie, wie das bei ihrer neuen Bekannten zu Hause ablief. So wie bei ihr früher oder ganz anders?

»Und was ist, wenn sie ausgehen will?«, fragte sie. »Ihre Musik laut hört? Gibt's dann Verbote?«

»Ich verbiete nichts außer Facebook.«

Wie damals bei Mama. *»Ich verbiete nichts außer stundenlangem Telefonieren.«*

»Warum verbietest du das?« Lena belegte sich das Brot mit Käse und Schinken, und Michaela tat es ihr gleich.

»Karla ist ja erst zwölf«, sagte sie. »Ich möchte nicht, dass sie Fotos von sich online stellt, womöglich im Bikini, und sich die Männer daran aufgeilen.«

»Denkst du, dass sie es wegen deines Verbots sein lässt?«

»Ich gehe davon aus.«

»Ist sie so ein liebes, angepasstes Mädel?«

»Hm. Ja. Ich denke schon.«

Lena biss in ihr Brot. Der würzige Käse schmeckte köstlich. Sie nahm noch einen Schluck Wein und spülte alles hinunter. Was würde so ein Mädchen am PC tun? Besonders jetzt, da die Mama das mit Facebook nicht mehr unterbinden konnte? Gut, vielleicht sprang der Vater ein.

»Hat sie einen Freund?«

»Sie ist zwölf, ich sagte es schon. Na gut, bald dreizehn.«

Lena grinste. »In dem Alter sind andere aber schon gut dabei.«

Michaela schaute in ihr Glas. »Da hast du natürlich recht. Meine Nachbarin Regina hat einen Sohn. Jonathan. Ganz süßer Kerl. Vierzehn Jahre alt und zurzeit in einer sehr coolen Phase. Er hatte schon mit zwölf die erste Freundin. Frühreifer Junge.«

Sofort musste Lena an Cornelius denken. Cornelius von Roth. Der Grund, warum sie so schnell bei Pavel abgehauen war, hatte ganz sicher auch mit diesem Idioten zu tun. Sie bemühte sich um einen lockeren Tonfall. »Und für deine Tochter interessiert er sich nicht?«

Michaela schüttelte amüsiert den Kopf. »Sie kennen sich, seit sie klein sind.«

Lena griff wieder nach ihrem Glas. Das musste gar nichts heißen. Im Gegenteil. Cornelius und sie hatten sich auch ewig gekannt. Sie waren keine Nachbarn gewesen, aber durch die enge Freundschaft ihrer Eltern fast so etwas wie Geschwister. Sie konnte nur hoffen, dass dieser Jonathan keiner von der Sorte war, die ihre Hormone nicht im Griff hatten. Nicht jedes zwölfjährige Mädel war so selbstbewusst wie sie.

Nachdenklich griff sie nach ihrem Brot und biss hinein. Cornelius war eigentlich der Letzte, an den sie gerade denken wollte. Dabei hatte sie ihn mal gemocht.

Sie lagen auf dem Bett und unterhielten sich. Sie genoss es, wie sein Blick immer wieder ihre Beine streifte, denn er war ein gutaussehender Junge, und andere hätten sonst was darum gegeben, mit ihm den Sonntagnachmittag zu verbringen. Sie flirteten miteinander, was das Zeug hielt, aber Lena war nicht ernsthaft interessiert. Ihr Interesse galt einem gewissen Lars, und Cornelius wusste das auch. Dennoch überraschte er sie an diesem Sonntag. Er war anders als sonst. Zuerst hatte dieses rote Stoffherz auf dem Bett gelegen, das er ihr mit coolem Grinsen und den Worten »für meine große Liebe« präsentierte. Und dann, als sie sich wie üblich zu ihm aufs Bett gelegt hatte, um über die Schule oder irgendwelche Leute zu reden, die sie beide kannten, versuchte er, unter ihren Minirock zu gucken. Sie hielt sein Gehabe für einen Scherz, witziges Geplänkel. Immer wieder hatte sie lachend seine Hände abgewehrt, die verspielt nach ihr grabschten. Doch als er sich plötzlich aufrichtete und Jeans und Unterhose nach unten schob und sein erigiertes Glied zum Vorschein kam, sog sie ungläubig die Luft ein.

»Spinnst du, Cornelius?«

Mehr konnte sie nicht sagen, denn Cornelius rutschte auf sie zu und kam mit seinem Penis ihrem Gesicht näher. Seine Stimme klang anders als sonst. Heiser.

»Nimm ihn in den Mund, los!«, keuchte er und bewegte seine Hand an seinem Penis auf und ab. Lena war wie gelähmt, konnte den Blick nicht davon abwenden. Das Ding war riesig.

Cornelius rutschte weiter herum, und endlich war sie in der Lage, sich zu bewegen und ihm auszuweichen.

»Zieh sofort deine Hose wieder an«, zischte sie und schwang die Beine vom Bett. Sie wollte raus hier, sofort. Doch sie rüttelte erfolglos an der Zimmertür, die war abgeschlossen. Wann hatte er das gemacht?

Nebenan saßen Mama und Papa mit Cornelius' Eltern zusammen und spielten Karten. Lena hörte ihr Gelächter und dann einen empörten Ausruf ihres Vaters. Die Familien kannten sich aus der Kirchengemeinde und von Treffen unter ihresgleichen, seitdem Lena und Cornelius Kinder waren. Sollte sie gegen die Tür trommeln?

»Komm schon, Lena«, keuchte Cornelius und stieg vom Bett. Der Penis wippte wie ein Fremdkörper vor ihm her. »Hol mir wenigstens einen runter.«

»Cornelius, hör sofort auf, oder ich schreie!«

Doch er wusste ebenso gut wie sie, dass sie das nicht tun würde. So stand sie wie festgewachsen an der Tür und rührte sich nicht, als Cornelius mit dieser lächerlich heruntergelassenen Hose auf sie zuwatschelte und schließlich nach ihrer Hand griff, um sie an seinen Schwanz zu führen. Dabei versuchte er, sie zu küssen.

Sie schlug nach ihm, doch er drängte sie mit seinem ganzen Gewicht gegen die Tür, während er sich an ihr einen runterholte. Lena lauschte angeekelt seinen immer schneller werdenden Atemstößen, bis ihr Oberschenkel feucht wurde.

»Mach das sofort weg«, zischte sie, während er sich wieder anzog. »Und gib mir den Schlüssel!«

Plötzlich wirkte Cornelius kleinlaut. Er zog die Hose hoch und kramte nach dem Zimmerschlüssel in seiner Hosentasche. Schließlich reichte er ihn ihr.

»Komm Lena, mach jetzt nicht so 'ne Show. Okay?«

»Lass mich einfach nur in Ruhe, du Arsch.«

Damit war sie aus Cornelius' Zimmer geflüchtet und hatte sich zu den Erwachsenen gesetzt und sich deren Scherze über »die Launen von Teenagern« anhören müssen, weil sie nicht in der Lage gewesen war, auch nur ein Wort zu reden.

Mama hatte nicht verstanden, warum sie sich nicht mehr mit Cornelius treffen wollte, ihre Freundinnen genauso wenig. Was hatte sie nur an diesem hübschen Kerl, Freiherr Cornelius von Roth, auszusetzen?

»Ihr habt doch immer so schön zusammen gespielt«, hatte Mama gesagt.

Ja. Schön gespielt hatten sie. Und sie sollte noch immer mit ihm »spielen«. Lars hingegen, der zwar vier Jahre älter war als sie, aber der tollste Junge, den Lena kannte – dunkelhaarig, groß, drahtig –, durfte sie nicht treffen. Es konnte ja etwas passieren.

Als jemand nur einen Tag nach Cornelius' Masturbation an ihrem Oberschenkel die Reifen ihrer Vespa kaputt gestochen hatte, vermuteten Mama und Papa irgendwelche Vandalen. Sie, Lena, hatte es besser gewusst.

Lena schluckte und sah Michaela an, die ebenfalls ihren eigenen Gedanken nachzuhängen schien. Sie kaute Bissen für Bissen Brot, schenkte einmal Wein nach, lächelte verlegen. Vielleicht empfand sie das zwischen ihnen entstandene Schweigen als unangenehm. Möglicherweise aber auch Lenas intime Fragen nach ihrer Tochter.

»Du«, sagte Lena und wischte sich mit dem Handrücken über die Mundwinkel, »wenn es dir zu viel wird mit mir, dann …«

Michaela sah sie überrascht an. »Wirke ich so?«

»Na ja, ich bin manchmal sehr direkt. Das liegt nicht jedem.«

Michaela hob noch einmal ihr Glas. Sie wunderte sich selbst darüber, dass sie so vertrauensvoll mit Lena sprechen konnte. Als würden sie sich schon ewig kennen.

»Das macht mir nichts aus, Lena. Ich bin froh, wenn ich mal nicht zwischen den Zeilen lesen muss.«

Leise klirrten ihre Gläser aneinander.

Sie haben eine neue Nachricht
8. August 2014
Von: Bea Bern
An: Michaela Michalsen

Liebe Michi,
heute ist kein guter Tag. So viele Tage ohne ein Lebenszeichen von dir. Den lieben langen Tag schaue ich aus dem Fenster oder glotze fern. »Friends« zum Beispiel und »Brothers & Sisters«. Welche Ironie. Ich habe weder das eine noch das andere. Du warst beides für mich, Michi. Freundin und Schwester. Ich brauchte nie jemand anderen außer dir, habe niemals andere Freundschaften geschlossen – sie hätten nicht an das herangereicht, was wir beide teilten.
Als du mir das erste Mal von Lena erzählt hast, ich gebe es zu, da war ich ein bisschen eifersüchtig. Nicht dass du von ihr geschwärmt hättest – am Anfang warst ja selbst du noch vorsichtig. Aber irgendwann hast du nicht mehr aufgepasst. Interessiert dich meine Meinung dazu? Wahrscheinlich nicht. Ich werde trotzdem versuchen, weiter zu dir vorzudringen. Irgendjemand muss es ja tun. Aber eins nach dem anderen. Ich habe gehört, dass die ganze Wahrheit für manche Menschen nicht zu ertragen ist und man daher wie bei einer Zwiebel vorgehen muss. Lage für Lage. Ich werde versuchen, mich daran zu halten.
Bis bald wieder, deine Bea

16

In den folgenden vierzehn Tagen stellte sich Routine ein. Michaela gewöhnte sich nicht nur daran, die Hundehaufen von Pim ohne mit der Wimper zu zucken zu entsorgen und formvollendet Stöckchen zu werfen, sondern auch daran, mit jemandem zusammenzuleben, der andere Gewohnheiten hatte als sie selbst oder ihre Familienmitglieder. Lena hatte sich einen Wecker besorgt, der morgens um halb acht wie ein Hahn krähte, danach lief sie nackt durch die Wohnung und störte sich weiterhin nicht im Geringsten daran, dass Michaela sie so sah. Sie putzte sich so geräuschvoll die Zähne, wie Michaela es noch nie bei jemandem gehört hatte, und sie aß jeden Abend dasselbe, Brot mit Käse und Schinken, wie bei ihrem ersten gemeinsamen Abendessen. Sie tranken nicht immer Wein, oft nur Leitungswasser, Apfelschorle oder auch mal eine Billig-Cola, bei der sich Michaelas Geschmacksnerven im Mund zusammenzogen. Mittags trafen sie sich hin und wieder auf einen Snack, sie sprachen über Pim oder lustige Anekdoten, die Lena bei ihrer Arbeit erlebte, nachmittags ging Lena offenbar in die Bibliothek oder in eine der Buchhandlungen der Stadt, oder sie erkundete Frankfurt zu Fuß. Abends hockten sie einträchtig auf dem Sofa, tranken Tee, sahen fern oder spielten Scrabble – bei einer ihrer Unterhaltungen war herausgekommen, dass sie beide dieses Spiel liebten, und Michaela hatte sofort im Kaufhof eines besorgt. Sie lachten gemeinsam über die Witze in der »Wochenshow« oder über Anke Engelke bei »Ladykracher«, auch wenn einige

Sketche sehr indiskret waren – solche, in denen Bettszenen, Dildos oder Geräusche aus Körperöffnungen vorkamen. Doch Lenas Natürlichkeit, was solche Dinge betraf, nahm Michaela bald die Befangenheit.

Und gleichzeitig geschah etwas anderes: Michaelas Neugierde auf das, was sich hinter Lenas Stirn verbarg, wuchs. Sie hätte gern mehr über sie und ihre Vergangenheit erfahren, doch sie war es nicht gewohnt, den ersten Schritt auf dem Weg zu Vertraulichkeiten zu tun, die über gemeinsame Fernsehabende hinausgingen. Die Sache mit Lenas Anruf bei Barbara Nales war eine absolute Ausnahme gewesen – Michaela war an diesem Tag am Ende ihrer Kräfte und hatte einfach nur noch herausbekommen wollen, ob David gelogen hatte – egal wie.

Inzwischen hatte durch die tägliche Nähe Vertrautheit in ihr Zusammenleben Einzug gehalten, und sie konnte sich sogar vorstellen, auch mehr von sich selbst preiszugeben. Ein bisschen Angst machte ihr dieser Gedanke allerdings schon.

Sobald Lena nach Hause kam, flippte Pim vor Freude schier aus. Michaela hatte nicht gewusst, dass Hunde tanzen konnten. Einmal gingen sie ins Kino, ein andermal gingen sie in »Die Schmiere«, ein in einem Gewölbekeller gelegenes Theater, in dem eine Mischung aus politischem Kabarett und Gesellschaftsstudie lief. Lena lachte Tränen – im Gegensatz zu Michaela, die beim Hinausgehen sagte: »So geht es aber wirklich zu in Familien. Mein Highlight des Jahres ist auch der Sommerurlaub.«

»Und sonst passiert nichts Aufregendes?«, hatte Lena gefragt.

»Es passiert nie etwas«, war Michaelas lakonische Antwort gewesen.

Lena verließ jeden Morgen um halb neun das Haus und lief zur Drogerie an der Hauptwache. Dass Michaela ihr vorher einen Tee kochte oder einen Kaffee hinstellte, hatte sie anfangs gestört, doch inzwischen hatte sie begriffen, dass Michaela dies nicht tat, um sie zu bemuttern, sondern weil sie kaum in der Lage war, den Hintern still zu halten. So machte sie also Tee oder faltete Lenas Handtücher zusammen, wischte Staub, entfernte welkes Gestrüpp von Herrn Grunwalds Pflanzen, schüttelte Lenas Bettwäsche auf oder putzte die eh schon blitzsaubere Spüle. Manchmal kam es Lena vor, als wolle Michaela mit ihren tausend Pseudoaufgaben verhindern, dass sie ins Grübeln kam. Sicher wäre es dabei um diesen Quatsch mit ihrem Mann gegangen. Was Lena am meisten erstaunte, war die Tatsache, dass sogar sie selbst häufiger darüber nachdachte. Und auch darüber, wie wohl Michaelas Tochter zu Hause die Tage ohne ihre Mutter verbrachte. Dabei hätte ihr das doch wirklich absolut schnuppe sein können. Warum war es das nicht?

Dieser Frage ging sie nach, während sie in der Drogerie Ware aus dem Lager holte und diese dann in die Regale einsortierte. Vielleicht war Karla ja ähnlich wie sie selbst in diesem Alter? Dabei hörte es sich eigentlich nicht so an, als sei das Mädchen eine Rebellin. Wenn man sie selbst damals so lange allein gelassen hätte, wäre sie auf alle möglichen dummen Gedanken gekommen, und davon wäre Rauchen noch das Harmloseste gewesen. Bestimmt hätte sie Lars zu sich nach Hause eingeladen. Hätte all die Dinge ausprobiert, vor denen Mama sie immer gewarnt hatte, wie trampen und kiffen, vielleicht Sex. Aber selbst wenn diese Karla ihr ähnlich sein sollte … Michaela hatte mit Mama jedenfalls nichts gemeinsam, und das lag nicht allein am Alter. Mama hatte ja die Weisheit mit Löffeln gefressen – auf Lenas Meinung hatte sie geschissen. Und Lena hatte ganz automatisch immer das Gegenteil von dem gut gefunden, was Mama für richtig hielt.

Einmal, in diesen vierzehn gemeinsamen Tagen mit Michaela, hatte sie eine verrückte Idee gehabt. Sie hatte sich gefragt, ob sie sich heutzutage vielleicht in so einer häuslichen Situation wie damals in Felding wohl fühlen würde. Ob sie vielleicht auch so eine Spießerin mit Haus und Garten sein könnte. Denn das, was sie zurzeit mit Michaela erlebte, war – trotz aller Nähe – irgendwie gar nicht einengend. Was möglicherweise an diesem inneren Abstand lag, den das scheue Reh Michaela aussandte, auch wenn Lena das Gefühl hatte, dass sie langsam lockerer wurde.

Pavel hielt weniger von Distanz. Er hatte inzwischen mehrere Male nach Dienstschluss vor dem Laden auf sie gewartet, sein Blick eine Mischung aus Gewitter und Selbstbeherrschung. Einmal hatte er einen Eisbecher für sie dabei, ein andermal Kinokarten. Beide Male hatte Lena ihm sehr freundlich erklärt, dass sie wirklich gut allein zurechtkam. Statt mit ihm war sie dann mit Michaela ins Kino gegangen. Bei ihren Unternehmungen steckte Michaela immer ihr Handy in die Hosentasche, als erwarte sie einen Anruf. Hin und wieder hatte Lena wirklich Lust, sie zu fragen, wie sie groß geworden war, ob sie Geschwister hatte, solche Dinge, die man eben fragte, wenn man sich neu kennenlernte. In Berlin war sie das auch gefragt worden, und sie hatte natürlich mit Ausflüchten geantwortet, weil es Dinge gab, die sie mit niemandem bequatschen wollte. Was auch der Grund dafür war, warum sie Michaela nichts fragte – sobald sie den Anfang machen würde, war zu erwarten, dass auch Michaela sie ausquetschen würde – und sei es aus purer Höflichkeit. Und so blieben sie dann doch bei oberflächlichen Themen.

»Wie verbringt ihr eigentlich zu Hause eure Wochenenden?«, fragte Lena eines Morgens dann doch – es war Samstag, genau zweieinhalb Wochen nach ihrem Einzug. »Macht ihr den Hausputz zusammen?« Michaela hatte gerade die Spülmaschine eingeräumt und ihre Hände am Spülbecken gewaschen. Sie griff nach einem Tuch und trocknete sich die Finger. »Nein, ich putze normalerweise unter der Woche. Nur Karla macht samstags ihr Zimmer. Warum willst du das wissen?«

»Na ja, ich hab mich gefragt, ob ihr Ausflüge macht, und wenn ja, wohin. Ich kenne die Gegend hier ja nicht näher.«

Michaela legte das Handtuch beiseite. »Möchtest du einen Ausflug machen? In den Taunus vielleicht? Es ist wirklich schön da. Morgen ist Sonntag, das könnten wir gleich nutzen.« Ihre Miene hellte sich auf, als fände sie diese Idee selbst verlockend.

»Was ist der Taunus?«

»Ein Mittelgebirge. Aber Laufen bist du ja gewöhnt.«

Das war sie natürlich. Üblicherweise lief sie jedoch auf Asphalt, sie besaß keine Schuhe, die zum Wandern geeignet waren.

»Geht das denn mit meinen Sandalen?«, fragte sie zweifelnd.

»Ich geb dir ein paar von meinen Turnschuhen, wir haben doch dieselbe Größe.«

Lena lächelte. »Gebongt.«

Am nächsten Tag brachen sie schon morgens auf. Michaela ärgerte sich, dass sie nicht ihren Rucksack von zu Hause mitgenommen hatte – ein praktisches Teil mit vielen Innen- und Außentaschen –, sie besaß ihn seit Karlas Geburt. Aber an den hatte sie bei ihrem »Auszug« wirklich nicht gedacht. Daher trug sie nur eine kleine Flasche stilles Wasser in ihrer Handtasche bei sich – die würde sie vermutlich eher für Pim brauchen als für sich selbst. Sie hatte für ihn ein altes Plastikschälchen aus Florian Grunwalds Schrank gekramt und es auch noch in die Tasche gestopft.

Es war ein leicht ansteigender Marsch am Limes entlang durch den Wald bis zum Feldbergplateau, den sie und David früher, als Karla noch jünger gewesen war, öfter unternommen hatten.

Obwohl es nicht regnete, waren die Wege feucht. Michaela und Lena hielten sich – im Gegensatz zu Pim – vom Schlamm fern, was manchmal nicht einfach war. Unterwegs versuchten sie sich in der Bestimmung von Laubbäumen – Michaela war in der Übung, weil Karla in der Grundschule Blätter für ein Herbarium hatte trocknen müssen, doch Lena gab lachend zu, in Botanik eine Niete zu sein. Sie zog es vor, über Baumstämme zu balancieren und sich auf Trimm-dich-Stationen an Recks entlangzuhangeln. Michaela nahm mit ihrem Smartphone Fotos von ihr auf, wie sie kopfüber von einem Balken hing und ihre Zöpfe im Dreck landeten und Pim sie ankläffte.

Als Lena auf einem abgeschlagenen Baumstumpf balancierte – ihr rechter Fuß ruhte auf dem linken Knie, ihre Arme hielt sie zu einer Art Pfeil in die Höhe gereckt –, sagte Michaela beiläufig: »Weißt du, was mir aufgefallen ist? Du berlinerst gar nicht. Eher hast du beim Sprechen einen kleinen bayerischen Einschlag.«

Lenas Grinsen erstarb, sie sah auf einmal aus wie ein Kaninchen, das Gefahr witterte. Sie nahm ein Bein nach unten und sagte: »Ich komme aus der Nähe von München.«

»Aha«, antwortete Michaela. Lenas Antwort hatte geklungen wie: »Ich komme aus dem Gefängnis.«

Dennoch fragte sie weiter. »Und woher genau?« Lena schien sie nicht gehört zu haben, sie schlug sich einen Weg durchs Gehölz, hielt auf einen hohen Stapel Baumstämme zu und kletterte nach oben. Michaela beobachtete, wie sie sich auf die äußerste Spitze des oberen Stammes stellte und mit ihren Händen ein Dach vor den Augen formte, als sei sie ein Indianer.

»Pass bloß auf!«, rief Michaela mit einem flauen Gefühl im Magen. »Wie du da so stehen kannst! Ich hab Höhenangst.«

»Ich habe schon höher gestanden«, sagte Lena lapidar und breitete die Arme aus wie Kate Winslet in »Titanic«. »In Berlin auf dem Kollhoff-Tower hast du einen Blick über die ganze Stadt. Leider hat der ein Gitter. Da ist die alte amerikanische Abhörstation auf dem Teufelsberg besser. Es geht schön weit hoch, und nichts ist gesichert. Ich hab schon mehr als einmal da oben gestanden und mit dem Gedanken gespielt, mich einfach fallen zu lassen.«

Michaela hatte mit einem Mal einen Kloß im Hals. Was war denn plötzlich mit Lena los? »Du bist ja verrückt.«

»Wieso? Ich finde die Idee verlockend, seinem Leben ein Ende zu setzen, wenn man selbst den Zeitpunkt für richtig hält, und nicht dann, wenn es dem lieben Gott einfällt.« Lena breitete die Arme noch weiter aus und trat auf die Kante, so dass nur noch ihre Hacken auf dem Stamm ruhten.

»Lena! Hör auf damit! Du machst mir Angst!«

Lena machte einen Schritt zurück und ließ die Arme sinken. »Hast du dir das noch nie überlegt? Ich meine, du hättest es doch easy. Bestimmt habt ihr eine Garage. Du müsstest dich nur bei geschlossenem Garagentor ins Auto setzen, Scheiben runter, Motor an. Angeblich dauert das nur eine Viertelstunde. Man schläft einfach ein.«

Michaela tippte sich an die Stirn. Dabei hatte sie solche Gedanken durchaus schon gehabt. Aber im Geheimen, mit sich selbst. Damals, als sie nicht mehr in der Lage gewesen war, sich um Karla zu kümmern, war sie kurz davor gewesen. Aber sie hätte immer Tabletten genommen. Sie wollte keinen Schmerz und keinen technischen Aufwand.

Während Lena die Stämme wieder hinabkletterte, plapperte sie weiter: »Tabletten sind auch eine Option, aber viel zu riskant. Am Ende sitzt du da mit einem bleibenden Schaden, dir läuft der Sabber aus dem Mund, die Leute lassen dich allein im Pflegeheim zurück und denken, dass du nichts mehr mitkriegst – nee, das geht gar nicht. Föhn in der Badewanne funktioniert auch nicht mehr, ich hab gehört, da fliegt nur 'ne Sicherung raus. Alles Mist. Pulsadern aufschlitzen wäre nichts für mich, ich kann kein Blut sehen. Also, wie gesagt, mangels Garage und Auto würde ich den Sprung nehmen. Aber hier war es gerade nicht hoch genug.«

Als sie wieder vor Michaela stand, betrachtete sie sie erstaunt. »Du bist ja ganz grün im Gesicht.«

»Ich finde das, was du sagst … geschmacklos, tut mir leid.« Michaela setzte sich wieder in Bewegung und sog tief den Duft des Waldes in sich ein, der so lebendig nach Waldmeister und feuchter Rinde roch.

Lena lief mit Pim neben ihr her und trat nach einem Stein. »Das war doch nur Spielerei.«

Michaela blieb stehen. »Ich finde den Tod nicht lustig. Witze über Selbstmord erst recht nicht. Es gibt Leute, die haben diese Gedanken ernsthaft. Für die ist das kein Spaß.«

»Tut mir leid. Sorry.«

Sie gingen weiter bis zu einer Weggabelung und folgten dann der verwitterten Beschriftung in Richtung Feldbergplateau.

»Du hast übrigens eine Art vergessen«, bemerkte Michaela, nachdem sie eine Weile lang schweigend nebeneinanderher gelaufen waren.

Lena legte den Kopf schräg. »Welche denn?«

Michaela sah ihr fest in die Augen. »Mit dem Auto gegen einen Baum fahren.«

Später saßen sie im Oberurseler Brauhaus und studierten die Speisekarte. Sie hatten es nicht bis zum Feldbergplateau geschafft, sondern waren umgekehrt – was nicht am Weg, sondern an Michaelas Laune gelegen hatte. Zum Glück wurde diese allmählich wieder besser.

»Ich habe noch nie Spargel gegessen«, sagte Lena eben mit Blick auf die Speisekarte und schielte dann über den Rand zu Michaela. »Wie schmeckt der eigentlich?«

Dieses Mädchen überraschte sie immer wieder. »Noch nie? Das ist nicht dein Ernst.«

»Doch.«

»Er schmeckt wie ... wie ...« Michaela hob ratlos die Schultern. »Leicht bitter, aber nur einen Hauch. Nussig vielleicht?«

Lena klappte die Karte zu. »Ich nehme das. Ich hab Lust auf was Neues.«

»Und ich habe Lust auf etwas, das ich kenne. Ich nehme ihn auch.« Michaela legte ihre Karte zur Seite und lehnte sich lächelnd in der Sitzbank zurück. »Und was isst man so in Berlin, wenn schon keinen Spargel?«

Lena griff nach einem blühenden Zweig, der in einer Vase auf dem Tisch steckte. »Ich war dort nie in einem Restaurant, falls du das meinst.«

Michaelas Augenbraue hob sich unwillkürlich. Sie wusste nicht, was sie dazu sagen sollte. Jeder ging doch mal in ein Restaurant. Aß mal Spargel. Außer Obdachlose vielleicht. Aber Lena arbeitete doch, und sie hatte eine Wohnung. Zumindest gehabt.

Während Lena an den Spitzen ihrer Zöpfchen herumspielte, überlegte Michaela, wie sie am elegantesten das Thema wechseln konnte.

»Und du?«, kam Lena ihr zuvor. »Bist du Frankfurterin?«

»Nein«, sagte Michaela. Vermutlich hatte sie auch gerade den Kaninchenblick, denn Lena lachte lauthals auf. »Lass uns besser noch ein paar Bäume bestimmen«, schlug sie vor. »Wie wär's mit diesem Zweig hier?«

Michaela zog ihr Smartphone aus der Tasche und ging auf die Webseite, mit der sie vorher die Laubbäume überprüft hatten. »Ich gehe jede Wette ein, es ist eine Kirsche.«

»Eine Kirsche?« Lena grinste wissend. »Ich glaube, es ist ein Rotdorn.«

Michaela scrollte über das Display und gab den Namen ein. »Wow, du hast recht«, staunte sie. »Woher wusstest du das?«

»So ein Strauch wuchs vor dem Haus, in dem ich groß geworden bin.«

»In der Nähe von München?«

»Genau dort.«

Den Rest der Unterhaltung umschifften sie das Thema Kindheit oder Herkunft wie ein Kapitän gefährliche Klippen.

Stattdessen fragte Lena zwischen Spargelbissen noch einmal nach Karla. Irgendwie ließ es ihr keine Ruhe, dass das Kind allein zu Hause war.

»Versteht deine Tochter sich gut mit deinem Mann?«, fragte sie.

Michaela nickte. »Sie sind ein Dreamteam.«

»Gibt es sonst noch jemand, der nach ihr schaut?«

»Meine beiden Nachbarinnen. Die eine ist die Mutter des Jungen, von dem ich dir erzählt habe. Es ist alles perfekt organisiert.«

Lena lächelte Michaela zu. Perfekt organisiert also. Was für ein Kind Karla wohl war? Für sie selbst wäre so eine perfekte Organisation Grund genug gewesen, sich aufzulehnen. Von ihrer Nachbarin Frau Leber-Schädler betreut zu werden ... o Mann.

»Welchen Film hat deine Tochter zuletzt im Kino gesehen?«

Michaelas Blick ging in die Ferne. »Das war in den Osterferien. ›Ich – Einfach unverbesserlich 2‹«, sagte sie. »Wir waren zusammen drin.«

»Ihr geht zusammen ins Kino?« Das unterschied diese Karla schon mal grundlegend von ihr selbst.

»Ja, warum nicht?«

»Versteht ihr euch gut?«

Michaela hielt eine Sekunde inne, bis sie sagte: »Ja. Doch.«

Lena nickte, dann lachte sie auf.

»Was?«

»Ich amüsiere mich nur.«

»Worüber denn?«

Lena deutete auf das Smartphone neben Michaelas Teller. »Du schielst da dauernd drauf, seitdem ich dich kenne. Ich habe das oft genug bei Müttern beobachtet, die Angst haben, zu Hause könnte die Welt untergehen, während sie weg sind. Du bist genauso.«

Michaela drehte das Handy, so dass das Display auf dem Tisch lag. »Du hast recht. Das ist wirklich eine Marotte. Aber eigentlich stört es in meiner Hosentasche nur beim Sitzen. Ich habe gar nicht vor, Karla anzurufen. Wie ich schon sagte, nehme ich eine Auszeit. Und Karla weiß nicht, dass ich theoretisch erreichbar bin.«

»Ach? Wo bist du denn ihrer Meinung nach? Auf einer Raumfahrtexpedition?«

»In einer Kur.«

»Verstehe.« Lena hatte sich schon gefragt, wann die beiden eigentlich miteinander sprachen, und war davon ausgegangen, dass sie es taten, wenn Michaela allein war. »Vermisst du sie?«

»Natürlich, wir sind seit zweieinhalb Wochen getrennt.«

Michaela legte ihr Besteck beiseite. Bestimmt dachte Lena, dass sie doch mittags zu Karla gehen könnte. Ihr ein Essen kochen, sie zu einem Spaziergang mit Pim mitnehmen. Aber so einfach war das nicht, wenn man Angst davor hatte, auch nur einen Fuß ins Haus zu setzen. Vermutlich nicht nachvollziehbar für eine, die sicher eine perfekte und vor allem mental gesunde Mutter gehabt hatte. In München.

Lena unterbrach ihre Gedanken. »Jedenfalls – wenn du es dir anders überlegen solltest mit allem«, schlug sie vor, »ich kann unseren Hundi genauso gut hüten.« Sie beugte sich zu Pim, der zu ihren Füßen unter dem schweren Holztisch lag.

Michaela schüttelte den Kopf. Sie fing doch gerade erst an, wieder sie selbst zu werden. Vielleicht konnte sie bald ganz nüchtern und analytisch an die jüngsten Ereignisse zu Hause herangehen.

»Wenn ich es mir anders überlege, sage ich dir Bescheid. Aber ich glaube nicht.« Sie schob den Teller von sich fort, musste dringend aufs Klo. »Du kannst auch bleiben, ohne dass ich zu meiner Familie zurückgehe. Ich habe nichts dagegen«, sagte sie und stand auf. »Auch, wenn deine Papiere da sind.«

Kaum war Michaela aus Lenas Blickfeld verschwunden, vibrierte das Telefon auf dem Tisch und brachte Lenas Unterarme zum Schwingen. Sie starrte auf das Gerät, ihre Hand griff wie von selbst zu und drehte es um. *KARLA* verkündete das Display. Lena legte das Handy wieder ab, so, wie es vorher gelegen hatte, und spürte weiter der Vibration nach, bis sie endete. Als Michaela zurückkam, nickte Lena in Richtung Telefon. »Es hat geklingelt.«

Michaela warf einen Blick auf die Oberfläche und legte das Telefon ohne ein Zeichen der Regung wieder ab.

»Was Wichtiges?«, fragte Lena.

»Nein.«

Zu Hause zog Michaela das Telefon aus der Hosentasche und hielt es unschlüssig in den Händen. Warum hatte Karla angerufen? Sie hatten ihr doch erklärt, dass sie nicht erreichbar war. Hingerissen zwischen Sehnsucht und Ärger blickte sie auf das Gerät. *Rede mit Papa!*, rief Michaela Karla innerlich zu. *Er kann dir helfen!*

Sie wechselte von der Anrufliste zu ihrem E-Mail-Postfach. Fünf E-Mails waren seit Mittwoch von David eingetrudelt, alle mit demselben Betreff: *Statusmeldung*. Was mailte er ihr da? Abgehakte To-do-Listen? Wollte er ihr vor Augen halten, wie gut es ohne sie ging? Obwohl das dem Anruf von Karla widersprach. Oder nicht?

Lena setzte sich zu ihr auf die Couch. »Du siehst ein bisschen fertig aus.«

Michaela gähnte. »Dein Eindruck täuscht nicht.«

»Komisch. Ich habe einen richtigen Frischluftflash«, entgegnete Lena. »Ich könnte Bäume ausreißen.«

»Wenn das so ist, könntest du mir einen Gefallen tun.« Wen sollte sie denn sonst bitten? Lena hatte ihr schon einmal geholfen.

»Welchen denn?«

»Könntest du die E-Mails von meinem Mann lesen und mir sagen, ob er nur sinnloses Zeug schreibt, um mich auf dem Laufenden zu halten, oder ob irgendwas Wichtiges los ist?«

Lena zog einen Flunsch. »Och nee.«

»Bitte«, sagte Michaela. »Ich muss einfach sicher sein, dass zu Hause nichts anbrennt.«

»Warum liest du sie nicht selbst?«

»Weil ich ihm gesagt habe, dass ich Ruhe brauche und zu mir finden will. Aber er hält sich einfach nicht dran.«

»Du kannst doch keine Ruhe finden, wenn du durch mich dann doch checkst, ob er was geschickt hat. Male nicht den Teufel an die Wand. Wenn bei euch zu Hause ernsthaft die Welt unterginge, würde er sicher alle fünf Minuten durchklingeln.«

»Du hast ja recht«, murmelte Michaela. »Dann lies wenigstens die letzte E-Mail. Wenn es sich hochdramatisch anhört, sagst du es mir. Ich meine: Es geht mir gut – es ist nicht so, dass ich mental am Boden wäre. In gewisser Weise hat sich das Ganze hier zu einer Art Urlaub entwickelt, es wäre also nicht ganz fair, wenn mich alles total kaltließe.«

Lena hatte kein gutes Gefühl bei der Sache, und Michaela spielte auch nicht mit offenen Karten. Den Anruf von Karla zum Beispiel erwähnte sie gar nicht. Hatte die Kleine ihr auf den AB gesprochen?

Dennoch streckte sie die Hand nach dem Smartphone aus. »Gib her.« Sie war neugierig, wie einer klang, dem die Frau abhandengekommen war.

Der Text der aktuellen Nachricht mit dem Titel »Statusmeldung« war jedoch denkbar kurz. Lena sah Michaela ratlos an. »Ich weiß wirklich nicht, ob das wichtig ist. Möglicherweise schon.«

»Ist mit Karla alles okay?«

»Von ihr schreibt er nichts.«

»Ist irgendetwas kaputt?«

»Nein. Sieht nicht danach aus. Ich denke, das Haus steht noch.«

»Ist was mit seinen Eltern? Oder mit der Nachbarschaft?«

Lena las noch einmal die Nachricht. »Nein.«

»Dann ist es auch nicht wichtig«, erklärte Michaela, legte den Kopf zurück und schloss die Augen. »Danke, dass du geschaut hast«, flüsterte sie. Anscheinend war der Ausflug wirklich anstrengend für sie gewesen.

Lena sah noch lange auf die Nachricht von David Michalsen. Er schrieb:

Nur dass du Bescheid weißt, Michaela. Bea ist heute hier eingezogen.

Was das bedeuten mochte, wusste der Teufel.

17

Eine Frau Rasmussen hat angerufen«, sagte Frau Landries am Montagmorgen, als Lena in der Drogerie ankam. Sie hängte ihre Häkeljacke an den Haken im Personalzimmer. Wer war noch mal Frau Rasmussen? Ach ja. Die von der Übernachtungsstätte.

»Was wollte sie denn?«, fragte sie, zog sich den weißen Kittel an und fischte mit beiden Händen ihre Zöpfe aus dem Kragen.

»Ihr Rucksack ist gefunden worden. Sie können kommen und ihn sich abholen.«

»Wow«, sagte Lena und hielt inne. Am liebsten wäre sie sofort losgegangen und hätte ihn geholt. Nachgeschaut, was fehlte.

»Sie können sie ruhig anrufen, sie hat eine Nummer hinterlassen«, schlug Frau Landries vor und reichte Lena einen Zettel.

Lena murmelte einen Dank und griff auf dem mit Papierkram übersäten Schreibtisch zum Telefon.

Nachdem sie aufgelegt hatte, musste sie sich erst einmal setzen. Es war noch alles da. Einzig das Bargeld fehlte, aber das waren nur ein paar Euro gewesen. Ach nein, ihre Kamera fehlte auch. Aber die hatte sie selbst mal gefunden, verloren von irgendeinem asiatischen Touristen in Berlin. Aber ihr Ordner war noch da. Ihre Papiere. Ihre Kleider. Jedenfalls machte es den Anschein. Zuerst hatte sie gar nicht glauben können, dass die Polizei Frau Rasmussen einfach so ihre Sachen übergeben hatte und sie nicht selbst zur Wache musste, um sich den Kram abzuholen. »Aber die kennen mich doch seit Jahren«, hatte Frau Rasmussen eingewandt. »Wir sind hier auf Du und Du.«

Und was bedeutete jetzt das Wiederauftauchen ihrer Sachen? Nun war sie endgültig frei – dieses Gefühl hatte sich trotz der Ersatzpapiere nicht eingestellt.

»Na, freuen Sie sich gar nicht?«, fragte Frau Landries.

»Selbstverständlich.« Lena strahlte.

Mailand, ich komme.

Michaela nahm die gute Nachricht mit gemischten Gefühlen auf.

»Schade«, brachte sie schließlich hervor und blickte beinahe böse auf das Gepäckstück zu Lenas Füßen.

»Komm schon, irgendwann gehe ich dir auf die Nerven mit meiner Unordnung. Das sehe ich doch allein daran, wie akkurat mein Duschhandtuch auf der Stange hängt, wenn ich nach Hause komme. Du räumst hinter mir her.«

»Ich habe nichts anderes zu tun, als Gassi zu gehen, aufzuräumen und Einkäufe zu erledigen …« – Michaela hob die Schultern – »… irgendwas muss ich ja machen.« Sie fühlte sich wie eine Arbeitslose, die auf den Anruf ihres Wunscharbeitgebers wartete. Die Euphorie über das schöne Wochenende hatte sich im Laufe des Tages gelegt. Und nicht nur das, zwischendurch hatte sie wie ein Junkie auf ihr Handy geschielt, kurz davor, alle anzurufen, die ihr lieb und wichtig waren. Ausgenommen David, auf den ihr Groll seltsamerweise noch gewachsen war. Warum schrieb er auch unwichtige E-Mails?

Lena stützte ihr Kinn auf die Hände. »Ernsthaft, Michaela. Du solltest zu deiner Familie zurückgehen. Bestimmt klären sich alle Missverständnisse auf.« Ihre Stimme hatte einen fast drängenden Unterton.

»Warum willst *du* eigentlich nicht zurück nach Berlin?«, fragte Michaela statt einer Antwort.

Lena stand auf und hantierte mit dem Wasserkocher. Sie ließ heißes Wasser aus dem Hahn hineinlaufen, damit es schneller ging. Dann drückte sie auf den Startknopf und lauschte dem elektrischen Summen der Heizstäbe.

»Ich soll dir also meine Geschichte erzählen?«, fragte sie, ohne Michaela anzusehen.

»Na ja, es würde mich einfach interessieren, was du gemacht hast, bevor du nach Frankfurt kamst. Du hast von diesem Freund erzählt, mit dem du in Berlin zusammengewohnt hast. Aber wieso du hier neu anfangen wolltest ...« Michaela hob die Schultern. »Hattet ihr Streit?«

Lena schwieg für einen Moment, dann sagte sie: »Er hat mein Vertrauen missbraucht. Außerdem war es seine Wohnung. Ich war dort nur gemeldet.«

»Aha. Und wann bist du von München nach Berlin gegangen?«

»Mit sechzehn.«

Michaela blinzelte überrascht. »Wow.«

»Ja, ich war wirklich jung.«

»Hattest du Probleme mit deinen Eltern?«

Lena atmete tief durch. Okay. Sollte sie antworten? Oder nicht? Bisher hatte jeder, der so unverschämt fragte, eine gepfefferte Absage von ihr bekommen.

»Kann man so sagen«, antwortete sie vage. Sie spürte Michaelas Blicke im Rücken und das wachsende Unwohlsein in ihrem Herzen. Sie würde Michaela nicht hier und jetzt erzählen, was wirklich gewesen war. Auch wenn sie es noch vor fünf

Minuten geglaubt hatte – so easy war das nicht. Sie konnte nicht einfach hier in dieser fremden Wohnung vor dieser fremden Michaela mit der Trauerarbeit anfangen.

»Ich kann mir das überhaupt nicht vorstellen. So früh«, murmelte Michaela.

Lena hängte zwei Teebeutel in die bereitstehenden Tassen.

»Ich weiß, was du denkst, aber mich hat keiner misshandelt. Mir hat nur permanent jemand gesagt, dass ich nicht richtig bin. Ich war immer anders als andere. Meine Eltern hätten gern ein *normales* Kind gehabt – eins wie deine Karla vermutlich. Ich durfte nicht entscheiden, wie lang meine Haare sind, welche Klamotten ich trage, mit wem ich befreundet bin. Wir hatten ununterbrochen Streit.«

Sollte Michaela ruhig glauben, dass sie weggelaufen war. In gewisser Weise stimmte es ja auch. Worüber sie sich mehr wunderte, war die Tatsache, dass sie noch nicht einmal darüber reden konnte, dass das eigentliche Problem Mamas enger Draht zum Pastor gewesen war. Wenn man ständig gesagt bekam, dass der liebe Gott alles sah, hatte man schon Probleme, wenn man in der Nase popelte. Dazu war sie manchmal tatsächlich auf die Toilette gegangen und hatte zur Sicherheit auch noch das Licht ausgemacht.

»Aber sie wollten sicher nur das Beste für dich«, sagte Michaela in ihre Gedanken hinein.

»Davon müssen wir ausgehen.« Lena goss kochendes Wasser in die Tassen und stellte die beiden dampfenden Becher auf den Tisch. Sie legte eine Packung Schokokekse dazu, die sie von der Arbeit mitgebracht hatte.

Michaela sah versonnen auf die beiden Teetassen. Die Vorstellung, dass Karla in drei Jahren einfach so gehen könnte, war absurd. Lena musste wirklich ein anderes Kind gewesen sein. Aber wie überlebte so eine? »Womit hast du dich durchgeschlagen?«

Lena setzte sich im Schneidersitz auf ihren Stuhl und grinste schelmisch, als sei das Ganze eine lustige Sache. »Am Anfang mit Betteln.«

»Ach Gott. Das stelle ich mir schwierig vor.«

»Man kann alles tun, wenn man sich verstellt. Ich habe so getan, als sei ich eine andere. Eine von der Straße eben. Ich guckte mir ab, wie es die anderen machten, und tat es ihnen nach. Es war easy.«

»Hast du keine Sozialhilfe bekommen? Wohngeld? In solchen Fällen hilft doch der Staat.«

Lena sah sie schweigend an. Dann sagte sie: »Nicht jeder bekommt Sozialhilfe.«

»Warum?«

»Sagen wir es so, die versuchen erst mal, ihr Geld anderswo zu holen. Außerdem war ich minderjährig. Ich hätte ja ins Heim gekonnt.«

»Ich verstehe, dass du da nicht hinwolltest«, antwortete Michaela. Sie verstand es sogar sehr gut. »Wo hast du geschlafen?«

»Bei der Caritas oder auf der Straße. Es gab natürlich auch dort Diskussionen mit Sozialarbeitern, die mich in Pflegefamilien unterbringen wollten, aber ich wollte das nicht. Ich hab gejobbt und mal hier und mal dort gewohnt, bis ich mit Tom zusammenkam.«

»Als was kann man als Sechzehnjährige jobben?«

»Ich habe auf Spielplätzen die Kinder bespielt und von den Latte-macchiato-Mamas Trinkgeld bekommen, wenn ihre Charlottes und Leons sich nicht die Schädel einschlugen, während sie sich über die steigenden Immobilienpreise in Zehlendorf den Kopf zerbrachen.«

Michaela legte den Kopf schräg. »Macht man sich mit einem solchen Angebot heutzutage nicht eher verdächtig?«

»Ich war doch unter ständiger Beobachtung. Und die Kids mochten mich.«

»Aber einen Schulabschluss hast du doch?«

»Ja. Realschule. Ich hatte ihn gerade in der Tasche, als ich von zu Hause weg bin.«

Sie hatte es in Berlin mit einer Ausbildung in einer Boutique und mit einer beim Friseur probiert. Beides ein Reinfall. Sie konnte einfach nicht mit Kontrollfreaks. Dass ihre Chefin in der Drogerie viele beaufsichtigte und nicht nur Lena, war ein Glücksfall.

Michaela sah Lena nachdenklich an. Sie gab ihr Rätsel auf. Die junge Frau schien von der Hand in den Mund zu leben. Dabei machte sie einen so pfiffigen Eindruck. Als könnte sie alle in die Tasche stecken.

»Aber was hast du mit deiner ganzen Zeit gemacht? Ich nehme nicht an, dass du deinem Freund den Haushalt geschmissen hast?«

Lena warf den Kopf zurück und lachte. »Es gibt noch andere Dinge als Haushalt und Wäsche, Michaela! Was meinst du, was Berlin alles zu bieten hat? Und wenn man viel zu Fuß unterwegs ist, so wie ich, kann man sich in zehn Jahren die ganze Stadt erlaufen. Bus und Bahn sind auch nicht so teuer wie hier. Ich würde behaupten, es gibt keine Ecke, die ich nicht kenne, und kein Museum, in dem ich noch nicht war. Abends habe ich ferngesehen wie jeder andere normale Mensch oder Bücher gelesen.« Lena überprüfte den Tee, nahm die Beutel heraus und ließ sie mitten auf die Tischplatte plumpsen. Michaela überlegte, ob sie schnell nach Küchenkrepp greifen sollte, aber es war eine gute

Übung, sich zu beherrschen. »Wissen deine Eltern, wo du jetzt bist?«

Lena reichte ihr die Tasse und fummelte an den Bändchen der Teebeutel auf dem Tisch. »Ich glaube nicht.«

»Aber das ist grausam, Lena. Egal, wie euer Verhältnis war, jetzt bist du erwachsen. Du musst dich bei ihnen melden!«

»Pass auf«, sagte Lena und wandte sich Michaela zu. »Ich erzähl dir bestimmt mal alles, aber mich interessiert auch einiges von dir.« Besonders, warum eine Frau wie Michaela sich von ihrem Mann weismachen ließ, sie habe Halluzinationen, und wer diese Bea sein konnte. War bei Michaelas Mann eine Geliebte eingezogen?

Michaela rutschte auf dem Stuhl hin und her. »Was willst du denn wissen?«

»Wo *du* als Kind gelebt hast, zum Beispiel. Was mit deinen Eltern ist.« Irgendetwas war doch mit denen. Es war doch nicht normal, dass man drei Wochen zusammenwohnte und keiner ein einziges Mal über seine Eltern sprach. Aber vielleicht tat man das in Michaelas Alter auch nicht mehr.

Lena nahm einen Keks, biss hinein und beobachtete Michaela interessiert. Dann wurde ihr Kauen langsamer, zaghafter, bis sie es schließlich vollständig einstellte und den Brei in ihrem Mund mit einem Schluck hinunterwürgte.

»Auweia, Michaela, was ist denn?«, fragte sie.

Doch Michaela hatte die Hände vor die Augen gelegt und schluchzte.

Frau Lorek zeigte ihr Fotos. Seit Wochen gab sie sich Mühe, zu dem vorzudringen, was in Michaela verschüttet war. Sie hatten es schon mit Zeichnungen versucht, die Michaela anfertigen sollte: ein Auto, zerschellt an einem Baum. Aber letztendlich hatte Michaela nur über ihr eigenes Geschmiere lachen können.

Die Fotografien auf dem Tisch vor ihr zeigten dunkle Landstraßen – ausgeleuchtet von den Scheinwerfern eines Fahrzeugs. Auf einigen waren Bäume am Straßenrand zu sehen, die wie Fabelwesen ihre Arme in den Himmel reckten. Zu den Fotos kamen Gerüche. Frau Lorek plazierte einen verrosteten Becher mit Motoröl und ein Stück Baumrinde auf dem Tisch. Michaela kam sich vor wie in einem dieser Museen, die sie schon mit Karla besucht hatten: Erleben mit allen Sinnen. »Das bringt doch nichts«, murmelte sie.

Doch Frau Lorek machte unbeirrt weiter. Sie griff nach einer Auto-Fußmatte und legte sie neben die anderen Gegenstände. Michaela hatte im Bad in einen Becher pieseln müssen, der kam auf die Matte. Zuletzt öffnete Frau Lorek mit lautem Zisch eine Dose Pils. Die Zutatenliste für ein tragisches Ereignis, das ein Kind zur Waise gemacht hatte, war vollständig.

»Schnuppern Sie mal«, sagte Frau Lorek und lächelte ihr aufmunternd zu.

Michaela schloss die Augen, hielt sich die Ohren zu und ließ ihr Gesicht ganz dicht über die Flüssigkeiten und Gegenstände wandern.

Zuerst vernahm sie von fern das angstvolle Flehen ihrer Mutter. Dann spürte sie es. Das Auto rumpelte und holperte wie ein wildes Pferd, und Michaelas Finger suchten Halt auf ihrer Rückbank – doch sie bekam nichts zu fassen. Sie drohte abzurutschen und rief: »Papa, was ist denn los?« Als Nächstes hörte sie den langgezogenen, schrillen Schrei von Mami, der ihr vollends klarmachte, dass etwas Schlimmes los war. Sie schrie mit, bis ein ohrenbetäubender Schlag sie von ihrer liegenden Position auf der Rückbank gegen die Rückenlehnen der Vordersitze warf. Sie hörte splitterndes Glas, als hätte Papi einen ganzen Kasten mit seinen Flaschen gegen die Wand geworfen. Was folgte, war Stille und ein beißender Geruch. Sie lag auf dem Bauch im Fußraum des Manta und rührte sich nicht, war sich nicht sicher, ob sich ihre Gliedmaßen noch an ihrem Körper befanden und ob sie tot oder lebendig war. Sie spürte keinen Schmerz. Nur, dass ihre Hose pitschnass war. Ihre Eltern gaben keinen Mucks von sich.

Während Michaela dalag und lauschte, hörte sie ein Klacken, wie wenn Metall abkühlte. Sie kannte das Geräusch von dem Tauchsieder, den Mami zum Erhitzen von Wasser benutzte. Wenn er abkühlte, knackte er auch. Vorsichtig hob sie den Kopf und versuchte, nach draußen zu sehen. Es war dunkel, aber immer noch heller als im Auto – der Mond schien. Sie waren irgendwo im Nichts. Häuser waren nicht zu sehen.

»Mami?«, flüsterte Michaela nach einer Weile. Sie bewegte ihre Finger und Zehen und versuchte, sich auf die Knie aufzurichten, dabei rieselten Scherben von ihrem Rücken und aus ihrem Haar. Ihre Hände badeten in einer Mischung aus Flüssigkeit und Splittern. Furcht legte sich auf ihre Kehle und drückte ihr die Luft ab.

»Papi?«, flüsterte sie. Durch die zertrümmerte Windschutzscheibe zog kalte Nachtluft herein, das Mondlicht spiegelte sich in den Tausenden Splittern auf dem Armaturenbrett, auf der Motorhaube lag ein Baum – das Autoblech schien zusammengefaltet wie Pappe. Papis Kopf ruhte auf dem Lenkrad. Michaela konnte nicht erkennen, ob seine Augen offen oder geschlossen waren. Vielleicht schlief er, doch die Angst, dass es etwas anderes war, und die Panik, zu Mami zu schauen, lähmten sie so sehr, dass sie sich klein machte wie ein Päckchen und sich hinter Mamis Sitz versteckte. Dort würde sie bleiben, bis sie aufwachte. Sie wünschte und betete zu Gott, dass es einer von diesen schlimmen Träumen war, die sie manchmal quälten. In einem hatte Papi Mami mit einem Stock auf einen Baum gejagt.

Als sie von weitem aufgeregtes Rufen hörte, rührte sie sich nicht. Jemand leuchtete mit einer Taschenlampe ins Auto, eine Frau murmelte: »O Gott, o Gott«, ein Mann rief: »Ich hole Hilfe!«, und rannte mit schweren Schritten davon. Michaela hörte, wie sich kurz darauf mehrere Personen an Mamis Tür zu schaffen machten und »Hallo?« und »So antworten Sie doch!« riefen. Immer wieder. Aber sie erhielten keine Antwort.

Als sich Michaela endlich wieder beruhigt hatte, fischte Lena ein Päckchen Taschentücher von der Anrichte und reichte ihr eines. Michaela tupfte sich mit einem gequälten Lächeln die Augen und schneuzte sich. Sie hatte schon lange nicht mehr so geweint. Ihre Augen brannten wie nach dem Schneiden von einem Kilo Zwiebeln. Sie hatte geahnt, dass es so aus ihr herausbrechen würde, wenn einmal die Sprache auf ihre Eltern kam. Aus diesem Grund hatte sie bisher doch nicht einmal Bea erwähnt, weil dann zwangsläufig die Sprache auf ihre schmerzvollen Erinnerungen gekommen wäre.

»Hat es gutgetan?«, fragte Lena ganz so, als habe Michaela nicht geweint, sondern eine wohltuende Massage erhalten.

»Ich glaube, wir lassen diesen ganzen Kram mit der Kindheit hinter uns, was denkst du?«, flüsterte Michaela und schneuzte sich noch einmal. Ihr Tee war inzwischen abgekühlt, und sie trank ihn in einem Schwung aus.

»Ich weiß nicht, ob das mit dem Hinter-sich-Lassen funktioniert. Ich habe mal gelesen, dass man die Dinge auf jeden Fall aufarbeiten soll. Hingucken, drüber reden. Aber so ein gesunder Heulkrampf hat sicher auch was für sich.«

Michaela versuchte sich noch einmal an einem Lächeln aus verquollenen Augen. »Du hast recht, es hat gutgetan. Wenn du magst, können wir gern über deine Kindheit reden. Nur meine würde ich lieber für heute ruhen lassen.«

»Och«, murmelte Lena kopfschüttelnd, »ist mir nicht dringend damit.« Sie blickte auf die Uhr und dann auf die beiden leeren Tassen auf dem Tisch.

»Was hältst du von 'ner Runde Fernsehen?«

Michaela nickte. »Gern. Und eins kann ich dir sagen: Wenn du nach Italien gehst, werde ich dich vermissen, Lena.«

18

In den nächsten Tagen verloren sie kein Wort mehr über Michaelas Ausbruch, über Kindheiten oder Lenas geplante Reise. Lena ging morgens zur Arbeit, die freien Nachmittage verbrachte sie lesend in einer Buchhandlung, oder sie lief durch die Stadt, ging in Museen und Ausstellungen. Manchmal holte sie Pim bei Michaela ab und ging mit ihm in den Park, warf unermüdlich Stöckchen – ins Haus trieb es sie erst am Abend.

Michaela ging ebenfalls mit Pim spazieren, aber es war mehr ein Bummeln. Anschließend kümmerte sie sich um den Haushalt, kochte eine Kleinigkeit. In einer Dreizimmerwohnung war alles schnell erledigt. Manchmal zappte sie durch die Fernsehkanäle und ekelte sich vor Menschen, die ihr armseliges Leben vor Moderatoren ausbreiteten, denen man das Zahnpastalächeln ins Gesicht getackert zu haben schien.

Alles in allem hatte eine angenehme Ruhe von ihr Besitz ergriffen. Ihr Kopf fühlte sich an, als sei er im Stand-by-Betrieb.

Lena versuchte so gut es ging, ihr Wissen um Michaelas häusliche Situation zu verdrängen. Gern hätte sie erfahren, wer diese Bea war – der Name war bisher nie gefallen, und ihr Verdacht, David Michalsen könne eine Freundin haben, ließ sie nicht los. Andererseits: Würde er Michaela per E-Mail darüber informieren? Und hätte Michaela – bei allem, was sie Lena bisher über ihre Zweifel, David betreffend, erzählt hatte – nicht eine vermeintliche Geliebte erwähnt? Ach, was ging es sie eigentlich an? Diese Bea konnte ebenso gut David Michalsens Schwester sein, sogar Michaelas Schwester, wenn man es genau nahm. Natürlich hätte Lena unauffällig fragen können: »Ach übrigens, hast du Geschwister?« Aber damit wären sie vielleicht wieder in die Nähe eines Heulkrampfes geschippert, und Lena war sich nicht sicher, ob sie es noch einmal schaffen würde, nicht mit einzustimmen. Garantiert war so ein Tal der Tränen früher oder später auch bei ihr fällig. Oder ein Ausraster, der sich gegen sie selbst und ihre frühere Unfähigkeit richtete, auch nur das geringste Spießertum zu ertragen. Heutzutage hielt sie es sogar aus, wenn Leute an Türen klopften und zum Abendessen riefen. Sie ertrug gebügelte Handtücher in der Küche. Und den Anschiss ihrer Chefin, als sie eine Charge nagelneues »Adidas Sports for Women« hatte fallen lassen und kein einziger Flakon ganz geblieben war. Der Gestank war fast so tödlich gewesen wie Frau Landries' Blicke. Und was hatte die kleine Lena gemacht? Sie war nicht weggelaufen. Hatte nicht ihren weißen Kittel an den nächsten Nagel gehängt und war aus dem Laden gerannt. Sie hatte ihrer Chefin noch nicht einmal den Finger gezeigt, sondern hatte die Hände auf die Augen gelegt, zwischen den Fingern durchgeschielt und artig gesagt: »Es tut mir so entsetzlich leid, Frau Landries. Wirklich.« Dass sie dabei Michaela gespielt und deren besorgt-grüblerischen Blick aufgesetzt hatte, wusste Frau Landries ja nicht. Lenas Vorschlag, alles zu ersetzen, hatte ihre Chefin mit einer Handbewegung weggewischt. Genauso wie die Scherben und die stinkende Soße auf dem Boden.

Nun war sie auf dem Weg nach Hause, in ihrer Tasche eine Haarkur für sich und Michaela, die sie zum Mitarbeiterdiscount erstanden hatte. Wie schon einige Tage zuvor sah sie auf der gegenüberliegenden Straßenseite auf einem der Betonquader vorm Café Hauptwache Pavel sitzen. Er sah sie nur an. Mit der ernsten Miene eines Pfarrers, der missbilligend bemerkte, dass sie schon wieder nicht zum Gottesdienst erschienen war. Sie beachtete ihn nicht und lief weiter. Heute wollte sie Michaela einen besonderen Abend bescheren. Sie bekochen, ihr die Haare machen, anschließend fernsehen oder Scrabble spielen. Wahrscheinlich würde Michaela sie nach Mailand fragen. Ob sie nun hinwollte und wann. Sie hatte es die ganze Woche an Michaelas Blick gespürt, dass sie gern gewusst hätte, wie Lena sich entschied. Dabei war die Antwort doch klar: Sie wollte gar nicht mehr nach Mailand. Es gefiel ihr hier. Der Job war okay, es tat gut, zu wissen, dass eigenes Geld aufs Konto kam. Auch, wenn das an ihrem Kontostand kaum etwas änderte. Auf ein paar Hunderter mehr oder weniger kam es wirklich nicht an.

»Endlich erreiche ich dich, Bea«, sagte Michaela. »Bist du mir wegen irgendetwas böse?«

»Nein, Süße, warum?«

»Ich habe es schon so oft bei dir versucht – normalerweise rufst du sofort zurück.«

»Puh, ich hab einfach so viel um die Ohren.«

»Was ist denn los?«

»Ach. Ich … das erzähle ich dir ein andermal, okay?«

»Hast du jemanden kennengelernt?«, hakte Michaela nach. Bea war eine ewig Suchende, und dann auch wieder nicht. Bindung ohne Verpflichtungen, so etwas in der Art. Angebote hatte sie genug, sie war groß, blond, hatte diesen schwedischen Touch, auf den viele Männer abfuhren.

Doch Bea ging nicht auf ihre Frage ein. »Freunde von mir haben meine Hilfe gebraucht«, bemerkte sie.

»Aha.« Freunde von ihr? Michaela wusste nicht, wer das sein sollte. »Aber es geht dir gut?«

»Das Leben geht halt seinen Gang. Und du? Wie geht es dir?«

»Ziemlich gut. Ich bin …« – sie suchte nach Worten – »… in meiner Mitte, irgendwie.«

»Na, das freut mich aber.«

Michaela meinte, plötzlich einen verbitterten Unterton in Beas Stimme wahrzunehmen. Als sei sie doch irgendwie angefressen. Oder hörte sie schon wieder Gespenster?

»Ist was mit Karla oder David?« Sie musste es fragen.

Bea schnaubte und fragte mit einem belustigten Unterton: »Ich dachte, wir wollten nicht über sie reden?«

»Aber wenn du von irgendetwas Schlimmem gehört hättest, würdest du mir doch Bescheid sagen?«

»Was wäre denn für dich ›schlimm‹, Michi?«

Michaela senkte die Augen und atmete durch. Es war ja klar, dass sie daheim fehlte. Vermutlich war Karla traurig. Und David vielleicht überfordert. Aber mit Regina und Katharina war abgemacht, dass sie sich meldeten, wenn alles aus dem Ruder lief. Und das hatten sie bisher nicht getan.

»Ist schon gut«, murmelte sie leise und hörte im selben Moment Lenas Schlüssel im Schloss. Pim schoss von seinem Platz neben ihr hoch und raste mit wildem Gekläffe zur Tür.

»Was ist denn bei dir los?«, wollte Bea wissen.

»Lena ist nach Hause gekommen. Da dreht der Hund vor Freude durch.«

»Wollte das Mädchen nicht weg? Du hast gesagt, sie bliebe nur übergangsweise.«

»Ja, sie geht vielleicht nach Italien.«

Bea klang überrascht. »Nur vielleicht? Nistet sie sich gerade bei dir ein?«

»Dafür ist sie überhaupt nicht der Typ. Nein, sie wird gehen. Leider.«

»Aha. Dabei bist du doch zu Hause ausgezogen, um für dich zu sein. Damit du dich sortieren kannst. Da sollte es dich das doch freuen, dass sie geht.«

»Du, sie ist einfach sehr angenehm. Und praktisch veranlagt. Bei ein paar Sachen hat sie mir schon sehr geholfen.«

»Na, das ist doch großartig.«

Michaela wunderte sich über diesen erneuten sarkastischen Unterton. »Bea, bitte. Es gibt gar keinen Grund …«

»… zu was? Eifersüchtig zu sein? Bin ich nicht, Michi. Ich bin nur besorgt. Und froh, wenn diese Landstreicherin fort ist. Geheuer ist mir das nämlich nicht. Du bist so leichtgläubig, Michi. Ehrlich. Halt bloß dein Geld unter Verschluss. Und pass auf, dass sie dir nicht noch den Hund klaut.«

»Bea, sie ist ein guter Mensch, glaub mir.«

»Nein, tut mir leid, Michi. Das glaube ich nicht.«

Als Michaela nach der Verabschiedung von Bea zu Lena in die Küche trat, steckte ihr der schroffe Tonfall ihrer Freundin noch in den Knochen – so hatte sie Bea noch nie erlebt.

Auf der Anrichte lagen eine geöffnete Packung Hähnchenbrust und ein Päckchen Scheiblettenkäse, daneben standen zwei Dosen Kidneybohnen. Der Ofen brummte.

»Was machst du?«, fragte Michaela. Lena schien im Schrank nach etwas zu suchen, sie hockte am Boden, ihr Kopf halb im Drehkarussell verschwunden, und ihre Stimme klang blechern. »Ich finde keine Auflaufform. Sag bloß, der Typ hat keine.«

»Gerade erinnerst du mich an meine Freundin«, bemerkte Michaela lachend.

Lena rappelte sich auf, warf ihre Zöpfe über die Schultern und lehnte sich an die Anrichte. »Deine Freundin? Wieso?«

»Bea findet auch nie was und schimpft dann rum.« Früher im Heim hatte sie gern die anderen beschuldigt, wenn etwas unauffindbar gewesen war. Meist Dinge von Michaela.

Lena versuchte, sich nicht anmerken zu lassen, dass der Name Bea ihr Herz etwas schneller schlagen ließ. Michaelas Freundin also. Nicht die Geliebte ihres Mannes. Wobei das eine das andere ja nicht ausschloss.

»Sucht sie auch immer Auflaufformen?«

Michaela lachte erneut. »Eher Jobs. Oder Männer. Was auch immer.«

»Was macht sie denn so? Wohnt sie in der Nähe?« Lena griff nach den Dosen mit den Kidneybohnen und schüttelte sie kräftig durch.

»Nein, nein, sie wohnt in Köln.«

Lena wandte überrascht den Kopf zu ihr um. »Seht ihr euch oft?«

»Leider nicht, aber wir telefonieren häufig. Gerade eben zum Beispiel, bevor du kamst.«

»Ach.« Lena stellte die Dosen ab und griff nach dem Öffner. Möglichst beiläufig fragte sie: »Und, geht es ihr gut?«

»Sie hat viel zu tun. Klang irgendwie gestresst.«

Lena fiel dazu nichts ein. Offensichtlich hatte Bea nicht erzählt, dass sie bei Michaela zu Hause eingezogen war. Oder war sie schon wieder weg?

»Verstehen sich dein Mann und deine Freundin gut?«, platzte sie heraus.

Michaela zog eine Grimasse. »Lustig, dass du fragst. Ich denke, es ist schwer für ihn, dass wir so dicke sind – deshalb ist er nie richtig mit ihr warmgeworden. Obwohl mein Mann im Frühjahr in Köln gearbeitet hat, haben sie sich kein einziges Mal getroffen. Nur wenn es um meine geistige Gesundheit geht, sind sie sich einig.«

»Inwiefern?«

»Sie sind beide sehr schnell dabei, mir zu sagen, was gut für mich ist und was ich denken soll.«

Lena setzte den Öffner auf einer der beiden Dosen an und begann, den Deckel zu lösen. »Du hast vorhin gesagt, ich erinnere dich an sie. Aber deine Freundin ist mir kein bisschen ähnlich. Ich weiß bei niemandem, was gut für ihn ist. Ich weiß es ja nicht einmal für mich selbst.«

Michaela öffnete einen Auszug mit Töpfen und Pfannen. »Hier«, sagte sie und zog eine gläserne Form heraus, »ist die okay?«

Lena nickte und nahm die Form entgegen. Sie kippte die Bohnen hinein und zog die Hähnchenbrust aus der Packung. »Meinst du, deine Freundin wird dich hier mal besuchen wollen? Vielleicht könnten wir zusammen was unternehmen«, schlug sie beiläufig vor und plazierte das Fleisch inmitten der Masse.

Michaela unterdrückte die Bitte, das Fleisch vorher abzuspülen und trockenzutupfen, und sah Lena dabei zu, wie sie es stattdessen mit Salz, Pfeffer und Paprikapulver würzte. »Ich glaube nicht, dass Bea kommen kann. Im Moment scheint bei ihr wie gesagt Land unter zu sein.«

Lena griff zum Käse und wickelte die Scheiben aus ihrer dünnen Plastikhülle. Konzentriert belegte sie Bohnen und Huhn mit den Plättchen.

»Das sieht … interessant aus«, bemerkte Michaela und verkniff sich beim Anblick des Essens ein Lachen.

Lena überlegte, was sie tun sollte. Sollte sie Michaela von der Nachricht ihres Mannes erzählen oder nicht? Andererseits, vielleicht hatte diese Bea ihre Gründe, es nicht zu erwähnen.

»Hat dein Mann eigentlich noch E-Mails geschrieben?«, fragte sie.

»Noch eine. Aber es kann ja nicht so wichtig sein. Du hast mir das ja bestätigt.«

»Na ja, soweit ich das beurteilen konnte.«

»Mach dir keinen Kopf. Ich gehe davon aus, dass David mir Mails schickt, die darauf zielen, mich weichzukochen.«

Lena öffnete den Ofen und schob die Auflaufform hinein.

»Wie lange dauert das jetzt?«, erkundigte sich Michaela.

»Vierzig Minuten.« Lena beschloss, das Thema zu wechseln. »In der Zeit kümmere ich mich um deine Haare.«

Michaela fasste sich an den Kopf. »Um meine Haare?«

»Genau. Ich habe eine Haarkur mitgebracht und für später Lockengel und einen Diffuser.«

»Ich glaube nicht, dass es meinem Haar an Volumen mangelt«, widersprach Michaela lächelnd.

»Du wirst schon sehen. Geh mal die Haare waschen. Husch, husch.«

Während Michaela kopfschüttelnd ins Bad ging, warf Lena einen verstohlenen Blick auf Michaelas Handy, das diese achtlos in Florian Grunwalds Regal abgelegt hatte. Sie lauschte in Richtung Bad. Das Wasser plätscherte, Michaela steckte vermutlich mit dem Kopf unter dem Wasserhahn.

Lena klickte auf David Michalsens neue E-Mail und las.

Vermutlich meldest du dich sowieso nicht, aber ich will mir nichts vorwerfen lassen. Bea und ich haben am Wochenende beide Termine. Karla soll bei Regina schlafen, aber unsere Tochter wehrt sich mit Händen und Füßen, dabei könnte sie die ganze Nacht mit Jonathan Filme gucken, so, wie sie es schon letzte Woche getan hat. Sie lässt überhaupt nicht mit sich reden. Katharina ist auch nicht da. Any ideas?

»Scheiße«, murmelte Lena.

Als sie ein Geräusch im Flur hörte, schloss sie die Übersicht und legte das Gerät eilig zurück ins Regal.

»Na?«, fragte Michaela, als sie mit einem Handtuchturban auf dem Kopf hinter Lena trat. »Was hast du denn jetzt mit mir vor?«

»Wir bringen deine Locken mal schön zu Geltung.«

»Und was machen wir bei dir?« Michaela deutete auf Lenas Dreadlocks. »Ich hätte wirklich große Lust, mal zu sehen, wie du ohne diese Dinger aussiehst.«

Lena versuchte, die Nachricht von David Michalsen aus ihren Gedanken zu verdrängen. Sie würde später mit Michaela darüber reden. Ihr anbieten, mal zu schauen, ob bei ihr zu Hause wirklich alles in Ordnung war. Sie musste ja nicht gleich dramatisch von diesem Jonathan anfangen …

»Ehrlich gesagt bin ich meine Dreads auch schon wieder leid«, antwortete sie. »Ich hab es mir viel cooler damit vorgestellt. Als bekäme ich auf einmal Rhythmus ins Blut oder könnte mich plötzlich verrenken wie ein Yogi. Aber nee, da ist nichts.« Sie lachte. »Okay. Ich mache mir die Dreadlocks auf – so lange habe ich sie ja noch nicht, da wird es gehen, außerdem sind sie nicht so hochprofessionell gemacht. Wir föhnen sie glatt, so gut es geht, und *du* bekommst endlich mal gescheite Locken.«

»Und dann tauschen wir Kleider, und du bist ich und ich bin du«, flachste Michaela.

»Ich weiß, du machst nur Spaß, aber lustig wäre es schon.«

Michaela lachte. »Du in Jeans und Bluse? Kann ich mir gar nicht vorstellen.«

»Probieren wir's aus«, sagte Lena. »Warum nicht?« Sie würde zum ersten Mal seit zehn Jahren so aussehen, wie ihre Mutter es sich immer gewünscht hatte. Oder zumindest annähernd.

Während das Hühnchen im Ofen brutzelte und ein würziger Duft die Wohnung durchzog, wirkte auf Michaelas Kopf die Haarkur ein. Sie hatten für ihr Friseurspiel eigens einen Stuhl ins Wohnzimmer geschoben. Nun stand Michaela hinter Lena und kämmte mit dem Stielkamm die widerspenstigen Dreadlocks aus. Es war eine Heidenarbeit, sie musste Zopf für Zopf und Millimeter für Millimeter vorgehen. Nicht zu vergleichen mit den Zöpfchen, die sie Karla schon geflochten und wieder ausgekämmt hatte. Lena hatte sich selbst auch eine Haarkur in die Zöpfe geschmiert, was die Sache ein wenig erleichterte. Aber grundsätzlich ließ sich toupiertes Haar eben nicht gut kämmen, und dieses hier hatte seit Wochen keinen Kamm gesehen. Glücklicherweise hatte sie den Dreh schnell raus und zog nun die metallene Spitze des Kamms immer wieder durch die knotigen Haare.

»Mir tut schon der Kopf weh!«, jammerte Lena.

»Soll ich bei der Hälfte aufhören? Geht schlecht«, wandte Michaela ein.

»Aber du könntest etwas vorsichtiger sein!«

»Ruhe«, sagte Michaela lächelnd und wischte sich einen Tropfen Haarkur von der Wange. Dann setzte sie ihre Arbeit fort.

Zwischendurch aßen sie. Michaela fühlte sich beim ersten vorsichtigen Happen an den Geschmack von Burritos erinnert. Es war essbar. Eigentlich sogar recht lecker.

Lena stöhnte genussvoll auf, als sie den ersten Bissen nahm. »Hmmm! Ich *liebe* diese Bohnen und diesen Käse«, sagte sie. »Und das Fleisch ist butterweich!«

»Woher hast du das Rezept?«, fragte Michaela.

»Es ist eine Eigenkreation. Ohne Kochbuch und Internet wird man kreativ.«

»Ja, es ist wirklich ... außergewöhnlich kreativ«, bestätigte Michaela.

Lena bekam einen belustigt-lauernden Gesichtsausdruck und deutete mit dem Finger auf sie. »Sag mir, was an dem Spargel letztens raffinierter war.«

»Na ja, der Spargel wurde geschält, die Kartoffeln auch – und vorher geerntet.«

»Meinst du, die Bohnen wurden nicht geerntet? Man muss sie nur nicht schälen. Hühnchen auch nicht.«

»*Frisch* geerntet, meinte ich.«

Lena kaute unbeirrt weiter. »Was kochst du normalerweise für deine Tochter? Immer alles frisch?«

»Ja. Gemüse, Kartoffeln oder Reis, manchmal Fleisch, öfter Nudeln.«

»Isst sie immer alles auf?«

»Leider nicht. Oft hat sie was zu meckern.«

Lena deutete auf ihren Teller. »Das würde sie essen.«

Michaela grinste sie an. Das mochte sogar stimmen. Doch sie würde es ganz sicher niemals ausprobieren.

19

Zwei Stunden später standen sie im Schlafzimmer vorm Spiegel und schauten sich mit offenen Mündern an.

»Es war mir nicht klar, dass ich meiner Mutter so ähnlich sehe«, staunte Lena, die in Michaelas Jeans und einem dunkelblauen Poloshirt mit aufgerichtetem Kragen steckte, von der Art, wie ihre Mutter sie getragen hatte. Ihre Haare fielen ihr – bis auf einige Knötchen, die trotz aller Anstrengung nicht zu lösen gewesen waren – glatt über die Schultern. Sie dachte an Babyfotos mit ihren Eltern, darauf hatte ihre Mutter ausgesehen wie sie gerade. Auch das Alter stimmte.

»Du hast so wunderschönes, dickes Haar«, sagte Michaela bewundernd. »Und die Farbe ist toll. Solch ein sattes Honigblond sieht man selten. Wie bei einer Schauspielerin.«

»Ich sehe in deinen Klamotten so erwachsen aus. Wie eine Frau.«

»Du bist ja auch eine.«

Michaela wandte den Blick ihrem eigenen Spiegelbild zu. Lena war es tatsächlich gelungen, ihr struppiges Haar in weich fallende Locken zu verwandeln. Bevor sie in Lenas Kleid geschlüpft war, hatte sie befürchtet, dass auch sie ihrer Mutter ähnlich sehen könnte, aber das war nicht der Fall. Sie sah eher aus wie ein Retro-Hippie – als hätte sie sich für eine Party verkleidet.

»Sekt?«, fragte sie, drehte sich mit ausgebreiteten Armen einmal im Kreis und brachte Kleid und Locken zum Schwingen. Florian Grunwald hatte doch eine Flasche im Kühlschrank hinterlassen. Gern hätte sie einen Baileys getrunken, den liebte sie. Aber Sekt tat es auch.

»Ich könnte einen vertragen«, erklärte Lena und fühlte dem leichten Gefühl auf ihrem Kopf nach. Sie sah aus, als wollte sie gleich zu einem Golfturnier, und *das* war es, was sie früher am allermeisten gehasst hatte: Abschläge üben bis zum Umfallen. Das war Papas Leidenschaft gewesen – die Kirche hatte er gemieden, wo er nur konnte. Doch sie selbst hatte Abschläge noch schlimmer gefunden, als sich nach dem Gottesdienst auf dem Kirchhof zu unterhalten.

»Kommst du?«, rief Michaela aus der Küche und reichte ihr ein Glas, als sie neben sie trat. Michaela sah weich und entspannt aus. Glücklich geradezu.

Während Lena an ihrem Glas nippte, murmelte sie: »Ich wollte dir ja noch etwas sagen.«

Michaela machte ein langes Gesicht. »Du willst weg. Stimmt's?«

Hatte Michaela das wirklich geglaubt? Lena schüttelte den Kopf. »Im Gegenteil.« Sie hob ihr Glas. »Ich will nicht weg. Um ehrlich zu sein, fühle ich mich hier sehr wohl.«

»Das heißt?« Täuschte sie sich, oder zitterte Michaelas Stimme?

»Ich würde bleiben, wenn ich darf. Vorausgesetzt, Herr Grunwald hat nichts –«

Michaelas Umarmung traf sie unvorbereitet. Der Kuss auf die Wange erst recht.

»Na, na«, sagte Lena lachend und hielt ihr Glas in die Luft, damit nichts überschwappte. »Du scheinst dich zu freuen.«

»Und wie! Herrn Grunwald werde ich das schon irgendwie erklären. Ihm sagen, dass wir uns gemeinsam um Pim kümmern. Dagegen kann er doch nichts haben?«

Lena nickte und beschloss spontan, Michaela erst morgen zu erzählen, dass sie heute heimlich die E-Mail ihres Mannes gelesen hatte. Jetzt wollte sie einfach nicht die schöne Stimmung verderben.

Kaum hatten sie sich aus ihrer Umarmung gelöst, hielten sie inne und lauschten. Lena fand zuerst die Sprache wieder. »Hat es eben geklingelt?«

»Bestimmt nicht. Wer sollte das sein?«

Da hörten sie es wieder. Ihr Blick ging parallel zur Uhr. Es war zwanzig nach acht.

»Hallo?«, sagte Lena in die Gegensprechanlage.

»Guten Abend, hier ist Jan Berger«, hörte sie eine männliche Stimme. »Ich bin ein Freund von Herrn Grunwald. Ich war gerade in der Nähe und dachte, ich sehe mal nach Pim. Oder ist es gerade ungünstig?«

»Ungünstig? Nein.« Lena wandte sich zu Michaela um, die mit fragendem Gesichtsausdruck aus der Küche lugte.

»Ein Freund von Florian Grunwald. Will mal nach Pim sehen.«

Michaela sah an ihrem Kleid hinab auf ihre nackten Füße. »Also das passt mir jetzt eigentlich nicht. Soll er doch ein andermal kommen.«

Lena hielt die Sprechmuschel zu und flüsterte: »Er will ja zu Pim und nicht zu dir.«

»Trotzdem.«

»Ach komm«, murrte Lena und dachte an das erste Mal, als sie geklingelt hatte. Da hatte Michaela sie auch einfach weggeschickt. »Ich bin ja auch noch da. Geh doch einfach ins Wohnzimmer, ich fertige den hier schon ab. Geht bestimmt schnell.«

Ehe Michaela etwas entgegnen konnte, drückte sie auf den Türöffner.

»Pim!«, rief sie. »Komm mal her! Du bekommst Besuch!«

Pim kam schwanzwedelnd angelaufen, und auch Michaela gesellte sich zu ihr an die Tür.

»Liebe Lena, *du* kannst diesen Typen nicht in Empfang nehmen«, zischte sie, »du wohnst nämlich gar nicht hier. Schon vergessen? Du bist heute Abend zu Besuch. Verstanden? Erst will ich mit Herrn Grunwald reden.«

Als es klopfte, wedelte Michaela mit den Händen. »Los. Geh ins Wohnzimmer. Besuch stellt sich nicht mit an die Tür und empfängt unangemeldete Leute.«

Lena huschte davon, und Pim sah ihr hinterher. Michaela drückte die Türklinke und stand einem dunkelblonden, bärtigen Mann im khakifarbenen Parka gegenüber, der sie um fast einen Kopf überragte. Sie schätzte ihn auf Mitte dreißig. Sympathische hellbraune Augen richteten sich nach einem kurzen »Hallo, ich bin Jan Berger« auf Pim. Der Hund sprang bellend an ihm hoch.

»Na, mein Guter«, lockte der Mann und ging in die Hocke, »bin ich froh, dich zu sehen.« Er streichelte Pim von oben bis unten, während Michaela nichts anderes tun konnte, als seinen Bart anzustarren.

Als sich der Mann wieder aufrichtete, sagte er: »Und Sie sind also die Aufpasserin?« Seine Augen glitten über Michaelas Locken und das Kleid bis zu ihren blanken Füßen. »Sie habe ich mir ganz anders vorgestellt.«

»Tja«, sagte Michaela und lächelte schief. Sie war irritiert. Irritiert über ihre Reaktion auf diesen Vollbart. Sie hasste doch Bärte. Parkas sowieso. Aber dieser Mann hier war einer der interessantesten Typen, die sie je gesehen hatte. Sie konnte ihn sich als liebevollen Vater mit Baby im Arm und gleichzeitig mit erhobener Faust auf tosender See auf einem

Greenpeace-Schlauchboot vorstellen. In ihrem Bauch kribbelte es.

»Wollen Sie auf ein Glas Sekt reinkommen? Ich habe eine Freundin zu Besuch«, sagte sie. Sie war gekleidet wie Lena, da konnte sie sich auch gleich so benehmen. Innerlich griff sie sich an den Kopf. Hallo? Hast du zu viel getrunken?

Wie auf ein Stichwort streckte Lena den Kopf aus dem Wohnzimmer und winkte. »Hallihallo!«

»Bier tut's auch«, antwortete ihr Besucher, doch Michaela schüttelte den Kopf. »Nur Sekt, leider.«

Jan Berger stellte seine Schuhe im Flur ab und folgte Michaela ins Wohnzimmer. Lena huschte in die Küche und holte Sekt und Gläser. Pim folgte ihnen.

Im Wohnzimmer bot Michaela ihrem Besucher einen Platz an. Was sollte sie nun in Gottes Namen mit ihm reden? Auf einmal fühlte sie sich gar nicht mehr frei und gelöst, sondern befangen. Sicher, sie hätte ihn fragen können, woher er Florian Grunwald kannte, aber war das nicht zu plump? Eher musste *er* sie das fragen. Michaela tastete verlegen nach ihren Haaren und erwartete sehnsüchtig Lenas Rückkehr aus der Küche. Da lächelte Jan Berger sie freundlich an. »Und Sie hüten hier also Pim?«

»Ja genau.«

»Ich war überrascht, als Florian mir das per E-Mail erzählt hat. Mein letzter Stand war, dass seine Schwester den Hund nimmt.«

Michaela hob die Schultern. »Davon weiß ich nichts. Er hatte inseriert.«

Jan Berger betrachtete Pim liebevoll und kraulte dessen Kopf. »Dabei hätte er mich auch fragen können, ich hätte das ganz spannend gefunden.«

Sie sahen beide auf, als Lena aus der Küche zurückkehrte und den Sekt verteilte.

»Nett, Sie kennenzulernen«, sagte Michaela, und sie hoben ihre Gläser.

Erneut schien sich ein unangenehmes Schweigen zwischen ihnen ausbreiten zu wollen, als Lena fragte: »Kennen Sie Pims Herrchen gut?«

»Wir sind Kollegen und Freunde. Wir unterrichten an derselben Schule. Ich bin Lehrer für Geschichte, Erdkunde und Sport.«

Michaela betrachtete ihn verstohlen, während Lena sich mit ihm über das Schulwesen im Allgemeinen, über Cyber-Mobbing und mitunter lästige Eltern unterhielt. Sie wollte dazu gar nichts sagen, schließlich war sie froh, diese Themen für eine Weile hinter sich gelassen zu haben. Was sie viel mehr faszinierte, war Jan Bergers Art zu reden. Er ließ sich ganz und gar auf Lena ein, seine Körpersprache verriet Interesse, seine Hände unterstrichen das, was er sagte, in feinen Bewegungen. Bestimmt war er ein beliebter Lehrer. Michaela konnte sich nur zu gut vorstellen, wie er als Geschichtslehrer seine Schüler anschaulich und perfekt vorbereitet an die Themen heranführte. Sehr angenehm.

Nun ruhte sein Blick plötzlich auf ihr, und sie sah überrascht in rehbraune Augen. »Soll ich mal danach schauen?«, fragte er.

»Oh, ich war gerade mit meinen Gedanken woanders …«, murmelte sie stirnrunzelnd. Wovon sprach er?

»Ihre Freundin sagte, es gäbe Probleme mit der Deckenleuchte im Badezimmer.«

Michaela sah zuerst ihn, dann Lena entsetzt an. »Schon. Aber … das ist doch jetzt wirklich nicht …«

Doch er war schon auf den Beinen. »So was ist schnell erledigt«, sagte er.

Michaela rappelte sich auf. »Na gut, also ... wenn Sie meinen?«

Während sie Jan Berger in Richtung Bad folgte, zeigte sie Lena verstohlen einen Vogel. »Wie kommst du denn auf so eine Idee?«, flüsterte sie.

»Na, ich dachte, bevor du ihn weiter so anstarrst und es peinlich wird, bringe ich dich mal wieder zur Besinnung.« Lena lachte. »Hast du einen im Tee?«

Michaela stolperte hinter Jan Berger her. Das hatte sie wohl tatsächlich. Wie peinlich.

Lena griff zur Sektflasche und goss sich den Rest ein. Sie hatte seit Jahren keinen Sekt getrunken – zuletzt an ihrem sechzehnten Geburtstag und damals reichlich. Sie hatte eine Vespa geschenkt bekommen, ein rotes Teil mit dem Kennzeichen M-M 88. Als sie aus Felding wegging, parkte das Moped in der Einfahrt gleich neben dem silbermetallicfarbenen E-Klasse-Kombi ihrer Eltern. Hinten drin Leos Hundebox.

Sie war seitdem nie mehr Vespa gefahren.

Als Michaela mit Jan Berger wiederkam, strahlten sie um die Wette, als hätten sie bei Günther Jauch die vierundsechzigtausend geknackt.

»Na, Lampe montiert?«, erkundigte sich Lena.

»Hat nur etwas geklemmt«, bemerkte Jan Berger, »die –«, setzte er an, doch weiter kam er nicht, denn in diesem Moment zersplitterte mit einem ohrenbetäubenden Knall die Wohnzimmerscheibe. Es war, als bliebe für einen Moment die Welt stehen. Dann prasselte ein Scherbenregen auf sie nieder, und gleichzeitig ergoss sich Flüssigkeit über sie, kalt und schäumend. Kurz darauf herrschte Stille, die nur durch das kreiselnde Geräusch eines Gegenstands hinter Lenas Sessel unterbrochen wurde.

Michaela kauerte mit Jan Berger neben der Tür, ihre Finger krallten sich in sein Hemd. Alle drei starrten sich mit großen Augen an, und keiner sprach ein Wort. Nur Pim bellte auf einmal wie von Sinnen. Er sprang aufs Sofa und kläffte hysterisch die Glasscherben an. Eine Schicht Splitter überzog den Läufer und das Parkett, dazu ergoss sich weißer Schaum über den Boden bis hin zum Sofa. Geruch von Bier machte sich breit wie in einem schlecht gelüfteten Festzelt.

Lena war als Erste auf den Füßen, machte einen großen Schritt über Schaum und Scherben, rannte in die Küche, deren Fenster zur Straße hinausging. Sie kniff die Augen zusammen. Wer war dieser Typ auf der anderen Straßenseite? Wütend und hasserfüllt blickte er sie unter einer Kapuze hervor an. Wenige Meter von ihm entfernt glotzten Passanten mit offenen Mündern, ihre Blicke wanderten zwischen ihm und dem Haus hin und her. Lena konnte ihre Aufmerksamkeit nicht von seinen Augen lösen. Blau und kalt. Es war Pavel. Eindeutig. Im selben Moment hörte sie Bewegung im Flur. Ihr neuer Bekannter sprintete in Socken durch die Wohnungstür nach unten, gefolgt von Michaela, die barfuß war, und Pim, der noch immer laut kläffte.

Wenige Sekunden später rannte auch Pavel los.

Nur mit Mühe kehrte Lena dem Fenster den Rücken und ging auf wackligen Beinen zurück zum Wohnzimmer, wo sie in der Tür stehen blieb. Es war ein Schlachtfeld. Der Geruch nach Bier hing in der Luft wie in einer Brauerei, der Rumpf einer Flasche mit halb abgerissenem Etikett lag neben dem Sessel. Er hätte jemanden treffen können mit diesem Geschoss. Am Kopf. Tödlich. Lena ließ sich am Türrahmen zu Boden sinken, und während das Blut in ihren Schläfen pulsierte, wurde ihr schwarz vor Augen.

»Lena?« Jemand tätschelte ihre Wangen.

Sie hob den Kopf und sah in Michaelas besorgtes Gesicht. Erst jetzt bemerkte sie, dass Pim ihr die Hand leckte. Benommen sah sie sich um. Neben Michaela standen zwei Beamte in Uniform. Ein junger und ein älterer. »Ist alles in Ordnung?«, wollte der Ältere wissen.

»Sie hat sicher einen Schock«, antwortete Jan Berger.

»Wir müssen sauber machen«, murmelte Lena.

»Gar nichts machst du«, widersprach er, nahm sie sanft beim Arm und zog sie auf die Füße. »Am besten legst du dich hin.« Lena betrachtete ihn erstaunt. Sie hatte gar nicht mitbekommen, dass sie zum Du übergegangen waren. An Michaela gewandt fragte er: »Kann ich sie in dein Bett legen? Sie ist wirklich blass um die Nase.«

»Ich alarmiere die Kollegen von der Rettung«, schlug der ältere Polizist vor. »So, wie es aussieht, gibt es doch Verletzte.«

»Nein, bitte nicht«, flüsterte Lena. »Ich will mich nur hinlegen.«

Der Mann schaute skeptisch drein. »Wie Sie meinen. Dürfte ich vorher Ihre Personalien aufnehmen?«

Michaela runzelte die Stirn. »Wozu? Sie ist nur mein Gast.«

»Aber auch eine Zeugin. Und vielleicht galt der Anschlag ihr und nicht Ihnen.«

Michaela riss ungläubig die Augen auf. Was redete dieser Mensch da für einen Unsinn? »Weder noch! Das war ein Irrer. Schnappen Sie lieber diesen Kerl.«

»Darum kümmern sich unsere Kollegen, glauben Sie mir. Wenn Sie mir den Namen und die Anschrift Ihrer Freundin nennen, reicht mir das fürs Erste.«

Michaela sah ihn kopfschüttelnd an. Sie kannte Lenas vollständigen Namen nicht. Schon gar nicht ihre Adresse. »Ich weiß nur, dass sie Lena heißt«, sagte sie, während sie und der Beamte Jan und Lena ins Schlafzimmer folgten. Sein jüngerer Kollege blieb im Wohnzimmer und machte Fotos.

»Junge Frau, wie ist denn Ihr Name?«, wandte sich der Beamte an Lena, die inzwischen auf dem Bett saß. Er klang wie ein Arzt in der Notaufnahme.

»Magdalena von Hohenkamp«, sagte Lena leise. »Meine Adresse ist Mailänder Straße zwölf.«

»Haben Sie eine Ahnung, wer der Flaschenwerfer gewesen sein könnte? Jemand aus Ihrem persönlichen Umfeld?«

Sie schüttelte den Kopf. »Nein.«

»Haben Sie Streit mit jemandem?« Der Beamte sah fragend in die Runde, doch alle hoben ratlos die Schultern.

Michaela hatte noch an Lenas adligem Namen zu knabbern. Immerhin hatte sie während Lenas Telefonat mit Barbara Nales gedacht, Lena mache einen Spaß.

»Und Sie? Wie heißen Sie?«, wollte der Polizist wissen.

»Michaela Michalsen.«

»Sind Sie Hauptmieterin dieser Wohnung?«

»Nein. Nicht direkt. Ich wohne hier nur vorübergehend.«

Der Beamte wandte sich an Jan. »Also sind Sie der Hauptmieter?«

»Nein. Ich kam nur zufällig vorbei. Ich wollte nach dem Hund sehen.«

Alle drei blickten auf Pim, der zu Lenas Füßen saß, seine Schnauze ruhte auf ihrem Knie.

»Gut«, nickte der Beamte, der offensichtlich gar nichts verstand. »Und wo ist der eigentliche Mieter?«

»Er ist auf einer Weltreise«, versuchte Michaela zu erklären. »Florian Grunwald. Ich passe auf die Wohnung und auf den Hund auf.« Ihr war mit einem Mal entsetzlich schwindelig. Sie hielt sich am Türrahmen fest und sah Jan dabei zu, wie er Lenas Beine aufs Bett hob. Lena wirkte ganz fremd mit den glatten Haaren, dem Poloshirt und der Jeans. Gar nicht wie Lena. Eher wie eine Magdalena.

Plötzlich war Jan Berger an ihrer Seite. »Du siehst aus, als ob du auch gleich umkippst.«

Sie blickte ihn unsicher an. Dieses freundliche Gesicht, an dem sie sich gar nicht sattsehen konnte. Bist du eigentlich noch ganz normal?, schalt sie sich. In solch einer Situation waren diese Gedankengänge doch völlig absurd.

»Soll ich ehrlich sein?«, hauchte sie. »Ich fühle mich auch so.«

»Meine Güte«, murmelte er und nahm sie beim Arm. »Ab ins Bett. Es ist ja zum Glück breit genug.«

»Und Sie wohnen eigentlich – wo?«, erkundigte sich der Polizist bei Michaela.

»Marillenweg siebenunddreißig in Eschersbach.« Als sie die Augen schloss, glaubte sie, in einem Karussell zu liegen. In einem von diesen Dingern, die sich wirklich schnell drehten. Wellen-Kettenkarussell in High Speed.

»Einen Eimer«, murmelte sie und spürte, wie ihr die Kehle eng wurde.

Jan Berger sprintete los.

Nein, o nein, dachte sie. *Nicht kotzen*. Nicht neben Lena. Nicht vor diesen Männern.

Sie hörte, wie Jan in der Küche rumorte, vernahm klirrendes Geschirr. Mit letzter Kraft setzte sie sich auf und versuchte, sich zusammenzureißen. Doch es half nichts – der Inhalt ihres Magens ergoss sich in die gelbe Porzellanschüssel, die Jan Berger ihr in genau diesem Moment unters Kinn hielt. Lena neben ihr regte sich nicht. So hatte sie sie auch noch nie erlebt. Der Beamte verschwand mit einem kurzen »gute Besserung« in Richtung Wohnzimmer.

Jan legte seine Hand auf ihre Schulter. »Mach dir keine Sorgen, als Lehrer bin ich Kummer gewohnt.« Aus seiner Hosentasche fischte er ein Papiertaschentuch und wischte ihr das Kinn ab.

Auch das noch, dachte Michaela und legte sich zurück auf die Kissen, während er mit der Schüssel verschwand. Was für ein Alptraum. Das Karussell hatte sich nun in ein sachte schaukelndes Boot verwandelt. Es war erträglich. Sie tastete nach Lenas warmer Hand und drückte sie sanft. Keine Reaktion.

»Braucht ihr noch was?«, fragte Jan, als er zurückkam und ihr die Decke aus dem Wohnzimmer überlegte – unter ihren Kopf schob er ein Sofakissen. Danach ging er zu Lenas Seite. »Sie schläft«, murmelte er.

»Bringst du mir bitte einen Schluck Wasser?«, bat Michaela mit geschlossenen Augen.

»Nee, nee, nichts da«, entgegnete er. »Der Magen muss sich erst mal beruhigen.«

Dasselbe sagte sie auch immer zu Karla. Sie nickte lächelnd. »Okay.«

»Ich geh dann mal rüber zu den Polizisten«, verkündete er und legte seine Hand auf ihre Stirn. Gern hätte er sie da liegen lassen können. Der Geruch seiner Haut streifte Michaelas Nase. Ein holziger Duft.

»Ich komme gleich nach«, flüsterte sie.

Sie haben eine neue Nachricht
10. August 2014
Von: Bea Bern
An: Michaela Michalsen

Michi,
eine Frage: *Warum* hast du dieses Mädchen bei dir behalten? Du hast so schnell Vertrauen zu ihr gefasst. Vertrauen, das andere sich über Jahre erarbeiten mussten, hast du ihr leichtfertig geschenkt. Hast du nicht gemerkt, dass sie ein unehrlicher Mensch war? Eine Betrügerin? Eine Diebin? Dass sie dir das Liebste nehmen würde, das du hattest? Sie sah so harmlos aus mit ihren Zöpfchen und Grübchen – so, wie du sie mir beschrieben hast, hätte man meinen können, sie wäre ein Engel. Aber das war sie nicht. Sie war der leibhaftige Teufel.
Bea

20

Als Lena am Freitagmorgen erwachte, spürte sie Michaela neben sich liegen und lauschte für einen Moment ihrem gleichmäßigen Atem. Die Luft war stickig, auch wenn der säuerliche Geruch verflogen war. Sie schlief sonst bei geöffnetem Fenster, doch gestern Abend hatte sie sich nicht mehr rühren wollen aus Angst, Michaela könnte aufwachen und ihr Fragen stellen. Vielleicht, ob sie den Flaschenwerfer erkannt hatte. Aber von Pavel hatte sie ihr ja gar nichts erzählt. Lena setzte vorsichtig die Füße aus dem Bett und achtete darauf, dass die Wassermatratze nicht zu sehr ins Schaukeln geriet. Der Wecker zeigte sechs Uhr dreißig. Die Polizei würde sicher nicht lange brauchen, um festzustellen, dass unter der von ihr angegebenen Adresse jemand wohnte, der zu der Täterbeschreibung passte, und dass sie selbst dort gar nicht gemeldet war – dass dafür aber der Name Magdalena von Hohenkamp nicht gerade mit positiven Pressemitteilungen verbunden war. Sie war aber auch zu blöd. Warum hatte sie denen nicht einfach ihre Adresse in Berlin genannt? Da war sie wegen ihres Rucksacks nicht zu den Bullen gegangen, und jetzt hatte sie doch wieder mit denen zu tun. Dabei hatte sie zwar nichts zu befürchten – sie war schließlich nicht auf der Flucht oder so. Doch sie wollte mit der Polizei einfach nie wieder zu tun haben.

Lena tappte zur Schlafzimmertür.

»Pim?«, rief sie leise – doch er kam nicht angelaufen wie sonst. Sie ging durch den Flur in die Küche, wo sein Körbchen stand. Es war leer. Auf dem Tisch lag ein Zettel, eine Nachricht von Jan Berger, der gestern sicher mehrmals bereut hatte, jemals hier geklingelt zu haben.

Liebe Michaela, schrieb er, *Pim habe ich mitgenommen. Ich bringe ihn nach dem Unterricht bei dir vorbei, melde dich vorher, ob es dir passt. Viele Grüße, Jan.*

Dahinter eine Handynummer. Obwohl Lena nicht danach war, musste sie lächeln. Er war ein cooler Typ. Wie aus einer Bierwerbung. Sie ging zurück ins Schlafzimmer und ließ die Tür zum Flur offen stehen, damit Licht ins Zimmer fiel. Aus dem Kleiderschrank nahm sie ihre langen Kleider – fünf Stück waren es – und legte eins nach dem anderen ans Bettende. Sie sahen hübsch aus: bunt, lang, weiblich. Lena betrachtete ihr Spiegelbild. Noch immer trug sie die Klamotten von gestern. Sie hätte nicht sagen können, warum, aber die alte Lena hatte sich gestern verabschiedet. Vielleicht konnte Michaela ihre Kleider gebrauchen.

Sie griff nach der braunen Hose und dem gelben T-Shirt in ihrem Schrankfach, steckte beides zusammen mit ihrer Unterwäsche in den Rucksack, nahm nach kurzer Überlegung eine Jeans und zwei schwarze Shirts von Michaela heraus und schloss den Schrank so leise wie möglich.

Im Wohnzimmer roch es unerträglich nach Bier. Als stünde sie am Kotti zwischen all den Säufern. Es schien Jahrzehnte her zu sein, dass sie dort war. Damals dachte sie, es sei ihre gerechte Strafe, solch ein Leben zu führen.

Die kaputte Fensterscheibe zur Straße hin sah aus wie der offene Rachen eines Hais, aber der Boden schien gewischt worden zu sein. Bestimmt hatte Jan Berger die halbe Nacht geackert. Der arme Kerl. Hatte nichts ahnend geklingelt, um nach Pim zu schauen, und war unvermittelt in eine Art Straßenschlacht geraten. Was er sich wohl denken mochte? Lena schnupperte. Warum roch es hier eigentlich noch immer so penetrant? Sie tappte zum Sessel, griff an die feuchte Rückenlehne und roch an ihren Fingern. Aha. So ein verdammter Mist. Und sie war schuld.

Sie ging ins Bad und schrieb Michaela mit Kajal eine Nachricht auf den Badezimmerspiegel. *Danke für alles, Lena.*

Sicher hätte sie bleiben können. Aber sie legte keinen Wert auf ein einziges weiteres Verhör in ihrem Leben. Sie hätte vor Michaela zugeben können, dass dieser Anschlag ihr, Lena, gegolten hatte, und erklären, warum. Aber sie ertrug das nicht. Wenn sie mit irgendwelchen Erklärungen rausrücken musste, würde sie mit allem herausrücken müssen.

Der Weg durch die menschenleeren, nassen Straßen, auf denen sich das Licht der vorbeifahrenden Autos reflektierte, führte sie an einer Bäckerei vorbei. Eine korpulente Frau in roter Schürze entriegelte gerade die Tür und entließ Brötchenduft nach draußen. Lena kaufte ein warmes Croissant und einen Kaffee, setzte sich damit dreihundert Meter weiter und zwei Rolltreppen tiefer in die fast menschenleere Haltestation der U-Bahn und beschloss, mit dem Sparen aufzuhören. Wenigstens das. Sie hatte zehn Jahre lang gesühnt.

Sie fuhr in die Innenstadt und hockte sich mit ihrem Rucksack so lange vor die Commerzbank, bis ein Herr in dunklem Anzug die Tür öffnete und ihr einen guten Morgen wünschte. Am Geldautomaten hob sie tausend Euro ab, anschließend suchte sie eine Mitarbeiterin hinter einem Paravent auf und beantragte eine Kreditkarte. Im Ausland konnte das Ding nicht schaden.

»Wie lange dauert es, bis alles kommt?«, fragte sie.

»Höchstens eine Woche«, erklärte die Dame, auf deren Namensschild Franziska Maicher stand.

»Prima, lassen Sie die Karte und die PIN bitte hier in die Filiale kommen, ich hole sie ab, wenn sie da sind.«

Frau Maicher nickte und machte sich eine Notiz. »Wie können wir Sie erreichen?«

»Ich frage in fünf Tagen nach.«

Frau Maicher warf noch einen Blick auf die Kopie von Lenas Ausweis und schob ihr eine Visitenkarte zu. »Kann ich sonst noch etwas für Sie tun, Frau von Hohenkamp?«

»Nein danke.« Lena steckte die Visitenkarte in ihre Hosentasche, griff nach Rucksack und Beutel und hängte sich beides über.

Als sie durch die Schalterhalle zum Ausgang lief, sah sie auf ihre Armbanduhr. Es war zwanzig nach zehn, und sie wusste nicht, wohin sie gehen sollte. Zur Arbeit konnte sie nicht. Auch wenn Pavel höchstwahrscheinlich nicht vor der Ladentür auf sie wartete und es sogar möglich war, dass er inzwischen verhaftet worden war – sie wollte kein Risiko eingehen.

Denk um, befahl sie sich, als sie auf den Bürgersteig trat. Du kannst dir jedes Hotel leisten. Du kannst shoppen gehen, dich neu einkleiden. Du kannst dir die Haare schneiden, sie färben lassen, dir eine neue Identität zulegen, zumindest eine, bei der du keine Angst haben musst, dass Pavel dich erkennt. Du musst nicht einmal hierbleiben, bis deine Kreditkarte verfügbar ist. Du kannst für fünf Tage in ein Wellnesshotel im Taunus gehen.

So verlockend war das allerdings auch nicht. Was sollte sie da, im Bademantel und Stoffpantoffeln auf einer Hotelliege, auf dem Schoß eine Frauenzeitschrift? Lena stand regungslos auf dem Bürgersteig vor der Commerzbank und ging einem anderen Gedanken nach, der an ihrer Hirnrinde kitzelte. Eine Adresse und zwei Namen.

Marillenweg siebenunddreißig.

Karla. Jonathan.

Bevor sie eine weitere Entscheidung traf, wollte sie gern etwas in Erfahrung bringen. Ob diesem Jonathan auch zuzutrauen war, dass er sich an Michaelas Mädchen einen runterholte. Es war ja nicht jede so tough wie sie. Schon gar nicht eine Zwölfjährige. Wenn sie auch sonst alles verbockt hatte – wenigstens das würde sie richtig machen.

21

Eschersbach war eines dieser hessischen Dörfer, von denen Lena auf ihrer Fahrt durch den Taunus mit Michaela einige gesehen hatte. Klein, verwinkelt, kurvenreich. In der Mitte eine Kirche, das Kopfsteinpflaster gespickt mit Flicken von Teer, die wie zufällig ausgegossen die Straßen zierten. Schmale Bürgersteige führten neben schmucken Fachwerkhäuschen auch an Häusern vorbei, die einen neuen Anstrich bitter nötig gehabt hätten. Lena war mit Wohnhäusern groß geworden, deren Front und Rückseite riesige Holzbalkone zierten. Dazu Blumenkästen voller roter Geranien.

»Ihre Großeltern werden das Erbe verwalten, bis Sie volljährig sind, Frau von Hohenkamp«, hatte der Notar gesagt. Da war sie gerade für nicht schuldig erklärt worden. »Nicht unschuldig, aber gestraft genug«, waren die Worte des Richters gewesen. Oma Inge hatte geweint.

Lenas Taxi bog am Ende des Ortes in eine Straße am Feldrand ein. Sie fuhren an einer Reihe Garagen vorbei, ehe der Wagen noch einmal nach links abbog, in eine kleine Stichstraße, die an einem Rondell mit Blumenbeet in der Mitte endete. Rings um das Rondell scharten sich Reihenhäuser, die aussahen wie geklont.

»Marillenweg siebenunddreißig«, sagte der Taxifahrer und hielt in dem Rondell an. »Macht achtzehn fünfzig.«

Lena zog das Portmonee aus ihrem Beutel und gab ihm einen Zwanziger. »Stimmt so.«

»Quittung?«

»Nein danke.«

Sie öffnete die Autotür und zog ihren Rucksack mit sich, sagte »Tschüss« und schlug die Tür des Mercedes hinter sich zu.

Auf den Stufen des Hauses mit der Nummer siebenunddreißig saß ein Mädchen mit Kopfhörerstöpseln im Ohr. Sie fasste Lena neugierig ins Auge. Das haselnussbraune Haar des Mädchens reichte ihr über die Schultern, sie trug dunkle Leggings und einen senffarbenen, kurzen Rock. Ihr Gesicht zierte eine kleine Stupsnase.

In Lenas Bauch pochte die Aufregung. Sie fühlte sich wie eine Spionin.

Das Mädchen nahm einen Kopfhörerstöpsel aus dem Ohr und fragte: »Kann ich helfen?«

Die Ähnlichkeit mit Michaelas Art zu reden war verblüffend.

*

Als Michaela vom Schlafzimmer in den Flur trat, traf der Geruch nach Bier ihre Nase unvorbereitet.

»Das ist ja ekelhaft«, murmelte sie und tappte in die Küche, um dem Ursprung des Geruchs nachzugehen. Der Anblick des unaufgeräumten Raums erstaunte sie. Die Auflaufform mit den angetrockneten Resten des Bohnen-Hühnchen-Gerichts stand auf der Anrichte. Die Teller stapelten sich in der Spüle, daneben drei Sektgläser, ein Korken, eine leere Sektflasche. Der Tisch war nicht abgewischt. War sie angezogen ins Bett gegangen, ohne hier sauber zu machen? Doch von alldem kam der schreckliche Biergeruch nicht. Sie hatte doch auch gar keines hier! Bier kam ihr nicht ins Haus, sie hasste es.

Sie trat an den Tisch und griff nach dem Zettel, der dort lag. Eine Nachricht von Lena. Michaela fokussierte die fremde Schrift. Nein, nicht von Lena. Von Jan. Michaela hob den Kopf und betrachtete die drei Sektgläser. Jan? Der Name sagte ihr nichts. Warum hatte er Pim mitgenommen? Und von welchem Unterricht sprach er?

Michaela ging zurück in den Flur und setzte bedächtig ihren Gang durch die Wohnung fort. In der Tür zum Wohnzimmer blieb sie stehen. Was … Entsetzt öffnete sie den Mund.

Das Bild, das sich ihr bot, ergab keinen Sinn. Die Fensterscheibe war zerbrochen, ein leichter Wind wehte von der Straße ins Zimmer, der orientalische Läufer fehlte. Neben ihrem nackten Fuß lag eine kleine Scherbe. Michaela bückte sich und hob sie auf. Sie entdeckte bei ihrem Gang durchs Wohnzimmer noch weitere kleine Splitter. Die Rückseite des Sessels wies dunkle Flecken auf. Michaela ging in die Hocke, schnupperte an dem Möbelstück und verzog das Gesicht. Bier.

Als es klingelte, rappelte sie sich hoch und hielt sich an der Sessellehne fest. Der Schwindel war unerträglich. Als stünde sie auf einem wankenden Schiff. Sie hangelte sich durch den Flur.

»Hallo?«, sagte sie in die Gegensprechanlage.

»Kriminalpolizei, Holzer. Dürfen wir bitte reinkommen?«

Wie bitte? Polizei? Michaela blinzelte und wandte den Kopf zum Wohnzimmer. Was war denn nur …?

»Hallo? Würden Sie bitte die Tür öffnen?«, schallte es wieder durch den Hörer.

Sie drückte auf den Türöffner und überprüfte ihr Spiegelbild im Flurspiegel. Ihre Locken sahen aus wie bei einer Shirley Temple, die gerade aus dem Bett gestiegen war. Oder wie bei dieser Sängerin von den No Angels, Lucy. Die trug allerdings nie lange Kleider. Ihres war zerknittert. Warum hatte sie darin geschlafen? Und was war nur mit ihrem Kopf? Sie fühlte sich so benommen wie zuletzt an ihrem Geburtstag.

Der Mann an der Tür trug eine Uniform und sagte: »Ich hätte gern kurz noch einmal mit Ihrer Freundin gesprochen.«

Der Mann sprach in Rätseln. Ihre Freundin? »Meinen Sie meine Freundin Bea? Bea Bern?«

Er sah sie merkwürdig an, dann schaute er aufs Klingelschild. »Sie sind doch Frau Michalsen von gestern Abend?«

Sie nickte. Er kannte sie also. Von gestern Abend.

»Und gestern hatten Sie Besuch von Ihrer Freundin Magdalena von Hohenkamp.«

Sie hob eine Augenbraue. Aha! Er meinte Lena. Warum war ihr das nicht gleich eingefallen?

»Sie ist schon weg, bei der Arbeit, nehme ich an. Was wollen Sie denn von ihr?« Sie musste sich doch erinnern, verdammt noch mal! In ihrem Kopf flogen die Gedanken durcheinander. Waren sie gestern vielleicht noch mal weggegangen und hatten bei ihrer Rückkehr übersehen, was hier passiert war? Aber dann wäre doch nicht die Polizei …

Sie musste achtgeben, dass sie keinen hysterischen Anfall bekam. Was war hier passiert? Fehlte ihr jetzt ein ganzer Abend?

»Wir haben die Adresse überprüft, die Ihre Freundin angegeben hat. Frau von Hohenkamp ist dort weder gemeldet, noch wohnt sie dort. Stattdessen wohnt da ein Herr Pavel Ivezić. Sagt Ihnen der Name etwas?«

Michaela wagte nicht, zu antworten. Kannte sie ihn? Ihr Kopf dröhnte. Vielleicht ja, vielleicht nein.

»Ich glaube nicht«, erklärte sie schließlich. Wenn nur ihr Herz nicht so heftig schlagen würde. Und sie musste etwas trinken. Ihr Mund war strohtrocken.

Der Polizist schien von ihrem Zustand nichts zu merken. »Würden Sie den Mann wiedererkennen, dem Sie gestern hinterhergerannt sind?«, fragte er.

Michaela betrachtete ihre Füße und versuchte, den Schmerz in ihrem Kopf zu verdrängen. Gerannt war sie? Jetzt, da er es sagte, spürte sie, dass ihre Fußsohlen schmerzten. Sie hätte den Beamten gern gefragt, warum sie einem Herrn Ivezić oder sonst wem hinterherrennen sollte, aber vermutlich hatte das mit der zerbrochenen Scheibe zu tun. Lena hatte ihr die Haare gemacht, sie hatten gegessen. Für die Zeit danach war Leere in ihrem Kopf. Aber weshalb? Sie spürte Tränen aufsteigen. Jetzt nur nicht heulen. Reiß dich zusammen, Michaela. Ruhig. Atme!

Sie holte tief Luft. »Ich glaube, ich habe einen Blackout«, flüsterte sie.

»Soll ich einen Arzt rufen?«, fragte Herr Holzer und griff in die Innentasche seiner Jacke.

Bloß nicht, dachte Michaela. »Ich brauche nur eine Migränetablette«, murmelte sie und setzte sich in Richtung Bad in Bewegung. Möglicherweise hatte sie noch einen Streifen in ihrem Kulturbeutel. Vielleicht war es das. Sie hatte schon so lange keine Attacke mehr gehabt. Mit einem Mal wurde ihr furchtbar schlecht, und sie griff sich an die Kehle.

»Wissen Sie, wo Ihre Freundin arbeitet? Dann schicke ich jemanden hin!«, rief der Polizist hinter ihr her.

»Bei Hufnagel an der Hauptwache«, sagte Michaela, schloss die Badezimmertür hinter sich und beugte sich über die Toilettenschüssel. Viel kam nicht. Das, was kam, schmeckte bitter und brannte im Hals.

Nach einer Weile klopfte es. »Ist alles in Ordnung mit Ihnen?«

Michaela versuchte, den Speichelfaden loszuwerden, kaute an ihrer Unterlippe und spuckte ihn schließlich fort. O Gott, diese Kopfschmerzen.

»Ich komme gleich!«, rief sie – ihre Stimme hallte blechern in der Kloschüssel wider. Als sie den Kopf hob und sich zum Waschbecken aufrichtete, las sie Lenas Nachricht. Sie starrte kopfschüttelnd darauf. *Danke für alles?* Was sollte das jetzt wieder bedeuten? Michaela spülte den Mund mit Wasser aus und trank ein paar kleine Schlucke. Dann las sie die Botschaft noch einmal. Leider sorgte es für keine neue Erkenntnis.

»Wie schon gesagt, sie wird bei der Arbeit sein«, wiederholte sie, als sie aus dem Bad kam. Sie hatte in einem Winkel ihres Waschbeutels noch eine letzte Migränetablette gefunden und hoffte, dass sie bald wirkte. Dazu gehörten aber ein abgedunkeltes Schlafzimmer und Ruhe. Wie sollte sie die bekommen, mit einer kaputten Scheibe und einem in Bier getränkten Sessel? Sie musste jemanden anrufen. Einen Glaser. Oder die Versicherung. Solche Dinge hatte sie gar nicht mit Florian Grunwald besprochen.

»Habe ich Anzeige erstattet?«, erkundigte sie sich bei dem Beamten.

»Nein«, antwortete der. »Sie müssten den Verwalter informieren, der kann Anzeige erstatten. Es ist ja genau genommen die Scheibe des Hauseigentümers.«

Sie nickte langsam. Ja, richtig. Sie musste sich um diese Dinge kümmern. Aber wie, mit solch einem Schädel? Sie dachte an die Notiz auf dem Küchentisch. Wer immer dieser Jan war, vielleicht konnte er ihr helfen? Nachdenklich sah sie den Beamten an. Ob er von ihm wusste? Vielleicht war dieser Jan auch erst aufgetaucht, als die Polizei schon fort war. Womöglich wohnte er im Haus? Es half alles nichts, sie musste, sobald es ging, diese Nummer wählen.

»Sie denken also, dass ein Bekannter meiner Freundin hier die Scheibe eingeworfen hat?« Michaela versuchte dem, was dieser Herr Holzer von sich gegeben hatte, einen Sinn zu verleihen.

»Noch ist es nur ein Verdacht. Zur Tatzeit war er nicht zu Hause. Da Sie gestern Abend so rasch eingeschlafen sind, hat Herr Berger uns eine Täterbeschreibung gegeben.«

Sie konnte es nicht fassen. Sie war eingeschlafen, als die Polizei da war? Und wer war nun wieder Herr Berger? Sie fühlte sich wie die Zuschauerin einer Verwechslungskomödie. Bei jedem Szenenwechsel tauchten neue Personen auf, die der Geschichte eine andere Wendung gaben. Aber diesen Beamten konnte sie unmöglich danach fragen. Michaela presste die Finger auf ihre Lider. Sie brauchte Ruhe. Vielleicht kam dann die Erinnerung wieder? Doch aus Erfahrung wusste sie, dass es manchmal Jahre brauchte, bis die Bilder auftauchten. Und es war nicht immer schön, was man zu sehen bekam.

Sie verabschiedete den Beamten, der vermutlich als Nächstes Lena bei der Arbeit aufsuchen würde. Sicher war er nicht besonders zufrieden mit ihrer Aussage und ihrem Verhalten. Aber was sollte sie tun?

Sie holte einen feuchten Waschlappen aus dem Bad, griff in der Küche nach dem Zettel mit der Telefonnummer und nahm beides mit ins Schlafzimmer, wo sie sich hinlegte und den Waschlappen auf ihrer Stirn plazierte. Wenn der Kopfschmerz wieder einen klaren Gedanken zuließ, würde sie diesen Jan anrufen. Bis dahin konnte sie nur die Augen schließen.

22

Lena suchte noch nach einer passenden Antwort auf Karlas Frage, ob sie ihr behilflich sein könne, da hörte sie das Klackern hoher Absätze hinter der Haustür. Eine große blonde Frau öffnete. Ihr Aussehen erinnerte Lena an Veronica Ferres. Sie trug eine hellbraune Ledertasche über der Schulter und sah Lena missmutig an.

»Na, das fängt ja gut an«, sagte sie mit Blick auf ihre Armbanduhr.

Konnte das diese Bea sein? Sie hatte sie sich ganz anders vorgestellt. Irgendwie netter.

»Sind Sie Bea …?«, fragte sie dennoch. Sie würde sich gleich erklären. Dass sie nur nach Karla sehen wollte und ausrichten, dass es Michaela gutging.

»Ja, genau die. Ich hatte Sie schon vor einer Stunde erwartet. Jetzt muss ich leider weg, ich habe mit der Kleinen einen Termin beim Kieferorthopäden.«

»Ich bin nicht klein, Bea«, murrte das Mädchen und stand vom Boden auf. Einer der Kopfhörer baumelte nach unten. Sie war wirklich nicht klein, sondern fast so groß wie Lena. Und sie wirkte sehr erwachsen.

»Ich weiß zwar nicht, wovon Sie reden, aber ich kann auch später noch mal wiederkommen«, sagte Lena. Was sie nicht tun würde. Ihr klopfte das Herz jetzt schon bis zum Hals, sie hatte keinen Grund, hier zu sein. Karla war ja putzmunter. Eher würde sie bei der Nachbarin klingeln und ihr sagen, sie solle ein Auge auf ihren Jonathan haben.

Doch kaum hatte Lena diesen Gedanken zu Ende gedacht, griff Bea nach ihrem Rucksack und stellte ihn mit Schwung hinter sich in den Hausflur.

»Am besten, Sie kommen gleich mit«, befahl Bea und zog die Tür hinter sich zu. »Dann wissen Sie auch wo der Kieferorthopäde ist – ich gehe davon aus, dass Karla noch öfter dorthin muss. Sie hat einen Überbiss, meiner Meinung nach wird sie eine feste Spange bekommen, falls noch was zu retten ist.«

»Mama hat noch nie was von einem Überbiss gesagt«, beschwerte sich Karla. »Deswegen früher aus der Schule zu kommen ist totaler Schwachsinn.«

»Du willst dir sicher nicht dein Profil versauen, indem du eines Tages aussiehst wie eine von den Simpsons.« Bea schüttelte den Kopf und wandte sich wieder an Lena. »Wie war noch mal Ihr Name? Isabella?«

Ohne eine Antwort abzuwarten, lief sie zielstrebig auf die Einmündung der Stichstraße zu – offenbar wollte sie zu den Garagen vorn um die Ecke. Sie fischte im Laufen einen Schlüsselbund aus ihrer Tasche und klimperte mit dem Anhänger, als würde sie Karla und Lena so hinter sich herrufen. Karla verdrehte die Augen und verzog den Mund. Dann eilte sie Bea hinterher.

Lena blieb vor der Haustür stehen und sah den beiden nach. *Leck mich am Arsch*. Das hatte Michaela also damit gemeint, als sie sagte, ihre Freundin wüsste jederzeit, was gut für jemanden war. Was die wohl beruflich machte? Domina wahrscheinlich.

Lena hockte sich oben auf die dreistufige Treppe und stützte ihr Kinn in die Hände. Kurz darauf kam Bea ohne Handtasche, aber noch immer mit klimperndem Schlüsselbund die Stichstraße entlanggelaufen und stemmte die Hände in die Hüften. »Kommen Sie?«, rief sie. »Wir haben einen Termin!«

»Ich hasse Zahnärzte!«, rief Lena zurück und rührte sich nicht von der Stelle. »Ich warte hier.« Die hatte ja wohl einen an der Waffel.

Bea sah sie eine Sekunde lang sprachlos an, dann kehrte sie Lena den Rücken und dampfte wieder ab.

Lena meinte das Wort »Schnepfe« zu hören, aber sicher war sie sich nicht.

Sie blieb auf der Stufe sitzen. Die Sonne kam zwischen den Wolken hervor und wärmte den Platz vor der Haustür. Hätte Lena Zugriff auf ihren Rucksack gehabt, wäre sie gleich wieder abgehauen. Mit so einer Ober-Kontrolleurin würde sie keine zwei Minuten freiwillig verbringen.

Lena rutschte so weit nach hinten, bis sie auf der Fußmatte ankam und sich anlehnen konnte. Sie hatte schon einmal so vor einer Tür in der Sonne gesessen. Mit ähnlich schlechter Laune.

»Lena?«, rief ihre Mutter vom Balkon über der Haustür nach unten. »Kannst du mir sagen, was du da treibst?« Schon wieder hatte sie diesen ätzenden Tonfall drauf.

»Ich sonne mich!«

»Wir haben zwei riesige Balkone und einen Garten, und du sitzt vor der Tür. Warum?«

Weil sie hoffte, dass Lars vorbeikam und sie ansprach. Vielleicht würde sie ihn fragen, ob er ihr in Mathe helfen konnte. Oder vielleicht würde sie mit ihm Musik hören.

Weiter kam sie nicht mit ihren Träumereien, denn hinter ihr ging die Tür plötzlich auf, so dass sie halb in die Diele fiel.

»Ich möchte, dass du auf der Stelle reinkommst«, befahl Mama. »Vertrödle nicht deinen Tag, du hast noch genug zu tun.«

Hatte sie. Klavier üben, Hausaufgaben, Tennis. Zum Glück hatte Papa aufgehört, sie mit Golf zu quälen. Und zum Gottesdienst musste sie auch nur noch an den Feiertagen. Vielleicht hatte Mama begriffen, dass Lena es sich nicht mehr verkneifen konnte, dem Pfarrer oder sonst wem bei den Gesprächen auf dem Kirchhof die Frage zu stellen, ob sie allen Ernstes an die Schöpfungsgeschichte glaubten.

»Ich möchte hier sitzen bleiben«, widersprach sie. Lars hatte gerade frisch an der Uni in München angefangen, und sie sah ihn so selten. Vielleicht kam er zufällig auf seinem Rennrad vorbei. Allein der Gedanke an ihn bereitete ihr ein solches Wohlgefühl, dass ihr alles andere egal war. Sie war fast sechzehn.

»Magdalena, ich begreife dich einfach nicht«, sagte Mama und sah hinüber zum Haus von Frau Leber-Schädler, deren Gardine wackelte. Deren Tochter Johanna, die zwei Jahre jünger war als Lena, machte immer genau das, was Frau Leber-Schädler ihr sagte. Dachten Mama und Frau Leber-Schädler zumindest.

Die Tür hinter ihr fiel ins Schloss, und Lena reckte ihr Gesicht wieder in die Sonne. Wenn Lars vorbeikam und ihm dabei seine dunklen Haare in die Stirn fielen, wäre das der beste Tag ihres Lebens.

Sie wurde von einem klappernden Geräusch zurück in die Gegenwart geholt. Rechts von ihr, an der Eingangstür des Nachbarhauses, tauchte eine rundliche Frau auf, deren blondgesträhntes Haar um ihre Wangen pendelte und deren Füße in dunkelblauen Ballerinas steckten, die ihr mindestens eine Größe zu klein waren.

»Hallo«, grüßte Lena.

Die Frau sah sie fragend an. »Warten Sie auf jemanden?«

»Ich warte darauf, dass mir jemand die Tür aufschließt und ich meinen Rucksack bekomme. Der steht im Flur«, antwortete Lena.

»Michalsens sind aber nicht da.«

»Ich weiß.«

Es war der Frau deutlich anzusehen, dass sie rein gar nichts verstand.

Lena rappelte sich auf die Füße. »Sagen Sie, dürfte ich bei Ihnen mal die Toilette benutzen? Ich mache mir gleich in die Hose.« So schlimm war es nicht, aber wer wusste denn, wann Bea und Karla wieder auftauchten? Und es wäre eine erstklassige Gelegenheit, etwas über diesen Jonathan zu erfahren. Falls das seine Mutter war.

Die Unsicherheit, die ihre Frage bei der Frau auslöste, zeichnete sich deutlich auf deren Gesicht ab. Vielleicht überlegte sie, ob Lena eine Trickbetrügerin war und sie ausrauben wollte. Doch dann sagte sie: »Na ja, kommen Sie rein.«

Lena machte einen Schritt über den länglichen, mit Rosen bepflanzten Blumenkübel, der die beiden Hauseingänge voneinander trennte, und folgte der Frau ins Haus. Im Flur hingen Fotos der Familie. Mutter, Vater, kleiner Junge. Er sah wirklich süß aus mit seinen Sommersprossen und lockigen dunklen Haaren. Die Toilette befand sich direkt hinter der Eingangstür. Es war eine dieser blitzsauberen Vorzeige-Gästetoiletten mit Apfelseife und Vanille-Duftkerze. Sie hatten zu Hause auch so eine Gästetoilette gehabt. Statt einer Duftkerze hatte ihre Mutter dafür gesorgt, dass immer eine frische

Schnittblume in einer schmalen Vase auf dem Fensterbrett stand.

Lena riegelte ab und setzte sich. Sie hörte, wie die Frau im Flur herumwuselte. Vermutlich wollte sie Lena nicht aus den Augen lassen, nicht dass sie am Ende die Duftkerze mitgehen ließ.

»So, erledigt«, erklärte Lena, nachdem sie sich mit der Apfelseife die Hände gewaschen hatte und wieder in den Flur getreten war. »Danke schön.« Dann deutete sie auf die Fotos an der Wand. »Ihr Sohn?«, fragte sie.

»Ja, das ist unser Jonathan.« In der Stimme der Frau schwang Stolz mit.

»Wie alt?«, fragte Lena.

»Vierzehn«, sagte die Frau und betrachtete Lena neugierig. »Ich habe eben nicht richtig geschaltet, aber Sie sind wahrscheinlich die Haushälterin, die Frau Bern organisiert hat.«

Ach, jetzt wurde ihr einiges klar. »Man hat mich schon als vieles bezeichnet«, sagte Lena, »aber als Haushälterin noch nie.«

»Ich dachte, das sagt man jetzt so. Putzfrau darf man schließlich nicht mehr sagen. Außerdem sollen sie ja nicht nur putzen. Frühstück machen vor allem, na ja, und Wäsche waschen natürlich. Abendbrot. Mehr kann man nicht verlangen, hat Frau Bern gesagt. Oder haben Sie auch Erfahrung in Nachhilfe?«

Lena grinste. »Ich kann alles. Sogar Haare schneiden.«

Die Frau verzog anerkennend den Mund. »Na gut. Wollen Sie weiter draußen warten? Oder hier drin? Möchten Sie etwas trinken?«

»Och, ein Kaffee wäre nett.« Lena streckte die Hand aus. »Ich bin übrigens Lena.«

»Ach ja«, murmelte die Frau, offenbar verlegen, dass sie selbst nicht darauf gekommen war, sich vorzustellen. »Regina Rooney, hallo.«

Lena folgte ihrer neuen Bekanntschaft in die Küche, wo diese den Kaffeevollautomaten anschaltete. Aus dem Kühlschrank holte sie eine Packung Bio-Vollmilch und stellte zwei mintgrüne Becher dazu.

»Wo haben Sie denn gelernt?«, wollte Regina Rooney wissen, während sie den ersten Becher unter die Brüheinheit des Automaten stellte und einen zweiten Knopf betätigte. Das Mahlwerk verursachte augenblicklich einen ohrenbetäubenden Lärm.

Lena wartete ab, bis es vorbei war. »Gelernt?«, fragte sie.

»Ihre Ausbildung. Frau Bern sagte, die Agentur vermittelt nur ausgebildete Kräfte«, sagte Regina und reichte ihr die Tasse.

Agentur. Soso. Man hatte also eine Alternative zum Jonathan-Debakel gesucht. Sehr gut.

Zu Regina Rooney sagte sie lächelnd: »Natürlich habe ich eine Ausbildung. Ich habe bei der Familie von Hohenkamp in Felding bei München gelernt. Ein vornehmes Haus mit bestem Ruf. Sie hatten eine rebellische Tochter, aber was will man machen.«

»Karla ist nicht rebellisch, das werden Sie sehen. Ein sehr liebes und selbständiges Mädel – aber allein lassen kann man sie natürlich noch nicht.«

Lena spielte das Verwechslungsspielchen gern weiter mit. »Wo sind denn die Eltern?«, fragte sie höflich.

»Das erzählt Ihnen am besten Frau Bern, wenn sie wiederkommt. Weit kann sie ja nicht sein, wenn Sie verabredet waren.« Sie hob den Kopf und lugte aus dem Küchenfenster nach draußen. »Na also. Da kommen sie schon. Oje. Da ist mal wieder Kampfstimmung angesagt.«

Lena stellte sich neben Regina Rooney ans Fenster. Die beiden waren aber erstaunlich schnell wieder zurück. Karla lief drei Meter hinter Bea und machte ein bitterböses Gesicht. Bea nicht weniger.

»Ich sollte vielleicht rausgehen und Bescheid sagen, dass ich hier bin«, sagte Lena. Ihr Unwohlsein war bei Beas und Karlas Anblick augenblicklich zurückgekehrt. Sie musste so schnell wie möglich wieder verschwinden.

Regina Rooney nickte und nahm Lena den Becher ab. »Wir werden bestimmt noch öfter die Gelegenheit haben, uns zu unterhalten. Gehen Sie erst mal rüber, Frau Bern wird Ihnen jede Menge zeigen wollen.«

Als sie nach draußen kamen, schloss Bea gerade die Haustür auf und hielt Karla dabei am Arm. »Ach, da sind Sie ja.« Sie zog bei Lenas Anblick die Nase kraus. Ihr Blick war abschätzend und kühl, als wollte sie Lena andeuten, dass sie den Ton von vorhin keineswegs billigte. Sollte sie. Die Scharade hatte jetzt sowieso ein Ende.

Karla schüttelte Beas Hand ab. »Ich bin so froh, wenn du endlich weg bist!«, zischte sie, während Lena über den Blumenkübel stieg und schon den Mund aufmachte, um Bea um ihren Rucksack zu bitten. »Das nervt alles so! Du denkst, wir könnten da einfach so ohne einen richtigen Termin reinlatschen? Echt! Denen meinen angeblichen … wie hieß das? … als Notfall zu verkaufen, also, das war so was von peinlich!«

Bea sah Karla eine Sekunde lang mit verkniffenem Mund an, dann zog sie das Mädchen ins Haus und schlug Lena die Tür vor der Nase zu. Damit war ihr Rucksack noch immer außer Reichweite.

Regina hob die Schultern. »Die beiden haben nicht das beste Verhältnis.«

Von drinnen hörte Lena ein Wortgefecht. Offenbar war Bea auch mit dem Ton, den Karla ihr gegenüber anschlug, nicht einverstanden, vor allem nicht »vor dieser Trulla da draußen!«.

Nach einer Weile gedämpfter Diskussion öffnete sich die Tür abermals, und Karla sagte zu Lena: »Sie glauben gar nicht, wie froh ich bin, dass Sie da sind!«

Hinter ihr stand Bea mit verschränkten Armen und zornigem Gesicht.

Lena konnte nur sprachlos den Mund öffnen, da machte Karla auch schon auf dem Absatz kehrt, und Lena hörte, wie das Mädchen eine Treppe nach oben lief. Eine Tür knallte – dann war Stille.

»Die hat ja Dampf unterm Hintern«, sagte Lena anerkennend zu Bea, die mit wütendem Blick Karla hinterhergesehen hatte.

»Dampf? Rotzfrech ist sie! Verwöhnt bis zum Gehtnichtmehr. Sagt kein Bitte und kein Danke!«

»Vielleicht wollte sie einfach nur gefragt werden, ob sie zum Kieferorthopäden möchte«, sagte Lena.

Bea sah sie unschlüssig an. Sie schien zu überlegen, ob Lenas Bemerkung ironisch gemeint sein könnte. Dann winkte sie ab und sagte: »Kommen Sie rein und lassen Sie uns die Formalitäten erledigen.« Ohne ein weiteres Wort verschwand sie aus Lenas Sichtfeld.

»Ich kann diesen Job nicht machen!«, rief sie hinter Bea her. Sie hätte natürlich einfach ihren Rucksack schnappen können – aber sie wollte zu gern noch sehen, wie diese Bea von ihrem hohen Ross runterkam.

Bea kehrte mit klackernden Absätzen in die Diele zurück. »Hören Sie, ich habe wirklich absolut keine Zeit für diese Spielchen. Ich muss morgen früh nach Köln, ich habe den ganzen Tag Führungen. Es ist undenkbar, dass Sie jetzt abspringen.«

»Alles ist denkbar«, widersprach Lena, tat einen Schritt ins Haus und griff nach ihrem Rucksack. »Ich war nämlich noch gar nicht aufgesprungen.« Sie schwang ihr Gepäck über ihre Schulter und hob die Hand zum Gruß. Sie würde bis vorn zur Hauptstraße laufen. Den Bus nehmen oder ein Taxi.

Bea sperrte die Augen auf. »Das können Sie nicht machen. Sie haben einen Vertrag!«

Hinter ihr tauchte Karla auf und schob sich an ihr vorbei. »Darf ich kurz mal mit Ihnen reden?«, bat sie Lena.

Lena runzelte die Stirn. »Mit mir?«

Karla lief barfüßig zur Mitte des Wendehammers. »Bitte!«, rief sie auf diese schüchterne Michaela-Art.

Lena ließ den Rucksack von der Schulter gleiten und folgte ihr. »Was ist denn?«, fragte sie und sah zu Bea, die sie mit verschränkten Armen und zusammengekniffenen Lippen von der Haustür aus beobachtete.

Karla zupfte an ihrem Rock. »Bitte bleiben Sie! Ich möchte unbedingt, dass sie geht!«

»Aber sie geht doch sowieso. Sie hat mir gesagt, dass sie dringend nach Köln zurückmuss.«

»Ja, aber es muss jemand hier sein, hat mein Vater gesagt. Er ist auch in Köln, weil er dort arbeitet, und er kommt abends immer ganz spät nach Hause.«

»Wo ist denn deine Mutter?« Mein Gott. Irgendwie musste sie das doch fragen. Jeder andere hätte es auch gefragt.

»In einer Kur. Zur Erholung.«

»Ich verstehe. Aber kann sich denn nicht in der Nachbarschaft jemand kümmern? Du bist doch nicht mehr so jung, dass du ständig eine Betreuerin brauchst.«

Karla schien sich nicht über Lenas Frage zu wundern. Stattdessen begann sie vertraulich zu flüstern. »Papa bleibt manchmal auch über Nacht weg. Deshalb hat er Bea gebeten zu kommen. Sie ist furchtbar zu mir. Total streng. Und sie schnüffelt in allem rum, aber ich traue mich gar nicht, das meinem Vater zu sagen, weil er eh schon so viele Sorgen hat.«

Lena warf einen Blick zurück zu Bea. Hätte Michaelas Freundin einen Bikini getragen, hätte sie ausgesehen wie eine Amazone aus einem Comic. Fehlte nur noch die Kalaschnikow über der Schulter. Karlas Papa war also in Köln, während Bea hier war. Das sprach nun wirklich nicht für eine Affäre.

»Bitte!«, flehte Karla noch einmal und sah sie so treuherzig an, dass sie Lena fast zum Lachen brachte.

Wie sollte sie dem Mädchen die Bitte abschlagen? Aber sich einfach hier einschmuggeln? Da konnte sie sich gleich Mrs. Doubtfire nennen.

»Pass auf«, schlug sie vor, »ich bleibe noch. Aber ich kann nicht versprechen, für wie lange. Und ob ich mit deinem Papa klarkomme, weiß ich auch noch nicht.«

Karla faltete die Hände und grinste glücklich zum Himmel. »Danke, danke«, hauchte sie und hüpfte zurück zur Haustür.

»Sie bleibt«, raunte sie Bea triumphierend zu, und husch, war sie wieder die Treppe nach oben verschwunden.

*

»Magdalena von Hohenkamp«, las Bea von Lenas Personalausweis ab, als sie kurz darauf am Küchentisch saßen. Sie warf ihr einen anerkennenden Blick zu. »Sind Sie adlig?«

»Na ja, ich bin Freifrau, aber das war's dann auch schon. Wir haben keinen Draht zu diesen Kreisen.« Nur wenn sie auf andere Vons und Zus getroffen waren, wie Cornelius' Eltern, bewunderte man gegenseitig die Hirschgeweihe an den Wänden.

»Wieso sind jetzt Sie gekommen und nicht« – Bea pochte auf den vor ihr liegenden Vertrag – »Isabella König?«

»Ich nehme an, die war verhindert«, antwortete Lena. Offensichtlich war sie verhindert. Oder sie klingelte gleich, und es gab einen fliegenden Wechsel.

»Was sagen denn Ihre Eltern dazu, dass Sie als Haushälterin arbeiten?«

»Ich bin sechsundzwanzig, da frage ich meine Eltern nicht mehr.«

Bea sah wieder auf den Ausweis, als wolle sie das Geburtsdatum überprüfen. »Gut, Frau von Hohenkamp«, murmelte sie.

»Sagen Sie Lena, das ist mir lieber.«

Bea sah auf. »Lena? Aha.« Sie lächelte versonnen. »Scheint in Ihrer Altersklasse ein beliebter Name zu sein.«

Lena legte mit klopfendem Herzen den Kopf schräg. »Kennen Sie noch andere Lenas in meinem Alter?«

»Nur eine, aber die ist eine ganz Durchtriebene. Versucht auf subtile Art, mir meine Stellung streitig zu machen.« Bea lächelte sinnierend. »Hätte nie gedacht, dass so ein Blumenmädchen das fertigbringt. Aber sicher hat sich das bald erledigt.«

Sie schwiegen für einen Moment, während Lena händeringend nach Worten suchte, die sie nicht verrieten. Vor allem lag ihr auf der Zunge zu fragen: »Welche *Stellung?*« Stattdessen fragte sie: »Müssen Sie deshalb so dringend wieder zurück nach Köln?«

»Nein, deshalb nicht.« Bea legte Lenas Ausweis beiseite und erhob sich. »Ich packe dann mal zusammen, damit ich morgen früh pünktlich loskomme.«

»Wann kommt Herr Michalsen?« Auf den war Lena besonders gespannt. Wenn das auch so ein Klugscheißer war, dann gute Nacht.

Bea sah auf die Küchenuhr. »Jede Minute. Freitags kommt er früher nach Hause. Jedenfalls, wenn ich hier bin.«

Sie haben eine neue Nachricht
13. August 2014
Von: Bea Bern
An: Michaela Michalsen

Meine Maus,
es kommt mir vor, als sei es eine Ewigkeit her, dass Lena zum ersten Mal vor deiner Tür in Bockenheim auftauchte und sich zwischen uns stellte. So lange her, als müsste es draußen schneien, dabei ist es erst August. Ich bin davon überzeugt, dass alles noch so wie früher wäre, wenn sie nicht aufgetaucht wäre. Ohne sie hättest du nicht den Verstand verloren, und ohne sie hättest du diesen Jan Berger nicht kennengelernt. Was ungefähr auf dasselbe hinausläuft.
Und dass sie wegen Karla in Eschersbach aufkreuzte, weil sie sich *sorgte?* Darüber könnte ich so laut lachen, dass man es bis nach Abu Dhabi hört. Aber lassen wir das, ich nehme an, du würdest sowieso lieber übers Wetter reden. Heute ist der Himmel von einem stählernen Blau, keine einzige Wolke ist in Sicht. Mich zieht es trotzdem nicht in den Garten. Stattdessen sitze ich am PC und warte auf eine Nachricht von dir. Aber du antwortest nicht. Das macht mürbe, Michi. Dennoch schreibe ich unermüdlich weiter. Vergiss nicht: Die Einzige, die immer für dich da war, bin ich.
Gerade höre ich Klappern aus der Küche, ich schätze, es gibt gleich Abendbrot. Immer um 18 Uhr.
In trüben Gedanken an meine beste Freundin
Bea

23

Als Michaela zu sich kam und auf die Uhr sah, war es Nachmittag. Die Kopfschmerzen waren verflogen, stattdessen hatte sie Watte im Kopf, und ihre Lider waren so schwer, als seien sie mit Blei gefüllt.

»Ach du meine Güte«, murmelte sie. »Ich brauche einen Schnaps oder einen Eimer kaltes Wasser über den Kopf.«

Vorsichtig drehte sie sich auf die Seite und griff nach dem Zettel und ihrem Telefon.

Die Stimme, die am anderen Ende »Jan Berger« sagte, hatte sie noch nie gehört. Sie hatte gehofft, dass seine Stimme irgendetwas in Gang setzte, doch dem war nicht so.

»Hier spricht Michaela Michalsen«, tastete sie sich vor. Vielleicht duzten sie sich. Die Unterschrift auf dem Zettel ließ es vermuten.

»Hallo, Michaela. Bin gerade nach Hause gekommen. Wie geht es dir?«

»Gut«, antwortete sie zögerlich.

»War die Polizei noch mal da?«

»Ja. Ein Polizist war hier und wollte Lena sprechen«, sagte sie. Er würde sie doch auch kennengelernt haben, oder?

»Du hörst dich ziemlich erschöpft an.«

»Ja. Das Ganze nimmt mich etwas mit.«

»Ich komme gleich mal vorbei. Wir müssen uns um eine neue Fensterscheibe kümmern.«

»Ich weiß.«

»Soll ich Pim mitbringen oder ihn lieber hierlassen? Was meinst du?«

An den Hund wollte sie momentan gar nicht denken. Ein simples Gassigehen erschien ihr wie eine unlösbare Aufgabe. »Wenn er noch bei dir bleiben könnte, wäre das schön.« Es war merkwürdig, wildfremde Leute zu duzen. So wie damals, als sie zu ihrer ersten Pflegefamilie kam.

»Brauchst du sonst noch irgendwas? Soll ich was mitbringen? Etwas zum Essen?«

An essen hatte sie noch gar nicht gedacht. »Der Kühlschrank ist voll, ich brauche nichts, danke.«

»Gut, dann … Bis gleich.«

Sie legte ihr Smartphone beiseite und rollte sich wieder zurück ins Kissen. Ob sie es schaffen würde, zu duschen? Bestimmt roch sie nicht gut. Im Zeitlupentempo hob sie die Füße aus dem Bett, setzte sich auf und schaltete die Nachttischlampe an. Als sie sich mit beiden Händen zum Aufstehen abstützte, fiel ihr Blick auf Lenas Kleider, die nebeneinander über dem Fußende des Bettes lagen, als habe sie am Morgen nicht entscheiden können, welches sie anziehen sollte.

Michaela schob sich an den Kleidern vorbei und ging in Richtung Bad. Bis jetzt fühlte sich ihr Magen ganz gut an – wenn sie Glück hatte, war sie nach einer Scheibe Toast wiederhergestellt und konnte sich darüber Gedanken machen, was sie zum Abendessen kochen sollte. Heute war auf jeden Fall sie dran.

Als sie im Bad wieder die Worte *Danke für alles, Lena* auf dem Spiegel erblickte, setzte sie sich auf den Toilettendeckel und starrte die schmierige Schrift an. Sie hatte sie am Morgen schon gesehen, ihr aber keinerlei Bedeutung beigemessen.

Zumindest hatte sie die Nachricht nicht verstanden. War das ein Abschiedsgruß?

Michaela ging zurück ins Schlafzimmer und lugte in die Ecke neben dem Kleiderschrank, wo Lena ihren Rucksack aufbewahrte. Er war fort. Ebenso der Wecker vom Nachttisch. Im Bad fand sie weder Lenas Zahnbürste noch ihre Haargummis oder Slipeinlagen. Auf der Ablage entdeckte sie stattdessen Lenas Ersatzschlüssel für die Haustür.

»Ich verstehe überhaupt nichts mehr«, murmelte Michaela, riss Klopapier von der Rolle und wischte über Lenas Worte, doch sie verschmierte nur alles. Erst mit Glasreiniger löste sich der fettige Stift, und sie hatte wieder klare Sicht. Michaela schlüpfte aus Kleid und Unterwäsche und drehte die Dusche an. Sie brauchte verdammt noch mal einen klaren Kopf. Hatte Lena nicht gesagt, sie wolle *bleiben?*

Während Michaela heißes Wasser über ihren Körper laufen ließ und ihre Nervenbahnen endlich wieder Reaktionen zeigten, überlegte sie, ob sie vielleicht einen Arzt aufsuchen sollte. Keinen Psychologen, sondern einen Neurologen. Einen, der sie in eine Röhre schob und nachsah, ob mit ihrem Kopf alles stimmte. Womöglich drückte ihr ein Tumor auf einen Nervenstrang, der für die Erinnerungen zuständig war. Vielleicht wusste sie in der nächsten Minute schon nicht mehr ihren Namen oder das Land, in dem sie lebte. Oder noch schlimmer, sie kippte um, und das war's dann. Michaela griff nach dem Shampoo und schäumte ihr Haar ein. Sie hoffte, dass das nicht passierte. Und sie glaubte auch nicht, dass sie einen Tumor hatte – trotz der Kopfschmerzen am Morgen.

Ich glaube eher, dass du schon wieder kurz davor bist, durchzudrehen, sagte sie stumm. Von wegen, du bist in deiner Mitte. Dass ich nicht lache.

Sie stieg aus der Dusche, lauschte in die Stille der Wohnung und griff nach einem Handtuch. Hoffentlich gab Jan Berger ihr noch ein paar Minuten. Sie wollte sich die Haare föhnen, so, wie Lena es ihr gestern gezeigt hatte. Und sich ein bisschen Farbe ins Gesicht pinseln, sie sah aus wie ein Gespenst. Michaela griff zu dem Lockengel und knetete es in ihr Haar, danach hielt sie sich den Diffuser von allen Richtungen an den Kopf, und tatsächlich: Ihre Locken sprangen wie Popcorn in der Mikrowelle. Als sie den Föhn ausschaltete, betrachtete sie sich im Spiegel und lächelte sich zu. Es machte sie jünger. Das war ihr gestern neben Lena gar nicht aufgefallen. Michaela griff zum Kajalstift und wollte eben den ersten Strich ziehen, als es klingelte. Mist. Sie legte den Stift zur Seite und tuschte in Windeseile ihre Wimpern, dann huschte sie in den Flur. Der Geruch nach Bier ließ sie erneut vor Ekel die Augen zukneifen. Sie nahm den Hörer der Gegensprechanlage ab. »Ja?«

»Ich bin's, Jan«, schallte es ihr entgegen.

Sie drückte auf das Schlüsselsymbol und eilte ins Schlafzimmer, nahm BH und Slip aus der Schublade, zog beides an, so schnell sie konnte, und stellte sich vor den Schrank. Ihr Blick jagte über die Reihen ihrer Hosen und Shirts. Bevor sie sich für etwas entscheiden konnte, klingelte es wieder, und sie griff hinter sich zum Bett, zog in einer fließenden Bewegung eines von Lenas Kleidern über den Kopf und war wenige Sekunden später an der Tür. Einmal tief durchatmen. Klinke drücken.

Der Hüne vor ihr lächelte mit den wärmsten hellbraunen Augen auf sie herab, die sie je gesehen hatte. Dunkelblonde Haare. Ein kurzer Vollbart mit einem leichten Rotstich. Ach du lieber Himmel.

»Du bist also Jan?«, fragte sie. Dass sie sich an ihn nicht erinnern konnte, war unfassbar.

»Na, wer denn sonst?« Er lachte. »Darf ich reinkommen?«

»Natürlich.« Sie trat zur Seite und machte ihm den Weg frei. Er nahm eine Umhängetasche von der Schulter, zog seine Red Wings aus und hängte seinen Parka an die Garderobe.

»Es riecht ja noch ziemlich erbärmlich hier«, stellte er mit gerümpfter Nase fest.

»Ja, ich glaube, der Sessel muss raus.«

Er griff nach seiner Tasche und klopfte mit der flachen Hand darauf. »Ich hab einen Polsterreiniger besorgt. Das kriegen wir hin.«

Während Michaela die Küche aufräumte, hörte sie, wie Jan Berger den Sessel einsprühte und durchs Wohnzimmer wischte, weil der Boden noch immer klebte.

»Schau dir das an«, sagte er, als er im Spülbecken graues Wischwasser mit klitzekleinen Scherben entleerte. »Wenigstens klebt es jetzt nicht mehr, und der Geruch wird auch immer weniger. Du hast doch bestimmt ein nettes Parfum, das wir versprühen können.«

Michaela schüttelte den Kopf. »Frische Luft ist bestimmt das Beste, und von der haben wir reichlich.« Bloß kein Parfum, ihr wurde sonst sofort schlecht. Nach einer Migräne ertrug sie das nie.

»Apropos«, sagte Jan und lief in den Flur zu seiner Tasche, »ich habe einen Glaser ausfindig gemacht, der schnell liefern kann. Er kommt nachher um sechs noch zum Ausmessen vorbei, dann verklebt er das Loch, damit es nicht reinregnet.« Er reichte ihr einen Zettel mit einer Telefonnummer und fragte: »Hast du inzwischen etwas gegessen? Du bist noch immer ganz blass.«

Ehe sie antworten konnte, nahm er wie selbstverständlich alles in die Hand und steckte zwei Scheiben Toast in den Toaster.

»Bist du oft hier?«, erkundigte sie sich.

»Nur manchmal. Ich gehe eigentlich lieber auf ein Bier in eine Kneipe, aber Florian will halt nicht immer den Hund allein lassen.«

»Ist Pim jetzt bei dir in der Wohnung?«

»Ja. Sobald du dich besser fühlst, bringe ich ihn wieder vorbei, aber es hat wirklich keine Eile. Ich bin morgen den ganzen Tag an der Hauptwache und verteile Flyer, da kann ich ihn mit hinnehmen.« Er sah auf die Uhr. »Wie ging es eigentlich Lena heute Morgen? Ist sie gut nach Hause gekommen?«

Michaela sah ihn zögernd an. Offenbar hatten sie ihm nicht erzählt, dass Lena quasi hier gewohnt hatte.

»Sie hätte zur Arbeit gemusst. Ich habe gar nicht mitbekommen, wie sie gegangen ist. Sie hat mir eine Nachricht hinterlassen, aber …« Auf einmal fiel ihr etwas ein. »Die Polizei hat heute Morgen nach ihr gefragt, aber sie war schon fort. Angeblich kannte Lena den Flaschenwerfer. Ist das nicht seltsam?«

Jan bestrich den Toast mit Butter, stellte ihn vor Michaela auf den Tisch und setzte sich ihr gegenüber. »Na, das hätte sie dir doch erzählt, ihr seid doch Freundinnen.«

Stimmt. Nach seinem Wissensstand klang das logisch. »Der Beamte sagte, ich sei diesem Typen hinterhergerannt?«

Jans Augen weiteten sich. »Weißt du das nicht mehr?«

»Tja, also ich …« Sie sah hilflos auf ihre Hände. »Vielleicht hatte ich einfach zu viel Sekt intus.«

Er schüttelte lachend den Kopf. »Ihr habt auf mich völlig

nüchtern gewirkt! Aber wenn ich bedenke, dass ihr beide auf einmal eingeschlafen seid, wo jeder normale Mensch unter Adrenalin gestanden hätte – ihr hattet wohl echt einen sitzen.«

»Peinlich, oder?«, sagte Michaela und bemühte sich um einen zerknirschten Tonfall.

Er strich sachte über ihren Arm, seine Hand war warm und weich. »Ist schon okay. Vielleicht war es einfach die frische Luft. Lena wird sich schon melden, wenn sie Feierabend hat.«

Michaela hoffte es. Das *Danke für alles* auf dem Badezimmerspiegel hatte sich so endgültig angehört. Sie biss in das Brot und kaute. Es tat gut, etwas in den Magen zu bekommen und diesen Jan Berger bei sich zu haben. Sie kam sich so verloren vor ohne Lena. Jan Berger vermittelte Wärme und Sicherheit. Und irgendwie fand sie ihn attraktiv. Auf eine Art, wie sie schon lange keinen Mann mehr anziehend gefunden hatte. Vermutlich war das ein Zeichen für ihre erneut aufkeimende Verwirrung. In Situationen wie diesen fühlte man sich normalerweise doch wirklich nicht von fremden Männern angezogen.

Jan Berger griff in seine Gesäßtasche und zog ein Smartphone heraus. »Ich hab im Wohnzimmer die Versicherungsunterlagen gefunden. Ich rufe da mal kurz an. Danach muss ich los zu Pim, der will bestimmt raus.«

Michaela nickte und lächelte dankbar, knabberte an ihrem Toast, während sie ihm beim Telefonieren zuhörte. Danach hatte sie ein ziemlich genaues Bild vom Verlauf des Vorabends und zudem die Sicherheit, dass alles regelbar war.

Jan betrachtete sie aufmunternd und erhob sich. »Schaffst du den Rest allein?«

Sie nickte und fragte sich, was ihn wohl dazu bewog, sich so um sie zu kümmern. Vermutlich wegen Florian Grunwald. Es war ja seine Wohnung. Zum Abschied strich er ihr liebevoll über die Wange.

Kurz nachdem Jan Berger fort war, kam der Glaser und maß das Fenster aus – Anfang der Woche konnte sie mit dem Einbau einer neuen Scheibe rechnen. Ein neuer Teppich war sicher auch schnell besorgt. Und der Geruch war erträglich geworden. Sie waren mit dem Schrecken davongekommen – die wirklich Leidtragende schien Lena zu sein, und wo die Arme sich nach diesem Schock verkrochen hatte, konnte sie nicht einmal ahnen.

Michaela brühte sich einen Tee und sah nachdenklich aus dem Küchenfenster auf die belebte Leipziger Straße.

Männer mit Bart hatten ihr doch noch nie gefallen.

24

Nur wenige Minuten nachdem Bea gesagt hatte, David Michalsen käme gewiss bald nach Hause, hörte Lena einen Schlüssel in der Haustür. Entgegen ihrer Erwartung sprang Bea jedoch nicht sofort auf, um ihn zu begrüßen, sondern blieb mit ihr am Tisch sitzen.

»Mal sehen, was er dazu sagt, dass ich meine Drohung wirklich wahr gemacht habe«, sagte sie und lächelte Lena konspirativ zu.

»Drohung?«, fragte Lena. »Weiß er nicht, dass jemand –«

»Guten Abend«, sagte eine Stimme hinter ihr, die halb erstaunt, halb neugierig klang.

Lena wandte sich zu ihm um. Der Mann war kein Nerd. Er trug einen dunkelblauen Anzug mit weißem Hemd und braune Halbschuhe. Unter dem Stoff des Jacketts zeichnete sich ein sportlicher Körper ab. David Michalsen war etwa eins fünfundachtzig groß, braunhaarig und durchtrainiert kompakt.

»Darf ich dir Lena von Hohenkamp vorstellen, David?«, sagte Bea und wies auf Lena, »euer neues *Kindermädchen.*« Das Wort Kindermädchen sprach sie aus, als meinte sie damit »Depp vom Dienst«.

Wenn David Michalsen überrascht war, so ließ er sich nichts anmerken.

»Kindermädchen«, murmelte er, »soso.« Er verstaute den Schlüssel in seiner Jacketttasche, ging auf Lena zu und gab ihr die Hand – ein fester Händedruck von jemandem, der es gewohnt war, den Leuten Sicherheit zu vermitteln.

»Ich bin David Michalsen«, sagte er, »und Sie sind also die Ablösung.« Er setzte sich auf einen der Stühle und schlug lässig die Beine übereinander. »Hat Frau Bern Ihnen erklärt, worum es geht?«

Sollte er von Bea mit dieser Aktion unangenehm überrascht worden sein, so verbarg er es gekonnt.

Lena sah ihn fragend an. »Kind versorgen, Haushalt …?«

»Exakt. Und uns gegen die Hyänen in unserer Nachbarschaft verteidigen, die meiner Tochter einreden wollen, dass sie ihnen über jeden meiner Schritte Auskunft zu geben hat.«

Lena hob die Augenbrauen. »Okay …«

Seine Augen funkelten belustigt. »Wie alt sind Sie?«

»Sechsundzwanzig.«

»Kommen Sie hier aus der Nähe?«

»Nein, also … ich habe zuletzt in Berlin gewohnt.«

»Ah. Berlin. Wo genau?«

»Kreuzberg.«

»Kreuzberg. Hippes Pflaster.«

Lena lächelte. »Es ist bunt.«

»Wie viel Erfahrung haben Sie mit Kindern?«

Lena sah ihn verschreckt an. Seine Fragen kamen ja wie aus der Pistole geschossen. Was sollte sie denn antworten? Dass sie mit Kleinkindern Sandkuchen gebacken hatte?

»Ich habe jahrelang –«

»Sie hat jede Menge Erfahrung«, schaltete Bea sich ein. »Die Agentur vermittelt nur Kräfte, die sich bewährt haben. Und ob es dir passt oder nicht, ich fahre morgen.«

»Wer sagt denn, dass es mir nicht passt, Bea?«, fragte David Michalsen und sah Lena noch einmal prüfend an. »Sie sind gekleidet wie meine Frau«, bemerkte er noch. »Karla?«, rief er daraufhin in den Flur. »Karla, kommst du mal?«

Lena hörte das Trappeln von Füßen auf der Treppe, und kurz darauf saß Karla auf seinem Schoß. Sie schmiegte sich an ihn wie ein kleines Mädchen. Einige von Lenas Freundinnen waren mit zwölf auch so verschmust mit ihren Eltern gewesen, sie selbst jedoch nie.

»Darf sie bleiben, Papa?«, bat Karla mit einem filmreifen Augenaufschlag, der Lena zum Lachen brachte.

»Ich habe nichts dagegen. Aber du musst dich benehmen. Kein Weglaufen, keine Suchaktionen im Dorf.«

Es war nur ein kurzer, verstohlener Blick, den Karla Bea zuwarf. Dabei verengten sich ihre Augen, sie schob das Kinn ein winziges Stück nach vorn. Als würde sie ihr am liebsten an die Gurgel gehen. Dann drehte sie sich zu ihrem Vater um, gab ihm einen Kuss auf die Wange und sagte: »Versprochen.«

Bea zeigte Lena das Haus. Sie begannen unterm Dach im »Elternschlafzimmer«, wie Bea süffisant bemerkte. Das Bett war gemacht, jedoch nicht ordentlich glattgestrichen, wie Lena es von Michaela gewohnt war. Neben der Tür lagen einige Kleidungsstücke auf dem Boden: Männerunterwäsche, schwarze Socken und eine Jeans. An das Schlafzimmer grenzte ein Duschbad, es roch nach Aftershave. Im mittleren Stockwerk lag Karlas Zimmer, ein großer Raum mit Fensterfront zu dem Rondell vorm Haus. Daneben, getrennt durch den Flur, ein weiß-blaues Bad mit Wanne und einem Wäscheständer voller Klamotten. Daran grenzte eine Art Arbeits- und Bügelzimmer, auf dem Schreibtisch stapelte sich zusammengelegte Wäsche in mehreren Haufen, und an der Wand hing der Kunstdruck eines Impressionisten. Ansonsten zierten die Wände Regale voller Aktenordner und Reihen von Figürchen aus Überraschungs-Eiern.

»Ach herrje. Wer putzt denn diesen ganzen Plunder?«, fragte Lena und dachte an Michaela, die vermutlich jedes Teilchen mit einem Pinsel abstaubte.

Bea Bern warf ihr einen verdutzten Blick zu. »Gehört das nicht zu Ihren Aufgaben?«

»Doch, doch, ich liebe Putzen«, versicherte Lena eilig. »Aufräumen sowieso. Und Bügeln.« Sie lief schnell weiter, bestimmt hatte sie eine rote Birne bekommen. Sie musste aufpassen, was sie sagte. Wenn Bea einen Verdacht hegte, sie könne das Blumenmädchen Lena sein, das ihr angeblich die »Stellung« streitig machte, war garantiert der Teufel los.

Im Keller roch es nach Waschpulver und Weichspüler.

Bea schien darauf vertraut zu haben, dass Hilfe nahte, denn auf dem Boden lagerten Kleiderberge wie in einer Wäscherei. Bea erklärte ihr die verschiedenen Waschprogramme, doch Lena hörte nur mit halbem Ohr zu.

Neben dem Wäschekeller gab es ein Gästezimmer mit eigenem Bad – in beide Räume gewährte Bea Lena nur einen kurzen Blick mit der Bemerkung: »Wenn ich morgen früh weg bin, können Sie hier einziehen, bis dahin müssen Sie mit dem Sofa vorliebnehmen.«

Offenbar beschloss Bea, dass die Führung hiermit beendet war, denn sie schob ohne ein weiteres Wort die Tür des Gästezimmers hinter sich zu.

Lena stieg die Treppe nach oben und lugte vom Flur ins Wohnzimmer. Auf dem Sofa saß David Michalsen mit einem Teller auf dem Schoß und einer Scheibe Wurstbrot in der Hand. Seine Füße ruhten auf dem Couchtisch, er trug jetzt Jeans und T-Shirt. Neben ihm hockte Karla im Schneidersitz und löffelte ein Müsli. Lena spürte urplötzlich, wie hungrig sie war – sie hatte seit dem Croissant am Morgen nichts gegessen, jetzt war es achtzehn Uhr. Im Fernsehen lief eine Soap. Eine Frau schrie einen Mann an, so schlecht gespielt, dass es lächerlich war. Ballte die Fäuste und setzte ein finsteres Gesicht auf wie eine Dreijährige. Wie konnte man sich so etwas ansehen? Gab es keine »Gilmore Girls« mehr? Unschlüssig stand Lena im Flur herum. Sollte sie Vater und Tochter in ihrer trauten Zweisamkeit stören? Da einfach so hineinplatzen?

In diesem Moment nahm David Michalsen sie wahr und deutete auf sein Brot. »Na, hat Frau Bern Ihnen alles gezeigt? Haben Sie Hunger?«

Sie hob die Schultern und lächelte. »Ein bisschen.«

Er stellte seinen Teller auf dem Couchtisch ab und streifte sich Krümel von den Händen. »Kommen Sie«, bat er.

In der Küche holte er Teller und Besteck aus den Schränken und öffnete den Kühlschrank. Das Spiel seiner Muskeln unter dem T-Shirt war deutlich zu erkennen. »Wurst oder Käse?«, wollte er wissen.

»Gern Käse.«

Ihren Einwand, sie könne sich auch selbst ein Brot schmieren, wehrte er ab. »Heute sind Sie hier noch Gast.«

Während er das Brot belegte, fragte er: »Haben Sie schon öfter für diese Agentur gearbeitet? Sind Sie zufrieden?«

»Tja ... ähm ...« Lena suchte händeringend nach einer Antwort. »Ehrlich gesagt kam das jetzt ziemlich spontan zustande«, stieß sie hervor. »Ich hab zuletzt Kinder am Prenzlauer Berg betreut, und dann bekam ich ein Angebot für diese Stelle hier in Frankfurt.«

Er lächelte. »Ich wusste noch nicht einmal, dass es diese Agenturen gibt. Na ja, vielleicht ist es die beste Lösung. Ich gebe zu, ich war zuerst nicht begeistert. Aber Karla scheint Sie ja zu mögen – zumindest auf den ersten Blick –, das ist die Hauptsache. Alles, was ich will, ist, dass es ihr gutgeht.«

Er reichte Lena den Teller, und sie nahm ihn dankbar entgegen.

»Kommen Sie mit rüber?«, lud er sie ein.

Sie nickte und folgte ihm. Setzte sich an den Esstisch, von dem aus man ebenfalls einen Blick auf den Fernseher hatte. Karla starrte abwechselnd in den Fernseher und auf ein Handy.

Lena biss ins Brot. Zwischendurch holte sie sich ein Glas Leitungswasser aus der Küche. Merkwürdig, dass Bea noch nicht aufgetaucht war. Die musste doch längst fertig gepackt haben.

Als David Michalsen aufgegessen hatte, nahm er ein Laptop auf den Schoß. Sie hatte ihn sich ganz anders vorgestellt. Einerseits wie einen Nerd, ja. Aber gleichzeitig auch despotisch und rotgesichtig. Aber er war nichts von alledem. Er wirkte wie ein sympathischer Athlet. Vielleicht ein bisschen arbeitsversessen.

Als die Werbepause kam, fragte Karla: »Wollen wir was spielen?« Sie legte das Handy weg und streifte ihre Finger an der Hose ab.

»Spielen? Jetzt?«, sagte David Michalsen und sah von seinem Bildschirm auf. »Ach nee, Karla.«

»Lass deinen Papa arbeiten, ich spiel was mit dir«, schlug Lena vor und schluckte den letzten Brocken Brot hinunter. Satt war sie noch nicht, aber sie war hier das Kindermädchen. Dann spielte sie eben was.

»Karten?« Die Regeln von Mau-Mau bekam sie sicher noch zusammen.

»Nö, wir spielen Twister.«

»Ohne mich«, sagte David Michalsen und hob beide Hände. »Mir tun noch die Knochen vom letzten Mal weh.«

»Dann eben nicht, du Blödmann. Du bist ja wie ein Rentner. Dann bist du der Schiedsrichter und drehst die Scheibe.«

»Karla«, mahnte er stirnrunzelnd.

Lena konnte sich ein Grinsen nicht verkneifen. Sie war auf den Spielplätzen mit so vielen Kleinkindern zusammen gewesen, die ihre Väter wie Götter anhimmelten. Karlas Verhalten erinnerte sie doch eher an ihr eigenes.

Das Mädchen holte einen Kasten aus der Ablage des Couchtischs hervor und breitete eine etwa drei Quadratmeter große Folie auf dem Fußboden aus. Tellergroße bunte Punkte zierten die Fläche. Dazu gab es eine Drehscheibe. Lena hatte das Spiel noch nie gespielt.

»Ich fange an«, erklärte Karla und zog ihre Strümpfe aus.

»Spielt man das barfuß?«

»Klar, sonst rutscht man.«

Im Grunde ging es darum, sich zu verrenken. Möglichst so, dass man nicht die Balance verlor – derjenige, der am längsten auf der Plane stehen blieb, hatte gewonnen. Ein wenig störend war die Tatsache, dass Lena gleich zu Anfang eine Position einnehmen musste, in der sie David Michalsen breitbeinig den Rücken kehrte und ihm schließlich auch noch ihren Po entgegenstreckte.

»Papa! Spielscheibe drehen!«, rief Karla und lugte zwischen Lenas Beinen durch.

»Das wäre gut«, keuchte Lena mit nach unten hängendem Kopf. Hauptsache, ihr neuer Boss sah sie nicht mehr in dieser Lage. Außerdem wurden ihre Arme schon lahm.

Als die erste Runde vorbei und Lena lachend von der Plane gestürzt war, flehte Karla: »Jetzt du und Lena, Papa!«

David Michalsen war anzusehen, dass er absolut keine Lust dazu hatte. Was möglicherweise auch daran lag, dass er das Kindermädchen ja überhaupt nicht kannte. Als Karla jedoch nicht aufhörte zu betteln, warf er Lena einen belustigt-entschuldigenden Blick zu und sagte seufzend: »Aber nur eine Runde.«

Er hatte sehr hübsche Füße. Glatt und weiß, wie bei einem Baby. Die Fußnägel kurz geschnitten, als sei er ein Fußmodell.

Karla drehte die Scheibe und dirigierte: »Rechte Hand auf Blau!«

David Michalsen tat wie geheißen.

»Linker Fuß auf Rot!«, kam das Kommando an Lena.

Es war merkwürdig, diesem fremden Mann so nahe zu kommen. Sie verrenkten sich umeinander wie Robben auf einem Felsen. Als sich ihre Schultern und Hüften berührten und Lena als Nächstes nichts anderes übriggeblieben wäre, als halb unter ihn zu kriechen, rief sie: »Ich habe einen Krampf!«, und ließ sich auf alle viere sinken.

»Och, Lena«, sagte Karla enttäuscht, und David Michalsen half ihr auf die Füße.

»Alles okay?«, erkundigte er sich belustigt, als sie ihm gegenüberstand.

»Zumindest stimmt die Durchblutung wieder«, hauchte sie und sank zurück auf ihren Stuhl am Esstisch. David Michalsen setzte sich aufs Sofa und sagte zu Karla: »Zufrieden?« Dann griff er nach der Fernbedienung und zappte durch die Kanäle, bis er etwas gefunden hatte, das auch Karla zu gefallen schien. Irgendeine Krankenhausserie.

Lena atmete tief durch. Nie hätte sie gedacht, dass sie hier gleich in die Familie integriert wurde, mit den beiden fernsah und Spiele spielte. Als Kind wäre sie sich komisch vorgekommen, so was mit Mama und Papa zu spielen. Aber mit den beiden hier hatte es direkt Spaß gemacht. Eins war klar, sobald Bea morgen fort war, musste sie David Michalsen erklären, dass sie *nicht* von einer Agentur kam. Die Sache würde ja sowieso auffliegen, sobald Bea den ausgefüllten Vertrag zurückschickte. Der Umschlag lag schon im Flur.

Lena griff nach ihrem Glas Leitungswasser und nahm einen Schluck. Im Fernsehen tönte ein Martinshorn, und ein Trupp Ärzte rannte mit einer Bahre durch Flure. Aber *wie* sollte sie das Ganze eigentlich aufklären? Auf keinen Fall wollte sie David Michalsen auf die Nase binden, dass sie Michaela kannte. Es würde die Dinge verkomplizieren. Vor allem mit Karla, die ihre Mama in einer Kur wähnte und bestimmt davon ausging, dass ihre Mutter deshalb nicht mit ihr in Kontakt trat. Aus einer Kur konnte man nicht telefonieren. Oder doch? Lena wusste es nicht, und eigentlich spielte es auch keine Rolle. Viel wichtiger war, wie sie David Michalsen ihr Auftauchen erklären konnte. So aus dem Nichts klingelte man nicht bei wildfremden Leuten an der Tür und wurde aus Versehen engagiert.

Sie konnte sagen, sie hätte davon gehört, dass jemand gesucht werde, und da habe sie sich eben vorgestellt – aber das mit der Agentur sei ein Missverständnis. Doch diesen Gedanken verwarf sie sofort wieder. Das hätte so sein können, wenn sie aus Eschersbach stammte. Leider hatte sie aber bereits berichtet, dass sie aus Berlin kam. Lena grübelte weiter und wandte den Blick von dem blutüberströmten Verletzten auf einer Bahre im Fernsehen ab. Sie konnte auch behaupten, sie sei auf der Suche nach Arbeit gewesen und habe schon in ganz Eschersbach an bald jeder Haustür geklingelt. Innerlich zeigte sie sich gleich darauf einen Vogel. Was für ein Schwachsinn. Aus Berlin nach

Eschersbach auf Arbeitssuche? Wie sie es auch drehte und wendete: Wenn sie zugab, dass sie nicht von der Agentur kam, kam sie um die Wahrheit nicht herum. Was also tun? Wieder abhauen? Nein. Sie hatte es Karla versprochen. Die Kleine war wirklich süß. So zutraulich. Ganz anders als Michaela. Was die wohl gerade machte? Ob es in der Wohnung immer noch so entsetzlich roch? Lena nahm den letzten Schluck Wasser. Wenn sie hierbleiben wollte, musste sie Vorbereitungen treffen.

»Ist es okay, wenn ich mal eine kleine Runde durchs Dorf drehe?«, fragte sie David Michalsen, der eben wieder nach seinem Laptop griff. »Ich würde mich gern ein bisschen umschauen. Den Brief an die Agentur kann ich auch gleich mitnehmen.«

»Ach, das ist eine gute Idee«, sagte er. »Karla, willst du Lena nicht begleiten? Ich muss jetzt wirklich noch mal an den PC.«

»Spazieren gehen?« Karlas Gesichtsausdruck hätte nicht angewiderter sein können. »Och nö.«

»Ich gehe gern allein«, erwiderte Lena. Sie trat in den Flur, zog ihre Schuhe an.

David Michalsen kam ihr hinterher. »Verlaufen Sie sich nicht.«

Sie konnte sich ein Grinsen nicht verkneifen. »Ich komme aus Berlin, schon vergessen?«

Lena nahm ihren Beutel und den Umschlag von der Ablage im Flur, dann zog sie die Tür hinter sich ins Schloss.

Sie musste sich beeilen.

Zwanzig Minuten später saß sie in einer Pizzeria namens Bella Roma in der Mitte des Dorfes und telefonierte. Sie nahm durchaus wahr, dass der Pizzeriabesitzer sie seit einer Weile neugierig aus den Augenwinkeln beobachtete, während er hinter dem Tresen Gläser polierte. Lena sprach nicht gerade leise, das war auch nicht möglich. Sie spielte Bea Bern, und Bea Bern war angefressen wie sonst was.

»Nein, Frau Liebscher«, donnerte sie der Dame entgegen, deren Notfall-Mobilnummer sie von dem Formular der Agentur abgelesen hatte. »Ich wiederhole es gern noch einmal: Ich möchte keine weiteren Vorschläge von Kandidatinnen. Sie haben Ihre Chance gehabt, eine weitere gibt es nicht.«

Die arme Frau Liebscher am anderen Ende der Leitung hatte sich schon tausend Mal dafür entschuldigt, dass ausgerechnet »die Isabella«, die sie für den Haushalt der Familie Michalsen vorgesehen hatte, so unzuverlässig war. Sie hatte darum gebeten, die Sache zuerst aufklären und dann für Ersatz sorgen zu dürfen – doch die Kundin Bea Bern war einfach bedient. Die Worte »Saftladen« und »Amateure« überzeugten schließlich auch Frau Liebscher davon, dass an eine weitere Zusammenarbeit nicht zu denken war. Als Lena auflegte, konnte sie nur noch hoffen, dass Frau Liebscher sich nie wieder bei Bea meldete. Nun, es war zumindest nicht sehr wahrscheinlich.

»Dringende Anruf bei *famiglia*, eh?«, fragte der italienische Wirt, als Lena mit dem Telefongerät zurück an den Tresen trat. Sie lächelte ihn verschmitzt an. »Dringende Familien*angelegenheit*, habe ich gesagt. Die habe ich geklärt.«

Er schüttelte den Kopf. »Hatte ich Angst, könne Sie arbeite bei die Mafia!«

Lena lachte auf, zerknäulte das Formular und den aufgerissenen Briefumschlag und warf das Knäuel gekonnt in den Papierkorb hinter der Theke.

»Danke jedenfalls, dass ich telefonieren durfte«, sagte sie. »Und jetzt hätte ich gern eine Pizza Margarita und eine Cola. Ich habe riesigen Hunger.«

Sie haben eine neue Nachricht
15. August 2014
Von: Bea Bern
An: Michaela Michalsen

Liebe Michi,
möglicherweise bist du mir böse, weil ich dir damals nichts davon erzählte, dass ich bei David und Karla eingezogen bin. Ich gebe es zu – ich tat es nicht, weil ich sauer auf dich war. Enttäuscht. Darüber, dass du auf einmal nicht mehr auf meine Ratschläge hören wolltest.
Mir ist inzwischen klar, dass mein Verschweigen ein Vertrauensbruch war. Es tut mir leid, Michi. Von Herzen.
Eine Umarmung
Bea

PS: Ich verrate dir jetzt mal was, das bleibt aber bitte unter uns. Sie haben mir gesagt, es würde mir möglicherweise helfen, wenn ich mich bei dir entschuldige. Das könne die Aggressionen eindämmen, die ich angeblich habe. Ich weiß nicht, wie sie darauf kommen. Wenn man mich in ein Zimmer voller Plüschtiere steckt, brauchen sie sich nicht zu wundern, dass ich mich diesen Püppchen widme. Es war auch nur das Füllmaterial. Sah schlimmer aus, als es war. Aber du weißt ja, wie das ist: Es kommt immer auf die Perspektive an, aus der man etwas betrachtet.

25

An diesem Samstagmorgen Mitte Juni ging es Michaela zwar deutlich besser als am Vortag, an dem sie ohne Erinnerung an den Anschlag aufgewacht war. Doch war eine Sehnsucht nach Karla dazugekommen, die sie in den vergangenen drei Wochen erfolgreich hatte verdrängen können. Ihre Vermutung – die man getrost auch Erkenntnis nennen konnte – lautete: Es hatte anscheinend nur an Lena gelegen und vermutlich auch an Pims Gegenwart, dass es ihr in der letzten Zeit recht gutgegangen war. Von wegen, sie kam allein klar!

Schließlich trieb es sie aus dem Bett und mit dem Putzlappen durch die Wohnung. Fensterbänke, Spiegelablage, Türrahmen – das hielt die Gedanken still, die hämmernden Zweifel, die unerbittliche Anschuldigung: »Du hast deine Zeit mit Verdrängung verplempert und deine Tochter allein gelassen, Rabenmutter.« Umso weniger fair wäre es, Karla jetzt anzurufen, wenn es ihr, Michaela, schlechtging. Sie hätte vermutlich geheult wie ein Kind und ihre Tochter damit nur erschreckt. Und was hätte sie davon gehabt? Gar nichts. Sie war doch noch keinen Schritt weiter. Fang endlich mal an mit deiner angeblichen Gedanken-Kur!, dachte sie selbstkritisch. Vielleicht wollte sie aber lieber gar nicht wissen, was da immer wieder mit ihr passierte? Vielleicht wollte sie am liebsten bald gar nichts mehr spüren?

Nach Beendigung der Putzaktion legte sie sich wieder ins Bett und lauschte ihrem eigenen Atem. Richtete sich in diesem kuscheligen Lager ein, als wolle sie nie wieder aufstehen. Wofür auch? Selbst Pim war noch immer bei Jan Berger.

Sie hätte Bea anrufen können. Vielleicht hätte sie es sogar getan, wenn ihr Handy nicht in der Küche am Ladekabel gehangen hätte. Doch Bea an einem Samstag anzurufen war ohnehin aussichtslos. Am Samstag strömten die Touristen ins Museum, eine Besichtigung reihte sich an die andere, und im Gegensatz zu Schülern, die einen Vortrag eher unfreiwillig über sich ergehen ließen, waren die Wochenendbesucher wirklich interessiert. Sie stellten Fragen. Einige testeten auch, ob ihre Führerin nur reproduzierte oder sich wirklich auskannte. Aber Bea war ein Profi, sie steckte alle in die Tasche.

Michaela blinzelte die Tränen fort. Hätte sie Lena anrufen können, wäre sie dafür sogar aus dem Bett geklettert. Wo sie nur steckte? Jedenfalls nicht bei der Arbeit. Der Polizist, dieser Herr Holzer, war noch einmal vorbeigekommen und hatte gemeldet, dass Lena verschwunden sei. So, wie er es gesagt hatte, war Michaela zuerst zu Tode erschrocken, es hatte sich so angehört, als sei Lena Opfer eines Gewaltverbrechens geworden. Aber dann war ihr der Abschiedsgruß auf dem Badezimmerspiegel eingefallen, und sie hatte sich wieder beruhigt. Sie hatte dem Beamten schließlich doch von dieser Nachricht erzählt. Er hatte es sehr bedauert, dass Michaela die Schrift schon abgewischt hatte, aber geglaubt hatte er ihr offenbar.

»Hatten Sie den Eindruck, dass der Vorfall Ihre Freundin in Panik versetzt hat?«, fragte er.

Michaela hatte nur die Schultern heben können. Sie wusste es doch nicht! Inzwischen kannte sie zwar die Details vom vorletzten Abend, aber es war so, als erzähle man ihr von einem Film. Der Alkohol war schuld, betete sie sich vor. Mit irgendetwas musste sie sich ja beruhigen.

Michaela sah auf die Uhr. Es war erst zehn. *Haha, Zeit genug, Mädchen, um zur Ruhe zu kommen, was? Wie hattest du dir das eigentlich vorgestellt mit der Selbstfindung? Du bist doch viel zu feige dazu!*

Plötzlich hielt sie inne. Sollte sie vielleicht Davids E-Mails lesen? Dass Regina und Katharina sich noch kein einziges Mal gemeldet hatten, müsste sie eigentlich beruhigen. Tat es aber nicht. Jahrelang hatten sie sich SMS mit dem Wortlaut »Alles okay« geschrieben, wenn eine das Kind der anderen betreute. Aber jetzt diese Funkstille. Vielleicht war doch etwas los zu Hause, und sie wollten sie nur nicht beunruhigen?

Das fällt dir reichlich früh ein. Du liegst hier und weißt nicht, was sich zu Hause abspielt – und wo Lena ist, weißt du auch nicht, und zumindest daran kannst du noch nicht mal etwas ändern.

War Lena nach Mailand gefahren? Oder nach Berlin zurückgekehrt? Warum hatte sie ihr denn nicht genügend vertraut – sie hätte ihr doch sagen können, warum sie wegmusste. Oder hatte sie es versucht, und Michaela war nicht ansprechbar gewesen? Hatte Lena es ihr am Ende sogar erzählt? Sie wusste ja selbst nicht, was in den Momenten mit ihr passierte, in denen sie wegtrat. Michaela schluckte den Kloß in ihrem Hals hinunter. Es gab nur einen Ausweg: Nächste Woche musste sie zum Arzt. Am besten zu einem, der ihre Krankengeschichte nicht kannte. Sie hoffte, dass heutzutage keine virtuelle Akte existierte, auf die jeder, der sich als Arzt legitimierte, zugreifen konnte. So nach dem Motto: »Die vor Ihnen sitzende Patientin hatte 2002 eine postnatale Depression, wurde behandelt mit XY. Dreimonatiger Aufenthalt in einer psychiatrischen Klinik, dort Diagnose einer postnatalen Depression. Zweieinhalb Jahre Gesprächs- und Traumatherapie bei einer Psychotherapeutin, Medikation XYZ. Seither keine besonderen Vorkommnisse.« Oder war sie für einen neuen Arzt ein unbeschriebenes Blatt, dem sie ihre Aussetzer schildern konnte wie die Symptome einer Grippe? Vielleicht kam er selbst darauf, dass sie mal in die Röhre gehörte, und diagnostizierte nicht gleich wieder eine geistige Erkrankung. Schwachsinn, schimpfte Michaela stumm mit sich selbst. Du weißt genau, dass du geistig gesund bist! Oder war das jetzt schon eine Psychose? Bekanntermaßen behaupteten Menschen mit diesem Krankheitsbild auch immer, nur die anderen seien verrückt.

Unter größter Anstrengung hob Michaela die Beine aus dem Bett.

»Gehen Sie raus, wenn Sie merken, dass diese Lähmung Sie zu übermannen droht«, hatte Frau Lorek gemahnt. Wenn man den Punkt noch nicht überschritten hatte, half es tatsächlich.

Nachdem sie geduscht hatte, sah sie aus dem Fenster und entschied sich für das dritte von Lenas Kleidern. Vielleicht half es ihr, aus ihrer Haut zu schlüpfen? Sie trug leichtes Make-up auf, tuschte die Wimpern und griff im Flur nach ihrer Jacke. Dann entschied sie sich dagegen und hängte sie wieder an den Haken. Hilflos ließ sie die Schultern sinken. Sie sehnte sich wirklich nach dem Bett. Es übte sogar durch die verschlossene Schlafzimmertür eine nahezu magische Anziehungskraft auf sie aus.

»Komm, komm, raus mit dir«, flüsterte sie.

Sie lief zu Fuß in die Stadtmitte. Die warme Luft streichelte über ihre bloßen Arme, mit jedem Schritt über den Bürgersteig an der Bockenheimer Landstraße kehrten die Lebensgeister zurück. Es waren viele Radfahrer unterwegs, das schöne Wetter schien halb Frankfurt nach draußen gelockt zu haben. Ohne Pim kam sie schneller voran. Keiner, der an jede Laterne pinkelte oder an jedem zweiten Busch schnupperte. Dennoch fehlte er ihr. Sie würde Jan Berger bitten, ihn heute zurückzubringen. Pim würde ihren Tagen Struktur geben. Mit dem Hund musste sie raus. Aus dem Bett und aus der Tür.

Du könntest auch einfach nach Hause nach Eschersbach gehen.

Nein, kann ich nicht.

Warum nicht?

Weil ich noch immer nicht weiß, ob David sich von mir trennen wollte.

Aber wie willst du es denn herausfinden?

Vielleicht, indem ich begreife, warum ich mich nicht an das Telefonat mit Frau Brandes erinnern kann.

Du hattest einen Blackout, wie vorgestern.

»Aber wieso?«, schrie sie und blieb abrupt stehen. Der Radfahrer, der sie gerade rechts überholte, fiel vor Schreck fast von seinem Fahrrad. Er tippte sich an die Stirn, als er sich im Fahren nach ihr umsah, sein Gesichtsausdruck zornig und ungläubig.

»Ja, ich rede mit mir selbst!«, schrie sie ihm nach. »Ist das nicht zum Kotzen?«

*

Bea verließ früh um sieben das Haus. Lena wusste nicht, ob Michaelas Freundin sich noch von David und Karla verabschiedet hatte – von ihr jedenfalls nicht. Sie hörte von ihrem

Lager auf dem Sofa aus nur Beas Rumoren im Flur. Das Klacken ihrer Absätze auf den Fliesen, hin- und hergeschobene Taschen, Rascheln von Stoff. Das kurze Klirren eines Schlüssels – vermutlich der Hausschlüssel, den Bea nicht mehr benötigte –, dann schlug die Tür zu.

Lena tappte in die Küche und warf einen Blick aus dem Fenster. Sie sah Bea in ihren hohen Schuhen – an jeder Schulter eine Reisetasche – über das Pflaster staksen, dazu baumelte die schwere Handtasche an ihrem Handgelenk. Sie schleppte sich redlich ab. Dennoch saßen die welligen blonden Haare perfekt und wippten bei jedem Schritt mit ihrem Hintern um die Wette, bis sie am Ende der Stichstraße um die Ecke zu den Garagen bog.

Lena wandte sich vom Fenster ab. Auf der Anrichte stand eine benutzte Tasse, die Lampe des Kaffeevollautomaten blinkte. Offenbar hatte sie doch geschlafen – obwohl sie die ganze Nacht das Gefühl gehabt hatte, kein Auge zutun zu können. Nachdem sie von ihrem Ausflug in die Pizzeria zurückgekommen war, hatte sie sich zunächst etwas steif zu Karla aufs Sofa gesetzt und mit ihr zusammen einen Film mit Cameron Diaz zu Ende geschaut, während David Michalsen am Esstisch gearbeitet hatte. Karla hatte eine Tüte Chips aus dem Schrank geholt und sie Lena aufmunternd lächelnd hingehalten. Sie hatten abwechselnd hineingegriffen, während Karla im gefühlten Zweiminutentakt ihr Smartphone in die Hand nahm und Nachrichten tippte.

»Macht dich das nicht nervös?«, hatte Lena Karla gefragt. Sie an ihrer Stelle hätte sich niemals dabei auf den Film konzentrieren können.

»Ich muss doch wissen, was die anderen machen«, war Karlas erstaunte Antwort gewesen.

»Jungs?«

»Boah, nee.«

»Aber mit dem Nachbarjungen hast du doch zu tun«, hatte sie dennoch gefragt.

Karla sah sie erstaunt an. »Woher kennst du denn Jonathan?«

»Ich habe heute Mittag kurz mit eurer Nachbarin gesprochen. Da hat sie von ihm erzählt.«

»Jonathan ist ein Arsch. Ich will nichts mehr von ihm wissen.«

Lenas Herz zog sich augenblicklich zusammen. »Warum?«

»Sag das aber nicht Papa«, hatte Karla mit einem verstohlenen Blick auf ihren Vater geflüstert.

»Versprochen«, antwortete Lena, sah sie aufmerksam an und fragte sich, was jetzt wohl kam.

»Sonst regt er sich nur wieder auf und kriegt einen Riesenkrach mit Regina«, fuhr Karla eindringlich fort.

»Was ist denn passiert?«

»Jonathan hat allen in meiner Schule erzählt, meine Mutter hätte einen an der Klatsche. Sie sei in einer Irrenanstalt. Das ist so gemein!«

»Und auch völliger Quatsch«, antwortete Lena und starrte in den Fernseher. Grenzenlos erleichtert darüber, dass Jonathan nur ein Trottel war.

Dann hatten sie weiter ferngesehen, bis der Film zu Ende war, und David Michalsen hatte ihr auf dem Sofa ein Bett hergerichtet. Bea war in der ganzen Zeit kein einziges Mal mehr aufgetaucht.

Lena nahm eine Tasse aus dem Schrank und stellte sie auf den Rost der Kaffeemaschine, studierte die Programmauswahl. Espresso war gut. Schnell einen Schluck und dann unter die Dusche – sie wollte auf keinen Fall David Michalsen in dem karierten Schlafanzug aus der Kleiderkammer begegnen.

Doch schon vernahm sie hinter sich ein Geräusch. Der, an den sie eben gedacht hatte, lehnte in sportlichem Outfit im Türrahmen: eng anliegende Radlerhose und weißes Shirt, eins dieser atmungsaktiven Dinger mit der Aufschrift »hIT! We do IT for you«. Er betrachtete sie von oben bis unten, bis sein Blick auf ihren gelblackierten Fußnägeln verweilte. Dabei hatte er die doch gestern beim Twister schon gesehen.

Lena stellte die Tasse ab und strich sich die Haare hinter die Ohren. »Frau Bern ist eben gefahren«, sagte sie.

»Ich weiß.«

Vielleicht hatte er sie auch gehört. Oder sie hatte sich noch von ihm verabschiedet. Oder …

»Ich schwing mich mal aufs Rad«, erklärte er. »Ist das okay? Oder haben Sie Fragen?«

»Ähm, ja. Wie ist das eigentlich – ich bräuchte ein paar neue Klamotten, hab mir in der Eile doch ein bisschen wenig eingepackt. Könnte ich das heute irgendwann erledigen?«

Vermutlich dachte er dasselbe wie sie, nämlich: Sich gleich am ersten Tag freinehmen? Aber sie brauchte wirklich was zum Anziehen.

»Tja, wenn ich ehrlich bin«, sagte er, »keine Ahnung. Ich nehme es an. Irgendwann müssen Sie ja frei haben.«

»Ich würde mir nur gern ein paar Sachen kaufen.«

»Wollen Sie nach Frankfurt oder nach Bad Homburg?«

»Was ist denn näher?«

»Das ist beides gleich weit. Mit dem Bus fahren Sie nach Obermerbach und von dort mit der S-Bahn nach Frankfurt, oder Sie nehmen den Bus nach Bad Homburg. Die Bushaltestelle ist gleich vorn an der Straße.«

Lena griff nach ihrer Tasse und nippte am Espresso. »Vielleicht hat Karla Lust, mitzukommen, wenn sie aufgestanden ist«, schlug sie vor.

»Gute Idee. Fragen wir sie einfach. Ich wollte ihr sowieso gerade Bescheid sagen, dass ich mit dem Rad unterwegs bin. Mein Handy hab ich dabei, falls etwas ist. Wäre das okay für Sie? Ich brauche ein bisschen Bewegung.«

Sie nickte. »Kein Thema.«

Schon wandte er sich ab und war im Flur verschwunden. Lena hörte, wie er die Treppe nach oben stieg, dann vernahm sie das Klacken von Karlas Zimmertür. Kurz darauf kam er wieder nach unten.

»Sie ist noch ziemlich verschlafen, aber ich denke, die Chancen auf eine gemeinsame Shoppingtour stehen nicht schlecht. Wenn sie nicht mag, gehen Sie eben los, wenn ich zurück bin. Einverstanden?«

Bevor sie etwas entgegnen konnte, klingelte sein Handy. Er wandte sich ab und trat in den Flur, doch es klingelte weiter. Offenbar hatte er nicht vor, ranzugehen.

Lena vernahm, wie er einen Reißverschluss hochzog. Im nächsten Moment klingelte statt seines Handys das Telefon auf der Konsole im Flur. Diesmal hob er ab. »Michalsen.«

Obwohl Lena in der Küche stand, verstand sie jedes Wort. Oder zumindest fast jedes.

»… sollst nicht hier anrufen!«, knurrte er. Kurz darauf knallte er mit den Worten »… spinnt wohl« den Hörer auf.

Keine Minute später beobachtete sie aus dem Küchenfenster, wie er sein Fahrrad vom Fahrradständer losmachte, sich einen Helm aufsetzte und mit einer eleganten Bewegung sein rechtes Bein nach hinten über den Sattel schwang. In einer Halterung steckte eine Trinkflasche. Er sah aus wie ein Profiradfahrer. Unweigerlich kam ihr Lars in den Sinn.

Als David Michalsen aus Lenas Sichtfeld verschwunden war, räumte sie ihr Schlafzeug vom Sofa, legte die Wolldecke zusammen und richtete die Polster. Sie konnte sich genau vorstellen, wie Michaela hier Knicke in die Kissen schlug – sie hingegen ließ es bleiben, warf sie stattdessen schwungvoll vom Boden aufs Sofa und ging dann in den Flur, um sich die eingerahmten Fotografien anzusehen, die dort an der Wand über der Konsole hingen. Sie dokumentierten Michaelas Geschichte seit ihrer Hochzeit: der schönste Tag ihres Lebens mit dickem Bauch, eine müde und erschöpft wirkende Michaela mit Neugeborenem im Arm, Karlas Einschulung, ein Kommunionsbild, dazu Fotos von Michaela und David vorm Haus und im Garten. Lenas Blick glitt wieder zurück zu dem Hochzeitsbild. Michaela trug eines dieser entsetzlichen, krönchenartigen Teile auf ihrem zu einer kunstvollen Hochsteckfrisur drapierten Haar. David Michalsens Anzug saß schlecht. Hier sah er nicht aus wie Lars, sondern viel kräftiger. Und langweiliger. Es passierte selten, dass Leute sich mit der Zeit zu ihrem Vorteil entwickelten, aber dieser David hatte durchs Älterwerden eindeutig gewonnen.

Im Keller roch es nach Beas Parfum. Lena öffnete die Fenster zum Lichtschacht, zog das Bett ab und sammelte im Duschbad die Handtücher ein, trug sie in den Wäschekeller. Sie stopfte alles in die Maschine, gab Pulver in den dafür vorgesehenen Schacht und stellte auf sechzig Grad. Knopf drücken, fertig.

Anschließend holte sie von oben ihr Gepäck, verstaute ihre wenigen Klamotten im Schrank, schob den Rucksack unters Bett. Dann nahm sie Bettdecke und Kopfkissen, trug alles nach oben durchs Wohnzimmer und öffnete die Terrassentür. Es war noch frisch draußen. David Michalsen war reichlich dünn bekleidet gestartet, Lena fröstelte in ihrem Schlafanzug. Sie breitete das Bettzeug auf den Holzmöbeln aus. Vielleicht verflog Beas Parfum, und sie bekam in der Nacht keine Atemnot.

Seitlich der Terrasse lächelte ihr ein Buddha zu, auf der gegenüberliegenden Seite war ein Bambus gepflanzt, zu dessen Füßen ein beeindruckender Stein lag. Wasser plätscherte darüber.

Lena kehrte fröstelnd ins Haus zurück. Sie würde heiß duschen und dann Brötchen holen. Das machte man doch so in Familien. Frühstücken und sich dabei unterhalten.

Als sie von ihrem Gang zum Bäcker und zum Supermarkt mit Brötchen, Joghurt, Erdbeeren und Käse zurückkam, war Karla noch immer nicht aufgestanden. Unschlüssig stand Lena in der Küche und überlegte. Es war neun Uhr, sie hatte Hunger. Aber Karla zu wecken kam nicht in Frage. Sie stellte Joghurt und Erdbeeren in den Kühlschrank, suchte nach Butter, belegte sich ein Brötchen mit Käse und nahm es mit nach draußen. Inzwischen hatte die Sonne schon mehr Kraft. Lena räumte das Bettzeug ins Wohnzimmer und setzte sich an den Tisch. Dass Michaela dieses Ambiente einfach so gegen eine Wohnung im dritten Stock eingetauscht hatte, war erstaunlich. Nicht dass sie selbst es für erstrebenswert hielt, hier dauerhaft zu wohnen – sie war schon froh, dass sie keine Beklemmungen bekam –, aber zu Michaela passte dieses Haus wie die Faust aufs Auge.

Lena wollte gerade in ihr Brötchen beißen, als eine Stimme hinter der Hecke hervorrief: »Guten Morgen! Sie haben sich ja schon eingelebt, wie ich sehe.«

Lena wandte den Kopf und entdeckte Regina Rooneys rundes Gesicht hinter einem Busch mit gelben Blüten.

»Ja, das könnte mein Lieblingsplätzchen werden.« Sie nickte und biss in ihre Semmel. »Es ist wie im Urlaub.«

Regina Rooney schien ihre Aussage zu belustigen, sie lachte gackernd und sagte zu jemandem: »Hast du das gehört? ›Wie im Urlaub.‹«

Es verging keine halbe Minute, da hörte Lena erneut ihre Stimme. »Ist Herr Michalsen nächste Woche auch noch in Köln? Er ist ja bald ununterbrochen da.«

Lena schob ihren Stuhl zurück und ging zu dem Gebüsch. »Wie meinen Sie?«

»Ob er nächste Woche immer noch in Köln ist. Oder besinnt er sich mal darauf, dass er ein Kind hat?«

Lena sah die Nachbarin durch die Zweige neugierig an. »Dass Herr Michalsen ein Kind hat, ist ihm, glaube ich, sehr wohl bewusst.«

»Aber ausgerechnet jetzt, wo seine Frau nicht da ist, muss er ständig fort. Da müsste er doch ablehnen. Wissen Sie, es ist schon sehr enttäuschend. Jahrelang waren wir für die Michalsens da. Und auf einmal wird er aggressiv wie ein Rottweiler, nur weil wir ein paar Bedenken geäußert haben.«

Lena konnte nicht fassen, was sie da hörte. Mit welchen Vertraulichkeiten wollte diese Frau Rooney eigentlich noch kommen? Sie hatte absolut keine Lust, gleich an ihrem ersten Tag in eine Nachbarschaftsfehde verwickelt zu werden. Sie steckte ihr Gesicht in die gelben Puschel des Buschs und flüsterte: »Ich habe mit meiner Agentur eine Vereinbarung geschlossen, die mich leider zu absolutem Stillschweigen verpflichtet, was die Privatangelegenheiten unserer Klienten betrifft. Ich darf Ihnen keine Auskünfte jedweder Art erteilen.« Innerlich lachte sie sich kaputt. *Jedweder Art*. So etwas hatte schon mal jemand zu ihr gesagt. Bestimmt auf einem Amt.

Regina Rooney sah Lena entgeistert an und murmelte: »Na dann. Schönen Tag noch.« Sie zog sich endlich von dem Gebüsch zurück.

»Mannometer«, murmelte Lena und ging zurück zu ihrem Platz. Was für ein Waschweib. Lena legte die Füße auf den Tisch und aß endlich ihr Frühstück.

Sie musste eingeschlafen sein, denn das Nächste, was sie mitbekam, war ein Tippen auf ihre Schulter und Karlas Stimme neben sich. Lena öffnete ein Auge und erschrak bei Karlas Anblick. »Auweia, was ist denn mit dir passiert?«

Karla war leichenblass, sie hielt sich den Unterleib. »Bauchweh«, klagte sie. »Ganz, ganz schlimm.«

»Ach du meine Güte«, murmelte Lena und schwang die Füße vom Tisch. Sie nahm Karla bei den Schultern und sah sie prüfend an.

»Bist du krank?« Schnell schob sie das Mädchen vor sich her ins Haus. Mit wenigen Handgriffen schob sie die Sofakissen von der Couch und bereitete Karla ein Lager. Hoffentlich wurde das Kind jetzt nicht ernsthaft krank.

»Komm, leg dich hin. Ich mach dir einen Tee. Kamille?«

Karla nickte und verzog schmerzverzerrt das Gesicht, während Lena die Wolldecke über ihr ausbreitete.

»Au, au, au!«, jammerte Karla.

»Habt ihr irgendwo eine Wärmflasche? Die hilft immer.«

»Im Gästeklo.«

Lena huschte zur Gästetoilette und holte die Wärmflasche – das Ding hatte sogar einen eigenen Haken an der Wand. In der Küche füllte sie Wasser für den Tee und die Flasche in den Kocher und ging wieder zurück zu Karla. Sie setzte sich auf die Kante des Sofas und legte die Hand auf den Bauch des Mädchens. Es war ihr ganz und gar nicht geheuer, hier mit Michaelas Tochter allein zu sein. Am Ende hatte sie eine Blinddarmentzündung und gehörte ins Krankenhaus.

»Wo tut es denn genau weh? Mehr so im Magen? Oder …«

»Überall«, murmelte Karla und zog die Beine an ihren Körper.

Lena eilte zurück in die Küche und füllte Wärmflasche und Teetasse. Vielleicht bekam sie ja auch nur ihre Tage. O Mann, und was, wenn nicht?

»Ich rufe am besten einen Krankenwagen«, sagte sie, als sie mit ihrer Fracht ins Wohnzimmer zurückkehrte und Karla die Flasche auf den Bauch legte. »Mir ist das zu heikel.«

»Aber ich habe doch nur Bauchweh«, flüsterte Karla. Fast klang es anklagend.

»Hast du das öfter?«

»Diese Woche schon mal. Aber Bea hat mir nicht geglaubt.«

Lena betrachtete Karla nachdenklich. War das jetzt ein Test, ob sie genügend Mitgefühl aufbrachte? Ihr Blick wurde prüfend. »Es schadet nichts, einen Arzt zu rufen und die Sache abklären zu lassen«, sagte sie.

»Lena, bitte!«, flehte Karla. »Keinen Krankenwagen. Papa flippt aus.«

»Ausflippende Papas haben mich noch nie abgeschreckt«, widersprach Lena. »Wenn es dir schlechtgeht, ist das wichtiger.«

Karla trommelte mit ihren Fingern auf die Wärmflasche. »Die hilft aber schon. Ist bestimmt gleich wieder weg.«

Lena griff zur Teetasse und nahm den Beutel heraus. Sie ließ ihn auf den Couchtisch plumpsen und pustete in die heiße Flüssigkeit.

»Trink mal ein Schlückchen«, bat sie und hielt Karla die Tasse hin.

»Ist noch zu heiß.«

Lena stellte die Tasse wieder ab. »Schade, dass es dir nicht gutgeht. Ich wollte doch nachher mit dir shoppen gehen. Ich hab viel zu wenig zum Anziehen dabei.«

»Was brauchst du denn alles?«, wollte Karla wissen.

»Schuhe, zwei Hosen, vielleicht ein Kleid, T-Shirts. Unbedingt einen neuen Schlafanzug.«

Karla griff nach der Tasse, pustete ausgiebig und nippte schließlich daran. »Das tut gut«, sagte sie über den Rand des Gefäßes hinweg.

Lena tätschelte Karlas Knie. »Trink einfach Schluck für Schluck. Ich guck mal im Keller nach der Wäsche.«

Als sie wieder nach oben kam, schloss David Michalsen gerade die Haustür auf. Auf seiner Stirn zeichneten sich Schweißtropfen ab, und seine Haare klebten am Kopf, als er den Helm abnahm und unter der Garderobe ablegte.

»Hallo«, begrüßte Lena ihn. »Sie sehen ja völlig abgekämpft aus.«

»Wenn ich auf meine Kilometer kommen will, ist das unvermeidbar.«

»Wie weit sind Sie gefahren?«

»Vierzig Kilometer.« Er fuhr sich mit den Fingern durch die feuchten Haare, streifte die Schuhe ab und schob sie neben den Helm. »Und Sie? Schön mit Karla gefrühstückt?«

»Sie liegt mit Bauchweh auf dem Sofa.«

»Ach«, sagte er, »dann wird es wohl nichts mit dem Einkaufen.«

»Doch!«, rief Karla aus dem Wohnzimmer. »Es geht mir schon wieder gut!«

Lena lugte mit David Michalsen ins Wohnzimmer. »Echt?«

»Ja. Am besten versuche ich, etwas zu essen, und wenn es mir dann immer noch gutgeht, können wir los.«

David Michalsens Blick schweifte über die Sofakissen auf dem Fußboden. »Ich geh mal duschen«, sagte er.

Lena nickte und lief in die Küche. Sie nahm ein Brötchen aus der Papiertüte und beschmierte es für Karla mit Butter. So, wie es aussah, hatte sie den Test bestanden. Sie hasste es, getestet zu werden. Normalerweise war das Grund genug für sie, auf der Stelle das Weite zu suchen. Noch dazu hatte sich hier das Thema Jonathan als völlig unbedenklich herausgestellt – sie konnte also direkt wieder verduften. Die Zeit, bis ihre Kreditkarte da war, konnte sie auch in einem netten Cityhotel verbringen und dort die ganze Zeit lesen, statt Wäscheberge zu waschen. Karla würde eben in den sauren Apfel beißen und mit Jonathan oder auch Bea klarkommen müssen. Andere Kinder machten Schlimmeres durch.

Sie trug das Brötchen ins Wohnzimmer und setzte sich zu Karla auf die Kante des Sofas.

Die Dankbarkeit in Karlas Augen war nicht der Grund für ihr Zögern. Sie konnte selbst nicht sagen, warum die ganze Freiheit, die da draußen auf sie wartete, sie nicht mehr so reizte wie früher. Sie war doch nun wirklich keine, deren Lebensinhalt darin bestand, sich um andere zu kümmern. Und trotzdem verspürte sie dieses Bedürfnis, zu bleiben. Zu sehen, wie es heutzutage so lief in Familien. Und der Test – na ja, Karla war ein Kind. Sie selbst hatte ihre Eltern ununterbrochen getestet, wenn sie ehrlich war.

Shopping also. Am besten in Bad Homburg, damit sie Michaela nicht aus Versehen über den Weg liefen. Was würde Michaela wohl von dem Ganzen halten, das sie hier trieb?

26

»Komm doch bitte da raus, Mädchen«, lockte die Frau. Sie lag auf dem Bauch und sah zu Michaela unters Bett. »Du musst doch was essen. Oder trinken. Hast du Durst?«

Michaela schüttelte den Kopf. Die Frau sah aus wie eine Hexe. Auf ihrer Nase prangte eine dicke, dunkle Warze, und auch wenn die Augen der Frau freundlich wirkten – wie Hexen aussahen, wusste Michaela aus dem Buch, aus dem Mama ihr immer vorgelesen hatte. Die schnappten sich die Waisenkinder, um sie aufzuessen.

»Ich weiß nicht, wie ich sie unter dem Bett hervorkriegen soll«, sagte die Warzenfrau kurz darauf in ein Telefon. »Das Kind liegt da jetzt seit vier Stunden.«

Michaela lauschte der Unterhaltung, in der die Warzenfrau gemeinsam mit jemand anderem beratschlagte, wie man dieses arme Mädchen unter dem Bett hervorlocken konnte. Offenbar war auch von Süßigkeiten die Rede gewesen, jedenfalls hielt die Warzenfrau Michaela kurz darauf einen Riegel Kinderschokolade hin.

Michaela schüttelte wieder den Kopf. Sie wollte nicht rauskriechen. Sie war traurig. Weil sie Bea weggebracht hatten. Bea war angeblich böse zu den anderen gewesen und ließ niemanden an Michaela ran. Dabei hatte sie doch nur auf sie aufgepasst. Anschließend hatte Michaela ganz viele Tage nichts gegessen, so dass sie sie auch noch weggebracht hatten. Aber nicht zu Bea. Sondern in ein Kindersanatorium.

Hier unter dem Bett war genau der richtige Ort. Hier war sie allein. Wenn man allein war, konnte man niemanden verlieren.

»Kann ich Ihnen helfen?«

Michaela sah die Dame mit der silberfarbenen Brille, die an dem Vorhang der Umkleidekabine vorbei zu ihr hereinlugte, erschrocken an.

»Ach du meine Güte, nein«, murmelte sie und stand von dem Hocker auf, der sonst als Kleiderablage diente. Sie sah an sich hinab. Eben hatte sie doch noch dieses Kleid anprobiert, und dann hatte sie in dieser Kabine plötzlich ans Heim denken müssen. Auf dem Boden standen mehrere volle Tüten – sie hatte sich auf ihrem Weg in die Stadt für Shopping entschieden. Sonst ging das ohne Probleme, und sie verfiel nicht in Umkleidekabinen in trübe Gedanken. Sie behielt das Kleid gleich an, drängte sich mit ihren Tüten an der Verkäuferin vorbei und eilte zur Kasse.

Als sie auf die Zeil in die grelle Sonne taumelte, schlug sie sofort den Weg zur Hauptwache ein. Nur zurück in die Wohnung. Sich verkriechen, gern unters Bett – was bei dem Wasserbett allerdings nicht gelingen würde. Aber dann eben unter eine Decke auf dem Sofa. Nur weg von all diesen Menschen.

»Na, du bist ja völlig in Gedanken versunken!« Sie spürte plötzlich eine Berührung an der Schulter und blieb stehen.

Vor ihr stand Jan und betrachtete sie amüsiert. »Na, bissel weggetreten?«

Er trug ein schwarzes T-Shirt mit weißem Totenkopf-Aufdruck und der Aufschrift »Sea Shepherd«, in seiner Hand hielt er Flyer. Seine Augen holten Michaela zurück in die Realität. Die Sonne schien. Ein laues Lüftchen wehte. Harmlose Menschen machten Samstagseinkäufe.

»Ich war wohl in Gedanken«, gestand sie.

Er lachte. »Ich hab gerufen wie ein Wilder.«

Sie schüttelte den Kopf. »Meine Güte.«

Er deutete auf ihre Tüten und fragte: »Einkaufen gewesen?«

»Ja. Ich brauchte ... Veränderung.«

Er musterte ihr Kleid, sein Blick wurde warm. »Ich hoffe, nicht zu sehr.«

»Nein, nein, das *ist* die Veränderung.«

»Von Indien in den Mittleren Westen.«

»So ungefähr.«

Er nahm sie beim Arm und drehte sie in Richtung eines Infostands. »Siehst du, wer da liegt?«

Michaela drückte Jan ihre Tüten in die Hand und lief zu Pim, der seinen Kopf hob, als sie seinen Namen rief. Sofort sprang er schwanzwedelnd auf sie zu.

»Ach, mein Süßer«, sagte sie und beugte sich zu ihm nach unten, vergrub ihr Gesicht in seinem Fell. »Du hast mir wirklich gefehlt.« Wie sehr, spürte sie erst jetzt.

Sie lächelte Jan an, als er neben ihr auftauchte. »Ich nehme ihn wieder mit. Es ist so still in der Wohnung ohne ihn.«

Jan legte bedauernd den Kopf schräg. »Aber vorher kommt ihr hoffentlich beide noch mit zu mir und bleibt zum Essen?«

Michaela richtete sich wieder auf. »Wirklich?«

»Ja, warum nicht?«

Ihr lag auf der Zunge, ihn zu fragen, ob er eigentlich wusste, wie alt sie war. Bestimmt älter als er. Aber es war ja nur eine Einladung zum Essen. Mehr nicht.

»Welche Flyer verteilst du hier eigentlich?«, fragte sie und nahm einen vom Infostand.

»Wir wollen die Leute darüber aufklären, was weltweit Walen und Delphinen angetan wird, um uns zu erheitern.«

»Erheitern?«

»Ja, Delphinshows zum Beispiel. Da werden ganze Delphinschulen zusammengetrieben. Die Delphintrainer suchen vor Ort die besten Tiere aus und fangen sie auf brutalste Weise ein. So landen sie dann in einem Vergnügungspark irgendwo auf der Welt. Dass Delphine immer so aussehen, als ob sie lächelten, heißt nicht, dass sie es auch tun.«

Michaela machte ein betroffenes Gesicht. Sie hatte sich noch niemals Gedanken darüber gemacht. Irgendwie hatte sie wohl geglaubt, die Tiere würden im Vergnügungspark geboren. Oder in irgendeiner Bucht liebevoll mit einem Fisch angelockt.

Später nahmen sie mit Pim zusammen die U-Bahn nach Bornheim. Als sie saßen, fragte Jan Michaela unvermittelt nach dem Thema ihrer Diplomarbeit – davon hatte ihm anscheinend Florian Grunwald per E-Mail erzählt. Ohne lange zu zögern, gestand Michaela ihm, aus welchem Grund sie wirklich bei seinem Freund eingezogen war. Zumindest nannte sie einen, der der Wahrheit am nächsten kam.

»Ehekrise.« Jan nickte. »Hab ich alles schon hinter mir.«

Sie sah ihn überrascht an. Doch dann dachte sie: Stimmt, er hat gewiss auch eine Geschichte.

»Es war ein kurzes Intermezzo«, sagte er achselzuckend. »Meine Ehe hielt ein Jahr. Wir haben zuerst geheiratet und sind dann zusammengezogen. Das war wohl die falsche Reihenfolge.«

»Hast du Kinder?«

»Nein. Du?«

»Meine Tochter ist zwölf.«

Er lächelte spitzbübisch. »Du weißt, dass ich Lehrer bin. Ich könnte dir tausend Tipps für den Umgang mit Zwölfjährigen geben.«

Michaela lächelte. »Besser nicht, ich bin schon verwirrt genug. Kommst *du* gut mit ihnen klar?«

»Sagen wir, ich komme besser mit Älteren klar, weil die wiederum besser mit sich selbst zurechtkommen. Bei den Zwölfjährigen ist noch kein Selbstbewusstsein vorhanden – die lernen gerade die Welt völlig neu kennen, das macht es komplizierter.«

»Zwischen meiner Tochter und mir ist es schon immer kompliziert gewesen. Wir finden irgendwie nicht zueinander. Von Anfang an nicht.« Sie hatte es mehr zu sich selbst als zu ihm gesagt. Was mochte er jetzt von ihr halten? Dass sie jedem ihre Probleme auf die Nase band?

Er sah sie betroffen an. »Warum ist das so?«

Michaela schluckte. Sollte sie weiterreden? Er schien nicht sonderlich schockiert – vielleicht bekam er manchmal noch Schlimmeres zu hören. Und warum das so war? Frau Lorek hatte sie auch immer danach gefragt.

Michaela betrachtete Jan nachdenklich, während die U-Bahn wieder anfuhr. Er war ja kein Therapeut. Aber in seiner Nähe fühlte sie sich so sicher wie bei Frau Lorek. Dabei kannte sie ihn doch noch überhaupt nicht. Und dennoch … Als dürfe sie bei ihm alles sein, auch eine schlechte Mutter.

»Ich weiß es nicht«, beantwortete sie seine Frage. »Meine Tochter ist mir manchmal einfach fremd. Mir ist klar, dass ich für sie da sein muss, sie behüten, versorgen – und das tue ich auch alles. Aber es fehlt etwas. Ich weiß das. Ich fühle mich richtig amputiert, weil ich ihr das nicht geben kann, was Kinder doch am nötigsten brauchen. Diese uneingeschränkte Liebe. Und dieses Defizit spürt Karla ganz genau.«

»Ich finde es sehr bemerkenswert, dass du es so artikulierst. Ich meine, das ist bestechend ehrlich. Toll.«

»Toll? Es ist armselig. Ich bin eine lausige Mutter.« Sie legte ihr Gesicht in die Hände und kämpfte gegen die Tränen an. Dabei hatte sie gerade heute solche Sehnsucht nach Karla. Sie kannte das: Sie verspürte brennende Sehnsucht nach ihrer Tochter, wenn sie nicht da war – und wenn sie dann zusammen waren, konnte sie nicht aus ihrer Haut.

Jan stupste sie sachte an. »Wir müssen hier raus. Meinst du, es wird gehen?«

Sie nickte und wischte sich die Augenwinkel. »Na klar.«

27

Als Lena mit Karla vom Shoppen zurückkehrte, steckte sie einen unterwegs gekauften Wildrosenstrauß in eine Vase und fand, als sie diese auf den Tisch stellte, einen Zettel mit der Nachricht: *Musste nach Köln, ist was schiefgelaufen. Hatte wirklich gehofft, es sei nicht nötig. VG, D. Michalsen.* Dazu ein PS: *Wir müssen Handynummern austauschen. Bitte rufen Sie mich mal an.*

Dahinter stand eine Telefonnummer, und unter dem Zettel lag ein 50-Euro-Schein.

»Warum hat dein Papa *dich* nicht angerufen?«, fragte sie Karla, die eben begann, ihre Einkäufe neben der Vase auf dem Küchentisch auszuleeren.

Das Mädchen zog sein Smartphone aus seiner Hosentasche und blickte darauf. »Hat er. Es stand auf lautlos.«

»Meinst du, er kommt heute noch wieder? Oder bleibt er in Köln?«

»Wahrscheinlich bleibt er da. Er hat anscheinend viel Ärger bei seiner Arbeit. Dauernd muss er deshalb weg.«

»Was macht er denn eigentlich?«

»Er programmiert. Aber was genau, hab ich nicht richtig begriffen.« Sie lächelte entschuldigend.

Lena nickte, dabei fand sie das irgendwie unerklärlich. Er war doch kein Arzt in Rufbereitschaft. Was konnte denn schiefgelaufen sein, was nicht bis Montag warten konnte? Bea Bern in Köln, David Michalsen in Köln. Da sollte man nicht misstrauisch werden. Sie öffnete den Kühlschrank, um Joghurt und Erdbeeren von ihrem morgendlichen Einkauf herauszunehmen, doch ihr Griff ging ins Leere. »Wo sind denn die Sachen?«, murmelte sie. »Mist.«

Sie nahm den Zettel vom Küchentisch, ging in den Flur und wählte die Nummer.

»Ich sollte mich melden«, sagte sie, nachdem er abgenommen hatte. »Bleiben Sie über Nacht weg?«

Er klang abgehetzt und zerknirscht. »Es tut mir total leid, aber wir haben hier ein Problem mit dem Server. Ich wäre wirklich gern dageblieben, weil Sie doch noch neu sind. Es ist mir echt unangenehm. Wenn irgendetwas ist, melden Sie sich bitte. Sollte das hier doch schneller gehen, komme ich heute Nacht noch nach Hause, ansonsten sehen wir uns morgen.«

»Ist schon in Ordnung.« Auch gut. Der Mann hatte ja ein beeindruckend blindes Vertrauen. Oder er war echt gestresst.

David Michalsen sprach weiter: »Gehen Sie einkaufen, ich habe Geld hingelegt. Können Sie auch kochen?«

»Natürlich kann ich kochen. Ich mache heute Abend Hühnchen. Keine Sorge, Karla verhungert nicht.«

»Danke. Dann bis … irgendwann.«

»Bis dann.« Sie legte auf und sagte zum Telefon: »Und gern geschehen, das mit den Erdbeeren.«

Während sie das Hühnchen vorbereitete und in den Ofen schob, deckte Karla den Tisch mit einer pastellig geblümten Tischdecke und stellte zwei silberne Kerzenständer in die Mitte, dazu den Strauß Blumen. Aus einer Schublade kramte sie ein Päckchen Streichhölzer hervor und entzündete eines mit einem gekonnten Handgriff. Als sie das abgebrannte Streichholz in den Mülleimer werfen wollte, griff Lena hart nach ihrem Handgelenk.

»Halt!«, befahl sie, und Karla fuhr erschrocken zusammen.

»Was ist?«

Lena führte Karlas Hand unter den Wasserhahn am Spülbecken und ließ einen Schuss Wasser über das Hölzchen laufen.

»Jetzt kannst du es wegwerfen«, erklärte sie und ließ Karlas Handgelenk los.

»Bisschen übertrieben, oder?«, meinte Karla und rieb sich den Arm.

»Kein bisschen«, erwiderte Lena. Für sie war es das absolut nicht.

Eine Dreiviertelstunde und eine Runde Twister später stocherte Karla mit der Gabel zwischen Hühnchen und Bohnen herum.

»Schmeckt es dir nicht?«

»Ich mag nicht so gern Bohnen.«

»Was magst du denn?«

»Nudeln mit Sahnesoße. Lasagne. Eierpfannkuchen.«

»Kann ich dir ja nächste Woche alles kochen.« Zur Not fragte sie Regina Rooney, wie es ging. Wozu hatte man Nachbarn?

Karla schnitt ein Stück Hähnchenfleisch mit dem überbackenen Käse ab und steckte es in den Mund.

»Wir haben eine Schulkantine«, antwortete sie kauend.

»Ach so. Und wann kommst du immer nach Hause?«

»Um halb vier.«

»Und dann noch Hausaufgaben?«

»Die können wir in der Schule machen. Ich muss manchmal für Arbeiten lernen. Ein paar schreiben wir noch vor den Ferien.«

Lena kratzte sich am Kopf. Ferien. Richtig. Ferien hatte sie ganz vergessen. »Wann fangen die an?«

Karla wandte sich zu dem Wandkalender neben dem Kühlschrank um. Der Frosch und die Tigerente darauf saßen in einem Boot und angelten.

»Noch sechs Wochen.« Ein Lächeln huschte über ihr Gesicht.

»Und dann? Fahrt ihr weg?«

»Wenn Mama bis dahin wieder da ist, bestimmt.«

Sie hätte eigentlich fragen müssen, wie lange Karlas Mutter in dieser Kur blieb. Eine normale Frage, wenn sie tatsächlich von der Agentur gekommen wäre. Wenn Karla jemals erfuhr, dass Lena Michaela kannte, würde das Mädchen sich furchtbar hintergangen fühlen. Lena musste überhaupt vorsichtig sein, dass sie sich nicht verplapperte. Dabei hatte sie so viele Fragen.

Was ist mit deinen Großeltern?

Warum arbeitet dein Vater am Wochenende?

Wie fändest du es, wenn du wüsstest, dass deine Mama lieber einen Hund hütet als dich?

Stattdessen blieb sie beim Thema Urlaub. »Ich bin in deinem Alter nicht mehr gern mit meinen Eltern weggefahren. Ich durfte nie machen, was ich wollte.«

»Was denn zum Beispiel?«, wollte Karla wissen und pikste ein weiteres Stück Fleisch auf.

»Im Dunkeln allein an den Strand gehen. Wir sind immer an die Costa Brava gefahren, und als ich so alt war wie du, war ich sehr in einen spanischen Jungen verliebt. Die Spanier bleiben ja den ganzen Abend am Strand, und ich wäre sehr, sehr gern in seiner Nähe geblieben, aber ich durfte nicht.«

»Jungs sind mir egal. Ich hätte gerne ein iPhone, aber ich darf nicht.«

»Du hast doch ein Smartphone.«

Karla machte ein empörtes Gesicht. »Als ob das dasselbe wäre!«

»Das kostet aber auch eine ganze Stange Geld.«

»Es liegt aber nicht am Geld, sondern« – Karla zeichnete mit den Händen Gänsefüßchen in die Luft – »am ›Prinzip‹. ›Was soll denn dann noch kommen?‹, fragt Mama immer.«

»Womit sie recht hat.«

Karla verdrehte die Augen.

Lena lächelte verschmitzt und sagte: »Vielleicht hätte Frau Bern dir ein iPhone gekauft, wenn du beim Kieferorthopäden lieb gewesen wärest.«

»Pff!« Karla machte eine wegwerfende Handbewegung. »Von ihr hätte ich keins genommen.«

»Warum nicht?«

»Ich hasse sie. Sie behandelt mich wie ein Baby. Und Mama behandelt sie auch immer wie ein Baby, aber Mama merkt das gar nicht. Bea hingegen verdreht immer alles, so dass sie gut dasteht. Ich hab gesehen, dass sie in Mamas Sachen rumgewühlt hat. Ich mag das nicht.«

Lena nickte. »Das ist wirklich nicht schön.«

»Nicht schön? Ich frage mich, was sie gesucht hat. Aber als ich sie gefragt habe, was sie da macht, hat sie gesagt, sie sortiert die Wäsche.«

»Vielleicht stimmt das.«

»Quatsch. Bei mir hätte sie mehr zu sortieren. Sie lügt dauernd. Zum Beispiel war da noch diese andere Sache.«

»Was denn?«

»Ach, ich wollte ja nicht, dass sie kommt. Weil sie immer so nervt. Ich hätte auch ein paar Tage allein bleiben können, als Papa nach Köln musste, so klein bin ich schließlich nicht mehr. Vorher war er ja auch schon mal fort … halt nur nicht über Nacht. Und als er sie dann trotzdem gerufen hat, bin ich weggelaufen. Ich hatte voll keinen Bock auf sie!«

»Und da war sie natürlich sauer.«

»Sie hat mich in einen Schuppen eingesperrt, Lena! Aber Papa glaubt mir natürlich wieder nicht.«

War das jetzt abermals ein Test? Wollte Karla prüfen, ob sie sich in jedem Fall auf ihre Seite schlug? Den Gefallen tat sie ihr nicht. »Ich habe gar keinen Schuppen in eurem Garten gesehen.«

»Nicht bei uns! Hinten bei den Schrebergärten, das ist nicht weit von hier. Da gibt es ein runtergekommenes Grundstück, und wir haben früher manchmal in der Hütte gespielt, obwohl man das nicht darf. Da bin ich hin. Aber Bea ist mir hinterhergekommen und hat mich eingesperrt.«

»Das kann ich mir irgendwie nicht vorstellen, Karla. Warum sollte sie das denn tun?« Bauchweh vorzutäuschen war eine Sache, aber dieses Märchen war echt übertrieben.

Karla legte das Besteck ab, offensichtlich war ihr der Appetit vergangen.

»Dann glaubst du mir eben auch nicht.«

Lena setzte eine beschwichtigende Miene auf. »Hast du sie denn gesehen?«

»Natürlich habe ich sie gesehen! Ich war kaum drin, da kam sie an und sperrte den Riegel vor.«

Lena konnte sich das gar nicht vorstellen. Sicher, diese Bea war irgendwie komisch drauf. Aber so was?

»Und was war dann?«

»Dann hat sie sich aufgespielt. *Sie* hatte angeblich die tolle Idee, wo ich stecken könnte. Und ich hab mir da hinten die Seele aus dem Leib geschrien.«

Wenn es wirklich so zugegangen war, wie Karla sagte, dann war es doch umso seltsamer, dass Michaela mit dieser merkwürdigen Frau befreundet war. Woher sie sich wohl kannten? Bea wirkte neben Michaela wie eine Domina neben einer Klosterschülerin.

»Woher kennen Frau Bern und deine Mama sich eigentlich?«

Karla hob die Schultern. »Sie waren zusammen im Heim.«

»Im Heim?«

»Ja, in Köln. Mamas Eltern waren gestorben, und es gab niemanden, der sich um sie kümmern konnte. Danach kam Mama in eine Pflegefamilie, und Bea in irgendein … Wohnen für Jugendliche oder so ähnlich. Aber sie und Mama sind Freundinnen geblieben.«

Lena nickte. Natürlich hatte sie längst vermutet, dass Michaelas Eltern tot waren. Aber es überraschte sie dennoch, wie beiläufig Karla es erwähnte – als hätte es keine Bedeutung. Nun ja, es ging ja auch nicht um *ihre* Eltern …

Das mit dem Heim war neu. Lena kratzte sich am Kopf. Beide tot also. Das ließ einen Unfall vermuten. Jedenfalls war es sicher nicht so gewesen wie bei ihr.

»Warum bist du so still? Denkst du, wir sind asozial, weil meine Mama im Heim war?«

Lena lachte auf. »Natürlich nicht. Ich habe mich nur gefragt, was mit den Eltern deiner Mama passiert ist.«

Sie würde Michaela erklären, warum sie Karla danach gefragt hatte, obwohl Michaela es doch so offensichtlich nicht hatte erzählen wollen.

»Sie hatten einen Unfall, als Mama zehn war. Mama war mit im Auto, als es passiert ist, sie kann sich aber nicht daran erinnern.«

Lena schluckte. Wie grauenvoll für ein Kind.

»Wenn Bea in dieser Zeit für deine Mama da war, ist sie eine wichtige Freundin für sie. Versuch, das zu verstehen«, sagte sie. Es stimmte. So etwas schweißte zusammen. Manchmal ein Leben lang.

»Mama sagt, Bea sei so was wie eine große Schwester für sie.«

»Ist sie älter?«

»Vier Jahre. Aber Bea sagt immer, *sie* sähe jünger aus.« Karla grinste wissend. »Und dann wundert sie sich, wenn keiner ihr zustimmt.«

Lena lächelte ihr zu. Große Schwester also. Prägende Jahre und so. Lena hatte sich auch immer eine Schwester gewünscht, die sie gegen ihre Eltern verteidigt hätte. Vielleicht hatte Bea Michaela gegen das Leben verteidigt. Heutzutage wirkte es nicht mehr so passend, wie Bea sich verhielt, aber was wusste Lena schon darüber? Sie seufzte in sich hinein und wechselte das Thema.

»Vielleicht lassen ja die Eltern von deinem Papa etwas für ein iPhone springen?«

»Oma und Opa bringen mir immer eine Packung Toffifee mit, die sind sehr sparsam. Ich glaube nicht, dass sie mir eins kaufen würden.«

»Dann musst du eben darauf sparen.«

»Da spare ich noch, wenn ich eine Oma bin. Welches Handy hast du eigentlich?«

»Gar keins.«

»Gar kein Handy? Wie geht das denn?«

»Glaub mir, es geht ohne. Ich bekomme keine E-Mails, bin nicht bei Facebook, mache kein Online-Banking.«

Natürlich hatte sie mal eines besessen. Aber mit ihrem Verzicht auf alles, was sie mit ihrem früheren Leben in Felding verband, hatte sie auch auf das Handy gepfiffen und es gleich nach ihrer Ankunft in Berlin in einen 50-Euro-Schein verwandelt.

Karla legte den Kopf schräg. »Bist du in irgendeiner Sekte? In einer, die Handys verbietet und gutes Essen und so?«

Lena lachte und deutete auf Karlas Teller. »Spielst du etwa auf meine Kochkünste an? Deine Mutter hat auch nichts davon …« Lena hielt inne, bevor sie »gehalten« sagen konnte. Sie holte Luft und vollendete den Satz: »… wenn du während ihrer Kur hungerst!«

Karla senkte den Blick. »Ich glaube nicht, dass sie darüber nachdenkt, was ich esse. Sie hat sich noch nicht ein Mal gemeldet.«

»Vielleicht kann sie es nicht. Bestimmt denkt deine Mama ganz oft an dich, vertraut aber deinem Papa, dass er sich gut um dich kümmert.« Sie hatte unbedingt etwas Tröstendes sagen wollen. Blieb nur zu hoffen, dass Karla niemals davon erfuhr, dass sie, Lena, Michaela kannte und wusste, dass sie nicht zur Kur war.

»Aber Mama weiß, dass Papa stinksauer auf sie ist, und da könnte sie sich doch mal melden. Sie ist schließlich nicht im Gefängnis. Könnte ja sein, dass wir totalen Stress miteinander haben. Und das hatten wir wegen Bea ja auch. Mama scheint das schnuppe zu sein.«

Lena legte ihr Besteck ab und sah Karla ernst an. »Ich glaube wirklich nicht, dass ihr das schnuppe ist – sie weiß nur nichts davon. Und wieso ist dein Papa sauer, dass sie zur Kur geht?«

»Er meint, das ist eine Spinnerei.«

Lena konnte nur den Kopf schütteln. Dass Eltern es nicht unterließen, ihre Kinder mit reinzuziehen, wenn sie Probleme miteinander hatten … zum Kotzen.

*

Auf dem Weg von Jan nach Hause lief Michaela so schnell sie konnte. Pim trabte neben ihr her, seine Leine schlug ihr gegen die Beine. Die Berger Straße war um diese Zeit belebt – junge Leute, die in die Kneipe gingen, Paare auf dem Nachhauseweg oder auf einen Absacker in die Lieblingsbar. Jan hatte sie gefragt, ob sie nach dem Essen in seiner Wohnung noch etwas trinken gehen wollten, aber im Laufe des Abends war ihr angst und bange geworden. Sie brauchte Abstand.

O ja, meine Liebe, Abstand brauchst du, dachte sie bitter. Wovor denn wohl? Bist du ein pubertierendes Ding, das sich dem Erstbesten an den Hals schmeißt? Kannst du dich nicht beherrschen?

Anziehung, hielt eine Stimme in ihr entgegen. Es ist Anziehung. Überrascht hielt sie in ihrem Lauf inne. Genau das war es. Dieses intensive Gefühl in ihrem so aufgeregt pochenden Herzen war neu. Zu David hatte sie sich damals natürlich auch hingezogen gefühlt. Aber es war einfach nicht dieses atemlose Drängen gewesen, das Jan in ihr auslöste. Kopfschüttelnd lief sie weiter.

Kaum waren sie in Jans Wohnung gewesen, hatte er sich vor ihren Augen das Totenkopf-T-Shirt über den Kopf gezogen und seinen Oberkörper freigelegt. Es war ja nicht so, dass sie noch nie breitschultrige Männer mit freiem Oberkörper gesehen hätte – was sie so aufgewühlt hatte, war der Anblick der Schlüsselbeine und der Kuhle an seinem Hals gewesen. Diese fast durchscheinende, verletzliche Haut, die danach verlangte, berührt zu werden. Dann war ihr Blick zu dem Flaum an der Stelle zwischen Nabel und Hosenbund gewandert: ein spitz zulaufendes dunkles Band aus Härchen, das in der Hose verschwand. Sie hatte nicht anders gekonnt, als sich vorzustellen, an welcher Stelle diese Haare endeten.

Bei dem Gedanken war ihr die Röte ins Gesicht gestiegen, und sie hatte sich abgewendet, sich im Wohnzimmer umgesehen. In der Zeit hatte er sich in aller Ruhe ein Hemd aus seinem Schlafzimmer geholt, es vor ihren Augen angezogen und es sich mit einer Selbstverständlichkeit zugeknöpft, als sei das Ganze das Normalste von der Welt. Dabei war es das nicht.

Beim Kochen hatte er sie ständig berührt. »Achtung, ich muss mal an die Schublade« – dabei streifte er ihre Hüfte –, »hier, nimm dieses Messer für den Salbei« – seine Finger berührten ihre. Und sie hatte sich gewünscht, dass er sich zu ihr umwandte und sie in den Arm nahm. Sie festhielt und nie wieder losließ.

Nachdem ihre Teller leer waren, hatte er sich hinter sie gestellt und mit seinen Händen über ihre Schultern gestreichelt. »Na, bist du satt?«, hatte er gefragt, doch bevor sie dem Impuls nachgeben konnte, ihren Kopf an seinen Bauch zu lehnen, die Wärme seines Körpers zu spüren, war sie aufgestanden. »Ich muss leider los.«

Er hatte sie enttäuscht angesehen und sie gebeten, morgen wieder zur Hauptwache zu kommen.

»Mal sehen«, hatte sie gekrächzt. »Vielen Dank für das leckere Essen.«

Und dann hatte sie sich auf die Zehenspitzen gestellt, ihm einen Kuss auf die stachelige Wange gehaucht und dabei einen Anflug seines Geruchs eingeatmet. Anschließend war sie fluchtartig aufgebrochen. In der Hoffnung, sie könne diesen unerlaubten Gefühlen entkommen.

Nun saß sie in der U-Bahn-Station auf einer der unbequemen Drahtbänke und wäre am liebsten wieder zurückgelaufen, direkt in Jans Arme. Dabei hätte es ihre Probleme weiß

Gott nicht erleichtert. Es waren andere Frauen, die fremdgingen. Sie doch nicht. Anziehung hin oder her.

Als die Bahn einfuhr, setzte sie sich auf einen Platz am Fenster und legte den Kopf in die Hände. Pim rollte sich zu ihren Füßen zusammen.

28

Eier?« Regina Rooney sah Lena erstaunt an. »Waren Sie nicht gestern einkaufen?«

Lena hob die Schultern. »Eier hab ich vergessen. Und die gehören doch zu einem richtig guten Sonntagsfrühstück.«

Regina Rooney schürzte die Lippen und kehrte Lena den Rücken zu. Kurz darauf tauchte sie wieder an der Haustür auf und übergab Lena mit spitzen Fingern zwei Eier. »Wie man die kocht, wissen Sie?«

»Mit Wasser?«, fragte Lena und nahm die Eier entgegen. Beherzt machte sie ihren Schritt zurück über den Blumenkübel. Fast streiften die Äste der Rosen ihren Schritt.

»Es wäre übrigens super, Sie würden die Treppe benutzen«, bemerkte Regina Rooney.

»Warum? Geht doch so viel schneller.« Lena hob die Hände mit den Eiern. »Danke!«

Bevor Regina Rooney etwas entgegnen konnte, schloss Lena die Tür hinter sich und verdrehte die Augen.

»Wie hält deine Mama es eigentlich mit dieser Nachbarin aus?«, fragte sie Karla, die eben die Treppe nach unten kam.

Karla strich sich die Haare hinter die Ohren und sah sie überrascht an. »Wieso, was ist mit ihr?«

»Die ist so spießig!«

Karla tappte in die Küche und lugte in die Brötchentüte, die Lena bei ihrem morgendlichen Spaziergang in der Bäckerei gekauft hatte. »Mama ist auch spießig.«

»Aber doch nicht so.«

»Du kennst sie doch gar nicht.« Karla machte eine ausschweifende Handbewegung. »*So* hätte es bei Mama jedenfalls nie ausgesehen.«

Lena sah sich in der Küche um. Gut, es war ein bisschen unordentlich. Das Geschirr vom Abend zum Beispiel war noch auf dem Tisch und der Anrichte verteilt. Die Reste des Bananenquarks, den sie zum Nachtisch vor dem Fernseher gegessen hatten, klebte angetrocknet in den Schüsseln. Sie hatten sich mit dem Essen beeilt, weil ein spannender Vampirfilm gezeigt wurde, und hinterher hatten sie absolut keine Lust mehr gehabt, den Kram wegzuräumen.

»Ich finde es beklemmend, wenn es in Häusern aussieht wie in einer Möbelausstellung«, sagte Lena.

»Ich hab keine Ahnung, wie es da aussieht.«

»Leblos. Aufgeräumt. Weil da niemand *wohnt*.«

Karla grinste. »Mir ist es egal. In meinem Zimmer ist es sowieso immer unordentlich.«

Lena nahm einen Topf aus dem Schrank und füllte ihn mit Wasser. »Wie magst du dein Ei? Weich oder hart?«

»Weich.«

Sie räumten zusammen den Tisch ab und beluden die Spülmaschine, während das Wasser mit den Eiern zu kochen begann.

Als es an der Tür klingelte, huschte Karla in den Flur und öffnete die Tür.

»Hallo, Karla«, hörte Lena eine Stimme. »Wollte nur mal wissen, ob bei euch alles okay ist.«

»Alles bestens.«

»Bea ist weg, hab ich gehört?«

»Ja, jetzt ist Lena da. Von einer Agentur.«

»Und der Papa?«

»Arbeitet.«

»Verstehe.«

Lena lugte aus der Küchentür in den Flur. »Hi. Ich bin Lena.«

»Sie sind aber jung«, sagte die Frau an der Tür in freundlichem Ton und hob überrascht die perfekt geschwungenen Augenbrauen. Die kurzen braunen Haare schimmerten rötlich, sie war sehr schlank. Sie trug einen lilafarbenen Rock und eine blickdichte schwarze Strumpfhose.

»Ja, aber schon volljährig«, entgegnete Lena. »Und Sie sind …?«

»Katharina Schwarz.« Die Frau deutete mit dem Daumen hinter sich. »Ich bin die Nachbarin von gegenüber.«

»Was macht Merle heute?«, erkundigte sich Karla.

»Merle und ich fahren weg. Wir machen einen Ausflug.« Sie sprach nun leiser, Lena verstand nur Bruchteile. »… Papa nicht, dass ich … cholerischen Anfall …« Dann nickte sie Lena zu. »Also dann, alles Gute. Wenn etwas ist …«

»Es wird nichts sein.« Lena lächelte zuversichtlich und hob den Daumen.

Im nächsten Moment ließ ein Geräusch hinter ihr sie zusammenfahren und in die Küche hetzen. Das Wasser mit den Eiern kochte über, weißer Schaum ergoss sich über den Rand des Topfes und lief über die Kante der Arbeitsplatte.

»Mist!«, schimpfte Lena, zog den Topf von der Platte und sah sich vergeblich nach einem Spültuch um. Stattdessen nahm sie die Küchenrolle und wickelte mehrere Lagen ab, wischte über Herd, Schubladen und Boden. So viel Wasser in so einem kleinen Topf! Und keines der beiden Eier war geplatzt. Ratlos sah Lena auf die Küchenuhr. Wie lange waren die Dinger jetzt da drin gewesen? Drei Minuten? Fünf? Acht?

Doch als Karla kurz darauf ihr Ei aufschlug, strahlte sie ungläubig. »Es ist perfekt!«

»Hast du etwa was anderes erwartet?«, sagte Lena lachend und griff nach einem Brötchen.

*

Als Michaelas Handy auf dem Nachttisch klingelte, schrak sie aus dem Schlaf. BEA, meldete das Display. In letzter Zeit hatte sie so wenig von ihr gehört wie noch nie. Was auch an ihr selbst gelegen hatte – ihr Bedürfnis, mit Bea zu telefonieren, war geringer als sonst. Dies lag sicher auch daran, dass Bea sich nicht allzu begeistert über ihr Zusammenwohnen mit Lena gezeigt hatte. Nun gut, das hatte sich ja inzwischen ohnehin erledigt.

»Hallo, Bea«, hauchte sie. »Hab ich mich erschreckt!«

»Es ist neun. Ich dachte, du bist wach und warst schon mit dem Hund draußen.«

»Ich hab ganz tief geschlafen. Mit Pim muss ich gleich noch raus.«

»Soll ich später anrufen?«

»Nein, ist schon gut. Ich wollte dir sowieso was erzählen.«

»Was denn?«

»Ich hatte wieder einen Aussetzer.«

Das lange Schweigen am anderen Ende der Leitung breitete sich auch in Michaelas Kopf aus.

»Wann?«

»Am Donnerstag. Jemand hat einen Anschlag verübt …«

»Einen Anschlag?«

»Ja! Die Wohnzimmerscheibe mit einer Bierflasche eingeworfen. Es muss einen dollen Schlag gegeben haben, die Polizei war da, ich bin dem Täter hinterhergerannt … und … ich kann mich an nichts erinnern!«

»Ich komme gerade nicht mit. Wie – du erinnerst dich an nichts? Du erzählst doch gerade …«

»Ja. Jan … also jemand, der bei mir war, hat es erzählt. Aber ich … weiß nichts!«

»Michi, du machst mir wirklich Angst. Ich kapiere das nicht. Wo war denn dein Hippiemädchen?«

»Meinst du Lena? So, wie es aussieht, war der Flaschenwerfer ihr Freund. Sie ist auf und davon nach Italien. Es ist schade – sie hat wohl Panik bekommen, dass die Geschichte auf sie zurückfällt.«

Michaela meinte Beas Gedanken durch die Leitung zu hören: *Ich hab dir doch gleich gesagt, dass mit dem Mädchen was nicht stimmt.*

»Ich hab dir doch gleich gesagt, dass mit dem Mädchen was nicht stimmt.«

»Ja, hast du. Du hast außerdem gesagt, ich soll zu Frau Lorek gehen, und das mache ich auch. Und ich werde checken lassen, ob mit meinem Kopf alles okay ist.«

»Was meinst du damit?«

»Na ja, Bea, es könnte ja theoretisch sein, dass es gar nichts Psychisches ist. Das will ich abklären lassen.«

»Wovon redest du? Du meinst doch nicht allen Ernstes einen Tumor? Hast du schlimme Kopfschmerzen? Schwindel?« Ihre Stimme klang schrill.

»Reg dich nicht auf. Nur ab und zu. Ich will einfach sichergehen.«

Unvermittelt kroch die Angst in Michaelas Brust. Was, wenn es wirklich etwas Schlimmes war? Dann vielleicht doch lieber eine Psychose.

»Ich finde es nicht gut, dass du allein bist, Michi. Ich würde ja kommen, aber … Überlege bitte, ob du nicht besser in die Klinik gehst. Da bist du betreut. Man kann dich einstellen.«

»Bea, ich brauche keine Tabletten! Ich will nicht wieder wie ein fremdgesteuerter Zombie durch die Gegend rennen! Abgesehen davon bin ich auch gar nicht immer allein.«

»Ist der Weltenbummler zurück?«

»Nein. Als der Anschlag passiert ist, habe ich jemanden kennengelernt. Er kümmert sich um mich. Mach dir keine Sorgen.«

»Moment mal«, sagte Bea. Michaela hörte ihre Bettdecke rascheln, sie schien aus dem Bett aufzustehen. Michaela konnte ihren Schritten in die Küche folgen, wo Bea offenbar die Kaffeemaschine anschaltete und den Küchenschrank öffnete.

»Wiederhol das noch mal«, flüsterte ihre Freundin dann. »Du hast jemanden kennengelernt? Einen Mann?«

»Ja, einen Mann. Er hatte an dem Abend, als die Flasche flog, zufällig hier geklingelt.«

Da war es wieder, dieses Schweigen. Dann: »Michi?«

»Ja?«

»Hast du wirklich nichts genommen?«

»Nein! Es geht mir gut! Ich will nur vorsichtshalber zu Frau Lorek und zu einem Arzt. Ich hätte dir gar nichts von dem Mann erzählen sollen. Er ist sehr nett, wirklich, Bea. Er tut mir gut. Er ist Lehrer und bei einer Umweltorganisation engagiert. Kein Grund zur Panik.«

Sie bereute inzwischen, das Gespräch angenommen zu haben.

»Wie heißt denn der Mann?«, erkundigte sich Bea und schien mit Schubladen oder Schranktüren zu hantieren.

»Jan.«

»Und weiter?«

»Was hast du vor, Bea? Willst du nach ihm googeln? Schauen, ob er ein Massenmörder ist?«

»Nein, das nicht.«

»Was denn? Wofür brauchst du seinen Namen?«

»Ich will wissen, ob er existiert.«

Michaela starrte den Hörer mit offenem Mund an. Dann sprach sie wieder hinein: »Bea, das ist unglaublich.« Sie schüttelte den Kopf. »Ich kann einfach nicht glauben, was du eben gesagt hast.«

Ohne eine Antwort abzuwarten, legte sie auf und starrte schwer atmend den Hörer an. Sie schätzte Beas Pragmatismus. Bea war eine Frau der Tat – besonders, wenn Michaela in Schwierigkeiten steckte, war Bea immer als Erste zur Stelle. Aber sie war auch eine Frau, die einfach hinausplärrte, was ihr in den Kopf schoss. Dachte Bea allen Ernstes, dass sie verrückt geworden war?

Michaela hob den Kopf. Sie hörte das Schaben von Hundekrallen an der Schlafzimmertür und Pims leises Winseln.

»Ich komm ja, mein Süßer«, murmelte sie und schwang die Füße aus dem Bett.

Der weiche Teppich trug sie zur Zimmertür, wo Pim schwanzwedelnd auf sie wartete. Im Vergleich zu anderen Tagen und wenn sie dieses furchtbare Telefonat mit Bea ausblendete, ging es ihr gut. Keine Lähmung in den Gliedern, keine schweren Lider, kein Kloß im Hals. Dies war allerdings der Tatsache geschuldet – so bemerkte sie zumindest, als sie nach einer schnellen Dusche mit Leine und Haustürschlüssel bewaffnet zur Tür ging –, dass sie an nichts anderes denken konnte als an den Sea-Shepherd-Stand an der Hauptwache und einen Mann mit Bart, dessen umwerfendes Lächeln sie kaum aushielt.

Und wie er existierte!

Sie hielt mit dem Schlüssel in der Hand inne. Moment mal. Was hast du eigentlich vor? Du wolltest dich doch von ihm fernhalten!

Stell dich nicht so an, gab sie sich selbst lapidar zur Antwort und schloss die Wohnungstür ab. Sie wollte nur mal in seine Augen sehen. Sich sicher fühlen, dass da ein Mensch war, dem sie vertrauen konnte. Wer sich für Delphine in den fernen Ozeanen einsetzte, kümmerte sich vielleicht auch gut um die, die ihm im wirklichen Leben wichtig waren.

Wie ein junges Mädchen hüpfte sie mit Pim an der Leine die Stufen nach unten.

Als sie aus der B-Ebene Richtung Café Hauptwache nach oben kam, erblickte sie ihn. Er war in ein Gespräch mit zwei Mädchen vertieft, erzählte mit ausschweifenden Gesten. Möglicherweise ging es um die Treibjagden in Taiji in Japan, von denen er ihr erzählt hatte. Sie hatte sich gefragt, was das für Menschen waren, die zum Spaß Wale töteten und sie als Trophäen am Strand aufschichteten. Aber wenn sie ganz ehrlich war, war sie nicht wegen der Wale hier.

»Hi«, begrüßte sie ihn, als die beiden Mädchen mit Prospekten bewaffnet von dannen gingen.

Sein Gesicht hellte sich auf. »Na du«, sagte er fröhlich und streifte ihre Wange. »Ich hab gar nicht mit dir gerechnet.«

»Nicht?«

»Nein. Du bist so eilig gegangen. Warum?«

»Ich wollte … heim.«

»In die Wohnung mit dem zugeklebten Fenster und dem latenten Biergeruch?« Er grinste sie frech an. Verdammt frech.

Michaelas Herz klopfte plötzlich bis zum Hals. *Sag was.* Doch ihr fiel beim besten Willen nichts ein. Vermutlich sah sie ihn ebenso verschreckt an, wie sie sich fühlte. Er strich ihr über die Schulter, sein Blick auf einmal ernst und verstehend. »Ich weiß, du bist verheiratet«, sagte er. »Das gefällt mir auch nicht.«

Damit wandte er sich von ihr ab und ließ sie mit Pim an der Leine stehen. Der Hund hechelte sie erwartungsvoll an.

Jan ging zu seinem Stand, griff unter der Ablage nach einer Wasserflasche und trank in großen Schlucken daraus. Er wirkte ärgerlich. Michaela rührte sich nicht von der Stelle. War er gekränkt? Was sollte sie tun? Gehen? Ihr Herz schlug noch immer schneller als normal. Sie lief zu Jan und stellte sich neben ihn.

Er bot ihr die Wasserflasche an. »Du auch?«

Michaela schüttelte den Kopf und sah zu ihm auf. »Angenommen, ich wäre nicht verheiratet. Was dann?«

Er schnaubte belustigt und schluckte, dabei bewegte sich sein Kehlkopf. Die Farbe seiner Augen schien sich zu verändern, sie wurde dunkler – wie bei einer Katze, die sich auf Beute konzentrierte. Dann stellte er die Wasserflasche ab, wischte sich mit dem Handrücken über den Mund und nahm Michaelas Gesicht zwischen seine Hände. Er schloss die Augen und beugte sich ihr entgegen, küsste sie sanft und zärtlich auf den Mund, ehe sie auch nur den Hauch einer Chance hatte, davonzulaufen.

Sie haben eine neue Nachricht
17. August 2014
Von: Bea Bern
An: Michaela Michalsen

Michi,
als du mir erzähltest, dass du jemanden kennengelernt hast, war mir sofort klar, dass die Persönlichkeitsveränderung schon angefangen hat. Dabei hatte ich bis dahin noch nicht einmal dein neues Outfit bewundern können. Es war die Art, wie du geredet hast. Nicht wie meine kleine Michi. Weißt du, wie es ist, wenn man plötzlich abgeschrieben wird? Wenn du über Jahre das Liebste warst, das jemand hatte? Und auf einmal ist alles anders, zack, es taucht jemand auf, der dir all das, was du dir aufgebaut hast, streitig macht. So, wie sie mich einfach aus dem Heim weggebracht haben. Weg von dir. Dass ich dich bald jeden Tag von der Schule abholte, konnten sie nicht verhindern. Es hätte mich sonst so sehr geschmerzt wie bei Nana damals.
Du kennst Nana nicht, Michi. Über dich hatte ich sie fast vergessen. Seitdem ich hier bin, habe ich sie wieder täglich vor Augen. Sie ist in jedem Raum präsent.
Fröhliche, goldige, dumme Nana.

29

David Michalsen arbeitete abwechselnd in Köln und in Frankfurt. An den Abenden, an denen er zum Essen nach Hause kam, bemerkte er jedes Mal, kurz nachdem er die Tür aufgeschlossen und das Haus betreten hatte: »Wie sieht's denn hier schon wieder aus?«

Lena sagte nie auch nur ein Wort dazu, sondern zuckte lächelnd die Schultern. Es war wie ein Spiel. Wenn es ihn störte, konnte er ja für Ordnung sorgen. Sie sah es nicht ein, hinter Karla Schulsachen, Jugendzeitschriften oder Armbändchen herzuräumen. Dass sie seine Sachen – im Wohnzimmer herumliegende Krawatten oder angebrochene Salzstangenpackungen – wegräumen sollte, fiel ihr noch viel weniger ein. Oder Rasenmähen. Das konnte er schön selbst machen, Löwenzahn hatte sie noch nie gestört.

Ein paarmal hatten sie abends zusammen mit Karla gekocht und später einen Wein getrunken, aber die Gespräche waren meistens oberflächlich geblieben. David Michalsen hatte eine Vorliebe dafür, auf witzige Weise über seinen Chef herzuziehen. Er war liebevoll zu Karla, und wenn Lena sich nicht irrte, war er ein Mann, der gern mit Frauen flirtete. Wenn sie mit einem Glas Wein anstießen, glitzerten seine Augen manchmal schelmisch, aber, Himmel, wie sie das interpretieren sollte, wusste sie auch nicht.

Er schien sich jedenfalls inzwischen damit abgefunden zu haben, dass sie im Haus war und alles managte. Lena hatte in den letzten Wochen mit Karla außer Englischvokabeln auch

Mathe und französische Grammatik geübt und festgestellt, dass ihre eigene Schulzeit lange genug zurücklag, um nahezu alles vergessen zu haben. Nicht in Englisch – sie sprach es gut, weil sie in einen englischen Kindergarten und eine Gesamtschule mit sprachlichem Schwerpunkt gegangen war –, aber bei Französisch und den mathematischen Gleichungen hatte sie schon bei den ersten Aufgaben kapituliert. Sie surften im Internet und ließen sich die Sachverhalte von Mathe- und Französisch-Cracks auf YouTube erklären, bearbeiteten danach eine Aufgabe nach der anderen, bis Karla jedes Mal den Kopf auf die Tischplatte sinken ließ und anschließend meist den Fernseher anschaltete und durch die Kanäle zappte.

Dass Lena hier in Eschersbach so unvermittelt Familienmutter geworden war, darüber musste sie selbst regelmäßig grinsen. Sie lag sogar manchmal im Liegestuhl und sonnte sich. Karla hatte noch keine Tennisstunde versäumt und war ansonsten fixiert auf ihren Vater, dem sie abends um den Hals fiel und am Wochenende nicht von der Seite wich. Auch Jonathan hatte Lena inzwischen kennengelernt – er war eindeutig nicht so ein Traumjunge, wie Regina Rooney es gern gehabt hätte. Manchmal drehte er die Musik so laut auf, dass es selbst Lena zu heftig war, danach kreischte Regina in noch höheren Tönen, er solle gefälligst das Ding leiser stellen. Er war das Klischee eines coolen Jugendlichen mit seiner tief auf den Hüften sitzenden Jeans und der umgekehrten Baseballcap auf dem Kopf. Wenn er Lena sah, grüßte er sie immer mit zwei Fingern an der Stirn.

Dass sie sich so schnell eingelebt hatte, erstaunte sie. Hätte ihr jemand noch vor zwei Monaten erzählt, dass sie mal in einer Reihenhaussiedlung absteigen würde, hätte sie demjenigen einen Vogel gezeigt. Das Abgefahrenste war: Sie lebte verdammt gern hier. Dieses Bedürfnis, zu bleiben, hatte sich nicht wieder verabschiedet – ab und zu diskutierte sie höchstens heimlich mit sich selbst, wie sie Michaela das Ganze eines Tages erklären sollte. Theoretisch konnte sie jede Sekunde hier aufkreuzen oder sich zumindest melden – diese Möglichkeit schwebte wie ein Damoklesschwert über ihr. Und wenn Lena hin und her überlegte, wie sie Michaela die Sache erklären konnte, fiel ihr nur eine einzige kleine Notlüge ein: dass sie hatte herausfinden wollen, wo David Michalsen den von der Sekretärin erwähnten Urlaub verbracht hatte und mit wem. Und es interessierte sie ja tatsächlich – wenn auch nicht so brennend, dass sie sich stundenlang den Kopf darüber zerbrochen hätte. Bisher war sie aber noch kein bisschen schlauer.

An den Freitagnachmittagen schwang David Michalsen sich regelmäßig aufs Rad, kehrte zwei Stunden später zurück, duschte, und dann spielten sie mit Karla Tabu, Kniffel oder ein anderes harmloses Spiel. Es machte Spaß, wie Lena fand, wenn sie auch heilfroh war, dass sie nicht noch einmal Twister gespielt hatten.

An den vergangenen Wochenenden hatte David Michalsen mit Karla Ausflüge unternommen, sie waren ins Kino und in ein Frankfurter Museum gegangen, während Lena zu Hause saß und las. Sie waren so etwas wie ein routiniertes Team geworden. Lena verdrehte innerlich die Augen. Und das ihr.

Gestern – es war wieder ein Freitagnachmittag gewesen – hatte David Michalsen nach seiner Radtour in seinen verschwitzten Kleidern im Flur gestanden und in zerknirschtem Ton verkündet, er müsste heute noch kurz nach Köln. Bisher war er an keinem Wochenende – abgesehen vom allerersten – arbeiten gegangen, obwohl er bei einem ihrer Gespräche mal erzählt hatte, dass er samstags angeblich am besten arbeiten konnte, weil er dann in der Lage war, Firewall und Server herunterzufahren. Viel Ahnung hatte Lena nicht von diesem Zeug, aber es hatte plausibel geklungen.

Weniger plausibel hörte sich sein jetziger Anruf an. Es war Samstagabend, und er meinte, er könne erst morgen Nachmittag wiederkommen. Es gab noch immer Probleme.

»Echt, Herr Michalsen«, sagte Lena, »mir ist es völlig schnuppe, wie lange Sie am Wochenende wegbleiben. Es ist nur doof für Karla.« Karla hatte betrübt ausgesehen, als er schon am Freitag plötzlich wieder fortmusste – sie hatte sich auf ein gemeinsames Abendessen gefreut.

»Ich würde es nicht machen, wenn es anders ginge. Aber es ist Land in Sicht. Und wenn Sie noch vierzehn Tage ausharren – und ich weiß, dass Sie viel zu viel arbeiten, vermutlich mindestens dreimal so viel, wie vereinbart wurde – dann bekommen Sie so lange bezahlten Urlaub, bis wir quitt sind.«

»Darum geht's doch gar nicht«, sagte Lena. Kapierte er denn nicht, dass Karla ihn brauchte?

»Kommt Papa nicht?« Karla sah von ihrem Handy auf, als Lena zu ihr ins Wohnzimmer zurückkehrte. Es lief der zweite Teil des Vampirfilms, der sie beide in seinen Bann zog.

Lena verzog bedauernd den Mund und legte ihre Hand auf Karlas Knie, als sie sich neben das Mädchen aufs Sofa setzte.

»Ist schon gut«, beschwichtigte Karla. Aber Lena sah, dass gar nichts gut war. Sie weinte nicht, aber sie wirkte traurig. Sie verabredete sich auch so gut wie gar nicht, nur ein einziges Mal war Katharina Schwarz' Tochter Merle herübergekommen – da hatte Lena sogar mal Gelächter aus Karlas Zimmer gehört. Aber oft verzog Karla sich mit ihrem Smartphone in eine Ecke, steckte die Kopfhörer in die Ohren und wippte mit den Füßen. In Karlas Alter war sie selbst nachmittags nicht zu halten gewesen, hatte sich ständig mit Freundinnen getroffen und über Jungs gequatscht. Karla schien eher eine Einzelgängerin zu sein. Eine Einzelgängerin mit Bauchweh nach fast jedem Essen. Lena kochte ihr nach jedem Abendbrot einen Tee, füllte die Wärmflasche, setzte sich zu ihr, legte ihr die Hand auf die Stirn. Dann ging es wieder. Immer dasselbe. Und der Vater vergnügte sich in Köln mit Servern. Es war eigentlich bitter nötig, dass Michaela zurückkehrte oder dass sie und Karla sich zumindest regelmäßig sahen. Das musste doch verdammt noch mal möglich sein. Blieb nur das Problem, wie sie ihre, Lenas, Anwesenheit erklären sollte.

Als das Telefon klingelte, lief Lena in den Flur. Jedes Mal hatte sie Schiss, dass es Michaela war und sie erkannte. Und selbst wenn sie sie nicht erkannte, so konnte Lena doch unmöglich so tun, als sei sie jemand anderes. Aber es war Bea. Sie hatte in den letzten Wochen regelmäßig alle paar Tage angerufen und die Lage gecheckt. Vielleicht hatte sie gehofft oder zumindest erwartet, dass Lena Mist baute, aber vor allem schien sie immer wissen zu wollen, ob David Michalsen zu Hause war, und wenn er es war, wollte sie ihn sprechen. Allzu begeistert, ihre Stimme zu hören, schien er allerdings nie zu sein.

»Läuft alles?«, erkundigte Bea sich nach einer kurzen Begrüßung.

»Ja, wie immer.«

»Ist Herr Michalsen da?«

»Nein, er ist in Köln.«

Lena hörte, wie Bea ausatmete, als sei sie kurz vorm Explodieren. »Hab ich's mir doch gedacht«, sagte sie in der Art einer eifersüchtigen Ehefrau.

»Er arbeitet«, sagte Lena und konnte nur mit Mühe die Ungeduld in ihrer Stimme verbergen.

»Tut er das?«, fragte Bea. »Na, dann wollen wir ihm mal glauben.« Dann legte sie einfach auf, und Lena starrte den Hörer an, bis sie sich wieder fing und langsam in die Küche tappte. Dort setzte sie sich an den Tisch und stützte das Kinn in die Hände.

*

Michaela und Jan lagen auf seinem Bett und küssten sich. Seit ihrem ersten Kuss am Sea-Shepherd-Stand hatte sie jeden inneren Widerstand beiseitegeschoben und versucht, einfach zu genießen, wie gut ihr dieser Mann tat. Jeden Tag nach der Schule war Jan in Herrn Grunwalds Wohnung vorbeigekommen, hatte einfach bei ihr gesessen oder Arbeiten korrigiert und den Unterricht vorbereitet, sie waren am Main entlang spazieren gegangen, hatten in der Sonne gesessen, manchmal einen Cocktail getrunken, gelacht und erzählt. Jan war Einzelkind, aufgewachsen in Frankfurt. Die Mutter Sekretärin, der Vater Ingenieur. Sie lebten beide in der Nähe, hatten »ein gesundes Verhältnis« zu ihm. Es klang ein wenig distanziert, so als schildere er die Beziehung zu einem Arbeitgeber. Jan mochte seinen Job, auch wenn er es anstrengend fand, einige Schüler stets wie ein Clown bei Laune halten zu müssen. Oder das ständige Bemühen darum, zu verbergen, dass er Lieblinge hatte. Natürlich dachte Michaela bei solchen Gelegenheiten an Karla. Sie fragte sich beinahe täglich, wie es ihr ging, wie sie zurechtkam – und dabei zeigte sich, was für eine Rabenmutter sie war, dachte Michaela, denn diese Überlegungen reichten nicht aus, sie zur Rückkehr zu bewegen. Obwohl sie ihre Tochter gern gesehen hätte, das schon. Sehr gern sogar. Sie wusste nur nicht, wohin es führen würde. Mit Jan hatte sie auch schon darüber gesprochen, und er hatte sie zu einem Treffen ermutigt. Inzwischen wusste er, dass die »Ehekrise« nicht der einzige Grund dafür gewesen war, dass sie ihr Zuhause verlassen hatte, und auch, was es mit Lenas »Besuch« auf sich gehabt hatte. Alles hatte er sich angehört, ohne sich ein Urteil darüber zu erlauben. Und für verrückt erklärt hatte er Michaela erst recht nicht.

Sie hatten nicht sofort miteinander geschlafen. Zum einen brauchte sie einfach Zeit, sich von dem Gedanken zu verabschieden, sie sei unfehlbar und treu. Aber wem eigentlich? Dem, dem sie über Wochen verkrampft treu zu sein versuchte, vertraute sie ja nicht einmal. Und das mit Jan war kein Seitensprung, sondern etwas mit Zukunft, das spürte sie genau. Dennoch verspürte sie auch eine diffuse Angst, Sex könne das Ganze möglicherweise entzaubern. Aber das war nicht geschehen. Sie verzehrte sich nach Jan wie noch nach keinem Mann zuvor.

»Was denkst du?«, fragte er und küsste sie. Zärtlich und doch zielstrebig glitt er in sie hinein wie in einen Handschuh.

»Ich weiß einfach nicht, warum du dich ausgerechnet mit mir abgibst«, flüsterte sie, während er sich langsam in ihr bewegte, ihr Gesicht so intensiv betrachtete, als wolle er es auf einem inneren Fotoapparat für die Ewigkeit festhalten. Sie konnte es sich wirklich nicht erklären. Die Male, die sie dabei gewesen war, wenn er am Sea-Shepherd-Stand Flyer verteilt und die Leute über Fangmethoden aufgeklärt hatte, hatten die jungen Mädchen, die er ansprach, ihn mehr als offensichtlich angehimmelt. Im Gegensatz zu diesen quicklebendigen Dingern fühlte sich Michaela wie ein auf der

Weide grasendes Pferd neben unternehmungslustigen Fohlen.

»Ich will dich, ganz einfach«, beantwortete er ihre Frage, küsste sie zärtlich und fordernd und versetzte ihr mit seinem Penis einen kleinen Stoß, der ihr Schauer über den Rücken jagte.

»Aber du könntest jede andere Frau haben«, wisperte sie. »Jüngere. Die Mädchen, die du auf der Straße ansprichst.«

Er umfasste mit beiden Händen ihren Po und begann, sich stärker in ihr zu bewegen.

»Du meinst diese angepinselten Wesen, die nicht mal wissen, dass ein Wal ein Säugetier ist?«, flüsterte er.

Michaela lachte und schloss die Augen. Seit sie Jan kannte, verstand sie, was David vermisst haben mochte, wenn sie zusammen im Bett waren. Oft hatte er gefragt: »Willst du mich?« Sie hatte die Frage nicht verstanden, denn natürlich hatte sie ihn gewollt. Aber bei Jan war es ein anderes Wollen. Es war der Gefühl, innerlich zu zerreißen, wenn sie ihn nicht bekam. Das Pulsieren zwischen ihren Beinen, als sei sie der Gegenpol zu einem Magneten an Jans Unterleib.

Jan küsste ihre Lider, dann verschloss er ihren Mund mit Küssen. »Genug geredet«, flüsterte er. Sein Geruch umhüllte sie wie eine Decke.

Als sie später die Augen aufschlug, hörte Michaela ihn neben sich atmen. Sie wandte den Kopf zu ihm um, darauf bedacht, kein Geräusch zu verursachen, und betrachtete sein Gesicht, widerstand jedoch dem Bedürfnis, die Hand auszustrecken und über seine bärtige Wange zu streichen. Sie wirkte so männlich, dass das Verlangen in Michaela sofort wieder erwachte. Es war noch immer merkwürdig, neben einem anderen Mann als David aufzuwachen. Es fühlte sich wie ein Anfang und wie ein Ende zugleich an.

Sie war doch nicht zu Frau Lorek oder zu einem Arzt gegangen. Es war ja nichts mehr vorgekommen, und auch Kopfschmerzen hatte sie keine mehr gehabt. Auch von Bea hatte sie seit dem schrecklichen Telefonat nichts mehr gehört. Vier Wochen war das jetzt her. Noch nie hatte es eine so lange währende Funkstille zwischen ihnen gegeben. Michaela fragte sich, woran das lag. Daran, dass nun Jan ihr Gesprächspartner war? Nein, es war etwas anderes.

Sie wollte Entscheidungen allein treffen. Zum Beispiel die Entscheidung, David nach dem Wochenende anzurufen und ihn um ein Treffen zu bitten. Auch wenn sie wirklich Bammel davor hatte.

30

Lena blätterte auf der Terrasse in einer von Michaelas abonnierten Zeitschriften und trank einen Latte macchiato. Es war Montagnachmittag. David Michalsen war erst gestern spät aus Köln zurückgekommen, und er und Karla waren »wenigstens«, so Karla, noch in die Pizzeria gegangen. Heute arbeitete er in Frankfurt.

Kaum hatte sie die erste Zeitschrift durch, kam David nach Hause, seine Miene eine Mischung aus Gewitter und Erdbeben. Ihm hing ein Krümel im Mundwinkel, doch Lena wagte es nicht, ihn darauf hinzuweisen.

»So eine Scheiße«, murmelte er, als er sich zu ihr setzte. »Was für ein Tag.«

Lena nahm die Füße vom Tisch. »Ist was passiert?«

Zwischen seinen Augenbrauen erschien eine angespannte Furche. »Ich habe Mist gebaut«, sagte er und lächelte selbstironisch. »Richtigen Mist.«

»Oh.«

Er rubbelte sich übers Gesicht und zog dabei das Unterlid so stark nach unten, dass es aussah, als schneide er eine Fratze. Der Krümel im Mundwinkel löste sich und segelte zu Boden. Lena anblickend sagte er mutlos: »Ich weiß gar nicht, wie ich aus diesem Schlamassel wieder rauskommen soll.«

Lena sah hinüber zum Gebüsch. »Sollen wir nicht reingehen? Sonst kriegen wir vielleicht gleich Gesellschaft.« Regina Rooney hatte es sich zur Angewohnheit gemacht, Lena öfter mal bei ihrem Latte macchiato Gesellschaft zu leisten. Dabei erzählte sie meist von ihrem harten Leben als berufstätige Mutter. Anscheinend bekam sie das mit dem Haushalt nicht so gut geregelt. Lena hörte sich diese Monologe in der Regel kommentarlos an und dachte sich ihren Teil zu diesen Luxusproblemen.

»Nicht nötig, ich hab beim Reinkommen gesehen, dass die weggefahren sind«, antwortete David.

»Was haben Sie sich denn eingebrockt?«

Er trommelte ein Stakkato auf den Tisch. Dann sagte er: »Egal. Ich werde das schon irgendwie klären. Mir wird eine Lösung einfallen, irgendwas …« – er lachte, und es schien, als lache er über sich selbst – »… Geniales!«

Auch Lena verzog den Mund zu einem Lächeln. »Ich wünsche viel Erfolg.«

David nickte. »Wissen Sie, was dem Ganzen heute noch die Krone aufgesetzt hat?«

Lena hob unsicher die Schultern.

»Meine Frau hat mich angerufen. Heute Morgen um elf. Ich denke, mich trifft der Schlag, als auf einmal ihr Name auf meinem Display aufleuchtet. Seit zwei Monaten habe ich nichts von ihr gehört. Ich habe ihr E-Mails geschrieben, immer wieder. Keine Reaktion. Ich hätte ja fast annehmen können, dass sie nicht mehr lebt!«

Lena sagte gar nichts. Sie starrte ihn erschrocken an, wusste, dass sie hätte entgegnen müssen, seine Frau sei doch zur Kur und dass es daher völlig normal sein konnte, wenn sie sich nicht meldete. Aber sie schwieg.

»Sie ist gar nicht zur Kur«, sagte David Michalsen, als könne er ihre Gedanken lesen. »Sie hat …« – er fuchtelte mit den Händen – »… Hirngespinste! Sitzt in irgendeiner Wohnung in Frankfurt und will zu sich kommen. Weil ich …« Er winkte ab. »Ach, ist ja auch egal.«

»Wie hörte sie sich denn an?«

Er runzelte die Stirn. »Wie sie sich anhörte? Gut. Aber das ist ja noch nicht alles. Ich habe mich mit ihr getroffen.«

»Wirklich?« Lena sah ihn angestrengt an. »Wie geht es ihr?«, fragte sie dann atemlos.

Er blies die Wangen auf und ließ hörbar die Luft entweichen. »Da fragen Sie mich was. Gut. Es geht ihr gut. Anscheinend. Aber … sie hat nur dummes Zeug gefaselt. Nur Mist! Und sie ist vollkommen verändert.« Er deutete auf Lena. »Früher hat sie sich ungefähr so gekleidet wie Sie.« Er musterte abschätzend Lenas Jeans und das senfgelbe, eng anliegende T-Shirt mit V-Ausschnitt. »Na ja, vielleicht ein bisschen langweiliger. Aber heute, da trug sie ein Strandkleid. Und Korksandalen.« Er schüttelte ungläubig den Kopf.

Lena tat unbeteiligt. »Was für einen … Mist hat sie Ihnen denn erzählt?«

David Michalsen schien kurz davor, sich die Haare zu raufen. Dann sagte er unvermittelt: »Sollen wir uns nicht duzen? Diese Siezerei geht mir schon die ganze Zeit auf die Nerven.«

Lena verzog den Mund. Dabei war ihr das »Sie« gerade recht gewesen. Es wahrte ja irgendwie Distanz. Immerhin war er ihr Boss. Aber ablehnen konnte sie sein Angebot auch nicht.

»Ich bin Lena«, erwiderte sie.

Auf einmal sah er sie ganz ruhig an. »Was ich übrigens schon die ganze Zeit sagen wollte, Lena. Ich bin sehr, sehr froh, dass du da bist. Wenn du nicht hier wärst – ich weiß nicht, was ich machen würde. Mit Bea, das war eine Katastrophe, und mit meinen Nachbarinnen auch. Ich meine, wir haben uns immer gut verstanden. Sie sind für uns da und wir für sie, es ist normalerweise wirklich eine gute Nachbarschaft. Aber sie haben einfach nicht kapiert, dass ich oft nach Köln muss. Fanden es nach dem Auszug meiner Frau total verwerflich, dass ich direkt jeden Tag hochgefahren bin.« Er rieb sich die Augen, als sei er urplötzlich müde. »Dabei hätte ich es gar nicht gemusst. Ich hätte … Ach, scheißegal. Ich kann es nicht rückgängig machen. Ich muss einfach zusehen, dass ich aus diesem Schlamassel halbwegs heil wieder rauskomme. Da brauche ich das mit Michaela echt nicht auch noch.«

Lena war froh, dass er seinen Monolog endlich unterbrach. Viel mehr interessierte sie doch, wie sein Treffen mit Michaela verlaufen war!

»Jetzt erzähl doch mal«, bat sie. »Was war denn heute mit deiner Frau?«

Falls er irgendwann herausbekam, dass sie Michaela kannte, nahm sie einfach die Beine in die Hand. Er würde sie sonst umbringen. Ganz sicher.

David schien nichts von ihren Gedanken zu ahnen. »Sie hat sich verliebt«, sagt er und schürzte die Lippen.

Lena blieb der Mund offen stehen. »Verliebt?«

»Ja«, bestätigte er schwach. »In einen Aktivisten. Greenpeace oder WWF, irgend so was. So alt wie sie, keine Kinder. Lehrer. Er …« – David hob die Finger und formte Gänsefüßchen – »…›nimmt sie so, wie sie ist‹.«

»Vielleicht geht es wieder vorbei«, wandte Lena hilflos ein. Es musste dieser Jan sein. Der Typ, der am Abend von Pavels Anschlag vorbeigekommen war. Er und Michaela waren ein Paar?

»Weißt du, die Sache ist, dass Michaela nicht allein sein kann. Sie behauptet es immer, sagt, die Nachbarinnen seien ein notwendiges Übel. Aber in Wahrheit hält nur die Sicherheit, dass jemand da ist, sie am Leben. Deshalb hockt sie hier immer mit Regina und Katharina zusammen. Deshalb kam Karla jeden Mittag aus der Schule, obwohl sie in eine Ganztagsschule geht. Und jetzt hat meine Frau sich als Ersatz für ihr soziales Umfeld so einen Typen angelacht!«

Lena sah David nachdenklich an. Er wirkte nicht traurig, nur wütend. »Hättest du dir gewünscht, dass sie zurückkommt?«

»Weißt du, Lena, meine ehrliche Antwort lautet: Für Karla hätte ich es mir gewünscht. Ich selbst war einfach nur sauer. Seitdem ich meine Frau kenne, nehme ich Rücksicht auf ihre Probleme. Besonders nach Karlas Geburt. Sie hatte Depressionen, war manchmal wie weggetreten und war in Behandlung. Ich verstehe das auch. Sie hatte keine leichte Kindheit, und dass sie gelitten hat, steht außer Frage. Aber das Leben geht schließlich weiter. Und sie war wieder gesund. Jahrelang! Und dann, von einem Tag auf den anderen, legt sich ein Schalter um, und alles geht wieder von vorne los.« Er schüttelte den Kopf. Ärgerlich, wie es schien. Als habe ein lästiger Konkurrent seine Geschäftspläne durchkreuzt.

»Sicher gab es einen Auslöser. Einfach so legt sich kein Schalter um«, widersprach Lena. Obwohl es ihr auch ein wenig übertrieben erschien, dass Michaela von zu Hause auszog, nur weil David abstritt, jenes ominöse Telefonat geführt zu haben.

»Ja, du hast recht. Vermutlich war da was. Aber was auch immer, es hat keine Bedeutung.« Er sah Lena durchdringend an. »Zumindest inzwischen nicht mehr. Aber sie akzeptiert das einfach nicht. Und jetzt ist da dieser Kerl!«

»Ich weiß zwar nicht, was passiert ist, aber eine Bedeutung hatte es für deine Frau sicherlich. Sonst wäre sie doch nicht gegangen. Keine Mutter lässt einfach ihr Kind zurück, wenn sie nicht wirklich Probleme hat, mit denen sie zu Hause nicht klarkommt. Glaube ich jedenfalls«, fügte sie hinzu. So viel beten konnte sie gar nicht, dass er nicht dahinterkam, dass sie Michaela kannte. Er würde doch glauben, sie hätte ihn ausspioniert.

Sein Blick hatte etwas Zögerndes. »Ja, es gab etwas von Bedeutung. Es hatte mit Köln zu tun. Aber ich versuche ja, wie gesagt, das alles wieder in Ordnung zu bringen.«

Lena verspürte den Drang, ihm über den Arm zu streichen, aber sie gab ihm nicht nach. Es wäre Michaela gegenüber wirklich nicht fair gewesen. Aber sie empfand Mitgefühl für David Michalsen, so absurd es auch war. Sie wusste genau, wie es sich anfühlte, einen unverzeihlichen Fehler begangen zu haben, dessen Reichweite man erst ermessen konnte, wenn es zu spät war.

Zehn Minuten später war Lena um das Wissen reicher, dass Michaela auch Karla sehen wollte. David hatte seiner Frau vorgeschlagen, zu diesem Zusammentreffen nach Hause zu kommen, aber allein bei der Idee sei sie ins Zittern geraten. Also hatten sie ausgemacht, dass er am nächsten Tag nach der Arbeit mit Karla in die Stadt fuhr und sie Michaela im MyZeil trafen. Shoppen, Eis essen, vielleicht auch zu Abend essen. David würde zwischendurch vorgeben, in der Stadt etwas zu erledigen zu haben, damit die beiden auch Zeit für sich hatten. Es solle bei diesem Treffen noch nicht um eine Trennung gehen – überhaupt habe Michaela das Wort Trennung nicht in den Mund genommen, nur gesagt, sie könne nicht zurück. David hatte angemerkt, dass er das Treffen zwischen Karla und Michaela am liebsten verbieten würde. Und so ganz problemlos war diese Zusammenkunft ja wirklich nicht. Lena hatte auch Angst um Karla. So wenig sie selbst früher Wert auf dieses »Nest« gelegt hatte, das ihre Eltern ihr geboten hatten, so sehr schien Karla sich nach einer heilen Familie zu sehnen. Aber vielleicht lag sie ja auch falsch. So falsch wie mit ihrer einstigen Annahme, David habe etwas mit Bea. Das fand sie mittlerweile völlig abwegig.

Nun saß er schon eine ganze Weile bei seiner Tochter, und Lena fragte sich, wie Karla die Aussicht auf ein Treffen mit ihrer Mama aufnahm. Sie tappte ins Haus und horchte nach oben. Einmal meinte sie, eine Art Fiepen zu hören, wie von einem Hund oder einem Ferkel. Dann war es wieder ruhig.

Lena bereitete Pizza zu. Sie hatte fertigen Teig gekauft und breitete ihn auf dem Blech aus, belegte alles mit Tomatensoße, Salami, Schinken, Zwiebeln und Knoblauch. Darauf streute sie Chilipulver, verteilte als Letztes geriebenen Käse darüber und schob das Ganze in den Ofen. Anschließend schnippelte sie Gurken und Karotten und deckte den Tisch.

Sie hatte sich im Internet auf Eltern.de schlaugemacht, was in Familien gekocht wurde, und hatte auch ihr Hühnchen-Bohnen-Rezept dort eingestellt. Bisher hatte es einmal zwei Sterne bekommen.

Als sie den Müll nach draußen brachte, kam Regina mit Brian und Jonathan um die Ecke bei den Garagen.

»Hi«, sagte Lena und ließ die Tüte in die schwarze Tonne fallen.

»Kommen Sie morgen auch zu der Schmuckparty?«, erkundigte sich Brian Rooney.

Lena lachte auf. »Schmuckparty? Ich? Nee.«

Regina schloss die Tür auf. »Wenn Sie wollen, können Sie aber gern mitmachen. Es ist immer sehr lustig. Dann lernen Sie mal alle hier kennen. Kaufen müssen Sie ja nichts. Um sieben geht's los, es gibt auch Knabbereien.«

Knabbereien. Fast hätte Lena laut losgeprustet. Salzstangen und Cracker hatte es auch immer gegeben, wenn von Roths mit Cornelius vorbeigekommen waren.

»Nein«, lehnte sie ab, »auch dann nicht.« So weit kam es noch. Sie und Schmuck. Sie trug höchstens mal ein Haargummi!

Als sie ins Haus zurückkehrte, kamen Karla und David gerade die Treppe nach unten – Davids Hand ruhte auf Karlas Schulter, als wolle er darauf achten, dass sie nicht ins Straucheln geriet. Karlas Nase war rot und geschwollen.

Lena sah Karla mitfühlend an. »Was ist denn passiert?«

»Ich habe ihr gesagt, dass meine Frau sie treffen möchte«, antwortete David.

»Aber das ist doch schön, Karla«, sagte Lena.

»Ja, aber sie kommt nicht heim.« Karla atmete schluchzend ein, ging in die Küche und putzte sich geräuschvoll die Nase. Lena und David folgten ihr.

Karla wischte sich über die Augen und lugte in den Ofen. Der Käse auf der Pizza zerlief zu einer glatten gelben Masse. David warf Lena einen besorgten Blick zu.

»Ein Treffen ist doch schon mal schön«, sagte Lena aufmunternd. »Sie vermisst dich sicher sehr.«

David setzte sich an den Tisch und seufzte. »Karla glaubt, dass Michaela ihretwegen nicht nach Hause kommen will.«

»Ihretwegen?« Lena setzte sich ebenfalls.

Karlas Unterlippe zitterte, ihre Stimme klang leise und fiepsig. »Ja. Weil ich immer über das Essen meckere. Und dauernd Bauchweh habe.«

»Das sind doch Kleinigkeiten. Du bist so was von toll«, widersprach Lena. »Und traumhaft lieb.«

»Kannst du nicht mal mit Mama reden, Lena?«, bat Karla. »Ihr sagen, dass ich ganz anders sein kann?«

Lena starrte Karla entsetzt an. »Das wäre sicher nicht gut. Ich kenne deine Mama doch überhaupt nicht.«

Sie hasste es, Karla anzulügen. Aber sie konnte unmöglich an diesem Treffen teilnehmen. O Mann. So schnell wie möglich musste sie mit Michaela sprechen. Denn so, wie es aussah, fiel morgen ihr Name. Und wenn Michaela sich nicht ganz doof anstellte, zählte sie eins und eins zusammen.

»Bitte, Lena. Dir würde sie bestimmt glauben.«

Lena griff nach Karlas Hand. »Also, erstens bin ich morgen bei Regina auf der Schmuckparty.« Sie sah, dass David überrascht eine Augenbraue hob. »Zweitens hat die Tatsache, dass deine Mama noch nicht nach Hause kommen möchte, garantiert nichts mit dir zu tun. Kinder denken so was immer, dass sie schuld sind und so. Aber das ist völliger Quatsch. Kinder sind nie schuld. Das ist ein Gesetz. Gib deiner Mama noch ein bisschen Zeit. Vielleicht könnt ihr jetzt ganz neu anfangen. Wie Freundinnen. Ihr könnt zusammen shoppen gehen oder andere Erwachsenensachen machen, das ist doch super. Und wenn *du* dich geändert hast – vielleicht hat deine Mama sich auch geändert. Könnte doch sein. Sie fände es bestimmt nicht so toll, wenn du mich mitbringst. Gib ihr Zeit. Ich lauf dir hier nicht weg, versprochen.«

Lena biss sich auf die Lippen. Hoffentlich konnte sie dieses Versprechen halten. Sie musste zu Michaela. Und zwar nicht irgendwann, sondern jetzt. Sonst lief alles aus dem Ruder.

Der Ofen piepte, die Pizza war fertig.

»Mir ist gerade was eingefallen …« Lena griff sich an den Kopf und stand auf. »Ich muss noch mal weg.«

»Jetzt?«, fragten Karla und David wie aus einem Mund. »Aber die Pizza …?«, wandte David ein.

»Die ist für euch. Ich hab gar keinen Hunger.«

»Aber wo willst du denn hin?«, rief David ihr hinterher. Kurz darauf schaute er in den Flur, wo sie schon ihre Schuhe anzog, nach Jacke und Beutel griff.

»Ich bin verabredet. Hab ich völlig vergessen. Ein Typ, den ich letztens beim Brötchenholen kennengelernt habe.«

»Echt?«, rief Karla.

David schüttelte den Kopf. »Und da machst du dich nicht ein bisschen schick?«

»Wieso?« Lena sah an sich hinunter. Sie trug dasselbe wie mittags: Jeans und das senfgelbe Shirt. Dazu ihre neuen Chucks. Selbst für einen Typen hätte sie nichts anderes angezogen.

»Ich bin sechsundzwanzig«, erklärte sie. »Da muss man mich nehmen, wie ich bin.«

David lächelte. »Du siehst sowieso toll aus.«

Unvermittelt stieg Lena die Röte ins Gesicht. Sie klopfte auf ihre Tasche. »Ich bin dann mal weg, bis später.«

Er sah ihr in die Augen. »Viel Spaß.«

Sie blinzelte ihn an. Dass sie Spaß haben würde, bezweifelte sie.

*

Jan schnippelte Gemüse. Es gab etwas aus dem Wok, mit Sojasprossen und Paprika, Karotten und Hühnchen. Michaelas Magen knurrte schon. Wenn sie sich nicht täuschte, brachte sie mindestens zwei Kilo mehr auf die Waage, seit sie Jan kannte. Sie saß an dem kleinen, runden Tisch in seiner Küche und sah ihm zu. Kochen war seine Leidenschaft. Am liebsten werkelte er allein vor sich hin, schnitt wie ein Profikoch das Gemüse in schmale Streifen, während die Klinge knapp an seinen Fingerspitzen vorbeiglitt.

»Wo hast du das eigentlich gelernt?«, erkundigte sie sich.

»Bei einem Schülerpraktikum vor zwanzig Jahren. Ich hatte die Idee, Koch zu werden. Nach den drei Wochen wusste ich, wie man Gemüse schneidet und Fleisch brät – aber auch, dass die Arbeitszeiten absolut nicht zu mir passen. Jeden Abend in der Küche stehen, auch am Wochenende, das ist nichts für mich.«

»Und wann hast du dann beschlossen, Lehrer zu werden?«

»Ich mag Kinder. Ich hab schon früh jüngeren Schülern Nachhilfe gegeben und konnte mir einfach gut vorstellen, dass mir das dauerhaft liegt.«

»Bei mir war das Gegenteil der Grund, warum ich mit Kindern arbeiten wollte. Ich bin Erzieherin geworden, weil ich mir nie vorstellen konnte, eigene zu kriegen. Ich dachte, wenn ich schon selbst keine bekommen werde, schare ich sie eben beruflich um mich.«

»Warum konntest du dir eigene nicht vorstellen?«

»Es kam mir so unwahrscheinlich vor wie eine Reise zum Mond. Ich hatte natürlich Eltern gehabt, aber das war so lange her – ich konnte mir einfach nicht vorstellen, wie es wäre, mit jemandem eine Familie zu gründen.«

»Aber dein Mann wollte Familie?«

»Ja, David wollte ein Kind. Für ihn war das beschlossene Sache. Na ja, und ich war Erzieherin. Ich glaube, da kam er gar nicht auf die Idee, dass ich es nicht wollen könnte.«

Jan setzte sich zu ihr an den Tisch und stützte sein Kinn in die Hände. »Aber über solche Dinge redet man doch. Man setzt die Pille ab oder lässt die Kondome weg.«

Michaela schluckte verlegen. »Das hört sich jetzt sicher sehr blöd an, Jan, aber ich habe einfach die Pille abgesetzt, weil David darum bat. Er hat es ja nicht befohlen. Er hat einfach irgendwann gesagt ›Die brauchst du jetzt doch nicht mehr‹, und ich hab okay gesagt.«

»Das passt irgendwie gar nicht zu dir.«

»Findest du?«

Er nahm ihre Hände. »Auf mich machst du einen sehr geerdeten Eindruck.«

»Geerdet? Nein. Ich bin unsicher, bei allem, was ich tue.« Michaela hob den Blick. »Ich muss dir noch etwas sagen.«

Jan legte den Kopf schräg. »Was denn?«

»Ich habe mich heute mit meinem Mann getroffen. Ich … wollte ihm von dir erzählen und ein Treffen mit Karla verabreden. Ich möchte sie unbedingt sehen.«

Er strich ihr eine Haarsträhne aus dem Gesicht. »Das finde ich gut. Sehr gut sogar. Wann seht ihr euch denn?« Keine ängstliche Frage, wie das Treffen mit David verlaufen war.

»Morgen nach der Schule, wir treffen uns in der Stadt.«

Jan erhob sich und kippte einen Tropfen Öl in den Wok, drehte die Herdplatte auf die höchste Stufe.

»Von Lena hast du aber nichts mehr gehört, oder?«, fragte er. »Oder hat sie sich inzwischen mal gemeldet?«

»Das hätte ich dir doch erzählt.«

Er blickte sie über seine Schulter hinweg an. »Hast du mal nachgeforscht, wo sie sein könnte?«

Michaela hob die Augenbrauen und lachte. »Wie soll ich das denn nachforschen?«

»Vielleicht ist sie bei Facebook unterwegs?«

»Keine Ahnung. Ich bin ja selbst nicht bei Facebook.«

»Und deine Tochter?«

»Gott bewahre. Ich hab's ihr verboten.«

Jan warf Hühnerfleisch in die brutzelnde Pfanne und nickte. »Ich habe einen Facebook-Account. Wenn du willst, können wir mal nach Lena schauen. Außerdem könnten wir googeln.«

Michaela sah ihn nachdenklich an. »Ich möchte ihr nicht hinterherspionieren. Sie wird ihre Gründe gehabt haben, zu gehen.«

Aber der Gedanke ließ sie nicht mehr los. Es wäre wirklich schön zu wissen, dass es ihr gutging. Inzwischen musste sie sich doch von dem Anschlag erholt haben. Hoffentlich war ihr nichts passiert. Allerdings bezweifelte Michaela, dass Lena auf Facebook & Co. unterwegs war.

Nachdem sie gegessen und Jans Küche aufgeräumt hatten, zog Jan sich an den Schreibtisch in seinem Arbeitszimmer zurück. Michaela rief nach Pim und legte ihm die Leine an.

»Wir drehen noch eine Runde um den Block!«, rief sie Jan zu und schloss die Wohnungstür hinter sich. Bereits im Hausflur zog sie ihr Telefon aus ihrer Tasche und eilte hinter Pim aus dem Haus. Dass sie nicht schon früher darauf gekommen war, nach Lena zu googeln! Dabei hatte sie sich doch so über den Namen gewundert. Er klang sehr schön.

Als Pim an einer Laterne schnüffelte und sein Bein hob, gab sie Lenas Namen in die Suchmaschine ein. Schon die ersten beiden Treffer ließen ihr den Mund offen stehen.

18. Juni 2004. Adelstochter setzt Haus in Brand – Eltern sterben Erstickungstod.

Ungläubig las Michaela die weiteren Zeilen.

Wie gestern bekannt wurde, ist der Brand in Felding, bei dem das Ehepaar von Hohenkamp ums Leben kam und eine 16-jährige Tochter hinterließ, von der Tochter selbst gelegt worden. Warum sie den Tod ihrer Eltern herbeigeführt hat, ist noch unklar. Sie wird derzeit verhört.

Michaela klickte auf den nächsten Artikel.

5. November 2004. Aus Mangel an Beweisen – der Fall von Hohenkamp.
Nach dem Erstickungstod eines Ehepaars im bayerischen Felding bei München steht seit Montag die Tochter der beiden Eheleute vor dem Münchener Landgericht. Die 16-jährige Magdalena soll nach einem Streit mit der Mutter in ihrem Zimmer geraucht und anschließend die Zigarette in einem Papierkorb entsorgt haben. Während die Tochter zu einer Party ging, entwickelte sich in dem Papierkorb ein Schwelbrand, dessen giftige Dämpfe die Eltern im Schlaf überraschten. Das Ehepaar erstickte. Auch der Hund der Familie starb. Es war die Tochter selbst, die die Polizei informierte. Eigenen Angaben zufolge kam ihr der Qualm bei ihrer Rückkehr in der Nacht unter der Haustür entgegen. Rauchmelder habe es im Haus keine gegeben. Die Verteidigung fordert Freispruch.

31

Scheiße, Michaela, mach doch auf!«, murmelte Lena und drückte zum mindestens zehnten Mal auf den Klingelknopf der Wohnung von Florian Grunwald. Sie war von David und Karla aus hierhergehetzt wie eine Verrückte, um zu retten, was zu retten war. Und jetzt war Michaela nicht da. Lena sah an der Fassade nach oben. Das Licht war aus, kein Hund bellte. Die zerbrochene Scheibe war repariert.

Zum wiederholten Mal bereute sie es, kein Handy zu besitzen. Wie einfach wäre es gewesen, jetzt bei Michaela durchzuklingeln und sie um ein Treffen zu bitten! Bestimmt war sie bei diesem Jan. Aber wo wohnte der? An seinen Nachnamen konnte sie sich nicht erinnern. Hätte sie ihn gewusst, hätte sie zumindest in Eschersbach im Internet nach ihm forschen können.

Vielleicht ging Michaela auch mit Pim Gassi und sie kamen gleich um die Ecke. Lena würde sagen: »Hallo, Michaela, was ich dir schon die ganze Zeit sagen wollte ...«

Möglicherweise würde Michaela sie verstehen. Doch insgeheim wusste sie, dass das nicht passieren würde. Es gab einfach keinen plausiblen Grund dafür, dass sie ihr Auftauchen in Eschersbach verschwiegen hatte. Oder doch? Die Angst, das zu verlieren, was sie bei Karla und David gefunden hatte? Aber was war das eigentlich? Nun ja, sie fühlte sich daheim. Gebraucht. Angekommen. Erwachsen. Und in der Lage, den Schwierigkeiten ins Auge zu sehen.

Auf der Fahrt mit der S-Bahn zurück nach Eschersbach ging sie alle Möglichkeiten durch, die ihr in den Sinn kamen.

Wie konnte sie verhindern, dass Michaela von jemand anderem erfuhr, dass sie sich in ihre Familie eingeschlichen hatte? Natürlich hätte sie ihr einen Zettel schreiben und in den Briefkasten stecken können. *Ruf doch mal bitte bei dir zu Hause an. Gruß, Lena*

Damit hätte sie sich jedoch verraten und Michaela Zeit gegeben, sich ein Urteil zu bilden, das garantiert nicht zu Lenas Gunsten ausfiel. Es war also besser, wenn sie zu Hause im Kontakteverzeichnis des Telefons nach Michaelas Handynummer suchte und bei dem Gerät die Rufnummernunterdrückung einschaltete. Sie würde ein Treffen für morgen früh mit ihr vereinbaren und dann zwischen zwei Happen das Thema auf ihren Vertrauensbruch bringen. Sie musste nicht einmal niedergeschlagen tun – sie fühlte sich jetzt schon, als stünde sie kurz vor einer gepfefferten Grippe.

Vielleicht nahm Michaela ihr ihr Eindringen auch als »Rettungsmaßnahme« ab. Lena konnte ihr zum Beispiel von ihrem Verdacht gegen Jonathan erzählen. Na ja, sehr wahrscheinlich war es nicht.

Sie verlangsamte ihre Schritte, als sie in den Marillenweg einbog. Vielleicht sollte sie zuerst mit David sprechen. Ihm alles erzählen und abwarten, wie er reagierte. Wenn er sie zum Teufel jagte, brauchte sie auch Michaela nichts mehr zu beichten. Was im Grunde auf dasselbe hinauslief. Sie konnte ihren Betrug doch unmöglich Michaela beichten, ohne David einzuweihen.

Himmel, was für eine komplizierte Scheiße, dachte Lena und steckte ihren Schlüssel ins Schloss. In diesem Moment öffnete sich die Haustür nebenan. Lena blickte überrascht auf Reginas sonnengelben Schlafanzug. Wie lange hatte die denn wieder auf der Lauer gelegen?

»Ich habe gehört, Sie kommen morgen doch zu meiner Schmuckparty«, sagte Regina lächelnd. »Das freut mich. Wirklich!«

»Ja, mich freut's auch«, sagte Lena bemüht fröhlich. »Ich hab mir überlegt, besser eine Schmuckparty als gar keine Abwechslung.«

»Ist es Ihnen hier zu eintönig?«

Lena zwinkerte lässig. »Na ja, es brennt nicht gerade der Bär.«

»Sie haben aber nicht vor, wieder zu gehen? Sie tun Karla gut. So fröhlich und ausgeglichen war die Kleine schon ewig nicht.«

Lena stieß die Tür auf. »Es ist nicht meine Entscheidung«, sagte sie und verzog den Mund zu einem traurigen Lächeln.

»Wir sehen uns morgen.«

Im Wohnzimmer brannte noch Licht. Lena streifte ihre Schuhe ab und hängte die Jacke auf, dann schlich sie auf Zehenspitzen durch den Flur und warf einen Blick hinein.

David saß auf dem Sofa, vor ihm auf dem Couchtisch drei Blätter Papier, handbeschrieben, so, wie es aussah. Er hob den Blick von seinen Notizen, als er sie bemerkte.

»Bin wieder da«, sagte sie.

»War es schön?«

Sie sah ihn überrascht an. »Wo?«

»Na, bei deiner Verabredung.«

Ach du lieber Himmel. »Ach so. Ja. Ganz nett.«

»Magst du einen Wein?«, fragte er und klopfte neben sich auf die Sofakante.

»Nee, heute ist mir nicht so nach Wein.« Sie wollte nur weg von ihm. Sie hatte das Gefühl, er könnte ihr an der Nasenspitze ansehen, dass sie etwas ausgefressen hatte.

»Dann vielleicht Sekt?«

Sie schluckte. Sollte sie ihm einfach die Wahrheit beichten? Es hier und jetzt hinter sich bringen?

»Was hast du denn noch zu trinken? Vielleicht was Härteres?« Okay. Brachte sie es also hinter sich. Vorher ein bisschen Mut antrinken, und dann zack, raus mit der Sprache.

Er ging zum Wohnzimmerschrank, öffnete ein Fach, das sich als ein von innen verspiegeltes Barfach entpuppte. »Was Härteres? Wodka? Oder was Süßes? Baileys vielleicht?«

Lena trat näher. Dieses Barfach hatte sie bisher noch gar nicht bemerkt.

Mit einer ausladenden Handbewegung deutete David auf die aufgereihten Flaschen. Gin, Whiskey, Wodka, Rum, sah Lena. Sie hatte ihn noch nie davon trinken sehen.

David zog eine braune Flasche aus der Mitte. »Baileys kennst du doch?«

»Klar.« Lena nickte. Sie kannte das Zeug von irgendeiner Party in Felding – das Gebräu war anlässlich eines achtzehnten Geburtstags geflossen. Allerdings war sie zu früh von der Feier abgeholt worden, um allzu viel davon trinken zu können. Aber lecker war es gewesen.

»Das ist das absolute Lieblingsgetränk meiner Frau. Magst du ein Glas? Mit Eis oder ohne?«

»Gern mit.«

Wenig später saßen sie nebeneinander auf dem Sofa. Lena legte den Kopf zurück und die Füße auf dem Sofatisch ab, schob mit der Ferse die Papiere beiseite, über denen David gebrütet hatte, und ließ die kühle Flüssigkeit ihre Kehle hinabrinnen. *Erst mal Zeit gewinnen. Dann legen wir los.*

David griff zur Fernbedienung und schaltete Musik an. Das hatte er bisher noch nie gemacht. Baileys und Musik. Bald kam sie sich vor wie bei einem Date.

»Was ist das?«, murmelte sie mit geschlossenen Augen.

»Breathe«, sagte David. »Kennst du sicher nicht. Hab ich in den Achtzigern gehört.«

»Klingt wie eine Boyband.«

Sie hörte an seiner Stimme, dass er grinste. »Ja, so kann man es auch nennen. Wir wussten damals allerdings nicht, dass es eine war.«

Sie hob den Kopf. »Wie alt bist du denn eigentlich?«

»Zweiundvierzig.«

»Ganz schön alt«, neckte sie.

Er lachte. »Alt, aber kein bisschen weise.« Er griff zu den Zetteln auf dem Tisch und schob sie zusammen.

»Was hast du denn eigentlich für Probleme in Köln?«, fragte Lena und deutete auf die Papiere. »Sieht ja echt kompliziert aus.«

Er sah sie an, als frage er sich, ob er ihr vertrauen konnte.

»Wo soll ich da anfangen?«, murmelte er. »Ich bin gerade dabei, endlich mal ein bisschen Struktur in all das zu bringen, was ich mir die letzten Monate eingebrockt habe. In der Hoffnung, dass es doch noch eine Lösung für mein Dilemma gibt.«

Lena sah ihn an. Offenbar hatte er Redebedarf. Im Grunde quatschte sie auch viel lieber über seine Probleme als über ihre eigenen. »Was genau ist denn dein Dilemma?«

»Dass ich mir zu viel aufgehalst habe. Der Kunde in Köln, bei dem ich von meinem Arbeitgeber im Frühjahr eingesetzt war, hat mich vor einiger Zeit gefragt, ob ich nicht noch mehr machen könnte. Und ich hab zugesagt.«

»Aber heute Nachmittag sagtest du, du hättest Scheiße gebaut. Was ist daran scheiße? Das klingt doch gut.«

»Aber meine hiesige Firma weiß gar nicht, dass ich das seit etlichen Wochen tue.«

Lena sah ihn verständnislos an. »Du bist doch dauernd in Köln. Da werden sie doch wissen, dass du dort arbeitest.«

»Sie denken, dass ich die IT-Infrastruktur des Kunden umstelle. Dass ich nebenher programmiere, wissen sie nicht. Das liegt daran, dass ich mich für Mister Superschlau hielt.« Er kratzte sich am Kinn. »Ich dachte, ich könnte mir ein bisschen Geld dazuverdienen. Ein kleines Programm sollte ich schreiben und nebenher ein bisschen Beratung machen. Der Kunde hat nicht so viel Kohle, und wir wollten es quasi auf dem kleinen Dienstweg erledigen. An meinem Arbeitgeber vorbei.«

»Oh.«

»Das bleibt aber unter uns.«

»Natürlich.«

Er hob sein Glas und hielt es Lena entgegen. »Prost, Lena. Danke fürs Zuhören.«

Ihre Gläser klirrten leise aneinander. Der Alkohol breitete sich wohlig in Lenas Körper aus.

»Das heißt, du bist manchmal deshalb auch am Wochenende in Köln, weil du im Laufe der Woche die normale Arbeit für deine Firma machst und am Wochenende die Sache, die unter der Hand läuft.«

»Richtig. Ich hatte ja schon im Frühjahr ein Projekt bei denen, das ziemlich easy lief. Dann war ich ein paar Wochen hier, und auf einmal wollten sie diese kleine Sache programmiert haben. Ich hab Urlaub genommen, um das machen zu können. Dann kam der Auftrag mit der Infrastruktur, und zusätzlich wollten die Kölner noch mehr Programmierarbeit. Alles zusammen geht aber nicht. Nur – wem soll ich das sagen? Meinem Chef bestimmt nicht.«

»Dann sag doch denen in Köln, dass sie sich jemand anderen für die Programmierung suchen sollen.«

»So jemanden müsste ich erst einarbeiten. Das dauert.«

»Aber was nicht geht, geht nicht.«

David stürzte den Wein in einem Schluck hinunter und goss sich erneut etwas ein. »Aber Vertrag ist Vertrag. Und genau mit diesem Scheißvertrag hab ich mich erpressbar gemacht. Dabei hielt ich mich für besonders schlau, ihn abzuschließen, denn nur Idioten arbeiten ohne Vertrag.«

»Die erpressen dich nicht wirklich, oder? Ich meine, sie haben dich angeheuert, damit du gute Arbeit ablieferst. Da werden sie dir doch keinen Strick draus drehen – nachher programmierst du denen ein Programm, das sich in drei Monaten selbst zerstört.« Lena lachte.

David sah sie kopfschüttelnd an. »Nein, sie erpressen mich nicht. Mein Chef hier in Frankfurt ist dahintergekommen, dass unser Kunde sich Konkurrenz ins Haus geholt hat, der genau das kann, was wir auch können. Und *ich* soll rausfinden, wer das ist.« Er legte den Kopf in die Hände. »Und dass ich mich hier zu Hause inzwischen allein um meine Tochter kümmern muss, weiß auch keiner. Ich erzähle denen doch nicht, dass mir die Frau abhandengekommen ist.«

Er fuhr sich mit beiden Händen durchs Haar. Zum ersten Mal sah Lena, dass graue Strähnen seine Schläfen zierten. Ganz leicht nur. Aber irgendwie ziemlich attraktiv. Überhaupt fand sie ihn heute ausgesprochen anziehend. Diese Ratlosigkeit, diese Unsicherheit. Echt süß.

Moment mal, dachte sie. Du findest ihn doch nicht etwa gut? Du tickst wohl nicht mehr ganz sauber.

Sie leerte ihr Glas und stellte es auf den Tisch. »Vielleicht solltest du deinem Chef die ganze Sache einfach beichten?«

Er lachte auf. »Das kostet mich von heute auf morgen meinen Job.«

Fast hätte sie gelacht. Saßen David und sie etwa im selben Boot?

»Entschuldige die Frage«, sagte sie und tat damit ganz schlau. »Aber war dir das nicht auch vorher schon klar? Warum hast du das Risiko auf dich genommen? Habt ihr Geldsorgen?«

»Der Grund dafür ist mehr als lächerlich. Ich hatte eine sehr große Motivation – die ist jetzt aber passé.«

»Was denn für eine?«

»Na, das erzähle ich dir ein andermal.«

Lena zog die Mundwinkel nach unten. »Tut mir alles total leid.« Das tat es wirklich. Eigentlich hatte doch niemand verdient, dass er sich selbst so tief in die Scheiße ritt. Vielleicht gefiel er ihr deshalb im Moment so gut.

»Und meine Frau interessiert das natürlich alles nicht die Bohne«, fuhr David fort, füllte ihr Glas mit einem zweiten Schuss Sahnelikör und reichte es ihr.

»Hast du ihr davon erzählt?«

»Wann denn? Nachdem sie beschlossen hat, auszuziehen, um einen klaren Kopf zu bekommen? Oder nachdem sie mir eröffnet hat, dass sie sich verliebt hat?« Er tippte sich an die Stirn. »Ich kann das alles noch gar nicht glauben. Ich hoffe nur, dass sie Karla mit diesen Neuigkeiten verschont. Versprochen hat sie es mir.«

Lena lehnte sich wieder zurück und trank Schluck für Schluck den Likör. Er schmeckte wie Nachtisch. Wie ein dick beschmiertes Nutellabrot oder eine Riesenportion Tiramisu. Göttlich. Als ihr Glas leer war, leckte sie sich über die Lippen. »Hast du noch ein Schlückchen?« Heute würde sie David mit keinen Geständnissen mehr kommen. Es war gerade so ein schöner Moment.

David griff nach der Flasche. »Na klar.«

Lena schielte zu ihm hinüber. Der Alkohol hatte sie mutig gemacht – sie musste einfach wissen, was ihr seit ihrer Ankunft auf der Seele brannte.

»Darf ich dir mal eine Frage stellen?«, erkundigte sie sich betont lässig, während er ihr eingoss.

»Nur zu.«

»Wie stehst du eigentlich zu Bea?« Lena stützte sich auf dem Ellbogen ab und sah ihn aufmerksam an. Zumindest versuchte sie, ihren Blick auf ihn zu fixieren. »Sie wohnt doch auch in Köln. Trefft ihr euch manchmal, wenn du dort bist?«

Sein Blick wich ihrem aus. »Nicht mehr.«

Aha. Anscheinend waren sie wirklich irgendwie zerstritten. »Aber früher?«

»Ja. Wir waren mal im Kino, was essen und so.«

»Ist doch irgendwie nett, dass sie sich um dich gekümmert hat. Wäre doch sonst auch stinklangweilig für dich gewesen.« Hoffentlich sah er ihr nicht an, dass sie es alles andere als nett fand. Denn Michaela hatte nichts von diesen Treffen gewusst – zumindest hatte sie gesagt, dass sich die beiden nie trafen.

Er sah sie an. »Man könnte meinen, dass du mehr weißt, als du wissen kannst.«

»Wie bitte?« Lenas Herz klopfte plötzlich mit doppelter Geschwindigkeit.

Er winkte ab. »Ach, nichts.«

»Du magst sie also nicht«, fasste sie zusammen.

David nahm einen tiefen Schluck von seinem Wein. »Es ist so«, begann er, »ob ich sie mag oder nicht, ist völlig unerheblich. Bea ist nun mal die beste Freundin meiner Frau. Die einzige Familie, die sie hat. Ich kann es zwar unterlassen, sie zu treffen, aber ignorieren kann ich sie nicht.«

»Aber warum ist Bea denn hierhergekommen, wenn du sie nicht magst? Deine Nachbarinnen haben vielleicht nicht verstanden, warum du ausgerechnet jetzt so oft nach Köln fährst – aber sie müssten dir als Kindermädchen für Karla doch sicher lieber gewesen sein als Bea.«

»Ich kann doch nicht von denen verlangen, rund um die Uhr meine Tochter zu betreuen! Dass sie mir tausend Fragen deswegen gestellt haben, hat die Sache nicht unbedingt leichter gemacht. Ich war total genervt. Ich meine … mir geht das einfach auch alles an die Nieren!«

»Und da hat Bea Urlaub genommen und ist hergekommen.«

»Ja, man kann sagen, dass Bea normalerweise – sobald sie gebraucht wird – sofort zur Stelle ist. Sie lässt wirklich alles stehen und liegen. Das war schon so, als sie und meine Frau noch Kinder waren, und setzt sich bis heute fort. Im Moment hat sie allerdings beruflich so viel um die Ohren, dass es nicht länger ging. Und unbegrenzt Urlaub hat sie ja auch nicht.«

Lena lehnte sich ins Sofa zurück. Ihr schwirrte der Kopf. David Michalsen hatte an dem Tag, an dem Michaela sein Telefonat belauscht hatte, Urlaub gehabt. Urlaub für seinen Nebenjob in Köln. Und trotzdem war er am Nachmittag zu Hause gewesen, sonst hätte sie ihn nicht telefonieren hören. Dass er Michaela den Urlaub verheimlicht hatte, konnte damit zusammenhängen, dass der Job in Köln quasi illegal war. Aber weshalb hatte er so getan, als sei er nicht kurz im Marillenweg gewesen? Hätte er in Frankfurt gearbeitet, hätte er doch auch mal früher heimkommen können.

Es war und blieb rätselhaft. Fast konnte er einem leidtun. Man musste schon sehr auf der Hut sein, damit unter den vielen Entscheidungen eines Tages – in dem Fall eine unnötige Lüge? – nicht richtiger Schrott war.

»Ich glaub, ich geh ins Bett«, sagte sie und stand auf.

»Lust auf eine Runde Twister?«, frotzelte er, als sie sich erhob und schwankend am Couchtisch festhielt.

»Von wegen.« Sie grinste.

»Du verträgst aber nicht viel.«

»Ich trinke so was sonst nie.«

»Soll ich dich runterbringen?«, fragte David und stand ebenfalls auf. »Bei mir schwankt noch nichts.«

»Geht schon«, wehrte Lena ab. Sie beugte sich zu ihm, wollte ihm aus einer Laune heraus einen Kuss auf die Wange geben, doch das Gewicht ihres Körpers zog sie nach vorn, und sie kippte auf ihn.

»Verzeihung«, murmelte sie und richtete sich mühsam wieder auf. Wie peinlich!

David half ihr und schob sie von sich wie ein Möbelstück.

»Oh, Lena«, sagte er lachend. »Du bist wirklich süß.«

Süß, dachte Lena, als sie die Treppe nach unten in den Keller balancierte und sich aufs Bett fallen ließ. Das Bettkarussell drehte sich gemächlich und schaukelte sie nach wenigen Atemzügen in einen unruhigen Schlaf.

Sie befand sich in Felding und war im Begriff, das Haus zu verlassen.

»Das kommt gar nicht in Frage«, sagte Mama, »es ist nach zehn!« Mama hatte längere Haare als sonst, und die Haustür war von innen grün. Sie stand mit seitlich ausgestreckten Armen davor wie ein Türsteher.

»Ich gehe trotzdem!«, sagte Lena.

Mama verschränkte die Arme und lachte wie eine Marionette, ihr Kopf wippte auf und ab, als säße er auf einem Kugelgelenk.

»Nein, das tust du nicht.« Sie streckte die Hand aus. »Zigaretten her. Und Feuerzeug.«

Lena griff in ihre Jackentasche und schleuderte Mama Päckchen und Feuerzeug gegen den Kopf. Dann versuchte sie, ihre Mutter beiseitezuschieben, wurde aber mit einem Mal wie an Fäden rückwärts die Flurtreppe nach oben und in ihr Zimmer gehoben und aufs Bett geworfen. Ein Schlüssel drehte sich im Schloss – dann herrschte Stille.

Lena schlug die Augen auf. Ihr Herz raste in wildem Stakkato, pochte ohrenbetäubend laut.

»Traum, du miese Ratte«, wisperte sie in die Dunkelheit. »Warum bist du zurückgekommen?«

Sie ahnte, dass jetzt der realistische Teil folgte. So war es immer gewesen.

Sie wühlte mit zitternden Händen in ihrem Beutel nach ihrem Handy und rief Lars an. Er war voller Verständnis. Für Mama. Sagte Dinge wie, dass sie eben wirklich noch sehr jung sei. Und dass seine Freunde auch schon gefragt hätten, was eine Schülerin auf einer Uniparty wolle. Und dass die Angst ihrer Mutter, sie könne über ihn und seine Freunde an Drogen geraten, ein ganz normales Vorurteil sei, mit dem Studenten der Sozialarbeit eben leben müssten.

»Du gehörst wirklich besser in die Münchener Schickeria als zu uns alternativen Zauseln«, neckte er. Im Hintergrund hörte sie Gelächter. Studenten in Feierlaune. In ihrem Herzen wurde es kalt und kälter. Sie ging zum Kleiderschrank und tastete hinter den T-Shirts nach ihrer Ersatzschachtel Zigaretten und dem zerfledderten Streichholzschächtelchen. Sie zog eine Kippe heraus und zündete sie nach etlichen Fehlversuchen am offenen Fenster an. Ein Zug nach dem anderen wärmte ihre Lunge, sie hustete nach jedem Einatmen und presste den Rauch durch ihre Nasenlöcher hinaus. Sie hasste ihr Leben. Sie hasste den Tennisclub und die Shoppingtouren ihrer Bauchfrei-Freundinnen am Marienplatz. Sie wollte weg von dieser Oberflächlichkeit. Sie wollte keine Kirche am Sonntagmorgen, sondern Demos gegen Massentierhaltung oder was auch immer. Und vor allem wollte sie Lars. Lena drückte die Zigarette an ihrer Schuhsohle aus und warf den Stummel in den vor zerknäultem Papier überquellenden Papierkorb. Dann griff sie nach Beutel und Handy, öffnete das Fenster und hangelte sich am Spalier des Blauregens hinunter. Zum Glück brach keine einzige Sprosse.

Als sie den Hof verließ und das schmiedeeiserne Tor hinter ihr ins Schloss fiel, rechnete sie schon hinter der nächsten Wegbiegung mit einem Anruf von Mama. Oder von Papa, der vielleicht gerade nach Hause kam. Doch es rief niemand an. Offensichtlich gingen sie ins Bett, ohne noch einmal nach ihr zu schauen.

Es war das erste Mal, und es brachte ihnen den Tod.

Sie haben eine neue Nachricht
20. August 2014
Von: Bea Bern
An: Michaela Michalsen

Liebe Michi,
es gibt Tage, an denen bringt mich die Sorge um dich fast um. Lebt meine Michi noch?, frage ich mich dann. Es könnte sein, dass das nicht der Fall ist, denn warum sonst solltest du dich nicht bei mir melden?
Das kann doch nur schlimme Gründe haben. Und wenn ich dann so sehr um Sorge um dich bin, bekomme ich hier die größten Probleme.
Es könnte natürlich sein, dass sie eine Art Nachrichtensperre verhängt haben. Vielleicht leiten sie deine Antworten um, ohne dass ich davon weiß. Dieser Gedanke quält mich. Sie streiten es natürlich ab. Aber zuzutrauen wäre es ihnen. Daher gebe ich dir jetzt ganz einfach mal die Adresse. Damit du mich besuchen kannst, wenn du mich brauchst. Ich kann mir nicht vorstellen, dass du mich nicht brauchst, weißt du.
Ich stehe jedenfalls in den Startlöchern.
Hier die Adresse:
Leonhardsweg 34 a, Köln
Bea

32

Am Dienstagmorgen saß Michaela in Florian Grunwalds Küche und rührte im Kaffee. Pim lag zu ihren Füßen und schnarchte leise – müde von ihrem langen Spaziergang von Jans Wohnung nach Hause. Obwohl auch Michaela die Füße weh taten, wäre sie am liebsten noch weiter mit ihm durch die Gegend gerannt. Diese Warterei machte sie verrückt – ihre mit Angst gepaarte Vorfreude auf das Treffen mit Karla wuchs von Minute zu Minute. Der Schock über die Zeitungsartikel, in denen es um Lena gegangen war, hatte sich seit dem Abend wieder gelegt, und das Mädchen tat ihr entsetzlich leid. Was hatte sie schon alles durchgemacht! Aus Felding nach Berlin geflüchtet. Dann aus irgendeinem Grund nach Frankfurt gekommen. Und was hatte Michaela getan? Lena mit ihrem Kram zugetextet. Nur von sich geredet. Selbst bei ihrem Spaziergang im Wald hatte sie nicht nachgehakt, was bei Lena los war. Nein, sie war sogar ganz erleichtert gewesen, als sich das Gespräch wieder vom Thema »Eltern« abwandte. Zu sehr war sie in ihrer Angst gefangen gewesen, Lena könne sie ausfragen wollen. Dabei hätte sie vielleicht selbst Redebedarf gehabt.

Michaela war noch auf einen weiteren Zeitungartikel gestoßen. Ein Jahr nach dem Unglück hatte der Autor herausfinden wollen, was aus Lena geworden war. Doch die Großeltern in Felding und Bremen wussten lediglich, dass ihre Enkelin in Berlin lebte und außer lachhaften Kleckerbeträgen nichts von ihrem Erbe anrührte.

Dabei musste es ein hübsches Sümmchen sein, auf das sie hätte zurückgreifen können: Die Versicherung hatte gezahlt. Es gab zwei Mietshäuser, aus denen Einnahmen flossen. Lenas Großeltern kümmerten sich um das Erbe und hofften, ihre Enkelin eines Tages wiederzusehen. Dem ergrauten Ehepaar auf dem Foto sah man den Kummer an. Lena war also vermögend – und lebte von der Hand in den Mund. Wahrscheinlich hatte der Schreck über die zersplitterte Scheibe sie zum Weglaufen bewegt. Vielleicht fühlte sie sich schuldig, weil sie den Täter kannte. Bestimmt war Schuld ihr Thema. Zumindest sagte Michaelas gesunder Menschenverstand ihr das.

Jan blieb heute bis zum Abend in der Schule. Sie hielten Konferenzen ab – es ging auf das Schuljahresende zu. Heute wurde entschieden, wer weiterkam und wer nicht. Und so bitter es auch war, hatte Jan gesagt: Ob einer sitzenblieb, wurde auch danach entschieden, ob in der Klasse darunter Platz für ihn war. Wenn nicht, wurde er mitgeschleppt.

Karla war weit davon entfernt, mitgeschleppt werden zu müssen. Meistens lernte sie freiwillig. Jedenfalls, wenn es nicht gerade um Mathe ging. Michaela lächelte wehmütig. Wenn sie Karla heute Nachmittag traf, musste sie aufpassen, dass sie nicht weinte. Sie wollte stark wirken und erholt. Nicht unsicher. Dabei war sie doch so unsicher! Nicht etwa, weil sie heute schon mit Karla über die Zukunft reden wollte. Erstens hatte sie David versprochen, dass sie ihr noch nichts von Jan erzählte – auch wenn Davids Worte »von dieser Spinnerei« sie tief getroffen hatten. Nein, sie wollte es selbst langsam angehen. Erst mal fragen, wie es Karla ging. Vielleicht bei einem der nächsten Treffen nachhorchen, ob Karla sich vorstellen konnte, in Frankfurt zu leben. Sie musste ohnehin in wenigen

Jahren in die Innenstadt wechseln – in Eschersbach ging es nur bis zur neunten Klasse. Wie sonst sollte sie ihrer Tochter beibringen, dass sie sie gern bei sich in Frankfurt hätte? Und dass sie sich einfach nicht vorstellen konnte, zurückzukommen.

*

Lenas Tag begann mit dröhnenden Kopfschmerzen. Mit der Sorte Kopfschmerzen, die sie an Schraubzwingen denken ließen. Der Traum aus der Nacht klebte an ihr wie Staub auf einer Glasplatte. Früher, als ihre Eltern und Leo noch lebten, hatte sie manchmal mit ihren Freundinnen über die Erleichterung geredet, die einen erfasste, wenn sich ein furchtbarer Alptraum mit Heckenschützen oder abstürzenden Flugzeugen als das entpuppte, was es war: ein Traum. Nichts hatte sie darauf vorbereitet, dass es Alpträume gab, aus denen man nicht erwachte. Nicht einmal in ihren schlimmsten Träumen hätte sie sich ausmalen können, wie es war, in einem Gerichtssaal wegen Totschlag an den eigenen Eltern angeklagt zu sein. Die Blicke von mehr als hundert Anwesenden hatten sie durchbohrt. Wären sie im Mittelalter gewesen, man hätte sie an diesem Tag gesteinigt. Es war ihr egal, ob sie ins Gefängnis kam oder nicht – verdient habe sie es, hatte sie dem Richter gesagt.

Sie hörte Davids geschäftiges Rumoren in der Küche und warf einen vorsichtigen Blick auf ihren Wecker. Zwei Minuten vor sieben. Kurz vorm Hahnenschrei. Sie musste aufstehen. Es war ja ihr Job, Frühstück und das Schulbrot für Karla zuzubereiten. Nur wie, mit diesem Schädel? Warum war David überhaupt noch zu Hause und nicht auf dem Weg nach

Köln? Da fiel es ihr wieder ein. Er ging heute ins Frankfurter Büro und traf sich später mit Karla in der Stadt.

Sie riss die Augen auf. Das Treffen mit Michaela! Sie hatte doch gestern Abend tatsächlich vergessen, sie anzurufen. Es einfach über diesem elenden Gesöff verschwitzt! Und jetzt lag sie hier mit einem Kater. Ihr Atem roch schlecht, sie musste aufs Klo. Vielleicht halfen ihr ein, zwei Hände voll kaltes Wasser, um es nach oben zum Telefon zu schaffen. Sie brauchte es nur von der Ladestation im Flur zu nehmen und nach unten zu schmuggeln. Die Rufnummernerkennung auf »Anonym« schalten. Ein Treffen zum Frühstück vereinbaren und losfahren, sobald Karla und David aus dem Haus waren. So weit der Plan. In dem allerdings nur sie selbst vorkam. Denn eigentlich waren heute zwei andere Menschen die Hauptpersonen. Mutter und Tochter. Die sich aufeinander freuten, wenn auch ängstlich – zumindest vermutete sie das.

Lena setzte sich vorsichtig auf und blinzelte in das Dämmerlicht ihres Zimmers. Sie hangelte sich am Bettgestell entlang bis zur Tür und trat in den Flur. Gegenüber lagen Bad und Toilette. Mit halbgeschlossenen Lidern wankte sie über die kalten Fließen und hörte in diesem Moment Karlas helle Stimme.

»Willst du einen Kaffee, Lena? Ich mach dir einen!«

Lena bekam keinen Ton über die Lippen, zumindest keinen lauten. »Hrr«, grunzte sie und schleppte sich ins Bad. Jetzt kam doch alles hoch. Sie hielt sich die Haare aus dem Gesicht und würgte, bis nichts mehr ging. Dann sank sie zu Boden und rollte sich auf dem Badezimmerläufer zusammen wie ein Kind. O Gott, war ihr schlecht.

»Lena?«, hörte sie plötzlich Karlas Stimme in der Tür. »Bist du krank?«

»Sieht so aus«, flüsterte sie.

Karla machte auf dem Absatz kehrt und stürmte die Treppe nach oben. »Papa!«, rief sie. »Es ist was mit Lena!«

Wenige Sekunden später stand auch er in der Tür zum Bad.

Lena war heilfroh, dass sie es sich in diesem Haus abgewöhnt hatte, nackt zu schlafen.

»Ach du grüne Neune«, schnaubte er. »Das passiert, wenn man mit einem Kind Alkohol trinkt.«

Lena blieb in ihrer Position. Lediglich ihren Mittelfinger reckte sie nach oben.

»Soll ich dir einen Tee machen?«, erkundigte sich Karla besorgt. »Eine Wärmflasche? Oder eher was Kaltes für den Kopf?«

»Hol mal die Packung Ibuprofen aus dem Arzneischrank«, befahl David.

»Welche ist das?«

»Ein rot-weißes Päckchen. Siehst du schon. Und ein Glas Wasser.«

»Weiß nicht, ob das jetzt so gut ist«, nuschelte Lena.

Er war mit einem Schritt bei ihr. »Doch, doch. Das hilft.«

Er trug sie zurück ins Bett wie ein Baby und verschwand nach einem amüsierten Grunzen zurück nach oben.

Als Karla ihr eine dampfende Tasse Kamillentee brachte, klopfte Lena neben sich aufs Bett und bat: »Setzt du dich kurz zu mir, Karla?« Sie musste etwas loswerden, damit nicht alles in die Binsen ging. In diesem Zustand konnte sie Michaela nicht anrufen, geschweige denn sich mit ihr treffen. Sie war ja noch nicht einmal in der Lage, geradeaus zu gucken.

Karla sah auf ihre Armbanduhr. »Ich muss gleich fort.«

»Du triffst dich doch heute mit deiner Mama.«

»Ja.«

»Ich habe eine ganz große Bitte an dich.« Sie griff nach Karlas Händen und hielt sie fest.

»Ja?«

»Bitte erzähl ihr nichts von mir.«

Karla runzelte die Stirn. »Warum nicht?«

»Ich fühle mich gerade so elend, dass ich es dir nicht erklären kann. Ich möchte dich einfach nur von ganzem Herzen darum bitten, Karla. Ich finde, dass deine Mama mich sehen sollte, bevor sie gleich das Schlimmste befürchtet. Ein Fräulein Rottenmeier oder so was Ähnliches.«

»Deshalb wollte ich ja, dass du mitkommst.«

»Na ja, du wolltest mich dabeihaben, weil du Angst hast, und das brauchst du nicht.«

»Aber wenn du meinst, sie sollte dich sehen, dann komm doch mit. Bis heute Nachmittag geht es dir sicher wieder gut. Ich fände das wirklich schön!«

»Wenn es mir wieder gutgeht, muss ich doch zu Reginas Schmuckparty. Ich habe fest zugesagt. Es ist viel besser, wenn du dich mit deiner Mama allein triffst. Glaub mir.«

Karla verzog zweifelnd den Mund. »Wie du meinst.«

»Es ist mir wirklich wichtig, Karla. Okay?«

»Na gut.« Das Mädchen zuckte mit den Schultern. »Wir sehen uns dann heute … irgendwann.«

Lena nickte und schloss die Augen.

Als sie wieder zu sich kam, ging es ihrem Kopf besser. Auch die Übelkeit war glücklicherweise verflogen. Doch sogleich wurde sie von einem Gedanken gequält: Auch David konnte von ihr erzählen. Obwohl er vermutlich kein Interesse daran haben würde, bei diesem Treffen über sein Kindermädchen zu reden. Lena fasste sich an die Stirn. Warum konnte sie nur nicht aufhören, im Kreis zu denken? Sollte sie jetzt noch bei Michaela anrufen, ja oder nein? Oder einfach hinfahren und ihr Glück noch mal versuchen? Nein, entschied sie schließlich. Heute trafen sich Mutter und Tochter, und ihr eigenes Problem war zweitrangig.

Sie tappte die Treppe nach oben und nahm das Telefon von der Station. In der Küche setzte sie sich an den Tisch, schob das Frühstücksgeschirr mit dem Unterarm beiseite, klickte sich durchs Telefonbuch des Geräts bis zu Davids Handynummer und lauschte dem Tuten in der Leitung. Als er sich meldete, war sie ganz ruhig. Sicher, sie fiel mit der Tür ins Haus, aber sie hatte einfach keine Zeit mehr, um den heißen Brei herumzureden. Diese kostbare Zeit hatte sie gestern Abend vertan. Was war sie nur für ein Esel.

»Bevor ihr euch heute mit deiner Frau trefft, würde ich gern noch über etwas mit dir reden«, bat sie.

»Geht es um deinen Totalausfall? Mach dir keine Gedanken. Ich sage deiner Agentur nichts davon.«

»Nein, nein. Ich wollte mit dir über meine Vergangenheit sprechen. Es ist wichtig.«

»Über deine Vergangenheit? Was soll das denn bedeuten? Hat das nicht Zeit bis heute Abend?«

»Ich könnte in die Stadt kommen, bevor du dich mit Karla triffst. Es dauert nicht lange. Ein halbes Stündchen vielleicht.«

»Lena, ich habe leider überhaupt keine Zeit. Ich hab heute ein Meeting nach dem anderen.«

»O wie schade. Es wäre so wichtig.«

»Lena, bitte. Das kann doch wirklich einen halben Tag warten. So ein Kater bringt einen manchmal auf trübe Gedanken.

Lass den erst mal vergehen, dann sieht die Welt schon wieder ganz anders aus.«

»Ist okay«, sagte sie und schluckte den Kloß in ihrem Hals hinunter. »Dann sehen wir uns heute Abend.«

»Bis später.«

Wenigstens hatte sie ihn vorgewarnt. Dann war es vielleicht nachher nur halb so schlimm. Immerhin konnte sie zu ihm sagen, dass sie mit ihm hatte reden *wollen*.

Lena sah sich ratlos in der unaufgeräumten Küche um. Warum lief sie eigentlich nicht einfach davon, so, wie sie es in all den letzten Jahren getan hatte, wenn es schwierig wurde? Warum blieb sie hier sitzen und überlegte, ob sie die Küche aufräumen sollte?

Sie brauchte ein Glas Wasser. Sie hatte auf einmal brennenden Durst.

*

Die Zeit nach Mittag verbrachte Michaela mit Waschen, Trocknen und Bügeln. Als die Wohnung blitzsauber war und die gesamte Wäsche eingeräumt im Schrank lag, nahm sie Pim an die Leine und drehte noch eine Runde mit ihm, damit er den Rest des Tages ohne sie aushielt. Schließlich konnte sie ihn nicht zu ihrem Treffen mitnehmen, Hunde durften nicht in die Geschäfte.

Später machte sie sich auf den Weg in die Stadt. Sie hatte noch immer mehr als zwei Stunden Zeit, aber sie hielt es keine Sekunde länger in diesen vier Wänden aus.

Falls sie auf Dauer in der Stadt wohnen blieb, brauchte sie eine Wohnung mit Balkon. Das war – neben Karla natürlich – das Einzige, was sie schmerzlich vermisste: ihre Terrasse. Besonders bei diesem Wetter.

Sie nahm die U-Bahn zur Alten Oper und setzte sich an den Rand des Brunnens. Hielt ihr Gesicht in die Sonne und ließ ihre Finger durchs Wasser fahren, so, wie sie es als Kind getan hatte, wenn sie im Urlaub am Gardasee im Schlauchboot saß und ihr Vater ruderte. Sie hatte sich immer gegruselt bei dem Gedanken, ein großer Fisch könnte blitzartig aus der Tiefe schnellen und zupacken, sie mit sich nach unten ziehen. Irgendwann waren immer diese Phantasien gekommen, sie und ihre Eltern könnten einander abhandenkommen.

Michaela sah hinüber zum Opernplatzcafé. Das geschäftige Treiben der Berufstätigen – größtenteils Banker in dunkelblauen Anzügen oder Frauen in ebensolchen Kostümen – ließ vor dem beeindruckenden Gebäude keine Romantik aufkommen. Zwei Akkordeonspieler postierten sich vor den Gästen des Cafés und begannen ihr Spiel – die ablehnenden Blicke der Besucher hielten sie nicht davon ab. Vielleicht bekamen sie ein paar Euro, das war ihr Ziel. Immerhin gab es eins. Hingen nicht wie sie im luftleeren Raum.

Angenommen, David drehte den Geldhahn zu – woran sie im Übrigen gerade zum ersten Mal dachte. Dann würde sie sich eine Stelle als Erzieherin suchen müssen. Der Gedanke schreckte sie nicht, er war lediglich neu.

Michaela kam auf die Füße und strich sich gedankenversunken über die Rückseite ihres Kleides. Sie musste aufhören zu träumen. Erst mal schauen, wie das Treffen mit Karla verlief, dann konnte sie immer noch über die Zukunft nachdenken. Vielleicht sprach ihre Tochter kein Wort mit ihr. Dann gab es schweigende Minuten über einen Eisbecher hinweg und die anschließende Frage an David: »Können wir, Papa?«

Diese Vorstellung schnürte Michaela die Kehle zu.

Sie schlenderte über die Fressgass in Richtung Hauptwache und sah auf die Uhr. Noch immer dauerte es vierzig lange Minuten bis zu ihrem Treffen. Was sollte sie tun in dieser Zeit? Einem Straßenmusikanten lauschen? Sich die Fingernägel machen lassen? Neue Schuhe oder Kleider kaufen? Und was, wenn David und Karla schon im MyZeil saßen und sich dort dasselbe fragten? Möglich war es. Sie hatten sich vor dem Hollister-Laden verabredet. Unter der Woche war dort nicht viel los – im Gegensatz zum Wochenende, wo man schon mal eine Stunde anstehen musste, um hineingelassen zu werden. Die Wartezeit wurde den weiblichen Kunden mit dem Anblick der jungen, braungebrannten Männer versüßt, die ihre muskulösen Oberarme und Waschbrettbäuche in Badehosen zur Schau stellten.

Als Michaela das Einkaufszentrum betrat, sah sie sich voller Anspannung um. Das Herz schlug ihr bis zum Hals. Wie konnte man denn solche Angst davor haben, seine eigene Tochter zu sehen? Sie lief schnellen Schrittes an Hollister vorbei und sah auf die großen Steinbrocken, die erschöpfte Besucher zum Ausruhen einluden, warf einen Blick auf die Gäste des Eiscafés – doch auch dort saßen Karla und David nicht. Sollte sie selbst sich dorthin setzen und warten? Die ins Haus strömenden Menschen taxieren und bei Karlas Anblick einen Schrecken bekommen, der ihr hoffentlich – hoffentlich! – nicht die Tränen in die Augen trieb? Nein, sie wollte nicht hier herumhocken und warten, sie musste etwas tun.

Michaela reihte sich in die Schlange zur Rolltreppe ein. Kaum wurde sie nach oben getragen, fühlte sie sich sicherer. Ihr Puls beruhigte sich. Am Ende der Treppe nahm sie eine weitere und landete vor einem großen Elektronikfachmarkt. Sie lief an Mobiltelefonen, DVDs und Bügeleisen vorbei bis zu den Flachbildschirmen, ließ sich dort auf einen Stoffhocker fallen und atmete tief durch. Ihre Armbanduhr zeigte halb fünf. Noch eine halbe Stunde. Und was, wenn Karla am Ende gar nicht kam? Wenn David allein dort unten saß und ihr achselzuckend mitteilte, dass Karla keinen Wert darauf legte, sie zu sehen? Oder mit Bauchweh zu Hause auf dem Sofa lag?

Michaela sah auf die Fernseher vor ihr. Es lief ein Musikvideo. Eine Blondine und ein Sänger mit verkehrt herum aufgesetzter Baseballkappe waren zu sehen. Sie tanzten in eindeutigen Posen miteinander. Ihre Hüften kreisten und zuckten umeinander, dass einem schwindlig werden konnte. Michaela sah sich verstohlen um. Erstaunlich, dass sie das hier so zeigten, wo auch Kinder in die Fernseher schauten. Eben leckte die Frau an ihrer Hand und schob diese nach unten. Als wolle sie sich selbst befeuchten. Oder ihn. Michaela saß vor dem Fernseher, folgte dem erotischen Tanz des Paares. Eine Blondine und ein dunkelhaariger Mann.

Als das Video längst zu Ende war, hockte sie noch immer da und dachte an diese abgeleckte Hand. An die halbgeschlossenen Lider einer blonden Frau, die mit der Zunge ihre eigene Hand ableckte, um sich selbst zu befeuchten. Wo hatte sie das schon einmal gesehen? Und warum fror sie plötzlich so entsetzlich?

Michaela umschlang ihren Körper mit beiden Armen, rubbelte sich über die Haut und starrte auf den Boden. Blauer Teppich mit unruhigem Muster. Ineinander verschlungene geometrische Formen ohne Ordnung. Dabei hätte sie gerade jetzt ein wenig Ordnung gebrauchen können. Am besten einen roten Pfeil, der ihr den Ausgang wies. Denn dort musste sie hin. Zum Ausgang dieses Ladens. Dann eine Rolltreppe finden, die nach unten führte. Zu Karla und David, die möglicherweise schon neben den gutaussehenden Muskelpaketen auf sie warteten. Es war fünf Uhr, mehrere digitale Anzeigen auf den vor ihr aufgereihten Flachbildschirmen bestätigten dies. Und doch war sie nicht in der Lage, ihre Arme davon zu überzeugen, dass sie ihren Körper freigeben mussten, damit sie nach ihrer Tasche greifen und aufstehen konnte. Stattdessen befürchtete sie, dass in ihrem Kopf eine Sicherung durchbrannte. Dass sie gleich rückwärts, oder noch eher seitwärts, von diesem Hocker kippte.

Denn neben dem Bild einer blonden Frau, die mit ekstatischem Gesichtsausdruck ihre Finger ableckte, hatte sie plötzlich die Stimme von Karlas Lehrerin Frau Brandes im Ohr, die sagte: »Es ist ein Unfall passiert, Frau Michalsen.« Und ein Klirren im Hintergrund, das ihr das Blut in den Adern gefrieren ließ.

Um zehn nach fünf saß sie noch immer auf dem Hocker vor den Flachbildschirmen und umarmte sich selbst. Das Handy in ihrer Tasche vibrierte schon zum zweiten Mal, doch sie war nicht in der Lage, zu ihrer Tasche zu greifen und es herauszunehmen. Geschweige denn, mit David zu sprechen. Oder mit Karla. Sie hatte gar keinen Kopf mehr für dieses Treffen. Michaela wiegte sich hin und her. Was für einen Streich spielten ihre Gedanken ihr nun wieder? Was hatten diese Blondine aus dem Video und der Anruf von Frau Brandes an ihrem Geburtstag miteinander zu tun? Es war, als hätte ihr Gehirn ihr eine unlösbare Denksportaufgabe gegeben. *Was haben diese beiden Gegenstände miteinander zu tun, Frau Michalsen?*, fragte Günther Jauch. Denk doch mal nach, ermahnte sie sich selbst. Doch sie kam nicht dazu. Das Gerät in ihrer Tasche vibrierte ein weiteres Mal, und endlich zog sie es heraus.

»Hallo, David«, flüsterte sie.

»Sag mal, wo steckst du denn?«, rief er. »Wir warten seit zwanzig Minuten auf dich! Kommst du noch?«

»Ich sitze hier fest«, flüsterte Michaela, und Tränen rannen über ihre Wangen. Ein Verkäufer musterte sie besorgt, ein kleines Mädchen stellte sich vor sie und legte den Kopf schräg, bis seine Mutter es fortzog.

»Wo sitzt du fest?«, fragte David nun in überraschtem Tonfall. »Ist was passiert?«

Sie hörte Karlas Stimme, die aufgeregt etwas fragte. Die Stimme ihrer Tochter brachte sie zumindest in die Realität zurück.

»Ich komme gleich – es tut mir leid, dass ich mich verspäte. Ich bin unterwegs.«

Der Akt, von dem Hocker aufzustehen, schien so schwer, wie sich nach einer Rast bei einem anstrengenden Marsch im Gebirge zu erheben. Die Rolltreppen trugen sie Runde um Runde nach unten. Sie sah Karla und David schon von weitem. Sie saßen auf den Steinen vor Hollister, und Karla blickte Michaela mit offenem Mund entgegen. Sie sagte etwas zu David, der zuerst den Kopf schüttelte und dann nickte.

Als Karla aufstand und auf Michaela zulief, kam es ihr vor, als sei sie gewachsen. Sie umarmten sich ohne ein Wort. Karlas Geruch tat ihrer Seele gut, die Vertrautheit überschwemmte Michaela wie ein Balsam. Wie hatte sie diese Sehnsucht so ausblenden können?

»Du siehst toll aus, Mama«, sagte Karla bewundernd, als sie sich endlich ansahen. Sie griff nach ihren Locken. »Was hast du denn mit deinen Haaren gemacht?«

»Ihnen Aufmerksamkeit gewidmet«, sagte Michaela leise.

»Das Kleid ist auch schön, so eins will ich auch.«

»Ich zeig dir, wo es die gibt«, versprach sie.

David saß weiter auf seinem Stein. Als sie sich ihm zuwandten, fragte er: »Wo genau hast du festgesessen? Ich dachte, du meintest die Bahn.«

»Jetzt bin ich ja hier«, erwiderte Michaela. Sie hatte nicht vor, sich von ihm in die Enge treiben zu lassen.

»Was machen wir?«, wollte Karla wissen.

»Was du willst.«

33

Lena stand vor dem schmalen Kleiderschrank in ihrem Kellerzimmer und sehnte sich zum ersten Mal seit Wochen nach einem ihrer Kleider. Sie wollte nicht aussehen wie die Muttis, die sie gleich bei Regina traf. Sie wollte ein bisschen aus dem Rahmen fallen, sich abgrenzen. Doch irgendwie waren selbst die neuen Kleider zu angepasst, und zum Einkaufen blieb auch keine Zeit mehr. Abgesehen davon, dass es albern gewesen wäre, sich für eine Schmuckparty etwas zum Anziehen zu kaufen. Obwohl einige das bestimmt als willkommenen Anlass nahmen. Also griff sie nach dem gelben Shirt und der braunen Hose, die sie zuletzt bei Michaela getragen hatte, und zog beides über. Hemd und Hose waren etwas zerknittert und viel zu groß sowieso, aber das war ihr gerade recht. So erwartete sicher auch niemand von ihr, dass sie sich mit Klunkern behängte.

Als sie sich im Spiegel betrachtete, kam sie sich fremd vor. Gleichzeitig erfasste sie ein Gefühl der Erinnerung an vergangene Zeiten, so als betrachte sie ein Fotoalbum aus Kindertagen. Sie band ihre Haare zu einem Zopf zusammen und drehte und wendete sich erneut vor dem Spiegel. Wer war sie eigentlich? Sie trat ganz nahe heran und hauchte so lange gegen das Glas, bis ihr Gesicht hinter Dunst verschwand.

»Lena, wer bist du?«, fragte sie.

Eine auf der Flucht, antwortete die hinter dem Nebel. Als sie Tränen aufsteigen spürte, wischte sie mit dem Unterarm die angelaufene Scheibe sauber und schüttelte den Kopf. »Nein. Sonst wärst du schon längst weg.«

Damals vor zehn Jahren hatten ihre Großeltern kein Verständnis gehabt, dass sie fortwollte, sie aber nicht daran hindern können. Nach einer Woche und drei Nächten auf den Straßen von Berlin traf sie Leute, die in einer WG zusammenlebten und noch ein Bett frei hatten. Es gab eine Kleiderkiste mit Klamotten für alle, man tauschte, was man besaß. Ihre Großeltern, die zum Vormund bestimmt worden waren, zahlten die Miete – in der Hoffnung, sie käme wieder zur Besinnung und mache doch noch das Abitur. Aber das wollte sie nicht. Warum hätte sie nach dem Tod der Eltern plötzlich ihren Erwartungen entsprechen sollen? Das wäre doch Schwachsinn gewesen. Die Sozialarbeiter, die regelmäßig auf den Plätzen vorbeischauten, wo sie sich tagsüber aufhielt, fragten nach Missbrauch und seelischen Grausamkeiten, nach zerrütteten Verhältnissen und Verwahrlosung, aber Lena konnte nichts aufzählen. Was sie quälte, vermochte sie keinem zu sagen. Bis vor ungefähr zwei Monaten. Da war sie in einem schwachen Moment bei Tom ins Reden gekommen. Nur weil er diesen Erdbeerkuchen auf die Party mitgebracht hatte, der sie an Mama erinnert und irgendwie zu Tränen gerührt hatte. Tom hatte ihr schweigend und kopfschüttelnd zugehört und sie in den Arm genommen. Es hatte einfach gutgetan, mit ihm zu teilen, was sie quälte, und diesen Kuchen zu essen. Sie hatte nicht damit gerechnet, dass er quatschen würde. Aber so war es eben mit diesen Dingen, die man »im Vertrauen« erzählte oder unter dem Motto »Ich erzähl's nur dir«: Sie trugen sich weiter. Und plötzlich war aus einem Unfall Absicht geworden, und Mirco, einer aus der Clique, hatte mit dem Finger auf sie gezeigt, als sie sich das nächste Mal trafen. »Wie kann man denn mit dieser Scheiße auf dem Gewissen so munter sein?«, hatte er gefragt.

Bevor sie hatte antworten können, dass ihn das alles echt nichts anging und sie keineswegs munter war, sondern sich täglich mit dieser Schuld herumschlug, fragte seine Freundin Annabell: »Du bist millionenschwer? Was machst du dann hier in Berlin? Warum hast du keine Finka auf Mallorca und sonnst dich den ganzen Tag?«

Am liebsten hätte sie gebrüllt: »Weil es mir nicht zusteht! Weil ich das irgendwie wieder gutmachen muss, aber verdammt noch mal nicht kann!« Doch statt irgendetwas zu sagen, war sie einfach aufgestanden und gegangen, die Blicke aller im Rücken.

Nun war sie hier in Eschersbach und hoffte, dass sie das Richtige tat. Dass es für irgendetwas gut war, hier zu sein.

Ratlos betrachtete Lena ihr stilloses Outfit. Es war die abgelegte Kleidung eines schmalen Mannes, und sie schlüpfte hinein, als sei nichts dabei. Wieso fiel ihr das so leicht? Zu Hause in Felding hatte sie sich dem Stil ihrer Freundinnen angepasst oder war zu besonderen Familienangelegenheiten in ein Dirndl geschlüpft. Später in Berlin hatte sie sich so gekleidet wie die Mitglieder ihrer WG. Erst als sie mit Tom zusammengezogen war, hatte sie sich selbst ihre Kleider ausgesucht – aber warum hatte sie diese bei Michaela so mühelos ablegen können, warum war sie wieder wie in Felding bei Jeans und T-Shirt gelandet? Als säße sie in einem Möbelhaus und probierte verschiedene Sessel aus. So lange, bis einer sich gut anfühlte. Dieses gelbe Shirt und die Anzugshose fühlten sich heute richtig an. Morgen trug sie vielleicht einen Minirock und Cowboystiefel.

Lena kehrte ihrem Spiegelbild den Rücken und eilte die Treppe nach oben. Es war schon nach sechs.

Sie schlüpfte in ihre Chucks und klingelte keine Minute später bei Regina.

Etwa zehn Frauen saßen mit einem Glas Sekt auf dem Sofa und auf Stühlen. Die Schmuckverkäuferin – eine mit Ketten und Armbändern behängte attraktive Blondine – schien noch in die Vorbereitungen für ihre Präsentation vertieft. Sie hantierte an einem Tisch gegenüber dem Sofa mit Kästchen und Schachteln, bestückte mehrarmige Schmuckständer, deren genaue Bezeichnung Lena nicht kannte.

Regina stand mit Katharina und einer rothaarigen Frau auf der Terrasse und winkte Lena mit einer hektischen Handbewegung zu sich.

»Komme schon«, murmelte Lena und sagte artig »Guten Abend«, als sie auf die Terrasse trat. Die Rothaarige trug einen Minirock und mörderisch hohe Schuhe und taxierte Lena von oben bis unten, als käme sie von einem anderen Stern.

Regina nahm Lena beim Arm. »Ich hoffe, es ist okay, wenn wir uns duzen – wir duzen uns alle hier, da wäre es doch albern … Katharina kennst du ja schon.« Sie deutete auf die Rothaarige. »Das ist Natalie. Natalie, das ist Lena.«

Lena nickte und gab der Frau die Hand. »Hi.« Duzen sollte sie alle? Warum nicht? Heute ging sie in die Vollen.

»Natalie wohnt im Rondell hinter unserem«, erklärte Regina. »Sie ist Bankerin und hat drei Jungs. Heute kümmert sich ihr Mann mal um alles.«

Die drei Frauen ließen ein schnatterndes Lachen ertönen, und Natalie sagte: »Zuletzt hat er das auf Fuerte gemacht. Da bin ich mal einen halben Tag auf einen Ausflug mitgefahren. Danach hatte Achim eine Scherbe im Fuß, und die Jungs hatten einen Sonnenbrand.«

Nachdem die drei Frauen sich darüber vor Lachen ausgeschüttet hatten, fragte Regina: »Ist Karla noch gar nicht heimgekommen? Ich dachte, sie kommt vielleicht mit rüber, Jonathan hat sich schon gefreut.«

Lena sah über ihre Schulter ins Wohnzimmer. Jonathan war nirgends zu sehen, vermutlich scheute er den Weiberhaufen. »Nein, Karla ist nach der Schule in die Stadt.«

Regina hob eine Augenbraue. »Allein?«

»Sie trifft sich mit David. Sie wollten shoppen gehen.«

»Shoppen? Die beiden? Das wäre ja mal eine Premiere.«

Während die drei Frauen sich über das merkwürdige Verhalten von Vätern im Allgemeinen wunderten, zogen sie Lena mit sich ins Wohnzimmer.

»Setz dich einfach irgendwo dazu«, befahl Regina und eilte zu der Schmuckdame, die inzwischen eine ganze Batterie an Ketten, Ohrringen, Armbändern und Haarspangen vor sich aufgereiht hatte. Lena setzte sich in eine Lücke zwischen zwei großbusige Frauen und fühlte sich augenblicklich von weicher Wärme umfangen. Was ist eigentlich mit dir los, Lena von Hohenkamp?, dachte sie. Du auf einer Schmuckparty? Fast hätte sie über sich selbst gelacht.

Regina reichte ihr ein Glas Sekt und hob ihren Kelch.

»Schön, dass ihr alle da seid!«, rief sie strahlend und wandte sich in Richtung der Blondine. »Frau Desantes, Sie können loslegen.«

Frau Desantes gab ihr Bestes. Es ging nichts über das passende Accessoire zum gegebenen Anlass – und sei es auch noch so unauffällig. Lena hätte für keines der Stücke den Begriff »unauffällig« gewählt, aber mit dieser Meinung schien sie allein zu sein. Sogar zum Tennisspiel sollte das sportliche Armband nicht fehlen. Sie schien tatsächlich die Einzige im

Raum zu sein, die keinen Schmuck trug. Ringe und Ketten wurden herumgereicht und anprobiert, und auch sie selbst machte mit. Zu ihr passte natürlich nichts von diesem ganzen Schrott. Sie mochte sich verändert haben, okay, aber einen Strassring würde sie dennoch niemals tragen. Never. Andererseits gab es einige zierliche Armbänder, die sie sich gut an Michaela vorstellen konnte. *Sie* wäre hier ganz richtig gewesen.

»Regina, weißt du, ob Michaela ein Armband hier in dieser Art hat?«, fragte sie über die Köpfe der anderen hinweg und hielt es hoch.

Regina sah sie mit großen Augen an. »Michaela?«

»Ja, also, äh, ich meine Davids … nein, äh, Karlas …«

»Ich glaube nicht«, sagte Regina und sah sie seltsam an.

Lena starrte auf das Band und ließ es auf den Tisch gleiten. Sich bloß nichts anmerken lassen.

Als Frau Desantes die Bestellungen aller Anwesenden einsammelte, warf sie einen Blick auf Lenas Zettel, auf dem kein Kreuzchen war.

»War doch nichts für Sie dabei?«, erkundigte sie sich und klang geradezu mitleidig.

»Nein. Ich brauche nichts.«

»Überlegen Sie es sich doch noch mal. Irgendein besonderer Anlass findet sich immer.«

Lena schüttelte stumm den Kopf und beobachtete Regina, die sich auf sie zubewegte, während ihre beiden korpulenten Stuhlnachbarinnen gerade aufstanden.

»Sag mal, hat dich Michaela geschickt?«, sprach Regina sie an, sobald sie neben ihr stand.

Lena runzelte übertrieben die Stirn, damit Regina klarwurde, wie absurd diese Frage war. »Geschickt? Michaela Michalsen?«

»Ja. Hierher zu David und Karla. Kennst du Michaela?«

Lenas Herzschlag schien ihr den Atem nehmen zu wollen. »Nein.« Dass die Antwort zu schnell gekommen war, das hörte sie selbst.

Regina sah sie mit schräg gelegtem Kopf an und setzte sich. »Aber David kennst du.«

Nun war Lena ehrlich überrascht. »Wie meinst du das?«

»Na ja, wenn man euch beide so einträchtig nebeneinander auf dem Sofa sitzen sieht …«

Diesmal war ihr Stirnrunzeln echt. Zu welcher Gelegenheit hatte Regina sie und David nebeneinander auf dem Sofa sitzen sehen? Es hatte nie eine gegeben, außer die gestern Abend, und da war Regina definitiv nicht dabei gewesen.

Sie rückte ein Stück von Regina ab. Gleichzeitig war sie froh, dass sie nicht mehr über Michaela sprachen, und reagierte betont barsch. »Ernsthaft jetzt? Du spionierst David nach? Schleichst dich auf die Terrasse und guckst *rein*?«

Regina schüttelte den Kopf. »Ich wollte David fragen, ob er Lust hat, mit mir und Brian auf unserer Terrasse ein Glas Wein zu trinken. Aber den trank er ja schon mit dir.«

»Und dafür zwängst du dich hinten durch das Gebüsch, statt zu klingeln? Machst du das immer so?«

»Ist doch nur ein Schritt.«

Lena schüttelte den Kopf. Kannte man gar keine Grenzen mehr, wenn man so nah beieinanderwohnte? Es war unglaublich.

»Darf ich dir mal eine Frage stellen?«, fragte Lena, ohne eine Antwort abzuwarten. »Wie fühlt es sich eigentlich an, wenn man seine Nachbarn kontrolliert?« Denn das tat Regina doch wohl. Durch die Hecke.

»Ich kontrolliere keine Menschenseele.«

»Nein?«

»Nein.«

»Ganz ehrlich, das empfinde ich anders. Jedes Mal, wenn ich einen Fuß vor die Tür setze, kommst du *zufällig* auch gerade raus.«

»Wir leben hier auf engem Raum, da kann das schon mal passieren.«

»Meinst du nicht, dass der enge Raum eher ein Grund wäre, das zu vermeiden?«

Regina runzelte dir Stirn. »Warum? Michaela und ich haben sehr gern engen Kontakt. Wir haben uns fast täglich unterhalten.«

»Worüber denn so?«

Regina verschränkte die Arme. »Ich bin mir nicht sicher, ob dich das etwas angeht.«

»Über ihre Probleme, nehme ich an. Ist es nicht schön, wenn jemand noch mehr Probleme hat als man selbst? Da wirkt man doch gleich viel perfekter.« Lena spürte auf einmal eine Wut in sich, von der sie nicht wusste, woher sie kam.

Regina schien ebenfalls irritiert. »Ist es nötig, diesen Ton anzuschlagen? Also, ich muss doch sehr ...«

Lena griff nach Reginas Hand. »Es tut mir leid, das wollte ich nicht. Es regt mich nur auf, wie alle über Frau Michalsen reden. Ich kann mir nicht vorstellen, dass sie so ist, wie sie geschildert wird.«

»Ich weiß ja nicht, was David dir erzählt hat. Aber Michaela ist wirklich labil.«

»Was soll ich mir denn darunter vorstellen?«

Regina hob die Schultern. »Vielleicht ist es das falsche Wort. Sie ist unsicher.«

»Und du hilfst ihr?«

»So gut ich kann. Jetzt, wo die Kinder größer sind, wird es ja auch immer einfacher. Jedenfalls bis vor kurzem. Doch dann hatten Jonathan und Karla irgendeinen dummen Streit, und Karla wollte nicht mehr kommen.«

»Und da hat David Frau Bern geholt.«

»So richtig gut hat das ja anscheinend auch nicht funktioniert.«

»Das kann man wohl sagen.«

Lena sah auf die Uhr. Ob David und Karla schon zurück waren? Sie hatten sich um fünf getroffen, jetzt war es halb zehn. Als Katharina sich zu ihnen gesellte, stand Lena auf. »Ich muss dann mal rüber«, bemerkte sie und sah sich unschlüssig um. Eigentlich hatte sie gar keine Lust dazu. Ihr war ganz flau im Magen, wenn sie daran dachte, was sie möglicherweise erwartete. Da fiel ihr noch etwas ein, und sie setzte sich wieder.

»Eins frage ich mich schon die ganze Zeit …« Sie tat verschwörerisch. So redete man doch hier. »Kann David Frau Bern wirklich nicht leiden, oder tut er nur so?«

Die beiden Frauen sahen sich mit offenen Mündern an. Regina setzte sich kerzengerade auf, und Katharina schien ihr etwas zu verstehen geben zu wollen – sie schob das Kinn vor und schüttelte fast unmerklich den Kopf.

Neugierig sah Lena von einer zur anderen. »Ihr könnt es mir ruhig sagen«, sagte sie. »Ich halte auf jeden Fall dicht.«

»Regina«, mahnte Katharina. »Lass es.«

»Warum? Was ist daran ein solches Geheimnis?« Regina sah Lena triumphierend an und griff vertraulich nach ihrem Knie. »Sie waren früher mal ein Paar. Und Bea war schwanger, aber sie hat das Kind verloren.«

»Ach du Scheiße«, murmelte Lena.

Katharina beugte sich zu ihr. »Hör mal, das ist wirklich privat. Das geht niemanden etwas an. Die Sache ist auch schon lange vorbei. Ich glaube, so lange, dass nicht mal irgendeiner der Beteiligten noch daran denkt.«

Lena betrachtete sie nachdenklich. So einfach war das? Bea verlor ein Kind, dann kam ihr Freund mit ihrer besten Freundin zusammen. Und alles war paletti?

»Bea wollte ja gar kein Kind«, schaltete Regina sich ein. »Sie findet Familienleben einen Horror. Und sie wurde dann ja auch die Patin von Karla. Hat sich sehr gekümmert. Ich glaube, für sie war es geradezu ideal, wie es gelaufen ist.«

34

Als Lena wenig später über den Blumenkübel stieg und ins Küchenfenster spähte, sah sie Licht brennen. Auf der Anrichte neben der Spüle stand eine halbvolle Flasche Rotwein, daneben lag der Korkenzieher. Eins war sicher, sie würde heute keinen Alkohol mehr anrühren – das Glas Sekt bei Regina hatte ihr vollkommen gereicht. Außerdem steckte ihr noch in den Knochen, was sie soeben erfahren hatte. Unter »ideal gelaufen« stellte sie sich, was das Verhältnis zwischen Michaela, ihrer Freundin und ihrem Mann anging, jedenfalls etwas anderes vor. Aber konnte sie das wirklich beurteilen? Dazu kannte sie Michaela doch zu wenig. Und David und Bea erst recht.

Sie würde sich einfach nicht mehr damit beschäftigen. Es war ja nicht ihr Bier. Sie würde zeitig ins Bett gehen und gleich morgen früh Michaela anrufen oder zu ihr fahren, wenn sie sie nicht erreichte, und – falls Michaela nicht zu Hause war – so lange auf sie warten, bis sie wiederkam. Es musste endlich alles auf den Tisch. Dabei konnte sie nur hoffen, dass Michaela heute Abend nicht mit heimgekehrt war – diese Option bestand immerhin. Vielleicht saß sie in diesem Moment neben David auf dem Sofa, und die beiden stießen auf einen Neuanfang an. Oder bei dem Treffen heute war doch die Sprache auf sie gekommen. In beiden Fällen wäre guter Rat teuer.

»Hallo«, sagte sie mit klopfendem Herzen, als sie um die Ecke lugte und David auf dem Sofa vorfand. Allein. In der Hand hielt er ein Weinglas, sein Blick haftete auf der Tischplatte des Couchtischs. Er sah nicht auf. Der Fernseher war aus, nur die Stehlampe hinter dem Sofa beleuchtete den Raum. Neben ihm lagen das iPad und sein Smartphone. Er schwieg, als habe er sie nicht gehört.

»Ist was passiert?«, fragte Lena und versenkte die Hände in den Hosentaschen. »War das Treffen mit Karla und deiner Frau nicht gut?«

»Bea hat angerufen«, sagte er und blickte endlich auf. Seine Augen waren dunkel wie Teiche.

Lenas Herz klopfte augenblicklich noch schneller. Jetzt war es so weit. Bea wollte ihn zurück.

»Was war denn?«, erkundigte sie sich unsicher.

»Sie hat eine E-Mail von der Agentur bekommen. Eine Rechnung.«

Lena schluckte. Die Agentur. O Gott.

»Worum geht's?«, fragte sie vorsichtig.

Er lachte. »Ja, Lena, worum geht's? Das sagt dir jetzt nichts, oder? Weil du nämlich gar nicht von einer Agentur kommst!«

Lena lehnte sich an den Türrahmen. Sie hatte keine Ahnung, was sie erwidern sollte.

»Bea hat per E-Mail eine Rechnung über eine Grundgebühr bekommen. Weil die Agentur den von mir unterschriebenen Vertrag mit meinen Kontodaten nie erhalten hat, Bea hatte nämlich angeblich telefonisch gekündigt. Stattdessen kamst du. Von der Agentur, wie wir glaubten. Ich hatte mich schon die ganze Zeit gewundert, warum die nicht endlich deinen Lohn abbuchen. Konnten sie aber gar nicht. Denn stell dir vor, die wussten nichts von einer Magdalena von Hohenkamp. Kannst du mir das erklären?«

Lena erstarrte. »Ich wollte nicht –«, flüsterte sie, doch David sprang vom Sofa auf und war mit drei Schritten bei ihr.

»Ich bin wirklich, wirklich wütend, Lena!«, zischte er und kam mit seinem Gesicht ganz nahe an ihres heran. Er fuchtelte in Richtung iPad und iPhone. »Ich hab mal recherchiert, wer diese süße Lena überhaupt ist, die uns da ins Haus geschneit ist. Du hast deine Eltern auf dem Gewissen und schleichst dich hier in unsere Familie ein – was ... soll man denn da denken? Die Hand an der Wiege? Jung, hübsch, ledig sucht ...? Ich bin fix und fertig! Jetzt sag endlich was!«

Lenas Gedanken flogen. Wusste er, dass sie Michaela kannte? Vermutlich. Bestimmt hatten sie eins und eins zusammengezählt.

»Ich wollte nicht in eure Familie«, sagte sie kleinlaut. »Ich wollte nur nach Karla sehen. Ich habe mir Sorgen um sie gemacht. Und dann hat sie mich überredet, zu bleiben.«

»Karla hat dich überredet?« David tippte sich an die Stirn. »Lass Karla da raus.«

»David.« Lena griff nach seinem Arm. »Lass es mich bitte erklären. Ich wollte schon längst ... Aber es ging nicht. Ich ... ach, es ist alles so kompliziert!«

»Für mich nicht«, widersprach er. »Für mich ist die Sache sogar sehr einfach. Du gehst. Und zwar jetzt.«

David packte sie am Arm und versuchte, sie hinauszuschieben, doch Lena lehnte sich mit aller Kraft gegen den Türrahmen. Sie merkte, wie ihr die Tränen in die Augen schossen. Wie der Kloß in ihrem Hals diesen zu sprengen drohte. Sie deutete auf das iPad und das Handy. »Ich weiß nicht, was du alles über mich herausgefunden und mit wem du geredet hast, aber ...«

»Mit wem ich geredet habe?« Seine Stimme hob sich. »Mit Bea! Und mit Michaela natürlich – ich wusste ja nichts von einer Lena in Bockenheim, einem Mädchen ohne Bleibe!

Leidgetan hast du Michaela! Sie hat sich Sorgen gemacht um dich.« Er lachte kopfschüttelnd. »Sie dachte, du seist in Mailand. Oder tot! Dabei sitzt du hier bei uns.«

»Das wollte ich auch! Ich wollte nach Mailand. Aber vorher wollte ich schauen, was hier los ist. Nur kurz vorbeikommen, die Situation checken, weil ich dachte, Karla sei in Gefahr und Michaela wird verarscht. Und willst du meine Meinung hören? Das mit Karla war nicht der Fall, aber bei Michaela lag ich goldrichtig. Irgendwas stimmt hier doch nicht! Mit Bea, mit dir. Und was weiß ich noch alles. Das ist hier ein *Lügengebäude!*«

Davids Brustkorb hob und senkte sich vom heftigen Atmen. Wieder tippte er sich an die Stirn. »Ein Lügengebäude? Das sagt die Richtige. Wer hat denn die ganze Zeit gelogen?«

»Ich habe nicht gelogen! Sag mir eine Situation, in der ich gelogen habe! Ich habe nie behauptet, von dieser Agentur zu kommen.«

Seine Augen nahmen einen lauernden Ausdruck an. »Aber du musst die doch angerufen und dich als Bea ausgegeben haben?«

Lena senkte den Kopf. »Ja. Aber nur, weil ich Karla versprochen hatte, zu bleiben. Sie hat mir so leidgetan, sie wollte unbedingt, dass Bea geht. Was hätte ich denn machen sollen?«

»Mit mir reden! Ich wollte ja selbst, dass Bea geht. Ich hätte dich auch so hierbehalten.«

Lena schüttelte den Kopf. »Nein, das hättest du nicht. Schon gar nicht, wenn du gewusst hättest, dass ich Michaela kenne. Du hättest sofort gedacht, dass ich für sie spioniere, und du hast mir von Anfang an klargemacht, wie sehr du Reginas und Katharinas Schnüffeleien hasst. Hätte ich dir gesagt, dass ich Michaela kenne, wäre mein Verrat an Michaela zudem noch viel größer gewesen. Dann hättest du Bescheid gewusst und sie nicht. Was meinst du, welche Probleme ich damit hatte!«

»Du bist sehr geschickt darin, die Dinge zu verdrehen, Lena. So, wie du die Richter überzeugt zu haben scheinst, dass du unschuldig bist. Aber ich glaube das nicht, ich glaube, dass ...«

O ja, sie kannte das. Die Leute glaubten, dachten und wussten genau, was geschehen war, obwohl sie keine Sekunde in ihrer Haut gesteckt hatten. Was nahm er sich eigentlich heraus? Nur weil er älter war als sie! Ihr Boss. Aber das war ihr so was von schnuppe!

»Verschon mich mit dem, was du glaubst!«, brach es aus ihr heraus. »Jeder vermutet immer irgendwas. Es gibt auch Menschen, die behaupten, es gäbe keine Zufälle. Alles sei Vorbestimmung. Damit man an seinen Fehlern wächst oder so ein Schwachsinn. Ich sage dir: Gewachsen bin ich, aber es war schmerzhaft wie der Teufel. Und es war für nichts gut. Für gar nichts! Ja, ich habe meine Eltern getötet. Aber es war ein Unfall! Und es gibt nichts, nichts, von dem ich mir mehr wünsche, es rückgängig machen zu können.« Schwer atmend hielt sie inne.

»Angenommen, es ist so«, sagte David nun ein wenig ruhiger, aber mit lauerndem Blick. »Bleibt immer noch die Frage: Was willst du von uns?« Er kam mit seinem Gesicht noch ein wenig näher, als wollte er aus ihren Hautporen ablesen, ob sie ihm eine Lüge auftischen würde. Sein Geruch war intensiv. Sehr männlich. Die schwarzen Bartstoppeln in seinem Gesicht schienen vor ihren Augen zu tanzen. Wie gestern, als er ihr dieses Gesöff eingeflößt hatte. Scheiße, was war hier eigentlich los? Sie war so sauer auf ihn. Stinksauer! Aber diese

Bartstoppeln. Mein Gott, die waren doch wirklich der Hammer. Und diese Lippen. Verdammt noch mal, sie konnte einfach nicht den Blick davon abwenden.

»Es ist nicht nötig, mir so auf die Pelle zu rücken«, flüsterte sie und rückte von ihm ab.

»Nein? Ist dir das etwa unangenehm? Keine Angst, ich komm dir schon nicht zu nah, ich kann mich gerade noch beherrschen.« Er griff nach dem unteren Zipfel ihres gelben Shirts und zupfte daran. »Du denkst doch nicht im Ernst …« Er atmete schwer und rückte keinen Millimeter von ihr ab. »Allein deine Klamotten … du bist doch absolut stillos …«

Lena spürte entsetzt seiner Berührung an ihrem Shirt nach. Seine warmen Finger an ihrem Bauch. Sein Gesicht so dicht an ihrem, dass es nur eine minimale Bewegung gebraucht hätte, ihn zu …

»Ich mag diese Klamotten«, zischte sie. Während sie seine Hand vom Bund ihres Shirts zu lösen versuchte, streifte sie die Vorderseite seiner Hose. Sie sah ihn überrascht an. Er war hart, so viel war sicher. Hart und pulsierend.

David funkelte sie an und presste seine Kiefer aufeinander. »Geh mir aus den Augen«, zischte er.

Es war ihr unerklärlich, doch seine abweisende Art erregte sie noch mehr. Der Gedanke an das, was sie eben so flüchtig gespürt hatte, ließ sie feucht werden.

»Geh doch selbst, wenn du willst«, flüsterte sie. Sie konnte nicht anders, als ihre Beine einen Schritt weit zu öffnen.

David verstand ihre Sprache. Er machte sich an ihrem Hosenbund zu schaffen, schob seine Hand langsam in ihren Slip und bedeckte mit seinen Fingern ihre Scham. Regungslos starrte Lena ihn an. War das seine Auffassung von »Geh mir aus den Augen«? Fast hätte sie gelacht. Sie betrachtete seine geöffneten Lippen, widerstand dem Drang, ihn zu küssen, umfasste stattdessen mit beiden Händen die ausgebeulte Stelle seiner Jeans und presste ihre Handflächen dagegen. So verharrten sie schwer atmend, bis Davids Lippen endlich ihre berührten und seine Zunge ihre suchte. Gleichzeitig bahnten seine Finger sich fordernd ihren Weg in Lenas heiße Feuchtigkeit.

Er ist Michaelas Mann, schoss es ihr mit einem Mal durch den Kopf, während sie unter der Berührung seiner Fingerspitzen erzitterte. Aber sie will ihn nicht mehr, gab sie sich selbst die Antwort.

Mit raschen Bewegungen öffnete sie Davids Gürtelschnalle. Sie musste auf der Stelle wissen, wie er sich anfühlte. Wollte das Pulsieren in Händen halten. Davids Finger fuhren sachte und dennoch fordernd an ihrer empfindlichsten Stelle auf und ab, und er küsste sie mit einer Intensität, die ihr jegliche Willenskraft raubte.

Als sie ihn endlich mit ihren Händen umfasste, stöhnte David auf. »Lass uns nach unten gehen«, flüsterte er, zog seine Hand aus ihrem Slip, zwang sie, ihn loszulassen, und umfing mit beiden Händen ihre Taille. Dann hob er sie hoch und küsste sie erneut. »Ich will dich. Ich will dich schon die ganze Zeit. Seitdem wir Twister gespielt haben, krieg ich dich nicht aus meinem Kopf.« Seine Stimme klang heiser und sexy.

Lena umschlang mit ihren Beinen seine Hüfte. Sie presste ihre Mitte an ihn und ließ sich von ihm nach unten tragen. Alle Zweifel ausgeblendet. David küsste sie unentwegt. Seine Zunge fühlte sich gut an, so unendlich gut.

»Schick mich nicht weg«, flüsterte sie, als er sie im Türrahmen zu ihrem Zimmer absetzte. Er legte einen Finger auf ihren Mund und zog ihr das Shirt über den Kopf, streifte die

Träger ihres BHs hinunter und küsste ihre Brustwarzen, leckte mit der Zungenspitze darüber. Lena sog die Luft ein. Mit fahrigen Bewegungen streifte sie sich die Hose über die Hüften und ließ sie zu Boden rutschen, so dass sie nur noch heraussteigen musste. Dasselbe tat sie bei David, während seine Hände liebkosend ihre Brüste umfassten.

Noch einmal leckte David mit seiner Zunge über ihre Brustwarzen, bevor er sachte in sie eindrang, seine Finger unter ihrem Po, sie stützend. Langsam und fordernd bewegte er sich in ihr, berührte rhythmisch ihre Scham, immer wieder. Als sie meinte, es nicht mehr auszuhalten und laut schreien zu müssen, hielt David in seinen Bewegungen inne und trug sie zum Bett.

»Was hast du vor?«, flüsterte Lena.

David glitt aus ihr heraus und legte sie sanft auf der Matratze ab.

»Dich schmecken«, hauchte er. »Ich werd verrückt, wenn ich dich nicht schmecke.«

Er beugte sich zu ihr hinab, spreizte ihre Beine und ließ seine Zunge an ihr auf und ab gleiten, bis Lena abermals scharf die Luft einzog. »O Gott«, hauchte sie.

Von einer Sekunde auf die andere erstarrte David.

»Was ist?«, flüsterte Lena. Doch dann hörte sie es auch. Karla rief nach ihr. Ihre Stimme klang ganz nahe.

35

Ich hätte hinfahren und sie zur Rede stellen sollen«, wiederholte Michaela mindestens zum fünften Mal, und Jan antwortete ihr ebenso wie die Male zuvor: »Es ist die richtige Entscheidung, zu warten. Es hätte Karla nach diesem wunderschönen Nachmittag total verwirrt.«

Er umspielte eine ihrer Locken mit seinem Zeigefinger. »Rede in den nächsten Tagen ganz in Ruhe mit Lena. Du wirst sehen, dass sie eine plausible Erklärung hat.«

Konnte es wirklich eine Rechtfertigung für Lenas Verhalten geben? Erstaunlicherweise war Michaela ihr gar nicht so böse, wie sie eigentlich sollte. Immerhin hatte Lena sie hintergangen. Es war ihr nur nicht klar, mit welchem Motiv. Wie rätselhaft.

Michaela setzte sich auf und stützte sich auf den Ellbogen ab.

»Was ist?«, fragte Jan.

»Nichts«, murmelte sie. Ihre Gedanken waren auch allzu verrückt: Was, wenn Lena etwas entdeckt hatte und sich deshalb noch nicht bei ihr gemeldet hatte? Irgendetwas, was mit einer blonden Frau und einem dunkelhaarigen Mann beim Sex im Stehen zu tun hatte?

Lena führte sicher nichts Böses im Schilde, auch wenn Bea davon überzeugt zu sein schien.

Es war ein denkbar schlechter Anlass für ein erstes Telefonat mit ihr nach so einer langen Funkstille gewesen. Zumal Bea sich natürlich bestätigt sah: Hatte sie es nicht gleich gesagt, dass Lena nicht zu trauen sei?

Michaela hatte ihre beste Freundin gerade noch davon abhalten können, schon heute Abend nach Eschersbach zu fahren und Lena zur Rede zu stellen.

»Überlass das David und mir«, hatte Michaela auf sie eingeredet. »Diese Sache hat nichts mit dir zu tun.« Es war ein ganz neuer Ton gewesen, und er hatte Bea augenscheinlich überrascht.

Und dabei entsprachen ihre Worte nicht einmal der Wahrheit. So, wie es aussah, hatte Lena sich am Telefon immerhin für Bea ausgegeben.

David hatte gesagt, Karla sei ganz verrückt nach Lena, sie tue ihr gut. Ihre Tochter war tatsächlich wie ausgewechselt gewesen. Nicht nur, dass sie gewachsen zu sein schien. Vor allem aber schien sie innerlich gereift. Während sie einkauften, hatte Karla sie unentwegt nach ihrer Meinung gefragt. Sie hatte Michaela sogar verschiedene Kleider gezeigt, von denen sie glaubte, dass sie ihr gefallen könnten. So kannte sie ihr Kind gar nicht. Normalerweise machte sie beim gemeinsamen Einkaufen immer ein langes Gesicht. Nun, vielleicht war es nur heute so gewesen, weil sie sich so lange nicht gesehen hatten, und außerdem durfte Michaela nicht vergessen, dass Karla sie für krank hielt. Was sie vielleicht war, vielleicht aber auch nicht. Morgen würde es sich herausstellen. Sie würde zu Frau Lorek in die Notfallpraxis gehen, diesen Entschluss hatte sie vorhin gefasst. Mittwochs und freitags hatte ihre frühere Psychologin die Zeit zwischen zehn und zwölf für Patienten reserviert, die nicht bis zum nächsten regulären Termin warten konnten.

»Warum willst du zu einer Psychologin, wenn Lena es vielleicht viel nötiger hätte?«, hatte Jan sie gefragt. Er fand es höchst sonderbar, dass Lena einfach so die Seiten gewechselt hatte.

Ja, warum wollte sie zu Frau Lorek? Befürchtete sie, dass jetzt, wo schon wieder alles im Umbruch war, der nächste Aussetzer lauerte? Immerhin hatte sie sich mittags bei diesem Video so sehr erschrocken, dass ihre Reaktion einem kleinen Zusammenbruch gleichkam. Auf jeden Fall fühlte sie sich seit den Neuigkeiten über Lena wie auf einem schaukelnden Schiff. Da konnte professioneller Rat nicht schaden.

*

Kaum hatten sie Karla rufen gehört, sprang David auf, raffte die auf dem Boden liegenden Kleider zusammen und schob sie mit Schwung unters Bett. Dann ließ er sich auf der anderen Seite des Bettes zu Boden gleiten und legte sich bewegungslos daneben. Lena griff nach ihrer Bettdecke und zog sie in dem Moment über ihren nackten Körper, als Karla an die Tür klopfte und öffnete.

»Weißt du, wo Papa ist?«, flüsterte sie.

»Nein«, sagte Lena. Sie ahnte, dass sie aussah wie ein verängstigtes Kaninchen. Und genauso fühlte sie sich. Ein verängstigtes Tier, dem es zwischen den Beinen pulsierte.

»Hab ich dich geweckt?«

»Nein, nein.«

Karla kam einen Schritt ins Zimmer. »Wo kann Papa denn sein?«

»Vermutlich ist er mal kurz vor die Tür. Er kommt bestimmt gleich wieder. Und du solltest jetzt besser schlafen gehen.«

Statt dieser Aufforderung zu folgen, setzte Karla sich auf die Bettkante. »Vielleicht ist er auch wieder nach Köln gefahren.«

Lena zog die Decke höher. »Glaub ich nicht. Das würde er nicht machen, ohne Bescheid zu sagen.«

Karla verzog den Mund. »Wer weiß.«

»Blödsinn«, sagte Lena mit Nachdruck, »auf keinen Fall. Du wirst sehen, morgen früh, wenn du aufstehst, ist er in der Küche und macht dir einen Kakao.«

Karla sah sie zweifelnd an. Dann sagte sie: »Bist du gar nicht neugierig, wie der Nachmittag mit Mama war?«

Lena war kurz davor, hysterisch zu werden. »Doch, schon ...« Sie bemühte sich um ein geduldiges Lächeln. »Aber es ist schon spät, du solltest jetzt wirklich schlafen. Lass uns morgen reden.«

»Ich kann aber nicht schlafen. Ich muss dauernd an Mama und Papa denken. Sie haben sich kein einziges Mal geküsst, Lena. Dabei sah Mama so schön aus. Sie hatte die Haare anders.« Karla umfasste ihren Kopf in einigen Zentimetern Abstand. »So eine Lockenmähne, total klasse. Und sie trug ein Kleid. Aber Papa? Kein Auge hatte er für sie. Ich mach mir solche Sorgen. Vielleicht wollen sie sich doch scheiden lassen.«

Karla sah nun richtig unglücklich aus. Hätte Lena etwas am Leib getragen und hätte David nicht neben ihrem Bett auf dem Boden gelegen, wäre sie aufgestanden, um Karla zu umarmen und zu trösten. Oder sie hätte ihr eine Wärmflasche gemacht und sie zu sich ins Bett geholt. So aber konnte sich Lena kaum beherrschen, das Mädchen hinauszuscheuchen. Die Panik in ihrer Brust war unerträglich, doch Karla schien nichts davon zu bemerken.

In Lenas Gehirn ratterte es. Zum einen war sie gedanklich bei dem Mann auf dem Fußboden, dessen Blicke sie wie Messerstiche im Rücken zu spüren glaubte. Zum anderen überlegte sie, wie sie mit der gesamten Situation umgehen sollte. Wie bescheuert war sie eigentlich, mit David Michalsen ins

Bett zu gehen? Und wie hatte sie Karla darüber vergessen können?

Sie versuchte, ruhig zu bleiben. Redete auf Karla ein, der Papa käme bestimmt gleich wieder und sie brauche sich keine Sorgen zu machen.

Gerade als sie dem Mädchen über den Rücken strich und »Jetzt geh wieder nach oben« sagen wollte, hörte sie es. Es war ein minimales Geräusch. David hatte geniest. Vermutlich in seine Hände und so leise wie nur irgend möglich. Aber hörbar.

Karla richtete sich kerzengerade auf. »Was war denn das?« Dann schlug sie die Hände vor den Mund, sah Lena entsetzt an und deutete hinters Bett. »Hast du deinen Freund da?«, flüsterte sie. »O Gott, Lena, warum hast du denn nichts gesagt?«

Es musste Lenas schuldbewusster Gesichtsausdruck gewesen sein, der Karla innehalten und den Mund aufsperren ließ. Die unschuldige Miene wandelte sich in kaltes Entsetzen.

Lena hielt mit einer Hand die Decke vor ihre Brust, mit der anderen langte sie nach Karlas Arm. »Karla, es ist ganz anders, als du –«

Doch Karla sprang auf. Ihr Kinn zitterte, ihre Augen liefen über. »Ich hab dir vertraut!«, rief sie. Während sie zur Tür stürzte, überschlug sich ihre Stimme. »Und dir auch, Papa!«

Dann knallte die Zimmertür ins Schloss.

Lena saß unbeweglich da. Sie konnte sich nicht rühren. David schien es nicht anders zu ergehen, sie hörte kein Geräusch von ihm. Vielleicht war er an seinem eigenen Niesen erstickt.

Nach einer gefühlten Ewigkeit beugte sie sich über die Bettkante und sah David an. Er hielt das Gesicht in den Händen verborgen und schüttelte den Kopf. Als er Lena schließlich zwischen seinen Fingern hindurch ansah, war sie so angestrengt um ein ausdrucksloses Gesicht bemüht, dass es schmerzte.

»Was haben wir nur getan?«, fragte sie.

David stand auf. Sie wendete sich von seiner Nacktheit ab und schlang die Decke noch enger um sich. Die Angst vor dem, was als Nächstes geschehen mochte, kroch ihr in alle Poren. Sie hatte Karla verloren. Und Karla – die hatte alles verloren. Nicht auszudenken, wie es ihr gerade ging.

David schien ähnliche Gedanken zu hegen. Er zerrte seine Kleider unter dem Bett hervor und zog sich an. Dann setzte er sich auf die Bettkante und faltete die Hände in seinem Schoß.

»Das wird sie mir nie verzeihen«, murmelte er.

Lena zitterte am ganzen Körper. Genau wie damals in Felding, als sie nach Hause kam und der Qualm unter der Tür hervorquoll. Sie musste nur achtgeben, nicht wie eine Verrückte herumzuschreien.

»Wir sollten mit ihr reden«, presste sie hervor.

»Nein, das ist keine gute Idee. Nicht zu zweit. Ich rede mit ihr. Ich bin ihr Vater, das ist mein Job.«

»Und ich bin ihre Freundin.«

»Vermutlich wird sie das anders sehen. Vielleicht wäre es besser …« Er zog die Schultern nach oben.

»Was?«

»… wenn du gehst.«

»Gehen?« Sie hatten sich eben noch geküsst. Waren ineinander verschlungen gewesen. Sie hatte noch nie solchen Sex gehabt. Ihr Gehirn war abgeschaltet gewesen. Wie sonst hätte sie Karla vergessen können?

Er sah sie an. »Ja, in ein Hotel oder ... was weiß ich. Das hier mit Karla ist meine Sache.«

Lena atmete tief durch. »David, ich hatte mir eigentlich vorgenommen, nicht wieder gleich wegzulaufen. Wir haben Scheiße gebaut. Du vielleicht noch mehr als ich. Aber das kann man regeln. Alles besprechen.« Sie rieb sich die Augen. Weinen wollte sie auf keinen Fall. »Wo keiner gestorben ist, kann man noch was machen«, flüsterte sie.

»Ich bezweifle es«, widersprach er und legte den Kopf in die Hände.

»Du solltest jetzt vielleicht wirklich nach Karla sehen«, riet sie, auch wenn sie es am liebsten selbst getan hätte. Aber er hatte recht, es war wirklich sein Job.

»Ich gebe dir Geld«, sagte er.

»Geld?«

»Ja. Deinen Lohn. Ich weiß nicht, was angemessen ist – zweitausend Euro?«

»Bist du verrückt? Ich will kein Geld von dir. Ich war hier als Michaelas Freundin. Oder meinst du Schweigegeld? Damit ich nur ja niemandem was von deinem Zusatzjob in Köln sage? Das ist doch lächerlich.«

Als sie ein Stockwerk höher die Haustür klappen hörten, war David mit einem Satz auf den Beinen.

»Jetzt läuft sie schon wieder weg«, fluchte er und sah sich noch ein einziges Mal um. »Bitte geh«, sagte er dann. In seinen Augen schimmerte Traurigkeit.

36

Michaela fuhr durch den Regen. Lena hatte also mit David geschlafen. Zumindest sah es danach aus – wenn sie Karlas unzusammenhängendes Gefasel richtig deutete. Völlig aufgelöst war ihre Tochter gewesen. Und todtraurig. Sie hatten verabredet, dass Karla vorn an der Straße auf sie wartete, weil sie nicht bei David und »der da« im Haus bleiben wollte. Sie hatte es ihrer Tochter beim besten Willen nicht ausreden können.

Dabei wollte Michaela auf jeden Fall noch mal ins Haus, mit Lena reden. Noch nie hatte sie sich so sehr in einem Menschen getäuscht. Wie sollte sie ihr gegenübertreten? Zivilisiert, so viel stand fest, Karla war ja wahrscheinlich dabei, Michaela wollte nicht, dass sie im Auto wartete – wer wusste denn, wie lange das Gespräch ging. Und dann? Würde sie Lena rauswerfen? Konnte sie das überhaupt? Angenommen, David wollte, dass Lena blieb – was dann?

Nicht auszudenken, was passierte, wenn Michaela Bea von der Sache erzählte. Die würde ausrasten.

Die ganze Zeit hatte sie jegliche Zukunftsgedanken verdrängt, hatte alles in Ruhe planen wollen. Mit Frau Lorek reden wollen. Mit Jan.

Michaela bog von der Landstraße ab in Richtung Dorf, sah den Marillenweg am Feldrand schon von weitem, kurz darauf kam die Bushaltestelle in ihr Blickfeld, und dort stand auch ihre Tochter. David war bei ihr und redete auf sie ein. Michaela verlangsamte ihr Tempo und hielt in der Einbuchtung. Erst jetzt bemerkte sie die Reisetasche auf einem der Sitze im Wartehäuschen. Karla griff danach, öffnete mit Schwung die hintere Autotür und feuerte die Tasche auf den Rücksitz. Dann ließ sie sich auf den Beifahrersitz neben Michaela fallen und vergrub das Gesicht in ihren Händen.

David lehnte mit in den Hosentaschen versenkten Händen am Pfosten der Haltestelle und sah zu ihnen ins Auto. Michaela nahm Karla wortlos in den Arm, streichelte sie und schaute dabei zu David. Er sah geschlagen aus. Als habe er einen Kampf verloren. David machte kehrt und bog ohne einen Gruß in den Marillenweg ein. Vielleicht glaubte er, sie würde einfach wegfahren, aber das konnte sie nicht. Es zog sie zu Lena wie ein Magnet.

Michaela sah ihre Tochter an und sagte: »Karla, ich muss dir etwas erzählen.«

Als sie geendet hatte, wusste Karla über alles Bescheid. Darüber, dass Michaela nicht zur Kur gewesen war, sondern in einer Wohnung mit einem Hund. Dass sie Probleme hatte, weshalb sie zum Arzt wollte. Und dass sie Lena kannte. Diese Nachricht war für Karla die schlimmste von allen.

»Sie hat mich die ganze Zeit belogen«, schluchzte sie. »Die ganze Zeit! Ich dachte, sie ist meine Freundin! Und du? Wie findest du das denn, wenn ihr auch befreundet wart? Bist du kein bisschen traurig?«

»Dass es mich nicht so traurig macht, hat vielleicht mit meiner Krankheit zu tun«, sagte Michaela zögernd.

»Aber was ist das denn für eine Krankheit? Ist es was Schlimmes?«

Michaela gab Karla einen Kuss auf die Wange. »Stell dir vor, du gehst über die Straße«, flüsterte sie. »Du schaust nach links, es ist frei. Dann schaust du nach rechts, es ist auch frei. Doch in dem Moment, in dem du wieder nach links schaust und einen Fuß auf die Straße setzt, kommt neben dir ein Auto mit quietschenden Reifen zum Stehen. Der Fahrer steigt aus und sagt: ›Sie haben doch genau in meine Richtung geguckt, warum laufen Sie los?‹ Und du denkst, du spinnst, denn du hast ihn einfach nicht gesehen.«

Eine Viertelstunde später betrat sie mit Karla das Haus. Ihre Tochter huschte sofort nach oben in ihr Zimmer, im Wohnzimmer brannte Licht, doch David tauchte nicht auf. Dabei hörte er sie bestimmt.

Die Tür zum Kellerzimmer war nur angelehnt. Michaela klopfte dennoch zaghaft an, zum einen befangen durch den vertrauten Geruch des Hauses, das sie so lange nicht betreten hatte, zum anderen weil sie nicht wusste, was sie erwartete. Lena in ihrem eigenen Haus wiederzusehen war seltsam genug.

Als sie auf ihr Klopfen keine Antwort erhielt, steckte sie langsam den Kopf durch die Tür. Lena lag auf dem Bett und starrte an die Decke.

»Hallo«, sagte Michaela und trat ein.

Lena hob augenblicklich den Kopf und starrte sie an, als sähe sie einen Geist. Dann schwang sie die Beine über die Bettkannte und stand auf, ihr Gesichtsausdruck eine Kombination aus Bedauern und schlechtem Gewissen.

»Ich hatte befürchtet, dass du wieder abgehauen bist«, sagte Michaela und ging auf sie zu.

»Mir war nicht nach abhauen, diesmal nicht.«

Michaela entdeckte Tränen in Lenas Augenwinkeln.

»Ich wollte mal was richtig machen und durchhalten.«

»Na, das hast du doch«, entgegnete Michaela und nahm ihre Hände. »Du hast nur vergessen, mir zu sagen, dass du hier bist.«

Lena spürte die Wärme von Michaelas Fingern an ihrer Haut wie einen Stromschlag und widerstand dem Impuls, ihr die Hände zu entziehen. Wieso war sie ihr nicht böse? Wusste sie nicht, was zwischen ihr und David vorgefallen war? Karla hatte es ihr doch bestimmt erzählt. Warum sprach sie nicht davon?

Zögernd sagte sie: »Ich wollte dir ja erzählen, dass ich hier bin, Michaela. Ich habe es auch versucht. Ich war bei dir, aber du warst nicht da.«

»Du hättest mich anrufen können. Einen Brief schreiben.«

»Klingt gut, aber ich wollte es wirklich persönlich machen. Ich hatte Angst, dass du mir nicht zu Ende zuhörst, wenn du kapierst, dass ich mich hier … eingeschleust habe.«

»Eingeschleust ist der richtige Begriff. Wieso, Lena?«

Sie atmete tief durch. »Ich habe das nicht geplant, Michaela, bitte glaub mir. Es war …« Sie sah Michaela eindringlich an, ließ deren Hände los und setzte sich aufs Bett. Dann klopfte sie neben sich auf die Matratze, bis Michaela sich schließlich zögernd neben sie setzte. »Erinnerst du dich an den Tag, an dem du mich gebeten hast, eine E-Mail von David zu lesen?«, fuhr sie fort.

»Natürlich.«

»Weißt du inzwischen, was in dieser Mail stand?«

Michaela runzelte die Stirn. »Nein.«

»Darin stand, dass Bea hier eingezogen war.«

»Bea?«

»Ja. Davon wusstest du also bis jetzt nichts?«

»Nein. Warum war sie hier?«

»Weil David nach Köln musste.«

»Verstehe«, sagte Michaela und sah Lena an. »Aber was war daran so schockierend? Sie hat schon oft geholfen, wenn es bei uns Probleme gab.«

»Das weiß ich inzwischen, aber zu dem Zeitpunkt hatte ich den Namen Bea noch nie gehört.« Sie senkte den Blick. »Aber das war ja auch nicht der Grund, warum ich herkam.«

»Sondern?«

»Ich wollte einfach sehen, wie es Karla ging.«

»Karla? Warum hast du dich für sie interessiert? Sie kanntest du doch genauso wenig.«

»Ich hatte noch eine weitere Mail gelesen. Heimlich.«

»Aha. Und was stand darin?«

»Dass Karla auf keinen Fall bei Jonathan übernachten wollte, weil irgendetwas vorgefallen war. Da haben bei mir alle Alarmglocken geläutet.«

»Wegen Jonathan? Wohl kaum.«

»Doch! Ich dachte, Jonathan könnte ihr irgendwie gefährlich werden.«

Michaela schnaubte. »Gefährlich? Wir leben hier nicht auf dem Kiez, Lena. Jonathan ist ein Kindskopf.«

»Auch die darf man nicht unterschätzen.«

Michaela verzog den Mund. »Okay. Ich nehme an, deine Sorgen diesbezüglich haben sich inzwischen zerstreut? Wieso bist du also hiergeblieben? Das verstehe ich einfach nicht.«

Und so erzählte Lena ihr die ganze Geschichte ihrer Ankunft in Eschersbach. Michaela schüttelte den Kopf, sie fand die Sache anscheinend fast amüsant. Lena schloss mit den Worten: »Hätte Karla mich nicht so angefleht, zu bleiben, wäre ich natürlich nicht geblieben. Sie hat mir so leidgetan, Michaela. Sie wollte so sehr, dass Bea nicht mehr wiederkommt.«

»Immerhin hat Bea nicht mit meinem Mann geschlafen.«

Lena schlug die Augen nieder. O Mann. Sie durfte gar nicht daran denken. Weder an den Sex noch an David. Wenn sie an ihn dachte, wurde ihr ganz flau im Magen.

Sie sah auf und direkt in Michaelas blaue Augen. Sie fühlte sich so elend. Sie hatte alles falsch gemacht, was man nur falsch machen konnte. Hatte Michaela verraten und Karla verraten. Hatte David in eine schreckliche Situation gebracht. Wenn sie nur an sein Gesicht dachte, seine Augen ... Ihre Kehle zog sich zusammen. *Nicht weinen, Lena. Du hast all die Jahre nicht geweint!* Sie ließ die Schultern hängen und verbarg das Gesicht in ihren Händen.

Michaela legte ihr die Hand auf die Schulter. »Lass gut sein, Lena, ich bin schon verwirrt genug. Und auch keine Heilige. Was soll ich sagen? Ja, es tut mir weh, was passiert ist. Aber ... letztendlich ist es eine Sache zwischen dir und David. Ich habe ihm von Jan erzählt, weil ich mir nicht vorstellen kann, wieder mit David hier in diesem Haus zu leben. Aber ich möchte mit Karla zusammen sein. Ich glaube, dass sie mich braucht. Und ja, sie kann Bea nicht leiden. Bea ist sehr viel selbstbewusster als ich, und Karla ist es nicht gewohnt, ständig Ansagen zu erhalten. Ganz klar, dass die aneinanderrasseln.«

Lena hob den Kopf. »Es geht nicht ums Aneinanderrasseln. Es geht darum, dass Karla Bea nicht so vertraut wie du.« Die Tatsache, dass Bea in Michaelas Sachen gewühlt hatte, erzählte sie lieber nicht. Das konnte Karla selbst übernehmen.

Michaela verschränkte die Arme. »Ich kenne Bea sehr viel länger als dich. Ich habe allen Grund, ihr zu vertrauen. Sie war immer für mich da. Seit ich zehn Jahre alt bin, ist Bea meine Stütze. Schon im Heim, wo jemand die letzten Erinnerungen an meine Eltern gestohlen hatte und ich dachte, die Welt ginge unter. Oder als jemand meinen Ranzen mit Apfelsaft übergossen hat und Bea drei Tage lang mit mir meine Hefte neu beschriftete und neue Bücher organisierte. Und das sind nur zwei Beispiele. Ein paar Monate nach Karlas Geburt ging es mir sehr schlecht, und sie kam einfach und hat Karla gehütet. Und als Karla dann in der Zeit einen schlimmen Unfall hatte – sie hatte sich mit heißem Tee übergossen –, da hat Bea geistesgegenwärtig das Richtige getan. Sie hat sich um alles gekümmert, war mit Karla im Krankenhaus und … Sie war einfach Gold wert.«

Lena schaute Michaela an und dachte an Karlas Erzählung über die Sache mit dem Schuppen.

Michaela schien den Zweifel in ihren Augen zu sehen. »Bea ist ein guter Mensch, Lena. Sie hat mir ihr Auto geliehen, als ich eines Morgens zwei platte Reifen hatte und David auf Geschäftsreise war. Sie kam extra aus Köln.«

»Ich verstehe«, sagte Lena. Dabei gab es doch Männer in der Nachbarschaft. Und den ADAC. Vielleicht hatte Michaela aber auch recht, und alles war leicht zu erklären und Bea die selbstloseste Freundin, die es gab. Wahrscheinlich war sie, Lena, das Problem, weil sie sich solch eine Beziehung nicht vorstellen konnte. Eine Freundin, die jederzeit für sie einsprang, hatte sie noch nie gehabt.

Michaela strich ihr über den Arm. »Glaub mir, Lena, Bea wollte noch nie jemandem schaden.«

»Ist gut, bestimmt hast du recht. Aber … darf ich dich etwas fragen?«

»Was?«

»Hat es dir nie etwas ausgemacht, dass sie und David mal ein Paar waren?«

»Weißt du das von David?«

»Nein, von Regina.«

Michaela schüttelte belustigt den Kopf. »Dieses alte Klatschweib. Kann ihren Mund nicht halten.«

»Und das hat dir nichts ausgemacht? Dass sie mal ein Kind von ihm erwartete?«

Michaelas Gesichtsausdruck wurde ernst. »Sie hat mir glaubhaft versichert, dass er ihr nicht so viel bedeutete.«

»Aber was, wenn doch? Wenn … ach, ich weiß auch nicht, Michaela. Ich finde es einfach merkwürdig.«

»Es tut mir leid, Lena, auch wenn du es vielleicht anders siehst – Bea will niemandem etwas Böses. Ich bin nicht ihretwegen von zu Hause fort, sondern wegen David, wie du weißt. Du erinnerst dich doch sicher daran, dass du bei Davids Sekretärin angerufen hast, um herauszufinden, ob er im Büro war, oder nicht? Da hatte er gelogen.«

»Stimmt.« Lena nickte. Sie wusste ja sogar, wo er gewesen war. Nämlich bei seinem Kunden in Köln, jedenfalls tagsüber. Hatte sich extra Urlaub dafür genommen. Und saß jetzt in der Scheiße.

Michaela betrachtete Lena nachdenklich. Sie hatte sich verändert. Wirkte nicht mehr so hibbelig wie ein junges Fohlen auf der Koppel, nicht mehr so unbekümmert und unbesorgt. Fraulicher und erwachsener war sie geworden. Welche Gefühle mochte sie für David entwickelt haben, während sie hier im Haus gewesen war? Was hatte sie alles mit Karla erlebt? Offenbar hatte sie sich vorbildlich gekümmert – für eine wie Lena war das doch erstaunlich. Aber was Bea betraf, lag sie ganz sicher falsch.

»Es gab vorher schon mal eine ganz ähnliche Situation mit David«, sagte sie. »An meinem Geburtstag.«

Gut, am selben Tag war ihr auch das Telefonat mit Frau Brandes entfallen. Seit dem Musikvideo schwirrten davon Wortfetzen in ihrem Kopf herum – wusste der Teufel, warum. Und der Abend, an dem sie Jan kennenlernte, war auch aus ihrem Kopf verschwunden. Aber das alles stand auf einem anderen Blatt. Sie durfte diese beiden Dinge nicht miteinander verquicken. Das eine war David, der sie für dumm verkaufen wollte. Das andere war ihr Kopf. Nur weil ihr Kopf ihr ab und zu einen Streich spielte, war David noch lange nicht aus dem Schneider.

»Worum ging es denn bei dieser ähnlichen Situation?«, fragte Lena. »Hast du auch ein Gespräch gehört?«

»Nein. David sagte mir, dass er mich nicht mehr liebt.«

Lena sah sie fragend an, anscheinend wusste sie davon nichts. Michaela straffte die Schultern und umriss ihr die Situation am Morgen ihres Geburtstages, als sie sich sowieso gefühlt hatte wie unter einer Dunstglocke.

»Und auf einmal stritt er es wieder ab?«, fragte Lena anschließend verblüfft nach.

»Ja, ich hatte nur kurz geschlafen, während er mit dem Rad unterwegs war. Weißt du, ich war ja fix und fertig, da hab ich mich hingelegt. Und als ich wieder wach wurde und David zurückkam, behauptete er, nichts von diesem Gespräch über Liebe zu wissen.«

Lena rieb sich die Augen. »Ich kapiere langsam gar nichts mehr.«

»Frag mich mal.« Sie sah Lena ernst an. »Was hast du jetzt vor?«

»Wenn ich das wüsste.«

»Paris, New York, Mailand?«

Lena lächelte unglücklich. »Du weißt wohl inzwischen, dass ich mir das leisten könnte.«

»Stimmt. Mit deiner Bemerkung, du hättest noch nie Spargel gegessen, hast du mich ganz schön in die Irre geführt. Ich dachte, du hättest dir das nie leisten können.«

Nun kam das alte verschmitzte Lena-Lächeln zum Vorschein. »Ich hab meiner Mutter einfach nur nie den Gefallen tun wollen, was Gesundes zu essen.«

Michaela lachte. »Also – warum bereist du nicht einfach die große weite Welt?«

»Es mag sich verrückt anhören, aber ich denke seit zehn Jahren, dass es mir nicht zusteht, etwas zu tun, was mir Freude macht. Und vielleicht, Michaela« – Lena legte ihre Hand auf Michaelas Knie – »vielleicht habe ich gehofft, dass ich, wenn ich Karla helfe oder dir … dass ich dann irgendwie was wiedergutgemacht hätte. Eine gute Tat …« Sie hob hilflos die Schultern.

»Du hast eine gute Tat getan, du hast Jan in die Wohnung gelassen.«

»Ach, Michaela«, sagte Lena, »ich hab alles zerschlagen. Und was das Schlimmste ist: Ich habe Karla enttäuscht.« Sie legte die Hände vors Gesicht. »Es tut mir alles so leid.«

Michaela strich ihr über den Arm. »Ich nehme sie gleich mit nach Frankfurt. Morgen früh bringe ich sie in die Schule. Wenn ich die Lehrerin erwische, rede ich ein paar Worte mit ihr und erkläre ihr die Sache zwischen David und mir. Dann sehen wir weiter.«

Es war schon nach Mitternacht. Sie merkte, wie alle Energie sie langsam verließ und es gut möglich war, dass bald die Dämme brachen. Sie hoffte nur, dass sie bis dahin mit Karla sicher in Frankfurt war.

*

Lena blieb in ihrem Zimmer und hörte, wie oben Karla und Michaela das Haus verließen. Sie lauschte in die anschließende Stille, hörte dann, wie David in der Küche hantierte, anschließend vernahm sie seine Schritte ins Wohnzimmer. Kurz darauf stieg er die Treppe ins Obergeschoss hinauf. Dann war gar nichts mehr zu hören.

Was sollte sie tun? Erwartete er von ihr, dass sie verschwand? Immerhin hatte er es gesagt – jedenfalls bevor Michaela gekommen war. Und jetzt? Dass er ohne ein weiteres Wort hochgegangen war, konnte ein Zeichen dafür sein. Die Aufforderung: Mach dich bis morgen früh aus dem Staub. Oder lag er wach und dachte an sie? So wie sie an ihn? Noch nie war sie so auf einen Mann abgefahren wie vorhin.

Lena lauschte immer noch. Bevor sie nicht wusste, wie er zu ihr stand, würde sie kein Auge zutun können. Bestimmt schlief er noch nicht. Vielleicht dachte er nicht an sie, sondern an Karla, das wäre naheliegend.

Lena stand auf und tappte zur Tür, stieg langsam die Treppe nach ganz oben, horchte auf jedes Knacken der Stufen. Sachte klopfte sie an Davids geschlossene Zimmertür. Das leise »Ja?« kam prompt, und sie drückte die Klinke nach unten.

Er stand am geöffneten Dachfenster und sah in die Nacht. Als sie eintrat, wandte er sich um. Er trug noch die Sachen, in die er vorhin so rasch wieder hineingeschlüpft war. Das Bett war unberührt, im Zimmer war es dunkel, nur das Mondlicht fiel durchs Fenster.

»Du hast mit Michaela gesprochen«, sagte er.

»Ja.« Lena ging ein paar Schritte auf ihn zu, doch als er die Arme verschränkte, blieb sie mitten im Zimmer stehen. Erwartete er einen Bericht über das Gespräch?

»Ich wollte dich eigentlich nur fragen, was ich tun soll«, sagte sie.

»In Bezug auf was?«

»Na ja, du hast vorhin gesagt, ich soll gehen.«

Er wandte sich von ihr ab und sah wieder aus dem Fenster. »Ich hatte das wegen Karla gesagt, nicht meinetwegen. Und da mit Michaela jetzt ja wohl alles klar ist« – er warf Lena einen kurzen Blick zu – »kannst du bleiben, solange du magst. Das Zimmer braucht ja keiner.«

Richtig, das Zimmer brauchte keiner. Lena spürte unbändige Traurigkeit in sich aufsteigen. Sie starrte seinen Rücken an, kämpfte gegen den dicken Kloß in ihrem Hals und nahm die Tränen zur Kenntnis, die sich in ihren Augenwinkeln sammelten, bis sie ihr über die Wangen liefen.

Sie wischte sie mit den Unterarmen fort. »Es tut mir alles so leid«, flüsterte sie und sah zu Boden.

Sie vernahm nur ein Rascheln, als er sich langsam auf sie zubewegte. Dann umfing er sie mit seinen Armen und hielt sie so fest, wie sie noch niemals jemand gehalten hatte.

37

»Das Weib bring ich um«, knurrte Bea, als Michaela sie anrief, kaum dass sie Karla ins Bett gebracht und Jan Bescheid gegeben hatte, dass sie nun mit Karla in der Wohnung war. Normalerweise rief sie so spät niemanden mehr an. Aber Jan hatte sie versprochen, sich noch mal zu melden, und Bea ging sowieso nie vor halb zwei ins Bett.

»Bea, jetzt hör doch mal zu. Ich bin ihr gar nicht böse … zumindest nicht so richtig. Ich meine – was soll *ich* denn sagen? Ich habe mich doch selbst verliebt …«

»Verliebt? Du bist verzweifelt, Michi! Du kannst nicht allein sein, und wenn dann einer kommt, der einigermaßen nett zu dir ist, bist du froh. Zuerst hängst du dich an diese Schlange, dann an diesen Lehrer! Als ob *die* einen blassen Dunst davon hätten, was du brauchst. Und jetzt kommt dieses miese Aas und greift sich David … Mann, ich vergesse mich gleich!«

Bea schien außer sich. So, wie eigentlich Michaela selbst hätte reagieren müssen. Aber sie reagierte innerlich nur auf Beas Ausbruch – die Worte »einigermaßen nett« und »diesen Lehrer« hatten sie getroffen. Und Lena war auch keine Schlange. Lena hatte genügend Dinge erlebt, die sie dazu berechtigten, ein paar Dummheiten zu machen.

»Ich weiß nicht, warum du dich so aufregst, Bea«, erwiderte Michaela matt, »immerhin ist er *mein* Mann. Außerdem könntest du dich freuen, dass es mir in dieser neuen Situation nicht so schlechtgeht, dass ich gleich wieder zusammenbreche.«

»Pff«, machte Bea.

»Es hat mich genauso enttäuscht, dass du bei David und Karla warst, ohne mir etwas davon zu sagen«, sagte Michaela. »Aber daraus mache ich auch kein Drama. Ich denke, du wirst auch deine Gründe –«

»Wendest du dich jetzt gegen *mich?* Merkst du nicht, was hier vor sich geht, Michi? Die betreiben Gehirnwäsche bei dir!«

Michaela brummte der Schädel. »Bea, hör doch auf«, bat sie schwach. »Niemand ist gegen dich, ich am allerwenigsten. Ich wollte nur mit dir reden, weil ich immer mit dir rede, und ... vielleicht ist es einfach schon spät. Lass uns ein andermal sprechen. Wenn ich bei Frau Lorek war. Ich wollte dir einfach nur sagen, dass du dir keine Gedanken um mich zu machen brauchst, ich bin versorgt.«

Doch Bea antwortete ihr nicht mehr. Während sie grußlos auflegte, vernahm Michaela nur noch: »Das wird sie mir büßen.«

Michaela legte den Hörer beiseite und schloss die Augen. Bitte nicht, dachte sie. Lass Lena in Ruhe, lass David in Ruhe – am besten uns alle. Sie hatte einmal erlebt, wie Bea ausflippte. Da hatte sie im Heim einem anderen Mädchen eine Zigarette in der Hand ausgedrückt, weil das Mädchen Michaela als »Beas Leibeigene« bezeichnet hatte. Danach war Bea verlegt worden und hatte sie dennoch fast täglich von der Schule abgeholt. Sich verantwortlich gefühlt. Sehr zum Missfallen der Heimleitung, die behauptete, Bea hindere Michaela in der Entwicklung. Sie selbst hatte es weiß Gott nie so gesehen. Ohne Bea hätte sie schon viel früher einen Zusammenbruch gehabt, nicht erst nach Karlas Geburt. Allein wegen der ganzen Sachen, die ihr immer passiert waren. Und da konnte

Lena sagen, was sie wollte: Bea hatte nichts damit zu tun. Gar nichts.

Michaelas Augen brannten. Nicht weinen, redete sie sich zu. Es führt zu nichts. Dennoch kamen die Tränen und mit ihnen diese quietschenden Geräusche, die unterdrücktes Schluchzen verursachte. Es war alles zu viel. Karla, Bea, Lena, Jan, David ... Sie liebte diese Menschen, wollte keinen von ihnen verlieren. Und doch hatte sie das Gefühl, als entgleite ihr alles. Als blieben am Ende nur Trümmer übrig.

Als die Tränen verebbt waren, schloss Michaela die Augen, nur um sie wenige Sekunden später wieder zu öffnen. Sie hatte doch noch Davids E-Mails lesen wollen. Schwerfällig setzte sie sich auf und griff noch einmal nach ihrem Smartphone.

Die erste E-Mail hatte er an dem Tag geschrieben, als sie ausgezogen war:

Karla ist krank, sie hat Bauchschmerzen wie noch nie. Welche von deinen Wunderkügelchen soll ich ihr geben?

Die Nachricht danach war Katharina und Regina gewidmet.

Eine Warnung. Falls die sich bei dir melden, bestell ihnen einen schönen Gruß von mir. Karla ist krank, ja – sie braucht aber keine Rund-um-die-Uhr-Versorgung. Ich hab auch noch einen Job.

Am Freitag darauf hatte er geschrieben:

Super, wie du abschalten kannst. Ich muss übrigens nach Köln. Lässt sich nicht ändern, hab alles versucht. Super-GAU. Any ideas?

Am Sonntag, als sie und Lena im Oberurseler Brauhaus bei Spargel und Kartoffeln gesessen hatten, war die folgende Nachricht gekommen:

Nur dass du Bescheid weißt, Michaela: Bea ist heute hier eingezogen.

Am Mittwoch – einen Tag bevor der Anschlag passiert war – schrieb er:

Vermutlich meldest du dich sowieso nicht, aber ich will mir nichts vorwerfen lassen. Bea und ich haben am Wochenende beide Termine. Karla soll bei Regina schlafen, aber unsere Tochter wehrt sich mit Händen und Füßen, dabei könnte sie die ganze Nacht mit Jonathan Filme gucken, so, wie sie es schon letzte Woche getan hat. Sie lässt überhaupt nicht mit sich reden. Katharina ist auch nicht da. Any ideas?

Zwei Tage später kam die letzte Nachricht von ihm.

Wir haben einen Ersatz für Bea. Oder für dich, wie man's nimmt. So long.

Nachdem Michaela die Nachrichten gelesen hatte, wälzte sie sich von einer Seite auf die andere. Sie war todmüde, doch der Schlaf wollte sich nicht einstellen.

Um zwei Uhr tappte sie ins Bad und wühlte in ihrem Kulturbeutel. Sie hatte doch damals eine Migränetablette gefunden, vielleicht war auch noch was anderes da. Aber sie fand nichts. Nachdenklich sah sie sich in Florian Grunwalds Badezimmer um, dann ging sie in die Küche und öffnete den Hängeschrank, in dem Tee, Puddingpulver, Pfeffermühle und Stabmixer aufbewahrt wurden. Unter anderem stand dort auch eine weiße Blechbüchse mit einem roten Kreuz darauf. Michaela zog sie heraus und öffnete den Deckel.

»Bingo«, flüsterte sie. Eine kleine Notfallapotheke hatte doch jeder. Florian Grunwalds Bestand umfasste Ohrentropfen, Nasenspray, Halstabletten und zwischen allem anderen Kleinzeug: Schlaftabletten. In dem Streifen fehlte die Hälfte, fünf waren noch da. Michaela legte sich eine in den Mund und spülte mit mehreren Händen voll Wasser nach. Dann ging sie ins Wohnzimmer und betrachtete ihr Lager auf der Couch. Sie machte auf dem Absatz kehrt und öffnete die Tür zum Schlafzimmer. Karla atmete tief und gleichmäßig.

Michaela hob die Bettdecke und kroch neben ihre Tochter ins warme Bett. Vielleicht hätte ich gar keine Tabletten gebraucht, wenn ich mich von Anfang an hierhergelegt hätte, dachte sie noch. Dann schmiegte sie sich an Karla und spürte, wie der Schlaf sie wie dunkler Nebel einhüllte.

Sie haben eine neue Nachricht
22. August 2014
Von: Bea Bern
An: Michaela Michalsen

Hör zu, Michi. So langsam könntest du dich am Riemen reißen und dich bei mir melden. Ein Dankeschön wäre nett, meinst du nicht? Sie haben mir versichert, keine Mails von dir abzufangen. Im Gegenteil, sie wünschten nichts mehr, als dass du mir antwortest. Vermutlich hoffen sie, ich wäre dann weniger aggressiv. Möglich ist es, Michi. Aber das interessiert dich vermutlich herzlich wenig – so wenig, wie du dich für mich an jenem Tag interessiertest, an dem wir erfuhren, dass das Blumenmädchen uns alle an der Nase herumgeführt hat.
Bea

38

Lena erwachte von lauten Schlägen im Treppenhaus. Karla!, dachte sie erschrocken, doch dann fiel ihr ein, dass sie ja gar nicht da war. Sie schwang die Beine aus dem Bett, schlüpfte in Unterhose und T-Shirt und jagte die Kellertreppe nach oben. Im Flur blieb sie stehen.

»Hallo?«, rief sie und hob eine lilafarbene Socke am Fuß der Treppe auf.

Die konnte wohl kaum solchen Krach veranstaltet haben. Und im Moment war auch nichts mehr zu hören. Oder doch? Ein leises Stöhnen?

»David?« Sie tappte wenige Stufen nach oben. Hinter der Biegung der Treppe entdeckte sie ihn.

»Ich bin ausgerutscht«, knurrte er mit schmerzverzerrtem Gesicht und deutete auf die Socke in Lenas Hand. »Die hat Karla anscheinend gestern verloren.«

»Soll ich dir helfen, oder schaffst du es allein?« Lena verkniff sich ein Grinsen. Er lag eigentlich – bis auf den Gesichtsausdruck – recht entspannt da, als läge er an einer Strandpromenade auf den Stufen und betrachtete sich das Spiel der Wellen.

»Es geht schon«, sagte er stöhnend, stützte sich mit den Ellbogen ab und zog sich am Geländer auf die Füße. »So eilig wollte ich nun auch wieder nicht nach Köln.«

Lena sprang die Stufen hinunter und ging in die Küche, dabei zog sie sich ihr T-Shirt bis über den Po.

»Auch einen Kaffee?«, rief sie.

»Gern«, murmelte er, als er die Küche betrat, sich auf einen Stuhl fallen ließ und sich den Knöchel rieb. »Hast du gut geschlafen?«

Sie schaltete den Kaffeevollautomaten an und lächelte ihm zu. »Aber ja.« Ihre Blicke trafen sich für einen kurzen Moment, und Lena schluckte. Er hatte sie in der Nacht noch lange gehalten. Mitten im Schlafzimmer hatten sie gestanden, bis das Weinen aufhörte. Sie hatte sich die letzten zehn Jahre aus dem Leib geheult, und David hatte es ertragen, ohne auch nur ein Wort zu sagen. Dann hatte er sie nach unten ins Bett gebracht, sie bis zum Kinn zugedeckt, die Decke glattgestrichen wie bei einem Kind und gesagt: »Bleib. Ich würde mich freuen. Alles Weitere wird sich zeigen.« Nach einem zögernden Kuss auf die Wange war er wieder nach oben gegangen. Lena hatte sich nur noch ausgezogen, war wieder unter die Decke geschlüpft und auf der Stelle eingeschlafen. Sie konnte gut damit leben, mit diesem »Alles Weitere wird sich zeigen«. Zwar mochte sich in den letzten Wochen vieles geändert haben – doch sie brauchte noch immer von niemandem ein Liebesversprechen oder eine Vorhersage für die Zukunft.

*

Das störende Geräusch wollte nicht aufhören. Jemand rüttelte an ihrer Schulter und rief etwas. Michaela tastete nach ihrem Kissen, wollte es sich auf die Ohren ziehen.

»Mama, wir haben verschlafen!«, rief jemand, und die Person, zu der die Stimme gehörte, zog ihr das Kissen von den Ohren. »Mama, es ist schon neun Uhr!«

»Hm?«

»Wach doch auf, Mama! Ich muss in die Schule! Wir sind zu spät!«

Michaela hob mit geschlossenen Lidern den Kopf. Sie konnte sie nicht öffnen, jemand hatte sie zugetackert.

Karlas Stimme war plötzlich ganz sanft. »Bist du krank? Brauchst du was?«

Michaela blinzelte. »Was machst du denn hier?«

Karla ließ erstaunt die Schultern sinken. »Du hast mich doch abgeholt.«

»Hab ich?«

»Ja! Wegen Lena! Und Papa.«

Lieber Gott, dachte Michaela. Nicht schon wieder. Sie zwang sich, die Augen zu öffnen und ihren Blick auf Karla zu fokussieren.

Lena. David. Bea. Ach ja.

Sie rappelte sich auf die Ellbogen. Schule. Karla musste los. Und sie mit. Sie hatte mit Frau Brandes reden wollen. »Wann hat Frau Brandes noch mal Sprechstunde?«, fragte sie ihre Tochter.

»Keine Ahnung. Was willst du denn von ihr?«

»Na, ich will ...« Ratlos sah sie Karla an. »Ich will mit ihr über meinen Geburtstag sprechen.«

Über ihren Geburtstag? Warum hatte sie das gesagt? Sie hatte doch wegen der Trennung von David mit ihr reden wollen.

Karlas Gesichtsausdruck wechselte von irritiert zu angewidert. »Über deinen Geburtstag? Mama, ich glaube, du bist krank, ehrlich ...«

Michaela setzte sich auf und tätschelte mit beiden Händen ihre Wangen. Diese verdammten Tabletten. Jetzt war sie wieder wie ferngesteuert. Das ging am Ende den ganzen Tag so.

Sie sah Karla flehend an. »Schatz, es ist alles okay. Ich hab nur Kopfweh.« Sie kniff die Augen zusammen und rieb sich die Schläfen. Sie musste sich aufraffen. Sie hatte doch so viel vor. Zuerst Frau Brandes. Dann Frau Lorek.

Eine Dreiviertelstunde später stand Michaela in der Pausenhalle. Das Gekreische der Schüler war ohrenbetäubend. Die Jungs rempelten einander an, spielten Fangen, Mädchen steckten die Köpfe zusammen und tuschelten. Michaela kam kaum durch zu Frau Brandes' Sprechzimmer.

Sie klopfte und steckte den Kopf zur Tür herein.

Frau Brandes saß vor einem Stapel Akten und runzelte die Stirn, als Michaela eintrat. Dann wechselte ihr Blick zu erfreutem Erkennen.

»Hallo, Frau Michalsen, wir haben uns lange nicht gesehen«, begrüßte sie Michaela und streckte die Hand aus. »Was bringt Sie zu mir?«

Ja, was brachte sie zu ihr? Womit fing sie am besten an? »Ich wollte mich bei Ihnen entschuldigen.«

»Wofür?«

»Dass ich mich noch gar nicht bedankt habe, wie Sie sich im Mai bei der Klassenfahrt um Karla gekümmert haben, als sie ihren Unfall hatte. Und dass mein Mann und ich uns nicht gleich in Bewegung gesetzt haben, nachdem Sie angerufen hatten. Ich weiß nicht, wie es zuging, aber irgendwie hatte ich Ihren Anruf vergessen.«

Frau Brandes deutete auf den Stuhl ihr gegenüber. »Setzen Sie sich doch.«

Als Michaela saß, sagte Karlas Lehrerin: »Machen Sie sich keine Sorgen, Ihr Mann hat es mir schon erklärt.«

Michaela schlug die Beine übereinander. »Aha. Und was

genau?« Hatte David nicht vorgeschlagen, Frau Brandes vorzugaukeln, die Putzfrau sei ans Telefon gegangen?

Frau Brandes ließ ihren Bleistift zwischen Daumen und Zeigefinger wippen. »Ich glaube, er sagte etwas davon, dass Sie an jenem Morgen noch eine weitere schlechte Nachricht erhielten und dass Sie es darüber völlig vergessen hätten.«

Michaela nickte. Eine weitere schlechte Nachricht also. Damit meinte er wohl ihr Gespräch über Davids abhandengekommene Liebe, das dann angeblich niemals stattgefunden hatte. Plötzlich fiel ihr etwas ein. »Frau Brandes, ich muss Sie etwas fragen, und ich hoffe, dass Sie mir ehrlich antworten.«

Sie meinte, Unsicherheit in Frau Brandes' Blick lesen zu können, doch die Lehrerin nickte. »Ja?«

»Machte ich einen normalen Eindruck auf Sie, als wir telefoniert haben? Oder war ich irgendwie … komisch?«

Frau Brandes sah Michaela direkt in die Augen. »Um ehrlich zu sein, Sie waren schon ein wenig seltsam.«

Michaelas Herz klopfte schneller. »Seltsam? Wieso?«

»Sie sagten, das käme Ihnen jetzt gerade ungelegen.«

»Ungelegen?«

Frau Brandes lächelte. »Es hat mich ziemlich erstaunt, dass Sie so abgebrüht reagierten. Ich war drauf und dran ›Entschuldigen Sie die Störung‹ zu sagen. Karla erzählte mir dann, dass Sie Geburtstag hätten, und ich erklärte es mir damit. Ich dachte, Sie säßen gerade bei einem Geburtstagsfrühstück und hätten daher den Begriff ›ungelegen‹ verwendet.«

»Ich verstehe.« Michaela versuchte, ein zuversichtliches Gesicht aufzusetzen, so als falle ihr wieder ein, wie alles verlaufen war. Dabei dämmerte ihr rein gar nichts.

»Und sonst?«, erkundigte sie sich. »Wie läuft es mit Karla?« Erst mal ein bisschen Smalltalk, bevor sie auf den eigentlichen Grund ihres Besuchs zu sprechen kam.

»Ich kann zwar nur für mich sprechen, aber grundsätzlich gibt es nur Positives über Ihre Tochter zu berichten. Sie arbeitet gut mit. Ist beliebt und umgänglich. Ein wenig still und sensibel ist sie halt, aber das sind mir die liebsten.«

Michaela atmete tief durch. »Falls sie sich doch einmal anders verhält ... dann könnte es daran liegen, dass ich zu Hause ausgezogen bin. Das wollte ich Ihnen nur sagen.«

Frau Brandes schien ehrlich betroffen. »Es tut mir leid, Frau Michalsen«, sagte sie. »Das wusste ich nicht.«

Michaela schwieg. Auf einmal fühlte sie sich wieder so schuldig. Was wollte sie eigentlich von Frau Brandes? Absolution?

»Wann sind Sie denn ausgezogen?«, unterbrach die Lehrerin ihre Gedanken.

»Vor zwei Monaten.«

Frau Brandes nickte und sah versonnen in die Ferne. »Jetzt ergibt das einen Sinn.«

»Was denn?«

Frau Brandes fühlte sich sichtlich unwohl. Sie griff wieder nach ihrem Kugelschreiber und fingerte damit herum. Dann sagte sie: »Wissen Sie, es gab eine unschöne Szene mit Jonathan – die beiden sind doch Nachbarskinder, oder? Vielleicht reden Sie mal mit der Mutter.«

»Was denn für eine Szene?«

»Na ja, er hat erzählt ... Ich nehme an, das war nach Ihrem Auszug, auf jedem Fall aber nach unserem Telefonat, denn wenn ich ehrlich bin, machte es mich schon nachdenklich, wie Sie reagiert haben ...« Sie lächelte Michaela entschuldigend zu. »Jonathan fand es jedenfalls lustig, zu behaupten, Sie seien in einer Einrichtung. Sie wissen ja, wie Kinder sind.«

Michaela spürte, wie ihr die Röte ins Gesicht stieg. »Eine Einrichtung? Was genau hat er denn gesagt?«

Frau Brandes sah sie eindringlich an. »Frau Michalsen, machen Sie sich bitte keine Gedanken. Niemand anderes hat es mit angehört, nur Karla war sehr aufgebracht. Was ich verstehen konnte.«

Michaela faltete die Hände. »Verraten Sie mir bitte, was er gesagt hat?«

Die Lehrerin schien zu bereuen, dass sie überhaupt davon angefangen hatte. »Wie gesagt, sprechen Sie lieber mit Jonathans Mutter. Das renkt sich schon wieder ein.«

Fünf Minuten später hastete Michaela durch den verwaisten Schulflur. Sie hörte das Klackern ihrer Absätze auf dem Linoleum, presste ihre Tasche an ihren Körper und versuchte, den Kloß in ihrem Hals hinunterzuschlucken. Sie konnte sich lebhaft vorstellen, welchen Begriff Jonathan verwendet hatte. Er lautete sicher nicht Kur. Eher Klapse. Oder Anstalt. Irrenhaus. Sprach Regina etwa so über sie, oder wie kam der Junge darauf? Und Karla hatte sich damit rumschlagen müssen …

Michaela hetzte in die Schultoilette, trat an ein Waschbecken und hielt sich krampfhaft daran fest. Sie fühlte sich schwach auf den Beinen. Warum haute das Ganze sie dermaßen um? Vielleicht hatte Jonathans Gewäsch Karla gar nicht so zugesetzt, wie sie dachte. Oder ging es ihr bei alldem nur um sich selbst? Um ihren Ruf? Sie wusste es nicht. Das Bedürfnis, sich auf der Stelle hinzulegen und die Augen zu schließen, nichts mehr zu hören und zu sehen, war jedenfalls übermächtig. Dennoch zwang sie sich, den nach Urin stinkenden Raum zu verlassen, und lief aus dem Schulgebäude. Bis sie Karla abholen musste, blieben noch ein paar Stunden. Frau Loreks Notfallsprechstunde hatte schon begonnen. Ob sie heute noch drankam, stand in den Sternen, aber sie musste es versuchen, sie brauchte unbedingt ihren Rat. Von Eschersbach nach Bad Homburg würde sie maximal zehn Minuten unterwegs sein.

Doch als Michaela kurz darauf in ihren Wagen stieg und losfuhr, lenkten ihre Hände in eine andere Richtung.

Im Marillenweg parkte sie in der Garage und legte den Kopf aufs Lenkrad.

Reg dich doch nicht so über diese Sache auf. Das war das Gerede von Kindern. Du wolltest doch zu Frau Lorek.

»Ja, ja«, gab sie sich selbst zur Antwort. »Hab ich doch auch vor.«

Dennoch blieb sie unbeweglich sitzen, bis es an die Scheibe klopfte und sie erschrocken zusammenfuhr. Michaela ließ das Seitenfenster hinunter und straffte bei Reginas Anblick die Schultern.

»Ich hab mich zu Tode erschreckt!«, flüsterte die. Sie war leichenblass und hielt eine Hand vor den Mund.

»Für das, was du denkst, hätte das Tor unten sein müssen und der Motor an«, entgegnete Michaela. Und irgendetwas mit einem Schlauch. Zu kompliziert jedenfalls. Sie öffnete die Autotür, endlich konnte sie aufstehen. Regina trat einen Schritt zur Seite.

»Du warst ewig nicht hier«, sagte sie.

»Stimmt. Und, gibt es Neuigkeiten?«, fragte Michaela. »Hab ich was verpasst?« Sie musste achtgeben, dass sie nicht nach ihr griff und sie schüttelte. Als Stellvertreterin für ihren bescheuerten Sohn.

Regina runzelte die Stirn. »Warum bist du denn so schroff? Falls es ist, weil wir uns nicht gemeldet haben … David hat uns gedroht –«

»Vergiss es«, unterbrach Michaela sie. »Das spielt alles keine Rolle mehr.«

»Nicht? Wieso? Kommst du zurück?«

Michaela lehnte sich gegen das Auto. Gute Frage. »Soll ich dir was sagen, Regina? Ich weiß es nicht. Ich weiß nicht, was ich machen soll. Es ist so viel passiert – wenn ich dir das alles erzählen würde, würdest du endgültig denken, ich sei übergeschnappt. Und vielleicht bin ich das auch.« Sie starrte ihre Nachbarin an. »Verstehst du? Vielleicht bin ich das auch!«, wiederholte sie so laut, dass Regina zusammenfuhr und sie entgeistert anglotzte. Wenn sie jetzt über Irrenanstalten sprachen, hatten sie wenigstens einen Grund.

»Willst du einen Kaffee?«, erkundigte Regina sich schließlich vorsichtig.

Michaela lachte auf. »Kaffee. Das Allheilmittel.« Sie schüttelte den Kopf. »Nein. Ich hab noch zu tun.«

»Das Kindermädchen ist gerade aus dem Haus«, sagte Regina und lächelte Michaela unsicher an. »Sie ist nett. Vielleicht wartest du auf sie, dann könnt ihr euch ja …«

»Kümmere dich um deinen eigenen Scheiß‹«, murmelte Michaela und trat aus der Garage.

Lena war also nicht da. Umso besser. David schien auch weg zu sein, sonst wäre die Garage nicht leer gewesen. Sie hatte freie Bahn. Wenn Frau Lorek doch keine Zeit für sie haben sollte, brauchte sie einen Plan B.

Als sie wenig später im Flur stand, horchte sie in das leere Haus. Schon gestern Abend war ihr aufgefallen, wie vertraut es roch. Nach Waschmittel, dessen Duft aus dem Wäschekeller nach oben waberte. Nach Davids Aftershave. Sie streifte sich die Schuhe ab und tappte langsam die Treppe nach oben ins Schlafzimmer. Davids Seite des Betts war zerwühlt, ihre unberührt.

Michaela zog die Schublade mit ihren Slips und BHs auf und tastete zwischen den Wäschestücken herum.

Nach unten lief sie noch langsamer. Im Wohnzimmer nahm sie eine Flasche aus der Bar und ging in die Küche, zog eine Plastiktüte aus der Schublade und ließ die Flasche hineingleiten.

Bis sie sich die Schuhe angezogen hatte und wieder vor dem Haus stand, war nicht viel Zeit vergangen.

Sie hatte Lena einen Zettel geschrieben, dass sie unbedingt Karla von der Schule abholen musste, koste es, was es wolle. Sie wollte nur noch ihre Ruhe. Schlafen. Sie würde einen Teufel tun und heute noch zu Frau Lorek fahren. Mit klammen Fingern steckte sie den Schlüssel ins Schloss, die Plastiktüte mit der Flasche hielt sie an sich gepresst.

»Hallo, Michaela«, hörte sie in dem Moment Katharinas helle Stimme hinter sich. Es war nicht zu glauben. Lauerten die ihr eigentlich alle auf? Im Zeitlupentempo wandte sie sich zu ihr um. »Was ist?«

»Nichts. Wir haben uns nur lange nicht gesehen.«

»Nicht lange genug«, murmelte Michaela. Je seltener sie die beiden Kontrolleurinnen sah, desto besser. Wenn die Zeit, in der sie Karla allein gelassen hatte, für irgendwas gut gewesen war, dann dafür, zu erkennen, dass sie die beiden nicht brauchte.

Katharina kam näher, noch immer das bezaubernde Lächeln auf dem Gesicht. »Was hast du gesagt?«

Michaela lehnte sich gegen die Tür und spannte alle Muskeln an. »Weißt du, was ich dir schon immer sagen wollte, Katharina?«

»Was?«

»Dass es mich furchtbar ankotzt, wie du mir gegenüber immer so nett und verständnisvoll tust, hintenrum aber mit David über mich redest. Wie zum Beispiel an meinem Geburtstag. Da hast du *ihm* geglaubt und nicht mir.«

Katharina kam noch einen Schritt näher und strich ihr sachte über den Arm, in dem sie die Plastiktüte mit der Flasche hielt. »Beruhige dich, Michaela«, bat sie. »Wollen wir nicht lieber reingehen?«

»Es ist mir egal, wo wir reden«, entgegnete Michaela. »Und am besten gar nicht mehr.« Sie wandte sich ab und drehte den Schlüssel im Schloss. Sie musste abschließen. Die Tür. Ihr Leben.

Doch Katharina nahm sie erneut beim Arm und zwang sie, sich umzudrehen. »Was du da an deinem Geburtstag über David erzählt hattest, konnte ich mir einfach nicht vorstellen. David hatte mich kurz vorher darum gebeten, mich nach einem Haus in der Gegend um Köln umzuhören. Das würde er doch nicht tun, wenn –«

»Das ist doch völliger Blödsinn«, fiel Michaela ihr mit erschöpfter Stimme ins Wort. »Ich wollte nie nach Köln.«

»Aber in Köln sind doch deine Wurzeln«, stellte Katharina fest.

Auf einmal erfasste Michaela ein unkontrolliertes Zittern. »Wurzeln? Du hast wirklich keine Ahnung, wovon du redest.«

Die Rückfahrt nach Frankfurt brachte sie irgendwie hinter sich. Quälte sich mit der Frage, warum Katharina ihr das mit der angeblichen Haussuche nicht schon an ihrem Geburtstag erzählt hatte. Oder danach.

Entgegen ihres ursprünglichen Plans fuhr sie weder zu Frau Lorek noch zu Jan, um Pim zu holen. Noch weniger als ihre Tochter konnte sie jetzt einen kläffenden Hund gebrauchen. Und Jan wollte sie auch nicht sehen. Nicht so! An der Tankstelle am Rebstock schrieb sie eine SMS an ihn. *Pim muss bei dir bleiben. Es tut mir leid.*

Die Fahrt nach Bockenheim fuhr sie wie in Trance.

39

Ratlos drückte Karla erneut auf den Klingelknopf mit dem Namen Grunwald. Sie war sich ganz sicher, dass es das richtige Haus war. Und sie war sich ebenfalls sicher, dass Mama da war. Ihr Auto parkte nämlich vor der Tür, zumindest war Karla auf ihrem Weg von der U-Bahn daran vorbeigelaufen. Eigentlich hatte sie gedacht, dass Mama sie auch von der Schule abholte. Sie hätte schwören können, dass sie *nicht* ausgemacht hatten, dass Karla in Eschersbach blieb. Sie wollte doch nicht heim, sondern bei Mama wohnen. Also hatte sie die S-Bahn genommen. Am Hauptbahnhof hatte sie sich durchgefragt, war in die U4 gestiegen und dann hierhergelaufen. Es war eigentlich ein Wunder, dass sie das Haus wiedergefunden hatte, gestern war es immerhin stockdunkel gewesen. Aber Dinge, die ihr wichtig waren, merkte sie sich eben. Wie zum Beispiel Mamas Telefonnummer. Es konnte ja sein, dass ihr Handyakku mal leer war und sie nicht an ihre Kontaktliste kam. Heute funktionierte er, und trotzdem nutzte ihr das Handy rein gar nichts: Mama ging nicht ran.

Als jemand aus dem Haus trat, schlüpfte Karla hinein.

Sie wusste nicht mehr, ob die Wohnung im dritten oder vierten Stock lag, und als sie die Klingelschilder an den Wohnungstüren lesen wollte, stellte sie fest, dass es keine gab. Karla wechselte zwischen den Stockwerken, doch sie erkannte die Tür nicht wieder. Alle sahen gleich aus.

Bestimmt hatte Mama das Telefon auf lautlos gestellt. Vielleicht machte sie eines ihrer geliebten Mittagsschläfchen.

Als eine Frau im dritten Stock aus dem Fahrstuhl stieg, fasste Karla sich ein Herz. »Entschuldigen Sie. Kennen Sie einen Herrn Grunwald?«

»Grunwald«, murmelte die Frau. »Sagt mir nichts.«

»Aber er wohnt hier. Er ist gerade auf Weltreise, und meine Mutter hütet seine Wohnung.«

»Nein, tut mir leid. Ich kenne hier niemanden näher.«

Karla wusste nicht, was sie tun sollte. Nach Hause zu Lena wollte sie nicht. Sie fand es einfach eklig, dass Papa und Lena zusammen nackt gewesen waren.

Irgendwo klingelte es. Dingdong. Sie lugte den Flur entlang. Von dort war es gekommen. Und wieder das Klingeln: Dingdong. Noch einer in diesem Haus, der nicht öffnete.

Karla griff nach ihrem Rucksack, zog ihr Smartphone heraus, wählte noch einmal »Mama Mobil«. Und da hörte sie es. Nicht nur das dritte Mal Dingdong, sondern auch Mamas Handy. Karla schwang sich den Rucksack über die Schulter und spitzte die Ohren. Der Klingelton kam aus derselben Wohnung, aus der die Türklingel schallte, jemand läutete gerade Sturm. Karla machte auf dem Absatz kehrt und jagte die Treppen hinunter zur Eingangstür.

Sie sah ihn schon durch die Scheibe. Einen großen Mann mit Bart, der ihr mit erstauntem Gesichtsausdruck entgegenblickte und dann den Finger von der Klingel nahm. Er hielt einen Hund an der Leine.

»Hallo, Karla«, sagte er überrascht, als sie öffnete.

»Woher kennen Sie mich?« Sie hatte den Typen noch nie gesehen. Der Hund schnupperte an ihren Fingern und leckte sie ab. Er wedelte mit dem Schwanz, während der Mann verlegen erklärte: »Ich bin … ein Freund von deiner Mama. Wir passen zusammen auf den Hund auf. Sie hat mir von dir erzählt und mir Bilder gezeigt. Ich wollte nach ihr sehen, weil … tja, also –«

»Mama muss da sein«, unterbrach Karla ihn. »Aber sie macht nicht auf. Ich hab auch schon stundenlang geläutet. Und eben hab ich noch mal bei ihr angerufen und gehört, wie es aus der Wohnung klingelt. Sie würde doch nicht ohne Handy aus dem Haus gehen! Außerdem wollte sie mich von der Schule abholen, aber das hat sie nicht gemacht.«

Langsam bekam sie ein flaues Gefühl im Magen. So tief konnte doch niemand schlafen.

Der Mann mit dem Hund schob sich an ihr vorbei und rannte mehrere Stufen auf einmal nehmend die Treppe nach oben. Karla hetzte hinterher. Vor der Tür zu der Wohnung, aus der es geklingelt hatte, blieb der Mann stehen und schlug schwer atmend dagegen.

»Michaela!«, rief er. »Mach auf!« Der Hund bellte. Sein Schwanz peitschte hin und her, er schnüffelte an der Tür, zwischendurch warf er den Kopf in den Nacken und kläffte abermals, was das Zeug hielt.

Der Mann raufte sich die Haare. »Verdammt noch mal«, sagte er und sah Karla ratlos an.

»Sie war heute Morgen schon so komisch«, bemerkte Karla. »Da ist sie kaum wach geworden.«

Dass der Hund sich so aufregte, machte sie völlig fertig. In Filmen regten sich Hunde auch immer so auf, wenn irgendwas Schlimmes passiert war. Drogen im Handschuhfach eines Autos oder Leichen in Kofferräumen.

»Wir sollten die Polizei rufen«, schlug der Mann prompt vor und zog ein Mobiltelefon aus seiner Hosentasche. »Irgendwas stimmt hier nicht.«

40

Drei Stunden später hielt Lena Karla im Arm. Das Mädchen beruhigte sich einfach nicht. Sie wechselte dauernd zwischen verzweifeltem Weinen und leblosem In-die-Gegend-Starren, nur unterbrochen durch Naseputzen und kleine Schlückchen Tee, die David ihr einflößte. Karla hatte nicht in seinen Arm gewollt, sondern in Lenas – was diese ebenso wenig verstanden hatte wie David vermutlich. Dennoch war sie froh darüber. Sie war selbst halb verrückt vor Sorge um Michaela gewesen, bis David aus dem Krankenhaus nach Hause kam und verkündete: »Sie schafft es.« Anscheinend hatten sie ihn in Köln angerufen, und er war sofort losgefahren.

Michaela schaffte es also. Sie hatte eine Überdosis Schlaftabletten mit Baileys hinuntergespült. Der Likör stammte aus Davids Bar, und inzwischen hatten sie von Regina und Katharina erfahren, dass Michaela am Vormittag in Eschersbach gewesen war und sich »hochgradig merkwürdig« verhalten hatte. Nicht zu vergessen die Nachricht an Lena auf dem Küchentisch, sie solle Karla von der Schule abholen. Vermutlich um zu vermeiden, dass jemand sie bei ihrem Vorhaben störte. Glücklicherweise hatte sich Jan nicht von ihrer SMS abwimmeln lassen.

Lena wiegte Karla hin und her, die gerade wieder von einer Heulattacke geschüttelt wurde. Langsam sollten die Endorphine, oder was immer für die Beruhigung im Körper zuständig war, mal ihren Job erledigen …

»Ich dachte wirklich, Mama wäre tot«, schluchzte Karla wieder und sah Lena und David aus rot geäderten Augen an.

Lena strich ihr das Haar aus der Stirn. Jan hatte das auch gedacht. Er und David waren sich im Krankenhaus begegnet, und Jan war vermutlich noch immer dort.

Wäre sie selbst nur nicht am Morgen nach Bad Homburg zum Friseur gegangen. Dieser bescheuerte Einfall, sich in einen Stuhl zu setzen und den Kopf massieren zu lassen! Dann wäre sie hier gewesen. Vielleicht hätte sie Zugang zu Michaela gefunden. Doch stattdessen war bei ihrer Rückkehr mit neuem Haarschnitt die ganze Nachbarschaft in heller Aufregung: Michaela hat sich etwas angetan! Sie hat mit Alkohol Tabletten genommen und wollte ihrem Leben ein Ende setzen. In letzter Sekunde gefunden von der eigenen Tochter! Sie wussten es bereits alle, weil David sie – auf der Suche nach Lena – vom Krankenhaus aus angerufen hatte. Dass Lena selbst wie vom Erdboden verschluckt gewesen war, hatte David anscheinend halb wahnsinnig gemacht – ebenso wie Bea, mit der er telefoniert hatte. Sie konnte erst morgen kommen, um »gemeinsam mit David zu entscheiden, was weiter mit Michaela geschieht«. Lena knabberte noch immer an diesem Satz. Man entschied vielleicht, was mit Kindern passierte, aber nicht darüber, was mit besten Freundinnen geschah. Selbst nach einem Selbstmordversuch nicht. Es waren zwar Davids Worte gewesen, aber Lena konnte sich lebhaft vorstellen, dass Bea genau das gesagt hatte.

»Was hast du eigentlich mit deinen Haaren angestellt?« David deutete auf Lenas Kopf. Sie trug jetzt einen kinnlangen Bob, der ihr locker um die Wangen schwang. Im Gegensatz zu ihrem Herzen fühlte sich ihr Kopf leicht und luftig an. Eigentlich hatte sie es richtig kurz gewollt, aber die Friseurin hatte sich geweigert. »Kürzer geht immer noch, drankleben kann ich nichts.« Und sie hatte recht behalten.

»Sieht schön aus.« Karla lächelte zum ersten Mal. »Jetzt siehst du aus wie ein Kind.«

Lena lächelte zurück. Das tat sie tatsächlich. Und so fühlte sie sich auch.

*

Vor dem gekippten Fenster wehte eine durchsichtige Gardine im Luftzug. An der Wand ihrem Bett gegenüber hing ein Kruzifix mit einem Christus, dessen Kopf schlaff zur Seite geneigt war. Die Dornenkrone leicht verrutscht, bahnte sich Blut einen Weg über das Gesicht dieser alterslosen Gestalt. Immer wenn Michaela diese Kruzifixe in Krankenhäusern sah, fragte sie sich, ob es irgendeinen Kranken geben mochte, den dieser Anblick nicht deprimierte. Bei nächster Gelegenheit würde sie die Schwester bitten, es abzuhängen. Es lenkte sie vom Denken ab. Dabei musste sie doch so dringend denken. Das Witzige war, dass sich die Phänomene, unter denen sie litt, abzuwechseln schienen: Auf einen Blackout folgte garantiert eine Fata Morgana. Diesmal war es kein Anruf gewesen, sondern ein Besuch, den sie sich einbildete. Kurz nachdem sie aus Eschersbach nach Bockenheim zurückgekehrt war, hatte es nämlich geklingelt. Aber davon konnte sie niemandem etwas erzählen. Wer würde ihr denn glauben? Sie glaubte sich ja selbst kaum. Die Fakten schienen nämlich eindeutig: Sie hatte Baileys von zu Hause mitgenommen. Und Schlaftabletten. Zumindest hatte David das vermutet, und dummerweise hatte sie gestanden, dass sie tatsächlich in ihrer Schublade nach den

Tabletten gesucht hatte. Aber nur gesucht! Es war keine einzige da gewesen. Nicht einmal die halbvolle Schachtel, die sie dort seit Jahren versteckt hatte. Ja, sie hatte sich zudröhnen wollen. Weil sie einfach nicht mehr hatte denken können. Die Worte von Frau Brandes hatten ihr seit ihrem Besuch in der Schule in den Ohren geklingelt wie Trillerpfeifen bei einer Demo. Es war nicht zum Aushalten gewesen. Aber mit diesem kleinen Rest Baileys in der Flasche hätte man nicht einmal einen Säugling umbringen können. Seltsamerweise hatte sie aber laut Untersuchungsbericht im Krankenhaus so viel Alkohol im Blut gehabt, dass es mindestens eine halbe Flasche gewesen sein musste, und noch dazu so viele Schlaftabletten, wie sie in der halbvollen Schachtel aus ihrer Schublade vermutet hätte. Nicht nur die vier, die noch in dem Streifen von Florian Grunwald gewesen waren.

Sie wusste, dass es verrückt klang. Zumal tatsächlich nur die Flasche Baileys von zu Hause und der Tablettenstreifen von Florian Grunwald neben ihr gelegen hatten. Gut, allein diese Menge hätte sie auch schon gehörig schachmatt gesetzt. Aber nicht umgebracht.

Natürlich würde ihr keiner glauben. Die vom Rettungsdienst alarmierten Beamten, die ins Krankenhaus kamen, wo man ihr den Magen ausgepumpt hatte, hatten anfangs noch interessiert und hellhörig ihren Ausführungen gelauscht, dann aber mehr und mehr die Stirn gerunzelt, erst recht, nachdem David ihnen erzählte, weshalb sie von zu Hause ausgezogen war: wegen eines eingebildeten Gesprächs. Und Jan hatte den Beamten von dem Tag berichtet, als die Bierflasche ins Wohnzimmer geflogen war. Von ihrem Blackout. Bei seinen Schilderungen hatte er ihre Hand genommen, obwohl David und die Polizisten dabei waren.

»Sind Sie ein naher Verwandter?«, hatte einer der beiden Jan gefragt.

»Nein. Ich bin ihr Freund«, war seine Antwort gewesen.

Und David hatte sich das mit versteinerter Miene angehört.

Alle waren sich einig gewesen, dass sie wohl unter extremer Anspannung stehe. Ja, das war korrekt. Aber vor allem aufgrund einer wichtigen Tatsache: Sie war sich sicher, dass sie sich nicht hatte umbringen wollen. Ganz gewiss nicht! Sie hatte doch ein Kind! Doch für die Polizisten war der Fall erledigt: eine Frau mit schwachen Nerven.

Von dem Besuch hatte sie denen ja nichts erzählt.

*

Lena öffnete die Tür und sah Bea überrascht an. »Ich dachte, Sie wollten erst morgen kommen?«

Bea schob sich an ihr vorbei. »Ich kümmere mich um meine Familie. Wo ist David?«

»Oben.« Er war bei Karla. Er hatte tatsächlich die Nerven, mit ihr für die Schule zu üben. Chemie. Dabei hätte man Karla wirklich für den Rest der Woche zu Hause lassen können, sie hatte genug zu verarbeiten.

Bea hielt sich nicht damit auf, ihre Jacke und Tasche abzulegen, sie stürmte die Treppe nach oben, und Lena hörte, wie sie die Tür zu Karlas Zimmer aufstieß.

Lena ging in die Küche und begann, den Abendbrottisch zu decken. Sie hätten, obwohl es schon weit nach acht war, auch draußen auf der Terrasse essen können, aber auf diesen Aufwand konnte sie heute gut verzichten. Nicht für Bea. Außerdem hatte sie ebenso wenig Bock auf ein Zusammentreffen mit Regina durch das Gebüsch. Immer wieder ritt die darauf herum, wie sie Michaela angeblich in der Garage vorgefunden hatte. »Mit dem Kopf auf dem Lenkrad! Als hätte ich es da schon geahnt.«

Mechanisch stellte Lena Teller und Besteck auf den Tisch, legte Cocktailtomaten in ein Schälchen, drapierte Käsehobel und Wurstplatte daneben. Sie füllte den Wasserkocher und drückte den Startknopf. Tee war immer gut. Frau von Hohenkamp, Sie machen Ihre Sache vorbildlich. Sie lauschte nach oben. Ob Bea schon bei Michaela im Krankenhaus gewesen war? Oder war sie direkt aus Köln hierhergekommen?

Als Lena das kochende Wasser in eine Kanne mit Pfefferminzteebeuteln goss, hörte sie Karla auf Strümpfen die Treppe herunterhopsen. Das Hüpfen klang fröhlich wie immer, stand aber gänzlich im Gegensatz zu ihrem bitterbösen Gesichtsausdruck.

»Ich hasse sie so!«, zischte sie. »Sie wollen Mama überreden, sich *einweisen* zu lassen! Bea sagt, Mama hallozi… hallizu…«

»Halluziniert?«

»Ja! Bea war eben bei Mama im Krankenhaus, und da habe Mama sie lauter merkwürdiges Zeug gefragt und von irgendwelchen verschwundenen Fotos und von meinen Verbrennungen, als ich klein war, geredet. Von Tabletten, von denen sie früher mehr genommen hätte, als auf dem Zettel stand, weil Bea ihr die Packungsbeilage falsch vorgelesen hätte. Und dann hätte Mama sie noch gefragt, ob Bea heute bei ihr in der Wohnung war.« Karla äffte Bea nach: »›Was ist das für ein Schwachsinn, David?‹ Und als sie dann bei Mama mehrmals nachgefragt hätte, wie sie darauf käme, sei dabei rausgekommen, dass *du* bei Mama *Gehirnwäsche* betrieben hast. Immer wieder hat Bea gemeint: ›David, sie ist krank!‹«

Lena trug die Teekanne zum Tisch hinüber und setzte sich. Die Frage war, ob Bea sie oder Michaela mit dieser Formulierung gemeint hatte. Und vor allem, welche Schlüsse David aus diesem Schwachsinn zog. Er kannte Bea viel länger als sie. Und Bea war noch nie beim Lügen erwischt worden.

»Moment mal«, sagte sie zu Karla, als diese weiterplappern wollte. »Das haben sie alles geredet, während du dabei warst?«

»Natürlich nicht! Bea hat Papa ins Arbeitszimmer gezerrt, und ich bin ihnen hinterhergeschlichen. Papa hab ich durch die Tür kaum verstanden, aber Bea dafür umso besser.« Karla setzte sich zu Lena und machte ein bekümmertes Gesicht. »Ich will nicht, dass sie Mama einweisen lassen. Damit ist eine Anstalt gemeint, oder, Lena?«

Lena überlegte. Was verstand ein Kind in diesem Alter von der Psychiatrie? Wusste sie überhaupt, dass ihre Mutter schon mal in Behandlung gewesen war?

»Vergiss diesen Begriff, Karla. Sie reden von einer Spezialklinik für Menschen, die seelische Hilfe brauchen. Aber erstens kann kein Mensch deine Mama einfach einweisen lassen, weil sie das freiwillig tun muss.« Außer es war Gefahr im Verzug. Und dazu gehörte vermutlich ein Selbstmordversuch. Sie musste dringend mit Michaela reden. Am meisten ärgerte sie, dass Bea ihr schon wieder zuvorgekommen war.

»Und zweitens?«

Lena sah Karla nachdenklich an. »Zweitens bin ich anderer Meinung. Deine Mama braucht einfach nur jemanden, dem sie vertrauen kann.« Es stank ihr so sehr, wie Bea glaubte, über Michaela bestimmen zu können! So verhielt sich doch keine Freundin!

Als sie und Karla längst gegessen hatten und David und Bea noch immer nicht aufgetaucht waren, räumte Lena den Tisch wieder ab. Später saß sie vorm Fernseher und zappte durch die Kanäle. Sie sehnte sich so sehr nach einem Gespräch mit Michaela, dass es schmerzte. Was war denn nur geschehen? Vielleicht sollte sie morgen früh ins Krankenhaus gehen. Vorausgesetzt, Bea war nicht dort – die besaß ein Auto und konnte schneller hinkommen. Was Madame Beste Freundin sich vermutlich nicht nehmen lassen würde.

Während Lena ihren Gedanken nachhing, standen mit einem Mal David und Bea vor ihr. Bea blitzte sie böse an und stemmte die Hände in die Hüften.

»Ich bleibe heute hier. Daher schläfst du …« – sie warf David einen Seitenblick zu – »… auf dem Sofa. Und halte dich von Michaela fern.«

»Seit wann duzen wir uns?«, fragte Lena. »Und warum sollte ich mich von ihr fernhalten? Das verstehe ich nicht.«

Sie war ganz ruhig und genoss Beas Anblick. Eindeutig war die Frau kurz vorm Durchdrehen. Dass David von Beas besorgniserregendem Zustand nichts bemerkte, grenzte an ein Wunder. Er wirkte ohnehin sehr still und abwartend. Ganz so, als hätte er auf Durchzug geschaltet. Das war natürlich auch eine Möglichkeit, Bea zu ertragen. Möglicherweise hatte er das jahrelang getan und nicht bemerkt, wie sehr sie Michaela mit ihren Reden unter Druck setzte. Nun, sie würde sich jedenfalls nicht an Beas Verbot halten, sondern morgen an Michaelas Bett sitzen.

»Sie soll einfach nicht zu viel Besuch bekommen, sondern sich erholen«, beschwichtigte David, als ihm wohl einfiel, dass er auch mal etwas sagen könnte. »Du vergisst, dass sie ihr den Magen ausgepumpt haben. Dass sie bewusstlos war. Da braucht sie Besuch von jemandem, der sie nicht aufregt. Was übrigens der Grund dafür ist, dass dieser Jan heute Nachmittag bei ihr geblieben ist und nicht ich.«

»Verstehe.«

»Na, dann wäre ja alles geklärt«, schnaubte Bea.

»Und ihr wollt jetzt also, dass Michaela in die Psychiatrie geht?« Lena verschränkte die Arme.

Bea und David sahen sich eine Sekunde lang sprachlos an. Dann sagte Bea: »Lauschst du an Türen?«

Lena nahm die Füße vom Couchtisch. »Nein. Ich kann mir nur vorstellen, wie du tickst.«

»Wenn sie nicht in die Psychiatrie geht, nehme ich sie mit zu mir«, antwortete Bea. »Es muss ja wohl jemand auf sie aufpassen.«

Sie haben eine neue Nachricht
24. August 2014
Von: Bea Bern
An: Michaela Michalsen

Liebe Michi,
weißt du, was sie hier zu mir sagen? Ich lebe in einer Traumwelt, sagen sie. In einer, in der es eine Nana gibt und eine Michaela. Aber beide hätten mich verlassen, sagen sie. Ständig führe ich diese Gespräche über Vergangenheitsbewältigung und Verluste. Hast du mich wirklich verlassen? Ich glaube das nicht. Du würdest das nie tun. Oder, Michi? Das würdest du doch nicht? Michi? BITTE ANTWORTE DOCH!

41

Das Kruzifix hing noch immer. Nicht einmal für Muslime hängten sie es ab, hatte die Schwester erklärt. Also glitt Michaelas Blick zum Abbild dieses blutenden Jesus, sobald sie den Kopf hob. Ein Märtyrer, der angeblich für sie gestorben war. Dabei hätte er das gar nicht gebraucht, es würde schon reichen, wenn er dafür gesorgt hätte, dass sie klar denken konnte.

»Michi, du verwechselst alles«, hatte Bea gestern bei ihrem Besuch gesagt und sie so liebevoll angesehen, wie nur Bea schauen konnte. »Wir haben das doch alles schon durch. Das, wovon du sprichst, ist zwölf Jahre her! Damals hab ich dir – in meiner Naivität – geraten, dich mal wegzubeamen. Um Ruhe in dein Inneres zu bringen. Weil ich das auch manchmal so gemacht habe. Aber manche Leute vertragen es eben und andere nicht – dass du zu der zweiten Sorte gehörst, hab ich doch ganz schnell begriffen. Wirklich, Michi, ich war gestern nicht bei dir in dieser Wohnung. Ich schwöre. Ich weiß doch nicht mal, wo die ist!«

Womit Bea natürlich recht hatte. Niemand hatte gewusst, wo sie wohnte, außer Lena. Oder?

Als es klopfte, wandte Michaela den Blick vom Kruzifix ab und sah zur Tür. Es war Lena, die zur Tür hereinlugte und ins Zimmer schlüpfte.

»Ich wollte dich mal besuchen«, flüsterte sie und kam näher.

Michaela deutete auf Lenas Haarschnitt und lächelte. »Was hast du getan? Jedes Mal, wenn ich dich sehe, siehst du anders aus.«

Lena trat zu ihr ans Bett und nahm sie in den Arm. Dann sah sie Michaela mit ernster Miene an. »Was ist denn bloß passiert?«

»Das fragen mich alle, Lena. Die Ärzte, die Polizei, Jan, David, Bea. Aber ich weiß es nicht.«

Lena sah sie prüfend an. Karla hatte etwas anderes gehört. Etwas von Halluzinationen. Und dass Bea sie in der Wohnung besucht hätte. Warum erzählte Michaela ihr das nicht?

»Bea ist bei uns«, sagte Lena und wartete Michaelas Reaktion ab.

Doch ihre Freundin gab nichts preis. Keine Bemerkung, nicht einmal eine Andeutung darüber. Stattdessen fragte sie: »Klappt das denn mit euch allen da auf einem Haufen?«

»Es muss. Sie will nicht gehen und ich auch nicht.« Lena zog sich einen der Besucherstühle heran. »Ich sag es dir gleich: Keiner weiß, dass ich hier bin. Sie meinten, es würde dich zu sehr aufregen, wenn ich dich besuche. Ist das so? Falls ja, gehe ich wieder.«

Michaela schüttelte den Kopf. »Nein, es regt mich nicht auf. Es freut mich.«

Lena griff nach Michaelas Händen. »Ich glaube nicht, dass du dich umbringen wolltest.«

»Ich auch nicht.« So schlimm war die Bemerkung von Jonathan nun auch wieder nicht gewesen.

»Ich will einfach nur verstehen, was hier abgeht«, sprach Lena weiter. »Wir lösen Puzzleteile, ja? Eins nach dem anderen. Was nicht passt, kommt weg – für später. Wir machen das so lange, bis wir wissen, was passiert ist.«

Michaela lachte auf. »Weißt du, wie lange ich schon an dem Puzzle sitze? Schon seit Mai!«

Lena lachte nicht. »*Ich* glaube, an diesem Puzzle sitzt du seit Jahrzehnten.« Sie streichelte mit den Daumen über Michaelas Handrücken. »Könnte es sein, dass es vielleicht auch mit Bea zu tun hat? Erzähl doch mal von der Zeit im Heim. Wie habt ihr euch denn dort überhaupt kennengelernt?«

Michaela sah Lena zweifelnd an. Was sollte Bea mit ihrem Geisteszustand zu tun haben?

»Kennengelernt ist zu viel gesagt«, beantwortete sie Lenas Frage. »Sie war die Erste, die ich zu Gesicht bekam.«

Die Anfangszeit im Heim hätte sie ohne Bea gar nicht überstanden.

»Hallo, du«, sagte das große Mädchen mit den hellblonden, welligen Haaren und beugte sich zu ihr herab. Sie sah freundlich aus. Viel freundlicher als die Frau, die sie aus dem Krankenhaus hierher in das Heim und dann zusammen mit einer anderen Frau in dieses Zimmer gebracht hatte. Das große Mädchen roch sehr süß. Fast nahm der Geruch Michaela die Luft, aber er lenkte sie ab von den Gedanken an Mama und Papa. Die waren tot. Einfach weg. Mama hatte immer gesagt, es gäbe keinen Himmel, wo die Leute hinkämen. Nach dem Tod käme das Nichts. Der Gedanke daran war so entsetzlich, dass sie losweinen musste, sobald sie nur daran dachte. Sie konnte sich dieses Nichts einfach nicht vorstellen. Es war noch schrecklicher als die Hölle.

»Du wohnst jetzt hier bei mir im Zimmer«, erklärte das große Mädchen. »Ich bin Bea. Ich bin vierzehn. Und du?«

Sie zeigte zehn Finger.

»Wie heißt du?«

Sie zeichnete die Buchstaben ihres Namens mit dem Zeigefinger auf die Bettdecke. M. I. C. H. I. Es war kürzer als Michaela und besser zu lesen.

»Ich passe auf dich auf, Michi«, versprach das Mädchen. »Und wenn die anderen dich nicht in Ruhe lassen, weil du nicht reden möchtest, rede ich für dich.«

Lena stellte schnell fest, dass Michaela sofort verkrampfte, sobald die Sprache auf die Zeit im Heim und die Beziehung zu Bea kam. Sie hatte gedacht, man könnte vielleicht gemeinsam versuchen zu analysieren, was Michaela quälte. Die Fragen, die Lena brennend interessierten, lauteten: Spielte Bea ein falsches Spiel? Manipulierte sie Michaela schon ewig? Wollte sie ihr irgendwie schaden? Aber Michaela war zu keiner Aussage zu bewegen. Am Ende musste sie zugeben, dass Bea und David zumindest in einem Punkt recht hatten: Professionelle Hilfe wäre nicht schlecht. Sie konnte nicht einfach als Hobbypsychologin daherkommen und ihr irgendwelche Pseudo-Fakten um die Ohren hauen. Diese Sache mit Bea saß anscheinend ziemlich tief, viel tiefer, als sie, Lena, greifen konnte. Michaela hielt an Bea fest wie eine Ertrinkende am Rettungsring – und letzten Endes war Lena verunsichert: Hatte sie Michaela vorgestern irregemacht, als sie sich aussprachen? Sie mit ihren Zweifeln an Beas Großmut verwirrt? Konnte Michaela sich Beas Besuch in der Wohnung nur eingebildet haben? Halluziniert, wie Bea sich ausgedrückt hatte? War sie am Ende doch krank? Und war sie, Lena, einfach nur überambitioniert, weil sie die Freundschaft zwischen Bea und Michaela für ungesund hielt?

»Es tut mir leid«, flüsterte Michaela. »Ich kann einfach nicht klar denken.«

»Mir tut es leid«, sagte Lena und strich über Michaelas Wange. »Ich mache dich nur konfus. Dann gehen wir eben nicht zurück zu Adam und Eva, sondern zu dem, was gestern war.« Ein letzter Versuch, dann gab sie auf. Hatte ja anscheinend alles keinen Sinn.

»Soll ich dir was sagen?«, unterbrach Michaela ihre Gedanken.

»Was?«

»Ich glaube, der Ursprung allen Übels liegt wirklich im Mai. Was da alles passiert ist, gibt mir so viele Rätsel auf.«

»Erzähl!« Lena versuchte sich an einem zuversichtlichen Nicken. »Was genau meinst du? Das Telefonat, das David abgestritten hat? Da hab ich leider auch keine neuen Erkenntnisse.« Zumindest hatte sie keinen blassen Schimmer, mit wem er gesprochen haben mochte.

»Nein, ich meine nicht dieses Telefonat«, widersprach Michaela. »Da war noch etwas anderes. Ein Vorkommnis an meinem Geburtstag.«

»Als David dir sagte, dass er dich nicht mehr liebt?«

Michaela schluckte. »Das auch. Aber vorher war noch etwas.«

»Oje. Was denn noch?« Langsam verlor Lena den Überblick.

»Ich habe mit der Lehrerin von Karla telefoniert, die auf Klassenfahrt war und einen Unfall hatte.«

»Die Lehrerin?«

»Nein, Karla.«

Lena reckte den Rücken. »Schieß los.«

Michaela lehnte sich ins Kissen zurück und schien in die Ferne zu blicken. »Insgesamt war es ein wirklich seltsamer Tag. Ich war ... wie benebelt. Stand ohne Orientierung in der Gegend herum. Das Ganze wurde auch dadurch nicht besser, dass sich Bea überhaupt nicht gemeldet hat. Sonst sind ihr meine Geburtstage doch immer so wichtig gewesen. Nun, wie auch immer …« Michaela sah Lena an. »Jedenfalls stellte sich raus – nachdem David abgestritten hatte, jemals etwas von vergangener Liebe gesagt zu haben –, dass ich am Morgen mit der Lehrerin, Frau Brandes heißt sie, telefoniert haben muss. Karla war von der Straße geraten und hatte sich verletzt. Aber ich konnte mich überhaupt nicht an dieses Telefonat erinnern!«

»Kannst du es jetzt?«

Michaela hob die Schultern. »Bruchstückhaft. Ich hab ihre Stimme im Ohr. Aber erst seit vorgestern.«

»Aha.«

»Kurz vor dem Treffen mit David und Karla hab ich in einem Laden ein Musikvideo gesehen. Den Tanz eines Pärchens, irgendwie obszön, na ja, als wollten sie übereinander herfallen. Seitdem hab ich plötzlich Frau Brandes' Stimme im Ohr.«

Damit konnte Lena gar nichts anfangen. Sie hob die Schultern. »Und?«

»Ich hab keine Ahnung, wieso, aber das geht mir nicht aus dem Kopf.«

»Hm. Wenn das so ein obszönes Video war«, frotzelte Lena, »vielleicht hast du bei dem Telefonat Karla im Hintergrund vor Schmerzen stöhnen hören?«

Michaela schnaubte. »Da war Musik, kein Gestöhne! Nein, es ging um die Bilder. Ich habe immer diese blonde Frau aus dem Video vor Augen. Als hätte ich die schon mal gesehen.« Sie hob den Kopf, als sei ihr gerade noch etwas eingefallen. »Und ein Klirren geht mir nicht aus dem Kopf. Irgendwann hat etwas heftig geklirrt.«

»Ja, in Florian Grunwalds Wohnung hat es geklirrt.«

Michaela kratzte sich am Kopf. »Das stimmt. Es muss ja geklirrt haben – geräuschlos geht so eine Fensterscheibe nicht kaputt.« In Michaelas Augen schimmerten Tränen. »Ich habe so viele Erinnerungslücken! Ob du es glaubst oder nicht – ich kann mich an diesen verdammten Anschlag nicht erinnern. Ich wusste am nächsten Morgen noch nicht mal, wer Jan ist oder wo du warst.«

»Wo ich war, konntest du auch nicht wissen, ich bin ja weggelaufen. Aber an Jan hast du dich auch nicht erinnert?«

»Nein.«

»Und nicht daran, wie die Flasche durch die Scheibe flog?«

»Nicht einen Hauch.«

Lena blinzelte. Das hörte sich alles ziemlich sinnfrei an.

»Okay, noch mal von vorn«, sagte sie dennoch. »Du siehst eine Frau und einen Mann in irgendeiner obszönen Pose, gleichzeitig hast du die Stimme der Lehrerin im Ohr und zusätzlich ein Klirren.«

»Ja.«

Lena hatte keine Ahnung, was sie von dem Ganzen halten sollte. Das war ein Fall für einen Profiler, nicht für Klein Lena aus Felding bei München. Womöglich hatte Michaela sich das alles nur eingebildet. Aber angenommen, wenn nicht? »Wie hörte sich das Klirren an?«, fragte sie skeptisch.

»Wie … wenn eine Scheibe kaputtgeht.«

»So, wie die Scheibe im Wohnzimmer bei Florian Grunwald sich angehört hätte, wenn du dich daran erinnern könntest?«

»Nein, das war bestimmt lauter. Und bei dem Telefonat in unserem Flur war ja auch nichts mit einer kaputten Scheibe.«

»Tja.« Lena strich mit der Hand über Michaelas Bettdecke. »Wahrscheinlich hast du nur was von draußen gehört. Oder aus dem Radio. Wenn nichts kaputt war, spielt dieses Klirren vermutlich keine größere Rolle.« Sie grinste. »Vielleicht hast du da im Flur ein Video auf YouTube gesehen. Möglicherweise genau dasselbe wie in dem Laden. Und dann fiel dir dein Schlüsselbund runter, und es hat geklirrt.«

»Und das alles, während ich mit der Lehrerin telefoniert hab, oder wie? Ich gucke mir nie irgendwelche Videos an. Ich hasse dieses Zeug!«

Lena flachste weiter. »Du hast diesen Videoclip gesehen, während die Lehrerin anrief, und du warst so schockiert, dass …«

Michaela tippte sich an die Stirn. »Ich bin nicht so prüde, dass mich Musikvideos derart schockieren, dass ich einen Blackout bekomme.«

Lena tätschelte ihr den Arm. »Ist ja schon gut, war nur Spaß. Also kein Videoclip.« Sie knabberte an ihrem Finger. »Ich mag Rätsel, weißt du. Lass uns also weiter überlegen. Das Telefonat mit dieser Frau Brandes hat dir den ersten Schrecken versetzt. Ich meine, es ging um Karla. Deine Tochter hatte einen Unfall, du hast dich furchtbar erschrocken. Normalerweise hättest du doch sofort David informiert. Oder nicht? Du hättest ihn doch gerufen und gesagt, dass ihr sofort zu Karla müsst.«

»Ja, sicher.«

»Aber das hast du nicht getan.«

»Nein … ich hab nach irgendetwas gesucht. Ich sag doch, ich war irgendwie nicht bei mir.« Michaela starrte auf ihre Bettdecke. »Also, gerade fällt's mir ein … ich hatte nach

Streichhölzern für die Kerzen gesucht, und plötzlich stand ich da bei den Telefonen und wusste nicht mehr, was ich wollte.«

Lena hob die Schultern. Sie stand auch oft genug irgendwo herum und wusste nicht mehr, was sie wollte. Aber wie sie die Sache auch drehte und wendete, sie konnte sich einfach keinen Reim auf das Ganze machen.

Als Lena nach Eschersbach zurückkehrte, war das Haus wie ausgestorben. Das kam nicht überraschend, da sie Karla aufgetragen hatte, Bea zu beschäftigen. Mit Bauch-, Kopf- oder Halsschmerzen – jedenfalls mit irgendetwas, bei dem Bea allen Grund hatte, mit Karla zum Arzt zu gehen und nicht überraschend im Krankenhaus aufzukreuzen.

Lena griff nach dem Postkastenschlüssel auf der Flurkonsole und ging nach draußen an den Briefkasten. Als sie wieder abschloss, erblickte sie Regina, die mit Jonathan gerade in die Stichstraße einbog – zwischen ihnen ein langes rechteckiges Paket, an dem sie sich redlich abzuschleppen schienen.

»Kann ich helfen?«, rief sie, doch Regina und Jonathan schüttelten den Kopf. Er schien sauer zu sein, anscheinend fluchte er leise vor sich hin. Auf seinem braunhaarigen Kopf saß die obligatorische Baseballkappe, die er niemals abzusetzen schien, aber besonders oft hatte Lena ihn ohnehin noch nicht zu Gesicht bekommen. Karla hatte zu irgendeiner Gelegenheit mal gesagt, er säße nur am Computer. Das konnte seine Blässe erklären.

Lena ging mit den Briefen ins Haus und legte sie auf die Konsole im Flur. Sie dachte gerade noch einmal an das Gespräch mit Michaela und deren Erinnerung an ein ominöses Video, als sie einen lauten Ruf von Regina hörte.

»Nicht so hoch, spinnst du?«

Lena ging zur Tür und lugte hinaus. »Soll ich doch …«, setzte sie an, doch gleich darauf verstummte sie wieder. Jonathan stand schon oben vor der Haustür, Regina an der unteren Stufe, um ihm zu folgen. Ihre Arme waren in die Höhe gereckt, als sei sie ein Gewichtheber, ihr Gesicht war rot. Lena machte gerade den Schritt über den Blumenkübel, da geriet Regina an der Stufe ins Stolpern. Glücklicherweise folgte sie nicht der Bewegung nach vorn, sonst hätte das schwere Paket sie im Genick getroffen. Stattdessen feuerte sie es zur Seite und sprang aus dem Weg, und auch Jonathan ließ seine Seite des Pakets mit einem lauten Fluch fallen, er hatte keine Chance, es zu halten. Als es aufprallte, schepperte und klirrte es in einer Lautstärke, als sei eine ganze Vitrine zu Bruch gegangen.

»Mama, du bist so scheiße«, sagte Jonathan und verpasste dem Paket einen Tritt. Dann machte er auf dem Absatz kehrt und verschwand im Haus.

Regina starrte ihm hinterher. »Jonathan!«, rief sie und sah dann zu Lena. »Der spinnt.« Sie raufte sich die Haare und blickte auf das am Boden liegende Paket. »Ich fasse es nicht. Jonathan!«

Doch er kehrte nicht zurück. »Der kann was erleben«, sagte Regina grimmig.

»Scherben bringen Glück«, entgegnete Lena und stieg auch mit dem zweiten Bein über den Blumenkübel. »Komm, wir räumen das zusammen weg.«

Regina schnaubte schwerfällig. »Am besten direkt zurück zum Auto. Ich habe extra mit der Family-Card bezahlt, da hat man eine Transportversicherung. Das ist der zweite Spiegel in kürzester Zeit, kannst du dir das vorstellen?«

»Was habt ihr gemacht?«, fragte Lena, während sie den Karton, dessen Inhalt vor sich hin schepperte, ächzend zu den Garagen trugen.

»Den letzten hat er von einem Freund bekommen und hier direkt auf dem Platz fallen lassen, weil die Jungs« – Regina verdrehte die Augen – »rutschige Finger hatten. Sie hatten die Nacht bei ihrer allerersten LAN-Party durchgemacht und dann, Sonntagmorgen, hatten sie den Einfall, mal eben den Spiegel abzuholen und quer durch den Ort zu tragen. Rate, was sie oben auf dem Spiegel balancierten? Einen Sixpack Bier. Du kannst dir den Krach nicht vorstellen, den es gab, als das alles hier vorm Haus auf die Steine krachte. Die arme Michaela war ganz blass um die Nase.«

Lena riss die Augen auf. Was sagte Regina da? Zum Glück konnten sie in dem Moment ihre Fracht vor Reginas Auto sinken lassen. »Das war aber nicht zufällig an Michaelas Geburtstag?«, fragte sie hastig und strich sich eine Strähne aus der Stirn.

Regina kam aus ihrer gebückten Stellung hoch. »Kann sein. Wieso?«

In Lenas Kopf pochte es.

Und es pochte noch immer, nachdem sie sich längst von Regina verabschiedet hatte und im Arbeitszimmer am Schreibtisch saß. Sie zog ein Blatt aus einem Stapel Kopierpapier und notierte bedächtig die Worte *klirren* und *wann?*. Dahinter schrieb sie: *Geburtstag: Spiegel.*

Sie betrachtete ihre Worte und notierte noch: *Anschlag Pavel: Fensterscheibe.*

Lena schnaubte. Super. Das sieht doch vielversprechend aus, Top-Ermittlerin Magdalena von Hohenkamp. Dafür werden Sie befördert.

Es hatte also geklirrt. Und dann? Danach hatte Michaela einmal ein Telefonat vergessen und dann einen ganzen Abend. Wie hatte sie sich ausgedrückt? *Blackout*, notierte Lena. Dahinter: *Klirren = Blackout?* Sie knabberte an einer aufgerauhten Stelle ihres Fingernagels. Warum bekam Michaela bei einem Klirren einen Blackout? Andere bekamen auch keinen. Höchstens einen gehörigen Schreck.

Nachdenklich fuhr Lena den PC hoch und gab in die Suchmaschine »Auslöser für Blackout« ein. In den nächsten Minuten studierte sie etliche Artikel auf Ärzteseiten und Foren, die sich mit diesem Thema auseinandersetzten. Es ging um Drogen und Bewusstseinsveränderung. Ein weiterer Link bei der Aufzählung für Blackout-Ursachen lautete: »Traumatisches emotionales Ereignis«. Und in dem dazugehörenden Artikel tauchte der Begriff »Trigger« auf. Ein Trigger war so etwas wie das Startsignal für ein Programm, das in die Gänge kam, wenn das Gehirn Gefahr meldete. Der Trigger konnte ein Gefühl, eine Berührung, auch ein Geräusch sein – kurzum, er sprach einen der fünf Sinne an, der bei einem traumatischen Erlebnis in der Vergangenheit eine entscheidende Rolle gespielt hatte. Trafen dieselben Umstände zu einem späteren Zeitpunkt erneut ein, wurde der Trigger also erneut aktiviert, dann war das für den Traumapatienten so, als befände er sich abermals in der traumatischen Situation. Um die Seele des Patienten vor diesen unerträglichen Eindrücken abzuschirmen, entwickelte sein Gehirn die Fähigkeit, den Betreffenden sozusagen »kaltzustellen«. Deshalb konnte er sich später weder an das auslösende Ereignis erinnern noch daran, wie er sich in der Situation verhielt.

Lena starrte auf den Bildschirm, bis ihr die Augen tränten. Welches traumatische Erlebnis konnte das bei Michaela gewesen sein? Sie trommelte mit den Fingern. Michaela hatte bei einem Unfall ihre Eltern verloren. Sie war selbst dabei gewesen. Aber Lena wollte sie dazu nicht ausfragen. Ihre Fragerei am Morgen hatte gereicht. Vielleicht wusste David etwas.

Sie lief nach unten in den Flur und klickte sich durchs Menü des Telefons bis zu Davids Handynummer.

»David Michalsen.«

»Hi, hier ist Lena. Entschuldige, dass ich dich störe, aber … Mir ist da gerade etwas Verrücktes durch den Kopf gegangen. Es betrifft Michaela. Also …«

»Ja? Ich hab nicht viel Zeit für Verrücktes. Worum geht's denn?«

»Ähm, weißt du etwas über den Unfall der Eltern? Was da genau passiert ist?«

»Warum willst du das wissen? Sie sind gegen einen Baum gefahren.«

»Ging dabei vielleicht die Scheibe kaputt?«

Er schnaubte. »Davon kannst du ausgehen. Alles an dem Auto ging kaputt – dass Michaela überlebt hat, war ein Wunder.«

»Verstehe.« War es das? Ein Klirren, und Michaela schaltete ab? Hatte einen Blackout?

»Sonst noch was?«, fragte David.

»War da noch was Besonderes bei dem Unfall? Hat sie mal irgendwas erzählt? Musik? Eine blonde Frau?« Was auch immer.

»Ist das hier ein Ratespiel, Lena? Was willst du hören? Die Eltern waren angetrunken. Michaela war nicht angeschnallt. Ein Kasten Bier ist auf ihr gelandet.«

»Ein Kasten Bier?«, flüsterte sie. »Voll?«

»Voll oder halbvoll, keine Ahnung. Ihre Klamotten waren von Bier und Scherben durchtränkt. Muss furchtbar gewesen sein.«

Lena stieg langsam die Treppe wieder nach oben. Bier und Klirren. Zwei Sinne auf einmal, die angetriggert wurden: Hören und Riechen. Lena setzte sich auf den Stuhl und sah aus dem Fenster auf das Rondell vorm Haus. Als Jonathan und seinem Freund der Spiegel mit dem Sixpack runterfiel und Michaela nach draußen eilte, hatte ihr Gehirn anscheinend erstklassig funktioniert. Konnte es so einfach sein?

Lena sah sich ihre Notizen an und dachte noch einmal an das Gespräch mit Michaela zurück. Warum war Michaelas Erinnerung erst in Gang gekommen, nachdem sie dieses Musikvideo gesehen hatte? Eigentlich eine Belanglosigkeit. Aber was, wenn es doch etwas zu bedeuten hatte?

Was sagt Ihnen denn Ihr Gefühl, Ermittlerin Lena?

Dass es was mit Bea zu tun hat.

Das ist aber sehr an den Haaren herbeigezogen, finden Sie nicht?

Ich nenne es Bauchgefühl.

Niemals würde sie den Anblick vergessen, wie Bea mit Karla im Schlepptau die Stichstraße entlang zu ihrem Auto gewackelt war und mit dem Schlüssel geklimpert hatte. Bea erwartete, dass andere ihr folgten. Lena mochte solche Menschen nicht.

Also, noch einmal. Dass Michaela Aussetzer hatte, wusste sie jetzt. Die erklärten aber nicht die *eingebildeten* Gespräche oder Telefonate. Ganz und gar nicht. Lena trommelte abermals mit ihren Fingern auf die Schreibtischplatte, griff nach einem Stift. Musikvideo. Sie malte einen Bildschirm an den Rand ihrer Notizen, darauf zwei ineinander verschlungene Körper. Was, wenn es kein Musikvideo war, sondern ein privates Filmchen? Und schon kam wieder dieses Bea-Bauchgefühl in ihr hoch. Michaela hatte sich darüber gewundert, dass Bea sich an ihrem Geburtstag nicht gemeldet hatte. Was, wenn das gar nicht stimmte? Wenn sie ein Filmchen geschickt hatte, und jemand hatte es anschließend gelöscht? Lena zeichnete geometrische Figuren auf das Blatt. Nur – wer sollte so etwas tun? Lena hielt in ihren Gedanken inne. David hatte Michaela an diesem Tag gesagt, dass er sie nicht mehr liebte. Kurze Zeit später behauptete er das Gegenteil.

Lena legte den Stift beiseite und ging wieder nach unten zum Telefon. Als David sich meldete, fragte sie: »Du bist heute in Frankfurt, richtig?«

»Meine Güte, Lena, was ist denn jetzt schon wieder? Und ja, ich bin in Frankfurt.«

»Tut mir leid … aber könnten wir uns treffen? Ich würde gern mit dir über etwas reden. Es ist wichtig.« O Mann. Hoffentlich war er ein Guter. Wer Nachrichten löschte und log, war kein Guter.

Seine Stimme wurde sanft. »Worüber möchtest du denn mit mir reden? Über einen Unfall vor bald dreißig Jahren? Das können wir gern heute Abend besprechen.«

»Nein, es geht um etwas ganz anderes.«

»Nämlich?«

Lena schluckte. Was hatte sie eigentlich in der Hand? Gar nichts. Aber wenn sie nicht fragte … Ohne Frage keine Antwort.

»Es … ich weiß, das hört sich jetzt wirklich blöd an, aber es geht um ein Video, das Michaela an ihrem Geburtstag auf dem Handy hatte.« Vielleicht lachte er sie aus? Umso besser.

Doch er lachte nicht, er schwieg. Nach einer Weile, die ihr endlos erschien, sagte er: »Hast du mit Bea geredet?«

Lenas Herz klopfte mit einem Mal wie wild. »Bea ist gar nicht hier. Sie wollte mit Karla zum Arzt.«

Sie sah auf die Uhr. Bestimmt kamen sie jede Minute zurück. Unsicher und auf einen neutralen Tonfall bedacht, fragte sie: »Was war das denn für ein Video, David?«

»Ich muss arbeiten, Lena.«

Lena spürte, wie Wut in ihr aufkam. Wie feige war er eigentlich? Die Arbeit ging vor? Nein, garantiert nicht. Er konnte nur nicht zugeben, dass er in Kauf genommen hatte, dass Michaela an ihrem Verstand zweifelte, weil er irgendwas verheimlichte. Dieser Idiot.

Sie versuchte, sich ihre Wut nicht anmerken zu lassen. »Du, mir kommen wirklich die abenteuerlichsten Spinnereien in den Kopf«, flüsterte sie. »Bitte lass uns darüber reden.«

Schon wieder war da dieses ellenlange Schweigen.

»Hallo?«, fragte sie schließlich in die Stille.

»Weißt du was, ihr geht mir alle so unendlich auf die Nerven«, knurrte er.

»Von mir hast du nichts zu befürchten, David. Ich will nur Michaela helfen.«

»Ich würde meine Probleme gern selbst lösen, Lena. Dass du Michaela helfen willst, ehrt dich, aber ich glaube, du hast genügend eigenes Zeug, um das du dich kümmern könntest, meinst du nicht?«

Warum sagte er jetzt so etwas? Lena kniff die Lippen zusammen. Sie würde nach Felding fahren, wenn das hier vorbei war. Aber nicht vorher.

»David, bitte«, beschwor sie ihn, um einen ruhigen Tonfall bemüht. »Was war das für ein Video? Eine blonde Frau war darauf zu sehen, stimmt das? War es Bea? Oder eine andere? Und wer war der Mann? Du?«

»O Mann. Lena!«

»Ja?«

»Ich habe so viel um die Ohren, dass ich fast ersticke. Ich will jetzt nicht über Videos reden, die heute keinerlei Bedeutung mehr haben.«

Also hatte es eines gegeben. Das war doch …

»David, es ist so wichtig, zu wissen, worum es ging. Vielleicht nicht für dich, aber für Michaela. Ihr seid doch getrennt. Es kann dir doch gar nichts mehr passieren.«

»Das stimmt. Aber was ist mit dir? Ich meine …« Er schwieg.

»Mit mir?«

»Natürlich mit dir.« Er seufzte. »Pass auf«, lenkte er endlich ein. »Gehen wir was trinken. Kannst du in die Stadt kommen?«

Sie verabredeten, sich eine Stunde später im Café Hauptwache zu treffen. Als Lena an den Computer zurückkehrte und einen Blick auf ihre Aufzeichnungen warf, fiel ihr noch etwas ein, und sie kritzelte: *Wenn Bea Video geschickt hat, das Michaela schockiert/kränkt/ihre Ehe gefährdet – warum hat sie es dann geschickt?*

Lena warf einen Blick auf die Uhr. Es war fast eins, sie musste sich beeilen, der Bus fuhr gleich.

Kurz wunderte sie sich noch, wo nur Bea und Karla blieben, dann war sie aus der Tür.

Sie haben eine neue Nachricht
27. August 2014
Von: Bea Bern
An: Michaela Michalsen

Weißt du was, Michi, ich glaube, es ist die Stunde der Wahrheit gekommen, was mich und David betrifft.
Er hat es immer geleugnet. So getan, als gäbe es nicht diese Anziehung, die dich um den Verstand bringt. Angeblich mag er keine großen Titten. Ha! Was Zierliches hat er lieber, solche Hühnerbrüstchen wie Winona Ryder zum Beispiel? Was für eine Lüge. Eine von vielen übrigens. Tittenfick mit mir sei das Beste, was ihm je passiert ist, hat er gesagt. Und ich muss gestehen, dass David die schnellste und geübteste Zunge besitzt, die mir je untergekommen ist.
Das hat David in Köln gemacht, Michi. Und nicht nur dort. Früher, als er noch waghalsiger war, sogar bei euch zu Hause, wenn du mit Karla kurz beim Bäcker warst und Teilchen für den Nachmittagskaffee geholt hast. Da hat er dann mit dem Kopf zwischen meinen Beinen gelegen und meinen Saft getrunken. Inzwischen tut er lieber so, als ob er mich nicht leiden kann – die Sache bei euch ist ihm zu heiß geworden. Dafür kam er hier umso öfter.
Das ganze Frühjahr über hat er bei mir geklingelt, Abend für Abend, hat die Zeit gut genutzt, als er tagsüber hier in Köln zu tun hatte. »Na, Pussi«, hat er gesagt und ist mir schon im Flur an die Wäsche. Er liebt diese BHs, die die Warze freilegen. Da ist er dann dran, hat daran genuckelt wie ein Baby. Sein Schwanz so hart wie ein Stock. Was meinst du, warum er so für dieses Projekt in Köln gekämpft hat? Sicher nicht, weil er so gern im Hotel übernachtet.

Und dann, von einem Tag auf den anderen, wollte er nicht mehr. Ich verstand erst überhaupt nicht, warum. Ich meine, der Sex war gigantisch. Aber plötzlich war ihm etwas anderes wichtiger. Als ich.

Und auch als du, Michi.

42

Lena sah David schon von weitem. Sofort schoben sich intime Bilder in ihr Bewusstsein – seine Lippen auf ihren, er zwischen ihren Beinen –, und das besserte sich auch nicht, als sie sich auf den Stuhl neben ihm setzte und seinen Geruch inhalierte. Sie dachte sofort an Twister, Küsse und Sex. Dabei waren sie doch inzwischen so was wie Freunde, die »weitersahen, was passiert«.

»Hi«, sagte sie.

»Was magst du trinken?«

»Eine Cola.«

Er winkte der Kellnerin. »Bringen Sie uns bitte ein Wasser und eine Cola? Danke.«

Sie lächelten sich verzagt an. Dann sagte David: »Stell ruhig deine Fragen. Ich hab mir überlegt, dass es ganz gut wäre, mal mit jemandem zu reden.« Er verzog den Mund. »Nennen wir es eine Beichte. Eine Beichte an eine sehr junge Frau, die vermutlich überhaupt nicht nachvollziehen kann, was Männer in meinem Alter umtreibt.«

»Mach dir keine Gedanken, ich hab meinen Schnuller zu Hause gelassen. Und beichten … Du glaubst nicht, wie sehr ich Beichten hasse, David. Ich musste mir als Kind Dinge ausdenken, die ich beichten konnte, damit ich dem Pastor die echten Fehltritte nicht zu nennen brauchte.«

»Ich denke mir schon nichts aus.«

Sie sahen der Kellnerin entgegen, die die Getränke vor ihnen abstellte. »Kann ich gleich zahlen?«, bat David und zog Kleingeld aus seiner Hosentasche. Dann wandte er sich wieder Lena zu. »Du warst also heute bei Michaela, obwohl du nicht solltest?«

»Ich habe es eben schon gesagt, ich bin kein Kind, und man kann mir nicht einfach Befehle erteilen. Michaela ist meine Freundin.«

»Und du hast nur gute Absichten?«

»Keine Ahnung, was fragst du mich das? Du hast es am Telefon selbst gesagt, ich hab genug eigenes Zeug, mit dem ich klarkommen muss. Gut ... ich mag den Gedanken nicht, dass du und Bea vielleicht auf irgendeinem Scheißvideo zu sehen seid, aber hauptsächlich finde ich es echt katastrophal, dass Michaela für Sachen herhalten muss, die sie nicht verbockt hat. Sie mag« – Lena markierte mit den Fingern Anführungszeichen – »›labil‹ sein, aber sie ist nicht verrückt. Und du nutzt das aus. Dass sie labil ist, meine ich.«

David nippte an seinem Wasser. »Stimmt, das ist nicht fair. Aber sie war schon früher labil, und ich hätte auch bei einer nicht labilen Frau versucht, Bea daran zu hindern, mich in die Pfanne zu hauen.«

»Was hat sie denn gemacht?«

»Lena, es ist nicht leicht. Was Bea gemacht hat, ist eben ... Bea. Schlimmer ist, was ich verzapft habe.«

»Mann, David! Sag doch einfach ganz ehrlich! Hattest du in letzter Zeit was mit Bea oder nicht?«

»Wenn ich dir erzählen würde, dass ich was mit Bea hatte, würdest du zu Michaela laufen und es ihr erzählen, richtig? Dann wärst du Bea los.«

Lena tippte David auf die Brust. »Kann sein. Und siehst du, das kapier ich eben nicht. Wenn Bea mit dir zusammen war, muss ihr klar gewesen sein, dass sie Michaela verliert. Ich kann mir nicht vorstellen, dass sie das riskieren würde.«

»Bea und ich waren vor Michaela schon mal zusammen, Lena. Das war eine ziemlich heiße Affäre. Wir haben uns dann getrennt, und ich hab Michaela kennengelernt, aber Bea, die war … na ja … immer noch interessiert. Also … am Sex. Sie wollte nie, dass ich Michaela für sie verlasse. Wir waren nur im Bett.« Er sah zu Boden. »Ich komme mir so bescheuert vor.«

»Na ja, warum nicht, das passiert in den besten Familien«, murmelte Lena spöttisch.

Er sah sie an. »Es war wirklich nur Sex. Okay, ich geb zu, das ist schräg – ich kann sie nicht leiden, ihr Verhalten bringt mich auf die Palme, sobald sie bei uns ist und mit Michaela oder Karla zu tun hat, aber wenn ich ihr dann gegenüberstand, wenn wir allein waren, dann gab es eine ungeheure Anziehung. Ich weiß nicht, ob du das verstehen kannst, aber es war so. Wenn ich in Köln war – und das war ich in den letzten Jahren regelmäßig –, haben wir uns getroffen.«

Lena nickte. »Und warum hat sie Michaela dann ein Video geschickt?«

David sah sie eindringlich an. »Weiß Michaela von dem Video? Sie hat es also gesehen?«

»Es sieht ganz danach aus. Aber anscheinend hat sie es ausgeblendet. Ich sage dir ja, sie braucht endlich Klarheit. Es ist nicht fair, dass sie dauernd glaubt, Hirngespinste zu haben. Das ist einfach nicht in Ordnung.« Lena nippte an ihrer Cola und sah über den Rand ihres Glases hinweg. »Was war das denn jetzt für ein Video?« Würde er Michaela helfen, indem er Licht ins Dunkel brachte? Wenn Bea eine miese Ratte war – und das war sie garantiert – und er vielleicht auch, würde er nichts erzählen.

»In Ordnung.« Er seufzte. »Ich erzähle dir die ganze Geschichte. Damit du verstehst. Mir liegt was an dir, Lena.«

»Es geht um Michaela.«

»Ist ja gut, an ihr auch. Wenn es ihr hilft, meinetwegen.« Er sah sie noch einmal an. »Ich könnte es ihr auch selbst erzählen.«

»Klar, das könntest du.« Lena hielt seinen Blick fest.

Er nickte und hob die Schultern. »Also gut. Pass auf. Als ich im Frühjahr in Köln war, habe ich bei meinem Projekt eine Frau kennengelernt. Maren.«

»Aha.«

»Weißt du, was mich wirklich ankotzt?«, knurrte David. »Nicht, dass ich mit Bea im Bett war, das war wie gesagt nur Sex. Aber das mit Maren war mehr. Ich hatte mich wirklich Hals über Kopf in sie verliebt. Und Bea ist ausgerastet.«

»Wie hat sie denn davon erfahren?«

Er schnaubte. »Ich wollte nicht mehr mit ihr schlafen.«

»Und das fand sie doof?«

»Tja, was soll ich sagen, sie fand es *richtig* doof. Sie hat mich ständig angerufen. Hat gefragt, was ich mache, wo ich bin, das volle Programm. Da hab ich ihr eben irgendwann gesagt, dass ich mich in eine Kollegin verliebt habe und dass ich vorhabe, Michaela zu verlassen.«

»Das war dein Ernst?«

»Lena, die Ehe zwischen Michaela und mir ist seit Jahren eingeschlafen. Wir haben nur noch funktioniert. Jeder hatte seinen Aufgabenbereich … aber das reicht mir nicht. Und diese Nähe zu unseren Nachbarn … es ist alles nicht mein Ding. Michaela hat immer versucht, mich zu involvieren. Grillabend da, Spieleabend hier. Dabei ging es doch nur darum, die Fassade zu wahren.«

»Und der Sex kam auch zu kurz.«

Er verdrehte die Augen. »Weißt du, wie unangenehm mir das ist, mit dir über Sex zu reden?«

Sie nahm seine Hand. »Erzähl trotzdem weiter.«

»Mit Bea wurde es jedenfalls immer heftiger. Ich hatte fast das Gefühl, als wäre ich mit ihr verheiratet und nicht mit Michaela.«

»Also hat sie Michaela ein Video von dir und Maren geschickt. Hat sie euch irgendwo gefilmt? Wollte sie Michaela in deine Affäre einweihen? Aber damit konnte sie doch sicher sein, dass es zwischen dir und ihr endgültig aus ist?«

»Es gibt kein Video von mir und Maren. Ich habe ja noch nicht mal mit ihr geschlafen.«

Lenas Mund blieb offen stehen. »Jetzt verstehe ich überhaupt nichts mehr.«

»Bea hat sich ... sagen wir ... detektivisch betätigt. Sie hat Maren nachspioniert. Und sie war erfolgreich. Sie hat Maren beim Sex mit einem Typen gefilmt, den ich nicht kenne. Wie sie das fertiggebracht hat, weiß ich nicht, vermutlich durchs Fenster, Maren wohnt im Erdgeschoss. Er ist ein ähnlicher Typ wie ich, man sieht ihn aber nur von hinten. Sie stehen in ihrem Wohnzimmer. Sie tanzen, knutschen, so als ob es bald zur Sache geht. Es könnte ein anderer Kollege sein ... aber ehrlich gesagt will ich das auch gar nicht wissen. Ich hab mich eben in was verrannt. Nachdem ich dieses Video gesehen habe, war der Ofen schlagartig aus, und ich hatte absolut keinen Bock mehr auf Köln – aber ich muss die Sache ja zu Ende bringen. Und dann hat mein Chef hier auch noch Wind davon bekommen, dass es jemanden in Köln gibt, der wie ein Wilder programmiert – den Rest hab ich dir ja schon erzählt.«

»Das ist also noch nicht ausgestanden?«

»Nein, ich bin mittendrin in der Bredouille. Ich müsste heute in Köln sein und programmieren, aber mein Chef ist sauer auf unseren Kunden, weil sie ja angeblich einen Programmierer beschäftigen, der nicht von uns kommt, und stellt mich nicht ab, um meinen Job bei der Neustrukturierung der Infrastruktur zu tun. Und Maren, die nichts von dem Video weiß, flirtet weiter mit mir.«

Lena konnte sich ein Grinsen nicht verkneifen. »Du hast es wirklich nicht leicht. Aber leid tust du mir trotzdem nicht. Was ich nicht verstehe: Warum hat Bea dieses Video an Michaela geschickt?«

Er hob die Schultern. »Es war ein Versehen.«

»Ein Versehen? Wem wollte sie es denn schicken?«

»Mir natürlich. Um mir zu zeigen, dass ich aufs falsche Pferd setze.«

Lena schüttelte den Kopf und versuchte, ihre Gedanken zu sammeln. »Warte mal. Du hattest Michaela also beim Frühstück gesagt, dass du sie nicht mehr liebst. Das stimmt doch? Zumindest erscheint es logisch, da du ja anscheinend mit Maren zusammen sein wolltest.«

»Ich war an diesem Morgen so mit mir selbst beschäftigt, das glaubst du gar nicht. Karla war auf Klassenfahrt, am Tag vorher musste ich im Garten ackern, die Möbel ölen, Unkraut jäten, hacken, graben, was weiß ich. Egal, auf jeden Fall war ich bedient. Und ich hatte Maren im Kopf. Maren und das große Geld. Freiberuflicher Programmierer in Köln, fünfzehntausend Euro im Monat – ich dachte mir, so könnte ich locker Michaelas Leben in Eschersbach finanzieren und mir ein neues in Köln. Ich sah tatsächlich eine Chance auf ein neues Leben.«

»Midlifecrisis«, spottete Lena.

Er hob die Schultern. »Und dann hat mich Michaela beim Frühstück gefragt, ob ich sie noch liebe … Ich konnte nicht lügen.« Er sah Lena ernsthaft an. »Ich konnte es einfach nicht. Danach bin ich aufs Rad und weg.«

»Und anschließend hast du Beas Nachricht gelöscht?«

David rieb sich die Augen. Er sah müde aus. »Ich war ja mit dem Rad unterwegs und wusste weder etwas vom Anruf der Lehrerin noch von Beas SMS an Michaela. Während ich unterwegs war, bekam ich plötzlich eine SMS von Bea mit einem animierten Video im Anhang – drei tanzende Elfen, die Happy Birthday sangen. Der Text dazu war … warte mal … ›Nur zur Info, David, deine Maren hat noch andere Kohlen im Feuer.‹«

»Und da war dir klar, dass sie die Anhänge verwechselt haben könnte. Die tanzenden Elfen waren eigentlich für Michaela, das andere für dich.«

»Genau. Ich dachte aber an ein Foto, nicht an ein Video.«

»Das passt gar nicht zu Bea, so unbesonnen zu sein und so was Wichtiges zu verwechseln.«

»Du hast völlig recht. Ich glaube, das ist nur passiert, weil sie in einem Wutrausch auf mich war und in der Woche ein riesiges Event im Museum zu stemmen hatte.«

»Und du bist nach Hause, um die andere Nachricht, von der du ausgingst, dass Michaela sie nicht unbedingt lesen oder sehen sollte, zu löschen?«

»Na ja, also zumindest wollte ich erst mal sehen, worum es sich handelt. Und schauen, ob Michaela die Nachricht inzwischen gesehen hatte. Dass sie sie schon vor dem Frühstück bemerkt hatte, davon konnte ich nun wirklich nicht ausgehen. Ich bin zurückgefahren, und draußen vor der Tür fingen mich Katharina und Regina ab, weil Michaela ihnen erzählt hatte, dass ich mich trennen wollte. Beziehungsweise, dass ich sie nicht mehr liebe.«

»Und das hast du dann abgestritten?«

»Ich wollte überhaupt nicht darüber reden! Schon gar nicht mit den beiden. Ich wollte rein und an Michaelas Handy, sonst gar nichts.«

»Und da hast du dann die Frau, in die du dich verliebt hattest, mit einem Liebhaber auf einem Video gesehen.«

Er nickte und verzog zerknirscht den Mund. »Ich habe es an mich weitergeleitet und dann alles aus Michaelas Handy gelöscht. Danach hab ich Bea angerufen und ihr erklärt, dass sie ihre Scheißspielchen unterlassen soll.«

»Dass du das Video gelöscht hast, hast du ihr aber auch gesagt?«

»Logisch.«

Lena nickte. »Darf ich dir noch eine letzte Frage stellen?«, bat sie.

David stützte das Kinn in die Hände und sah sie erwartungsvoll an.

»Es gab einen Nachmittag, an dem Michaela dich im Haus gehört hat, du hast telefoniert. Später hast du behauptet, du seist im Büro gewesen. Warum?«

»Ich weiß, das klingt, als sei ich ein Riesenarschloch. Stimmt's?«

»Ehrlich gesagt, ja. Ich meine, du hast ihr immer wieder vermittelt, dass sie einen Sprung in der Schüssel hat. Das ist nicht okay.«

»Nein, ist es nicht. Ich dachte, sie könnte belauscht haben, dass ich in Köln jemanden kennengelernt habe.«

»Es war also diese Maren, die dich da anrief?«

»Ja, sie verstand nicht, warum ich mich plötzlich von ihr abgewendet hatte. Ich bin zu Tode erschrocken, als ich merkte, dass Michaela im Haus war. Ich hab ja zu der Zeit in Köln gearbeitet, was Michaela nicht wusste – aber ich hatte an dem Nachmittag Karla versprochen, früher nach Hause zu kommen und mit ihr eine Runde Rad zu fahren. Der Anruf von Maren und der Gedanke, dass Michaela wissen könnte, wer sie ist, hat mich völlig aus dem Konzept gebracht, und ich bin abgehauen.«

»Dein Vorstrafenregister wird immer länger, David Michalsen.«

»Ich weiß.« Er faltete die Hände. »Ich dachte, ich gehe nach Köln und ziehe mit Maren zusammen. Ich hab sogar Katharina gefragt, ob sie Kontakte zu Maklern in Köln hat. Natürlich hat sie wissen wollen, wofür, und ich hab gesagt, ich wolle mich einfach mal nach Häusern umschauen, weil das Projekt sehr gut liefe und ich vielleicht längerfristig dorthin müsse. Ich hab sie gebeten, das noch für sich zu behalten – was man bei Katharina ruhig tun kann, denn sie ist sehr verschwiegen. Im Gegensatz zu Regina, dem Klatschweib.« David ergriff Lenas Finger und streichelte mit dem Daumen über ihren Handrücken. »Dieser ganze Lug und Trug hat mich wirklich mitgenommen. Erst diese Geschichte mit Bea, die mir völlig entglitten ist. Dann dieses Jobangebot – das ist mir zu Kopf gestiegen. Und ja, ich hab mich in diese Kollegin verguckt. Eine Schwärmerei war das. Ich meine, sie ist eine attraktive, selbstbewusste Frau.« Er ließ die Schultern sinken. »Ich bin auch nur ein Mann.«

»Die Generalausrede aller Ehebrecher«, antwortete Lena und entzog David ihre Hand. Was sollte das eigentlich heißen? Es klang wie ein Freifahrschein.

»So war es nicht gemeint. Es ist saudumm, so was zu sagen, ich weiß. Sorry.«

»Ach, David, das ist alles eine Sache zwischen dir und Michaela. Und Karla natürlich. Ihr solltet wirklich mit ihr reden, meinst du nicht? Sie braucht euch. Dass sie heute mit Bea losgezogen ist, hat sie nur für mich getan, damit ich zu Michaela konnte. Mit ihr wollte ich nämlich auch noch mal reden, weil … Karla hatte an der Tür gelauscht, als du mit Bea im Arbeitszimmer gesprochen hast.«

Er runzelte die Stirn. »Worüber haben wir denn gesprochen?«

»Dass Michaela meinte, Bea sei bei ihr in der Wohnung gewesen und habe Alkohol und Tabletten dabeigehabt. Könnte es nicht sein, dass …«

»Nein. Das ist völliger Quatsch. Bea hat mir doch selbst erzählt, was Michaela sich da zusammenspinnt.«

»Sie spinnt nicht. Hör auf damit.«

Er sah Lena eindringlich an. »Sie würde Michaela nie etwas antun. Nie. Sie liebt sie abgöttisch. Sie braucht sie. Weil Michaela sie braucht. Das ist so eine kranke, uralte Geschich…«

»Aber Michaela braucht Bea nicht mehr. Schon bemerkt?«, unterbrach Lena ihn. »Sie hat Jan. Sie hat mich. Und mit Karla klappt es plötzlich auch.«

David sah sie zweifelnd an. »Wenn Bea Michaela etwas hätte antun wollen, wäre sie mit mehr angerückt. Ich meine, Bea ist keine Dilettantin. Wenn sie etwas macht, macht sie es richtig.«

Wie man an der Sache mit dem Video gesehen hat, dachte Lena.

Es konnte durchaus sein, dass Bea Fehler unterliefen, wenn sie sehr aufgeregt war. Aber sie sagte lieber nichts mehr, er glaubte ihr ja sowieso nicht. Dabei hatte sie ihm noch nicht einmal erzählt, was sie über diese Trigger herausgefunden hatte. Davon hielt er vermutlich auch nichts.

43

Das Kruzifix hatte Michaela mit einer geblümten Papierserviette abgedeckt. Sie saß nun schon seit einer Stunde mit Frau Lorek in ihrem Krankenzimmer. Gerade waren sie bei dem Punkt angelangt, an dem Lena sich gestern bereits die Zähne ausgebissen hatte. Denn auch Frau Lorek war, seitdem sie Michaela kannte, der Meinung, dass Michaelas Leben ohne Bea vielleicht gar nicht so viele unangenehme Komponenten gehabt hätte.

»Vielleicht hätten Sie andere – gleichberechtigte – Freundschaften schließen können«, sagte sie eben.

»Aber die anderen waren doch alle gegen uns!«, rief Michaela.

Frau Lorek kritzelte etwas auf ihren Block. »Warum sind Sie eigentlich damals, als Sie schwanger wurden, aus Köln weggezogen?«, erkundigte sie sich. »Ihre Freundin war doch dort.«

Michaelas Herz klopfte plötzlich schneller.

Ihre Psychologin sah sie aufmerksam an. »Ich habe Ihnen diese Frage schon einmal gestellt, und damals sagten Sie, es sei wegen der Arbeit Ihres Mannes gewesen. Aber Sie schauten genauso verschreckt drein wie heute.«

Michaelas Hals war wie ausgetrocknet. »Ja«, krächzte sie. »Da hatte es einen Vorfall gegeben.« Sie hatte das völlig verdrängt. Vergessen. Dabei hatte Lena sie doch mit der Nase darauf gestoßen.

»Was soll das heißen, du bist schwanger?«, rief Bea. »Von David?«

»Natürlich von David. Von wem denn sonst?«

»Ich glaub das einfach nicht, Michi.« Bea legte das Besteck beiseite, mit dem sie eben noch ihre Pizza bearbeitet hatte, griff nach ihrer Serviette und wischte sich die Mundwinkel ab.

»Wieso denn? Ich bin vierundzwanzig. Ich kann doch ein Kind –«

»Wie viel Respekt hast du eigentlich vor mir?« Beas Augen funkelten. Sie hatte Michaela noch niemals so böse angesehen. Michaela legte ebenfalls ihr Besteck beiseite und leckte sich über die Lippen. »Ich verstehe gar nicht, was du meinst …«

»Ich bin älter als du, Michi. Und ich hab ein Kind verloren. Meinst du nicht, dass es der Anstand gebieten würde, zu warten?«

»Aber du wolltest doch gar kein Kind. Schon gar nicht von David. Das war ein Fehler mit ihm, hast du gesagt, und er sagt das a…«

Bea schlug mit der Hand auf den Tisch, so dass nicht nur Michaela zusammenzuckte. Die Kellner und einige Gäste sahen zu ihnen herüber.

»Halt die Klappe!«, zischte Bea. »Du hattest gefälligst zu warten! Wer weiß denn, ob David diesmal nicht auch findet, dass es ein Fehler ist, und zwar mit dir?«

»Sag mal, Bea, was ist denn mit dir los?«, flüsterte Michaela, die ihren Puls in der Halsschlagader spürte. »Bitte sei doch nicht so, ich … es tut mir ja auch wirklich …«

Beas Kiefer malmten. Ihr Blick war kalt. »Eins sag ich dir, Michi, so wahr ich Bea Bern heiße, das Kind steht dir nicht zu.«

Michaela konnte Bea nur mit offenem Mund anstarren. Dann blickte sie auf ihren Teller. Sie wollte nach Hause. Zu David – aber erzählen konnte sie ihm von dieser Sache nichts. Dazu war es zu unglaublich.

»Wenn überhaupt, steht es mir zu«, sagte Bea und griff wieder nach Messer und Gabel. Bearbeitete die Pizza mit Vehemenz. Dann nahm sie ihr Weinglas und stürzte den Inhalt mit einem Schluck hinunter.

Nach einer Weile, in der Michaela hilflos ihre Hände geknetet hatte, umspielte ein beschwichtigendes Lächeln Beas Lippen. »Zumindest werdet ihr in meine Nähe ziehen, so dass ich das Kind jeden Tag besuchen kann. Und abholen – zum Spazierengehen. So machen Patentanten das.«

Michaela hatte an diesem Abend kein Wort mehr gesagt. Sie hatte sich nahezu ununterbrochen über den Bauch gestreichelt und gegen die Tränen angekämpft.

Nur zwei Tage später hatte Bea mit einer perfekt ausgestatteten Wickeltasche bei ihr geklingelt. Hatte gegurrt wie eine Taube und beteuert, wie sehr sie sich über die tolle Neuigkeit freue. Hatte nichts mehr wissen wollen von ihren Drohungen. Im Gegenteil, sie hatte Michaela ausgelacht, weil sie sich irgendwelche Gespräche einbildete. Schwangerschaftsdemenz hatte sie das genannt. Doch Michaela hatte nicht mitgelacht. Stattdessen hatte sie David gebeten, sich einen Job in Frankfurt zu suchen.

*

Als Lena von ihrem Treffen mit David zurückkam, rechnete sie fest damit, mindestens Bea vorzufinden. Karla war sicher nach dem Arztbesuch noch in die Schule gegangen. Doch bei den Parkplätzen und Garagen konnte sie Beas Mini nicht entdecken. Möglicherweise war sie inzwischen wieder bei Michaela im Krankenhaus und spielte die fürsorgliche große Schwester.

Was Lena an ihre Notiz auf dem Schreibtisch erinnerte. Sie streifte sich die Schuhe ab, flitzte nach oben ins Arbeitszimmer an den Computer und betrachtete noch einmal ihr Gekritzel. Die Frage, weshalb Bea Michaela etwas schicken sollte, das ihr schadete oder sie aus der Bahn warf, stellte sich jetzt nicht mehr. Es war ein Versehen gewesen, dass das Video bei Michaela gelandet war. Außerdem hatte es ja weder Bea noch David gezeigt.

Trotzdem ließ es Lena keine Ruhe. Dieses ganze Zeug, von dem Michaela erzählt hatte. Das konnte doch kein Zufall sein. Immer wenn etwas Blödes passiert war, war Bea prompt zur Stelle gewesen. Sie schien es über alle Maßen zu genießen, gebraucht zu werden, wenn Michaela wieder einmal leiden musste.

Achselzuckend griff Lena zur Maus und gab die Begriffe »Fürsorge« und »Leid zufügen« in die Suchmaschine ein. Sie biss sich auf die Lippen und fügte das Wort »krankhaft« hinzu. Gewagte These. Unter den ersten Treffern tauchte ein Begriff auf, von dem sie noch nie gehört hatte. Gebannt blickte sie auf den Bildschirm.

Auf einmal kam es ihr sehr seltsam vor, dass sie seit dem Morgen weder von Bea noch von Karla etwas gehört hatte.

Sie haben eine neue Nachricht
29. August 2014
Von: Bea Bern
An: Michaela Michalsen

Na, Michilein, weißt du eigentlich inzwischen von dieser Maren? Vermutlich. Weiber! Kommen dir immer in die Quere, wenn du gerade denkst, es läuft gut. Ihretwegen hätte er sich von dir getrennt, nicht meinetwegen! Er ist so was von ausgerastet, als ich die Affäre mit dieser Maren in Frage stellte. Konnte nicht fassen, dass ich seine angeblich so hehren Gefühle für diese Tussi mit der Beziehung zu mir auf eine Stufe stellte.
Neid ist ein sexuelles Gefühl, Michi, wusstest du das? Der Neid, die Eifersucht oder auch einfach nur Ärger fahren mir direkt zwischen die Beine. Diese Gefühle jucken an mir wie eine Horde Ameisen, und nur ein Schwanz hilft dagegen. Von einem Typen, der damit umzugehen weiß. David ist so einer. Und dann kam diese Schnepfe. Eine von dieser Sorte mit Henkelhandtasche und Feinstrumpfhose. Zum Glück war sie auch nicht ganz ohne.
Dass ich gegen Lena keine Chance hatte, ahnte ich nicht, als ich ihr die Tür öffnete. Sie sah so harmlos aus. Aber genau darauf steht er. Du, Maren, Lena. Ich war eine Ausnahme.
Weißt du, Michi, ich wusste überhaupt nicht, wo ich anfangen sollte, um meiner Wut Luft zu machen. Bei dir, bei Lena, bei Jan? Oder bei David? Ich war auf euch alle sauer. Wobei es nicht ganz stimmt – auf Lena am allermeisten. Sie hat mir dich und ihn genommen. Ich hasse sie abgrundtief! Aber ich konnte ihr nichts antun, ohne dass ein Blinder gemerkt hätte, dass Fremdeinwirkung im Spiel war. Nennt man das so? Im Gegensatz zu dir galt sie jedenfalls nicht als selbstmordgefährdet. Okay, sie hat ihre Eltern auf dem Gewissen, aber das war erstens nachweislich ein

Unfall, und zweitens ist es zehn Jahre her. Dasselbe bei Jan. Wer hätte denn geglaubt, dass er sich das Leben nehmen wollte? Also musstest du herhalten. Mein Fehler war, dass ich dich zu gern habe, Michi. Oder doch wieder diese entsetzliche Hoffnung in mir wach wurde, du könntest dich an mich wenden, wenn es dir richtig beschissen geht. Ich war halbherzig. Wäre ich es richtig angegangen, hätte ich kapiert, dass du mich hast fallen lassen – ich wäre nicht nur mit dem Streifen Tabletten aus deiner Schublade bei dir aufgekreuzt, sondern mit einer ganzen Schachtel. Die hätte ich mir doch spielend über einen meiner männlichen Kontakte besorgen können, darunter sind auch Ärzte. Ich habe die Tabletten übrigens in deinem Haus gesucht, um dich davor zu bewahren, Antidepressiva zu nehmen. Ich dachte ernsthaft, dass du sie brauchen könntest – aber eben nicht ohne ärztlichen Rat. Doch was ich fand, waren keine Antidepressiva, sondern Schlaftabletten. Ich habe sie trotzdem mitgenommen. Natürlich war es praktisch, dass du schon leicht alkoholisiert warst, als ich kam. Dass du den Baileys von zu Hause mitgenommen hattest, Michi, das war Weltklasse. Da fiel meine mitgebrachte Flasche nicht einmal auf.

Ich habe so verdammt viel für dich getan, Michi. Bis Lena und Jan in dein Leben traten, war ich deine Hilfe und Rettung. David hat nicht gezählt, aber aus anderen Gründen, die du inzwischen kennst – solltest du meine E-Mails überhaupt lesen. Im Nicht-hinsehen-Wollen bist du ja spitze.
Hast du gedacht, dass ich einfach so das Spielfeld verlasse? Dass ich dich einer Lena Dingsbums und einem Öko übergebe? Nach all den Jahren und nach allem, was ich für dich getan habe? Ich habe dir zu deinem Glück verholfen, Michilein! Ich habe dir David vorbeigeschickt, als ihr das PC-Problem im Kindergarten hat-

tet, erinnerst du dich? Du hattest mich gefragt: »Bea, du kennst doch so viele Leute, weißt du nicht jemanden, der uns hier helfen könnte, unser Techniker ist krank.« Und ich rief David an und schickte ihn los. Es war schon aus zwischen uns – es ist nicht so, dass du mir dazwischengefunkt hättest, und du hast ja auch weiß Gott oft genug danach gefragt. Es hat mich nie gestört, dass ihr ein Paar wart. Was mich aber wirklich zur Raserei gebracht hat, war die Tatsache, dass du – die du dir *nie* hattest vorstellen können, Kinder zu bekommen – auf einmal schwanger wurdest. Wie findest du das? Hm? Ich meine, du hast mich bei jedem deiner Schritte nach meiner Meinung gefragt, bevor du sie gegangen bist. Aber an diesem Punkt hast du es einfach allein gemacht!

Ich hatte Angst, als du Mutter wurdest, Michi. Angst, dass du etwas besser können würdest als ich. Doch das konntest du nicht. Du bist eingeknickt wie eins von Papas Pflänzchen, wenn er sie überdüngt hatte.

Und ich habe gern Ersatzmama bei Karla gespielt, als es dir nicht gutging. Immerhin hätte sie auch meine Tochter sein können. Dass ich erleichtert über meine Fehlgeburt war, Michi, das war nur gespielt.

Genauso wie meine gespielte Gleichgültigkeit darüber, als du und David damals aus Köln weggezogen seid. Es war, als hätte ich zum zweiten Mal meine Familie verloren. Wusstest du davon? Nein. Du wusstest nie besonders viel über mich, von Anfang an nicht. Du hast mich auch nie etwas gefragt, alles drehte sich immer nur um dich. Deine Ängste, deine Verluste, deine Wünsche. Dass ich auch welche hatte, kam nicht vor. Gut, du kannst mir vorwerfen, dass ich nie etwas von mir preisgegeben habe. Vielleicht hast du mich auch mal nach meiner Vergangenheit gefragt, als du kleiner warst. Klein und dumm. So wie Nana.

Weißt du, wer Nana war, Michi? Nein? Ein Sonnenschein vom ersten Tag, das Licht und die Freude meiner Eltern. Sie hatte nur einen Mangel: ein Chromosom zu viel, das die Leute sich nach ihr umdrehen ließ. Manche lächelten, andere kniffen die Lippen zusammen, wenn Nana sie mit ihren allzeit klebrigen Fingern antatschte.

Ich habe sie geliebt, Michi. Abgöttisch. Auch wenn sie mir Mama und Papa weggenommen hat, sie brauchte so viel Aufmerksamkeit, verstehst du. So viele Ärzte hast du in deinem Leben noch nicht gesehen. Ich immer im Schlepptau. Ich durfte das Gepäck tragen und ansonsten mein vorlautes Mundwerk halten. Zum Spazierengehen war ich gut genug. Mit Nana und möglichst weit weg, damit Mama mal ihre Ruhe hatte. Da ist es dann eben passiert. Ein Zug, Michi. Sie mochte Züge so gern. Windelweich haben sie mich gedroschen und aus dem Haus gejagt. Heute bereuen sie es. Aber sicher nicht so, wie ich es damals bereute, dass ich einen Moment nicht achtgab und Nana starb.

Glaubst du mir, wenn ich sage, dass es kein großartigeres Gefühl für mich gibt, als gebraucht zu werden? So wie damals, als du nach Karlas Geburt in die Klinik musstest. Warst außer dir vor Entsetzen über die Tatsache, dass du keine Gefühle für dein armes Kind entwickeln konntest. Mir hast du die größte Freude damit bereitet, für deine Tochter sorgen zu dürfen. So wie einst für Nana. Und nach ihr für dich.

Als ich Karla den Tee übers Ärmchen goss, hatte ich dieselben Gefühle wie bei dir, wenn du mich brauchtest. Es tut so gut, für einen Menschen da sein zu können. Jemanden zu trösten, wenn er weint. Ich hätte gern ein eigenes Kind gehabt, Michi.

Aber das kam dir einfach nie in den Sinn.

44

Lena, ich brauche dich. Ich muss mit dir über Bea reden. Über gestern Nachmittag. Hast du Zeit?« Sie wollte unbedingt mit jemandem sprechen, der ihr glaubte.

»Oh, Michaela«, sagte Lena. Sie klang kraftlos. Und sorgenvoll.

»Was ist los?« Ein kaltes Gefühl machte sich augenblicklich in Michaelas Magen breit. Karla. Ein Unfall. Diesmal etwas Schlimmes.

»Ich … Michaela, wir haben ein Problem.«

Michaela hörte im Hintergrund eine Stimme zischen: »Nein! Sag ihr nichts!«

Sie vernahm, wie Lena flüsternd mit jemandem diskutierte. Mit David vermutlich.

»Hallo?«, rief Michaela in den Hörer. »Bitte sagt mir doch, was los ist!«

»Wir rufen jetzt die Polizei, Michaela«, sagte Lena. Sie schien nach Worten zu suchen. »Weißt du, es ist so. Bea und Karla sind nicht nach Hause gekommen. Wir haben geglaubt, sie wollten zum Arzt … Mach dir bitte keine Sorgen! Vielleicht haben sie sich ja irgendwo verschwatzt.«

»Verschwatzt?«, fragte Michaela. »Jeder, aber nicht die beiden.«

»Ja, das stimmt«, hauchte Lena. »Deshalb …«

Als sie auflegte, zitterten Michaelas Hände.

*

»Wer ist denn das Mädchen?«, fragte Karla und sah von dem Foto auf. Bea hatte ihr den Rücken zugekehrt und goss sich ein Glas Wasser ein. Sie waren in einem kleinen Raum, ähnlich dem Chemielabor in der Schule – dort stand auch alles voll, mit allen möglichen Substanzen. Hier waren es keine Fläschchen oder Tiegel, sondern Blätter, Bücher, Magazine, eingerollte Plakate.

Anscheinend wollte Bea ihr die Frage nach dem Mädchen nicht beantworten. Schweigend hantierte sie herum.

Sie waren nach Köln gefahren. Angeblich war das mit Papa und Mama abgesprochen, die nicht wollten, dass sie bei Lena blieb. Inzwischen glaubte Karla, dass das gelogen war. So, wie Bea gelogen hatte, als sie sie im Schuppen eingeschlossen hatte und anschließend so tat, als hätte sie sie »gefunden«. Diese Kuh. Wenn Karla wüsste, wohin sie gehen sollte, wäre sie schon längst weg. Aber so fragte sie sich nur, was Bea eigentlich vorhatte. Auf der Fahrt hierher war sie so scheißfreundlich gewesen wie noch nie. Als ob sie einen Schalter umgelegt hätte. Schon da wäre sie am liebsten ausgestiegen. Aber das ging ja schlecht bei voller Fahrt. Bea machte ihr etwas vor, garantiert war diese Freundlichkeit nicht echt. Die war doch völlig geladen, allein wie sie mit den Zähnen knirschte!

Karla schaute wieder auf das Foto des ungefähr fünfjährigen, rotblond gelockten Mädchens mit diesen komischen Augen. Das Bild mit den verblichenen Farben war an den Rändern abgegriffen, als sei es schon alt.

»Wer ist sie denn?«, fragte sie noch einmal.

Bea setzte sich mit dem Glas zu Karla an den Tisch und deutete auf das Foto. »Das ist meine kleine Schwester Nana«, sagte sie. »Das Bild ist die einzige Erinnerung, die ich an sie habe.«

Karla sah sich den Abzug noch einmal genau an. Ähnlich sahen die sich aber nicht.

»Was ist denn mit ihr passiert?«, fragte sie.

»Sie wurde von einem Zug überrollt.«

Karlas Mundwinkel sanken nach unten. »Oje. Das ist schlimm.«

»Ja, es war schlimm, das mit anzusehen.«

»Du warst dabei? Wie schrecklich. Das ist ja wie bei Mama, sie war auch dabei, als ihre Eltern …«

»Wie bei Michi? Nein.« Bea zog einen kleinen, brüchigen Karton von der anderen Seite des Tisches zu sich heran. Er war außen mit einer Marienkäfer-Folie beklebt, die an etlichen Stellen abblätterte.

»Deine Mutter hatte mehr Erinnerungen an ihre Eltern als ich an meine Schwester«, sagte sie. »Mir haben sie nichts gelassen als dieses eine Foto.«

Karla starrte auf den kleinen Karton. Wow! Wenn es das war, was sie dachte, dann würde Mama vor Freude ausflippen.

»Bea, das ist ja toll! Ist das die Kiste, die sie Mama geklaut haben, als sie im Heim war? Mit den Erinnerungen? Du musst sofort Mama –«

»Einen Teufel werd ich.« Bea nahm das Kästchen und stellte es neben sich auf den Boden.

Karla verstand überhaupt nichts mehr. Bea war immer so komisch. Eben noch stinkfreundlich, jetzt mürrisch. Einfach nicht einzuschätzen. Wenn sie mit ihr zusammen war, fühlte sie sich total angespannt, davon bekam sie richtige Muskelschmerzen. Karla versuchte, sich zu lockern.

»Warum willst du es ihr nicht sagen? Dann werde ich es aber –«

Bea unterbrach sie mit einer Handbewegung. »Wir waren bei Nana. Sie hat mich nie enttäuscht. Vergöttert hat sie mich.

Wenn ich von der Schule nach Hause kam, ging für Nana die Sonne auf.«

»Wie ist das mit dem Zug denn passiert?«

»Ich war mit ihr am Bahnhof. Dort, wohin ich nicht sollte. Unter keinen Umständen. Aber Nana war so fasziniert von Eisenbahnen, sie hatte keinen anderen Wunsch, als Züge zu gucken. Eigentlich hätte man sie an die Leine nehmen müssen, aber das ging natürlich nicht. Jedenfalls wollte ich ihr eine Freude machen und ging mit ihr hin. Wir wohnten ganz in der Nähe.«

Karla wollte plötzlich gar nicht mehr hören, wie die Geschichte weiterging. Hätte sie bloß nicht gefragt. Es klang furchtbar. Sie fand es schon eklig genug, wenn sie hörte, dass Erwachsene sich vor einen Zug schmissen. Einer in der Schule hatte mal erzählt, dass da Körperteile durch die Gegend flogen. Ihr wurde richtig übel bei dem Gedanken.

»Hör lieber auf, Bea«, bat sie.

»Nein, das hörst du dir jetzt an. Ich hab auch mein Recht auf Trauer. Aber es hat mir keiner zugestanden!«

»Was war mit deinen Eltern? Haben sie …« – Karla flüsterte jetzt – »… sehr geschimpft?«

Bea schnaubte. »Geschimpft! Du machst wirklich gute Witze, Karla.«

Die Art, wie Bea redete, wurde Karla langsam unheimlich. Und überhaupt, was sollte das hier?

»Hm, Bea, das ist ja schrecklich, aber … ich würde jetzt gern zu Mama fahren.«

Bea lächelte. »Nein, Karla-Maus. Du bleibst hier. Bis deine Mama zur Besinnung kommt und wieder so ist wie früher. Ich lasse niemanden mehr einfach gehen, keine Nana, nicht deine Mama und auch sonst keinen.« Sie deutete auf das Foto von dem kleinen Mädchen. »Sie haben mich halb totgeschlagen, als ich nach Hause kam. Sie hat sich losgerissen, als ich einen klitzekleinen Moment nicht aufgepasst habe. Einen einzigen Moment! Sie lief lachend und kreischend neben dem ICE her, und dann … und dann … dann kam sie ins Stolpern. Ich stand da und konnte nichts machen, ich war wie gelähmt. Sie ist gestolpert und der Zug – o Gott, Karla!« Beas Schultern sanken nach unten, und sie legte das Gesicht in die Hände. Als sie wieder aufsah, fuhr sie fort: »Ich habe geschrien und geweint vor Schmerz und Trauer. Aber sie haben auf mich eingedroschen. Und danach, als die Pietät da war und die Polizei und die Leute von der Bahn, haben sie kein Wort mehr mit mir geredet.«

Karla hatte keine Ahnung, was eine Pietät war und was Bea damit meinen mochte, Mama sei gegangen. Mama hatte doch *sie*, Karla, verlassen, nicht Bea, die in Köln lebte. Dass die Eltern auf Bea eingeschlagen hatten, war natürlich grässlich.

»Aber später haben sie wieder mit dir gesprochen, oder?«, wollte sie wissen.

»Nein. Ich kam ins Heim.« Bea stand auf, füllte ihr Glas erneut mit Wasser und stürzte es in mehreren langen Schlucken hinunter.

»Aber darf man denn sein Kind einfach ins Heim geben, wenn es doch ein Unfall war – du hast es doch nicht mit Absicht gemacht«, wandte Karla ein.

Bea lachte trocken auf. »Man darf das nicht einfach, aber man darf sagen, dass man sein Kind totschlagen wird, wenn es noch eine Sekunde länger im Haus bleibt, und dann kommt das Jugendamt und holt dich vorsichtshalber raus. Um deine Frage zu beantworten: Nein, ich habe das nicht mit Absicht gemacht.«

»Haben deine Eltern dich manchmal besucht?«

Bea kniff die Lippen zusammen. »Nein.«

»Und dann hast du Mama kennengelernt.«

Beas Gesichtsausdruck wechselte von wütend zu liebevoll. »Ja«, nickte sie. »Der erste Lichtblick seit Nana.«

*

Jan hielt Michaela fest umschlungen. Neben ihr saß Lena und umklammerte Michaelas Hände. Lena konnte nicht sagen, dass sie die schlimmste Angst ihres Lebens durchmachte, denn gemessen an dem, was sie vor zehn Jahren erlebt hatte, war die momentane Angst noch mit der Hoffnung verbunden, dass Bea doch nicht so verrückt war, Karla etwas anzutun. Aber sicher sein konnte man nicht. Nicht bei diesem Krankheitsbild. Es hatte nicht viele Klicks gebraucht, um auf diesen merkwürdigen Begriff zu kommen, der zu Bea passte wie die Faust aufs Auge.

»Umgekehrtes Münchhausensyndrom«. Wenn Mütter ihren Kindern Schaden zufügten, nur um sie anschließend pflegen zu können. Oder solche, die sich zur Mutter oder großen Schwester berufen fühlten. Es machte Lena solch eine Scheißangst, dass dieses Weib mit Karla irgendwo war. In Beas Wohnung waren sie jedenfalls nicht, auch wenn in der Nähe Beas Wagen parkte. Die Polizei hatte an ihrer Tür geklingelt, und als niemand öffnete, waren sie eingestiegen. David hatte den Beamten klargemacht, dass Gefahr in Verzug sei. Dass es möglicherweise um das Leben seiner Tochter ging.

»Es gibt nichts, was Sie tun können«, hatten die Beamten von der Kripo zu ihnen gesagt, und das war eigentlich das Schlimmste von allem. Diese Tatenlosigkeit. Sie konnten nur neben dem Telefon hocken.

»Das Ganze macht mich noch verrückt!«, knurrte David immer wieder und lief im Wohnzimmer im Kreis.

»Sie wird Karla nichts tun«, wiederholte Michaela ihre Beschwörungsformel. Davon war sie überzeugt. Bea war zu vielem fähig, aber wenn sie wirklich so tickte, wie sie glaubte, dann sah Bea Karla als ihr eigenes Kind an. Und dem tat man einfach nichts. Da konnte Lena sagen, was sie wollte. Von dieser angeblichen Krankheit hatte sie noch nie gehört. Überhaupt war es lächerlich, solche Diagnosen zu stellen. So etwas ließ sie sich allenfalls von Frau Lorek sagen.

Plötzlich sah sie überrascht auf. David stand vor ihr und stemmte die Hände in die Hüften. »Wenn du mich fragst, weißt du gar nichts über Bea«, stellte er fest. »Wir alle nicht.« Dann lief er weiter und murmelte schnaubend: »Sie wird Karla nichts tun? Wie naiv kann man denn sein?«

Als es klingelte, sprangen Michaela und Lena gleichzeitig auf und liefen zur Tür.

»Wir wollten fragen, ob es was Neues gibt«, sagte Regina, als sie die Tür öffneten. Sie war in Begleitung von Katharina, deren Augen angstvoll aufgerissen waren. Katharina hielt einen Kochtopf vor sich. »Ich hab euch eine Suppe gekocht. Es hat bestimmt keiner dran gedacht, was zu essen zu machen.«

»Du hättest auch ohne Suppe kommen dürfen«, murmelte Michaela und machte auf dem Absatz kehrt, ging zurück zu Jan und David ins Wohnzimmer.

Lena nahm Katharina den Topf ab und bat die beiden herein. »Am besten, wir gehen in die Küche«, sagte sie. Dann musste sie David wenigstens nicht mehr beim Kreislaufen zusehen.

»Wie ist der Stand der Dinge?«, erkundigte sich Katharina, die Augen noch immer groß wie Teller.

»Sie sind wohl in Köln«, antwortete Lena. Ihr lag ein Witz auf den Lippen, wollte sagen: »Das Haus ist umstellt, die GSG9 schlägt jede Minute zu«, aber sie verkniff es sich. Sie befand sich kurz vor einem hysterischen Anfall – und in diesen Momenten war einem komischerweise manchmal zum Lachen zumute. Schreien hätte geholfen – aber vermutlich keinem außer ihr.

Regina rang nervös die Hände. »Soll ich den Tisch decken? Die Männer haben ja vielleicht Hunger.«

»Hört bitte auf mit eurem Aktionismus«, flehte Lena und setzte sich an den Tisch, doch Regina und Katharina begannen dennoch, ihn zu decken, anscheinend konnten auch sie nicht stillsitzen.

Sie hätte so gern in Ruhe mit Michaela geredet und wusste nicht, wie sie es anfangen sollte. Zum einen war da diese entsetzliche Angst um Karla. Zum anderen meldeten sich Zweifel. Vielleicht war Bea doch nicht krank, sondern hatte nur ein überhöhtes Geltungsbedürfnis. Lena kam sich so bescheuert vor. Wie eine von diesen Oberschlauen in Filmen, die plötzlich den Durchblick hatten und allen anderen erklärten, wer der Mörder war. So wie sie mit diesen Triggern. *Klingeln und Bier.* Sie musste unbedingt mit Michaela darüber sprechen. Aber wann war dafür der richtige Zeitpunkt? Spätestens, wenn die erlösende Nachricht von Karlas Befreiung gekommen war. Konnte man es so nennen? Befreiung? Lena legte den Kopf in die Hände. Sie wusste es nicht. Aber es war auch egal. Hauptsache, Karla kam gesund und munter zurück.

Regina legte ihr eine Hand auf den Rücken. »Alles okay?«

Sie schüttelte nur stumm den Kopf, während die beiden sich zu ihr an den Tisch setzten.

Kurz darauf kam David in die Küche. Er nahm sich einen Teller vom Tisch und griff nach einem Schöpflöffel. Er hatte Ringe unter den Augen.

»Haben sie eine Fahndung ausgeschrieben oder wie das heißt?«, fragte Katharina.

»Keine Ahnung, vermutlich. Sie können ja eigentlich nicht weit sein«, sagte David und nahm den Deckel vom Suppentopf. »Das Auto steht noch an Ort und Stelle.«

»Vielleicht sind sie ins Kino gegangen«, vermutete Regina.

Katharina schüttelte den Kopf und verdrehte die Augen.

Doch Lena nickte. »Es kann alles sein. Vielleicht sind sie auch im Museum, und Karla bekommt eine Sonderführung.«

David hielt mitten in seiner Bewegung inne und steckte den Schöpflöffel wieder zurück in den Topf. Mit großen Augen sah er Lena an.

»Ich glaube, ich weiß, wo sie sind«, sagte er und rannte aus der Küche.

Das Ganze war wie in einem Film. David erzählte den Beamten am Telefon in Michaelas Beisein, dass Bea einen Schlüssel zur Verwaltung des Museums hatte und dass es dort einen Raum gab, den selten bis nie jemand betrat. Dies fand Michaela befremdlich genug – und bestätigte, was sie die ganze Zeit nicht hatte wahrhaben wollen: Bea und David verstanden sich bisweilen doch recht gut. Es tat weh, auch wenn sie nicht recht wusste, weshalb. Die Nabelschnüre zu Bea und David waren durchtrennt, es konnte ihr gleichgültig sein – aber das war es nicht.

Es hatte eine Zeit in ihrem Leben gegeben, da hatte sie den beiden blind vertraut, und deshalb schmerzte es jetzt. Noch viel schlimmer schmerzte jedoch die Tatsache, dass die Polizei nach einer weiteren, angstvoll verbrachten Dreiviertelstunde vermeldete, dass die beiden auch im Museum nicht zu finden waren – zumindest nicht mehr –, was David zu der Bemerkung veranlasste: »So blöd ist sie dann also doch nicht.«

Nein, blöd war Bea nicht.

*

»Mensch, Bea«, sagte Karla und wusste nicht, was sie tun sollte. Es war kühl hier an diesem Bahnsteig. Sie standen abseits von den wenigen Reisenden, die auf die nächste Bahn warteten. Sie hatte Bea nur gefragt, ob sie oft dahin ging, wo diese kleine Nana mit den seltsamen Augen verunglückt war.

Da hatte Bea sie angesehen wie eine komplett Irre. »Wo es passiert ist?«, hatte sie wiederholt. Und dann erwidert: »Nein.«

Jetzt saß Bea hier auf diesem schlecht beleuchteten Asphalt und heulte wie ein Kleinkind, das unbedingt einen Lutscher wollte. Sie warf den Kopf zurück und kniff die Augen zusammen. Dann wieder sank sie in sich zusammen und trommelte mit den Fäusten auf den Boden. Karla war total mulmig zumute. Es war nur einen Schritt runter auf die Gleise, und die Züge rauschten bestimmt schnell hier durch. Die Leute da drüben an den Kartenautomaten guckten schon.

Karla ging vorsichtig drei Schritte auf eine Frau zu, die gerade hinter ihnen vorbeilaufen wollte und so tat, als schaue sie auf ihrem Weg zu den anderen Reisenden ganz interessiert auf die Steinchen auf dem Boden.

»Können Sie bitte die Polizei rufen?«, raunte Karla und rempelte sie fast dabei an. Sie schielte auf Bea, die völlig in ihrer eigenen Welt versunken zu sein schien.

Die Frau riss die Augen auf. »Ist das deine Mutter?«, fragte sie und wies auf Bea.

»Nein«, antwortete Karla so leise wie möglich. »Bitte rufen Sie die Polizei!«

Die Frau griff mit fliegenden Fingern nach ihrer Handtasche und wühlte darin herum wie ein Kind in einer Legokiste. Als sie ihr Telefon schließlich herauszerrte, fiel es ihr fast aus der Hand. Sie und Karla hoben den Kopf, als ein Bahnmitarbeiter über Lautsprecher verkündete, man solle vom Bahnsteig zurücktreten. Zugdurchfahrt. Der Frau war die Panik ins Gesicht geschrieben. Sie schauten beide auf Bea, die sich vor und zurück wiegte.

»So machen Sie doch was!«, quiekte Karla. »Wenn ihr was passiert!«

Doch die Frau stand bewegungslos da und starrte auf Bea. »Was soll ich denn tun?«, stammelte sie.

Karla rannte los.

Hinter sich hörte sie einen gellenden Schrei.

Sie haben eine neue Nachricht
1. September 2014
Von: Bea Bern
An: Michaela Michalsen

Liebe Michi,
ich bin in der Hölle angekommen – weißt du das eigentlich inzwischen? Interessiert es dich auch nur im Entferntesten, oder hast du jegliches Interesse an mir verloren, als ich auf die Gleise springen wollte? Ganz ehrlich, ich dachte, dass dich das besänftigen könnte. Wenn ich tot wäre, so dachte ich, würdest du mir vergeben. Dass diese Frau mich daran hinderte und festhielt, hat mich rasend gemacht.
Ich gehe zweimal pro Woche zu einer, die Psychologie studiert zu haben scheint, weil sie ihre eigenen Probleme nicht ertragen kann. Ich habe ihr schon ein paarmal auf den Kopf zugesagt, dass sie garantiert Single ist und seit mindestens drei Jahren keinen Sex hatte, aber sie geht immer wieder darüber hinweg. Wir säßen zusammen, um über *mich* zu sprechen, sagt sie dann. Dabei will ich mit keiner Menschenseele reden, außer mit dir. Schon gar nicht mit meinen fürsorglichen Eltern. Weißt du, dass ich wieder hier bei ihnen wohne? Ich! Bei meinen verhassten Eltern, weil ich keine andere Wahl habe. In meinem alten Zimmer haben sie es mir »hübsch hergerichtet«. Das Zimmer von Nana gibt es auch noch, aber es ist verschlossen – und sie lassen mich nicht hinein, sooft ich auch danach frage.
Vielleicht wunderst du dich darüber, dass ich hier bin und nicht in meiner eigenen Wohnung. Na ja, wenn man einmal Pech hat, dann reißt es meistens nicht ab. Dich verloren, Job verloren, Wohnung verloren, so sieht es aus. Alle haben sich gegen mich verschworen. Und wer ist auf einmal zur Stelle? Mama und Papa

Bern. Entschuldigt haben sie sich bei mir. Sie meinen, dass sie sicher ihren Teil zu meiner gestörten psychischen Verfassung beigetragen haben. Ein Witz ist das. Zeig mir doch mal einen in diesem beschissenen Drehbuch, der nicht gestört ist. Mein Boss, der Moralapostel, von dem ich weiß, dass er selbst von einem Schäferstündchen mit mir im Archiv träumte – fristlos hat er mich rausgeschmissen. Seine Unterhaltung mit David darüber, dass ich es besonders gern auf unserem Arbeitstisch trieb, hat mir vermutlich nicht besonders geholfen, Michi. Und mein Vermieter, dem ich schon seit Jahren ein Dorn im Auge war, weil ihm mein Lebenswandel in diesem »Haus mit erstklassigem Ruf« nicht passte. Nachdem das Schloss von der Polizei eh schon aufgebrochen war, hat er es einfach austauschen lassen. Und Mama und Papa breiteten ihre Arme für mich aus.

Heute habe ich David erreicht, Mama hat ihr Handy herumliegen lassen, und seine Nummer kenne ich noch immer auswendig, genau wie deine. Aber bei dir kam die Meldung, du seist »vorübergehend nicht erreichbar«. David sagte, ich sei für dich gestorben. Wegen all der Dinge, die ich dir angetan hätte. Du seist mit Karla und deinem Lehrer in Australien, Wale gucken. Danach kommt wahrscheinlich eine Therapie, damit du herausfindest, warum du immer so durchdrehst, wenn es irgendwo klirrt oder nach Bier stinkt. Was es alles gibt, Michi. Ich war zudem überrascht, zu hören, dass David demnächst zu einer Softwarefirma nach München geht. Er konnte sich nicht verkneifen zu erzählen, dass Lena mitkommt, weil sie dort Verwandtschaft hat – eilig hat er eingeworfen, dass sie nicht zusammenziehen, weil das für Karla, die tatsächlich in den Ferien und an ganz vielen Wochenenden bei ihm wohnen will, sonst alles zu schnell ginge. Ich bin mir sicher, dass er und Lena sich regelmäßig auf einen Quickie treffen werden – mein David wäre doch sonst nicht mein David. Unsere adlige Lena wird ihr Abi nachholen, hat er erzählt, mit der ganzen Kohle stehen ihr ja jetzt alle Wege offen. Und dann schien er auf einmal gemerkt zu haben, dass er lieber nicht so viel mit mir reden wollte, vielleicht, weil ich ihm auf den Kopf zusagte, dass ihm sein Schwanz noch zeit seines Lebens Probleme bringen wird. Er hat das Gespräch ziemlich abrupt beendet und mir »alles Gute« gewünscht. Das kann er sich in den Arsch schieben.

Ach übrigens, ich wollte dir nur noch sagen: Ich habe dir das Kistchen mit deinen Erinnerungen nicht weggenommen, weil ich dir weh tun wollte. Im Gegenteil. Ich habe das Kistchen weggetan, weil du jedes Mal, wenn du dir die Sachen darin ansahst, geheult hast wie ein Schlosshund. Ich konnte das einfach nicht mehr mit ansehen. Und es ging dir besser danach. Am Anfang natürlich nicht, da warst du sehr unglücklich. Aber nach einer Weile, nachdem ich dich Tag für Tag getröstet habe, fühltest du dich immer wohler.

Du vergisst, dass du immer mich hattest, wenn du in Panik geraten bist, Michi. Ich hatte niemanden.

Meine Mutter hat übrigens auch ein paar Tabletten im Haus. Sie benutzt dasselbe Versteck wie du. Ich werde ein Bad nehmen, mit viel Schaum. Vielleicht werde ich mich fühlen wie auf der Wiese damals, als wir in die Wolken blickten – und von dir und Nana träumen.

Anmerkung

Bei manchen der im Roman genannten realen Örtlichkeiten habe ich mir die schriftstellerische Freiheit genommen, sie meinen Belangen anzupassen. Sollten Ähnlichkeiten mit lebenden oder verstorbenen Personen bestehen, so sind diese rein zufällig. Die Handlung ist frei erfunden.

Danksagung

Ohne die Hilfe vieler Menschen wäre diese Geschichte niemals rechtzeitig fertig und vor allem nicht rund geworden. Mein besonderer Dank gilt …

… meinem Mann Götz, der mich so sehr in meinem Schreiben unterstützt, wie man es eigentlich von keinem Menschen erwarten kann. Immerhin hat er mal eine »ganz normale« Frau geheiratet, allenfalls eine Leseratte. Dass ich neben meinem Job plötzlich anfangen würde, Romane zu schreiben, war nicht zu erwarten. Umso mehr danke ich ihm, dass er mir schon zu einem Zeitpunkt viel Zeit dafür einräumte, als das Schreiben nur ein Hobby, ein Experiment war. Ihm ist es zu verdanken, dass ich es schaffe, Abgabetermine einzuhalten und die Nerven zu bewahren, wenn der Tag zu wenige Stunden hat. Mein Fels in der Brandung, ich danke dir. Für *alles*.

… meinen drei Söhnen, die mir täglich zeigen, worauf es im Leben wirklich ankommt: auf ganz viel Liebe, Vertrauen, gemeinsame Zeit und immer ausreichend Nutella im Haus.

… meinen Eltern dafür, dass sie mich mit der Sicherheit großwerden ließen, alles erreichen zu können, und für ihre riesengroße Unterstützung in allen herausfordernden Lebensphasen.

… meinen besten Freundinnen Alex, Naima und Simone für ihre jahrzehntelange Freundschaft und Verbundenheit, ihr offenes Ohr, ihre moralische Unterstützung (das heißt manchmal mantramäßiges gutes Zureden bei Schwarzseherei) – und auch für die eine oder andere gute Idee für meine Geschichten.

… meinem besten Freund Frank, der 1986 in mein Leben trat und für immer einen Platz in meinem Herzen hat.

… meinen wunderbaren Lektorinnen Dr. Andrea Müller und Gisela Klemt, die mich auf feinfühlige und inspirierende Weise dazu brachten, aus dem halbwegs brauchbaren ersten Entwurf einer Geschichte das herauszuholen, was in ihr steckt. Jeder Autor sollte dieses Glück haben, mit so tollen Menschen zusammenarbeiten zu können. Für mich ist es noch immer ein Wunder, dass jemand mir das Vertrauen schenkt, aus einer grob skizzierten Idee ein Werk zu schaffen, das es wert ist, gelesen zu werden.

… Ulrike Blatter – Autorin, Ärztin und Mörderische Schwester – für ihre wertvollen Auskünfte aus ihrer beruflichen Praxis zu den Themen Traumata und Triggerfunktionen. Es ist immer gut, wenn man jemanden kennt, der sich auskennt. Sollte ich dennoch irgendetwas nicht korrekt dargestellt haben, so ist das allein mir zuzuschreiben.

… meinem Agenten Dr. Michael Wenzel, der mich wunderbar vertritt, mir alle Freiheiten lässt, die ich für meine Kreativität brauche, und sich oft meldet – »einfach mal so«. Danke für deine Unterstützung, Michael, ich kenne niemanden, der so schnell zurückruft oder E-Mails beantwortet, wie du es tust.

… last, but not least meinen Leserinnen und Lesern, die mir durch ihr persönliches Feedback und ihre Rezensionen unschätzbare Motivation schenken, weiterzumachen. Die Vorstellung, dass jemand dieses Buch bis zu dieser Stelle gelesen hat, macht mich sehr glücklich.

Danke.

Verstörend, spannend, anders!

IVONNE KELLER

Hirngespenster

ROMAN

Als Silvie nach einem Unfall erwacht, ist die einst so lebenshungrige Frau gefangen in ihrem eigenen Körper. Ihre Schwester Anna, die seit Jahren kurz vor einem Zusammenbruch stand, scheint verschwunden. Und die Frau, die sie jetzt so liebevoll pflegt, hat Silvie über Jahre hinweg als Rivalin gesehen.

»Eine hochkarätige melodramatische Bombe.«

Andrea Koßmann

KNAUR